Andreas Dutter
Midnight Thief – Das Vesprechen der Heilerin

Andreas Dutter, geboren 1992, lebt in Österreich und hat Kultur- und Sozialanthropologie in Wien studiert. Er unterhält mit seinem Autoren- und Büchercontent auf Instagram brividolibro oder TikTok AndreasDutterAutor seine ZuschauerInnen.

Andreas Dutter

Midnight Thief

Das Versprechen der Heilerin

PIPER

Mehr über unsere Autorinnen, Autoren und Bücher:
www.piper.de

Wenn Ihnen dieser Roman gefallen hat, schreiben Sie uns unter Nennung des Titels »Midnight Thief – Das Versprechen der Heilerin« an empfehlungen@piper.de, und wir empfehlen Ihnen gerne vergleichbare Bücher.

Wir produzieren nachhaltig
www.piper.de

ISBN 978-3-492-50528-4

Redaktion: Diana Steigerwald
Satz auf Grundlage eines CSS-Layouts
von digital publishing competence (München)
mit abavo vlow (Buchloe)
Covergestaltung: Andreas Dutter
Covermotiv: Bilder unter Lizenzierung von
Shutterstock.com genutzt
Printed in the EU

Am Ende des Buchs findet ihr eine Triggerwarnung. Lest sie euch durch, falls es Themen gibt, die ihr vermeiden möchtet. Denkt immer daran: Ängste sind keine Schwächen. Es ist eher ein Zeichen von Stärke, die eigenen Grenzen zu kennen.

Für meine Familie

Kapitel 1

Keine Ahnung, wann ich das letzte Mal in meinem Leben so viele Regeln auf einmal gebrochen hatte. Zwei an der Zahl. Das schlechte Gewissen wegzutanzen, gelang mir nicht. Meine Hüften schwang ich aber trotzdem zum sanften Rhythmus meines Lieblingssongs, und mein Herz schlug im Takt mit. Da meine Musik offensichtlich nicht in den angesagten Club passte, genoss ich jede einzelne Sekunde davon.

Gedanklich sah ich noch den DJ vor mir, wie er Ella genervt musterte und sagte, dass er *Saving the Train* von Alexz Johnson nur aufgrund vielfacher Nachfragen spielte. Dass es sich nur um das vielfache penetrante Nachfragen meiner besten Freundin gehandelt hatte, brauchte ja niemand zu wissen. Ella hatte nicht lockergelassen, und das nur für mich.

Meine Haare kitzelten im Nacken, als ich die Hände hob und durch sie hindurchwuschelte. Mit fließenden Bewegungen kostete ich meine vier Minuten in vollen Zügen aus. Dabei wirkte ich vermutlich ein wenig schräg, aber wann tat ich das nicht? Heute, an diesem besonderen Tag, kümmerte es mich noch weniger. Seit wenigen Stunden hatte ich nämlich Geburtstag, und den ließ ich mir nicht vermiesen. Auch wenn mich das komische Ziehen in meiner Bauchgegend daran hinderte, mich völlig gehen zu lassen.

Um mich auf den Gesang konzentrieren zu können, schloss ich die Augen. Alles war in Schwarz gehüllt. Finsternis zog mich immer schon magisch an.

Jemand stieß gegen meinen Rücken und brachte mich aus dem Flow. Heißer Atem und ein »Pardon« drangen an mein Ohr. Leicht betäubt vom Bier störte ich mich nicht daran und tänzelte weiter von links nach rechts. Selbst die Beleuchtung im Club, die heißer als die Sommersonne auf mir brannte, ignorierte ich. Ich legte meinen Kopf in den Nacken und öffnete die Augen einen Spaltbreit. Bunte Lichter, die im Takt der Musik blinkten, drangen zurück in meine Realität. Zusammen mit ihnen auch die Gedanken an meine Mutter, die mit in die Hüften gestemmten Händen Vorwürfe abspulen würde, erführe sie von der heutigen Nacht und dass ich mich außerhalb der Pariser Innenstadt befand.

»Als Sanitatem und vor allem als meine Tochter …«, würde sie ihren Vortrag beginnen und mir erklären, diese Regeln dienten nur meinem Schutz.

Das Lied endete, meine Mutter, die es hasste, von mir provokativ Mom und nicht *Maman* genannt zu werden, verpuffte aus meinem Kopf. Ich sah mich um. Sich im *M'Acqulaudelle* zurechtzufinden, bedurfte keines großen Orientierungssinns. Es handelte sich um einen superelitären, winzigen Kellerclub, in dem Ella wochenlang im Vorhinein reserviert hatte. Ich schlängelte mich durch die feiernden Menschen und Duftwolken, die sich aus Schweiß, stechendem Parfüm sowie Alkoholfahnen zusammengesetzt hatten, bis ich bei Ella und Élian angekommen war. Sie unterhielten sich, die Köpfe verschwörerisch aneinandergeschmiegt.

Der alte Autositz, auf den ich mich neben Élian fallen ließ, war so hart, dass ich Angst hatte, mir mein Steißbein geprellt zu haben. Die anderen Bus-, Zug- oder Flugzeugsitze schienen nicht bequemer zu sein. Vermutlich hatte sich irgendjemand gedacht, Gemütlichkeit wäre nicht so wichtig wie eine moderne Ausstattung. Aus dem Augenwinkel bemerkte ich eine junge Frau, die sich neben mir den Rücken rieb.

Beeindruckend, wie viele Feierwütige sich hier tummelten. Das fiel mir dank des neuen Songs auf, der mehr Potenzial zum Shaken bot und die Tanzfläche, die aus glitzernden Steinplatten bestand, wieder füllte. Ein sich gleichmäßig bewegendes Meer aus Armen breitete sich vor mir aus. An jedem Handgelenk hing ein Knickband in Neonfarbe. Pinke und orange Kreise mit gelben Tupfern malten geschwungene Linien in die Luft.

Der DJ feuerte die Massen an und stand in einem halben Oldtimer Cabrio in der Ecke, wo sein Pult und all sein Equipment platziert war. Er hob den Kopfhörer hoch und hielt sich eine Seite an ein Ohr.

Eigentlich alles normal. Doch seit drei Stunden fühlte ich mich komisch. Als wäre um Mitternacht mein neunzehnter Geburtstag wie ein Sturm gekommen, der mich erfasst, durchgewirbelt und wieder ausgespuckt hatte.

»Was überlegst du wieder, Jane?« Élian übertönte mehr schlecht als recht die Musik. Jedes zweite Wort ging beinahe in dem *Kings-&-Queens*-Remix von Ava Max unter.

»Ich glaube, mein Bier ist alt. Mein Magen sticht, aber so richtig.« Ich hoffte, es lag daran.

»Vielleicht stirbst du?«

Ich warf Élian einen skeptischen Blick zu.

»Jane stirbt?« Ella schnappte Élians letzte Wörter auf und beugte sich über ihn, um mehr zu verstehen. Da sie um ein Vielfaches größer als Élian war, legte sich ihre schwarze Lockenmähne auf seine hellblonden Haare mit den gelben Spitzen.

»Ich bin vergiftet worden. Nichts weiter.« Gleich danach setzte ich die Bierflasche an meine Lippen an. Nein. Der Inhalt war nicht abgelaufen. Schmeckte normal.

»Ach, wenn es sonst nichts ist.« Ella zog ihr bauchfreies Regenbogentop ein wenig runter, setzte sich seitlich von

Élian und schnappte sich ihre Flasche. »Haben wir auf Janes Geburtstag getrunken?« An ihrer darauffolgenden Lippenbewegung erkannte ich, dass sie das aktuelle Lied mitsang. Wie sie diese Trendsongs liebte.

Élian hob seine Finger und zählte nach. »Schon sechsmal oder so.«

»Bist du sicher, Élian? Ich bezahle auch.«

»Schön, dass Geld für dich keine Rolle spielt.« Beim Zurücklehnen beschloss ich, mich dem Wirrwarr aus Musik, Gelächter und Gesprächen hinzugeben. Ellas und Élians Diskussion verlor sich vollkommen in dieser Melodie.

Die verspiegelte Decke über mir zeigte mich komplett in Schwarz gekleidet, nur der neonpinke Sport-BH lugte durch die ausgeschnittenen Ärmel meines übergroßen Shirts hervor. Élian schaute auch hoch. Er winkte mir. Ich nickte ihm zu. Ella zog ihr Handy aus dem Ausschnitt wie eine Waffe. Sie sah sich um. Keiner in Sicht. Sie machte ein Foto von uns über die Spiegeldecke und verstaute es wieder zwischen ihren Brüsten.

Somit hatte ich noch eine Regel gebrochen. Denn zu fotografieren, verboten die Besitzer strengstens. Vermutlich damit die Neugierde der Leute anstieg. Und um zu verheimlichen, wie heruntergekommen der Club war. Ein Besuch von einem amerikanischen Megastar reichte offensichtlich, um die Gäste dennoch anzulocken. Okay, schuldig. Ich hatte ja als Erste vorgeschlagen herzukommen. Jetzt saß ich auf einem harten Autositz und hatte eine Magenverstimmung. Ganz zu schweigen von dem grausamen Tod durch die Hände meiner Mom, den ich erleiden würde, sobald ich zu Hause war. Steißbeinprellung inklusive.

»Unvorstellbar, oder? Wir sind im selben Raum, in dem Justin D. Webber gewesen ist.« Élian sah jemandem hinterher. Suchte er nach einem Promi? Mit der Cocktailkarte wedelte er sich Luft unter seinen weißen Hoodie.

Um mich nicht nach vorne beugen zu müssen, zog ich Élian amüsiert zu mir. »Na? Heiß, nicht wahr?«

»Weiß nicht, was du meinst.«

»Wir haben dir gesagt, es wird dir mit dem Kapuzenpulli zu warm sein«, schaltete sich Ella ein, die alles mit angehört hatte und keine Gelegenheit ausließ, um einem ein »Ich hab's dir doch gesagt« reinzudrücken

»Ja, *Mamans.* Wer schön sein will, muss leiden.«

»Was wäre an einem weißen T-Shirt weniger ...« Ein Magenkrampf unterbrach mich. Mein »Aua« verlor sich in einem Dance-Remix von Toxic.

Sofort schlang ich die Hände um meinen Bauch und hielt ihn fest. Falsch gedacht. So konnte ich die Schmerzen auch nicht eindämmen. Ich zog die Beine hoch und stützte sie an dem Tischchen vor uns ab.

»Jane?« Élian kam nah zu mir. »Ella.«

Ella sprang neben Élian auf und drängte sich durch die stehenden Leute zu mir. »Achtung, ich bin Ärztin.« Sie ging neben mir in die Hocke.

Hätte ich nicht solche Schmerzen, hätte ich gelacht. Ella und Ärztin, klar. Dieses Bauchstechen war nicht mehr normal. Und schon gar keine Nachwirkung eines abgelaufenen Biers. Irgendetwas passierte mit meinem Körper. Es kam mir vor, als zögen sich Blitzflüsse durch meine Adern, die in meinen Magen mündeten. Sogar den Atem musste ich vor Schmerzen anhalten. Mir ging die Luft aus. Das Chokerband schnürte mir plötzlich auch noch den Hals zu. Hatte sich die Welt gegen mich verschworen?

»Jane? Jane? Alles gut? Soll ich das Handy rausholen und dir ein Bild von Itzan Escamilla zeigen?« Ella nahm die Lage nicht ernst.

Die Krämpfe ebbten nach und nach ab. Das mulmige Gefühl blieb wie ein bitterer Nachgeschmack zurück. Ich schnaubte belustigt, ehe die Qualen noch intensiver wiederkamen. Sofort krümmte ich mich und bäumte mich auf, biss die Zähne zusammen. Es schüttelte mich. Kälte kletterte meinen Rücken empor. Vorhin hatte ich mich über die stehende Schwüle beschwert, jetzt fror ich?

»Jane? *Merde.* Was ist mit dir?« Élians Stimme klang kilometerweit entfernt. »Drogen?«

Es ließ wieder nach. Fühlte sich so eine überstandene Wehe an? Zumindest stellte ich es mir so vor. Oder Messerstiche. Ja, Messerstiche. Wie ich es im Training gelernt hatte, atmete ich gegen den Schmerz an.

»Okay, die Lage ist ernst. Hier, trink etwas Wasser.« Ella griff vor.

Die Musik dröhnte in meinem Kopf, und nun gesellte sich zu den Schmerzen auch noch eine Migräne. Wie aus dem Nichts brannten die bunten Lichter, die wie Regenbogensäulen durch den Raum irrten, in meinen Augen. Ich presste die Lider zusammen und massierte meine Schläfen.

»Gib her.« Nachdem ich Élians Stimme gehört hatte, lag die Wasserflasche schon an meinen Lippen.

Als ich die warm gewordene Flüssigkeit schmeckte, bemerkte ich erst die Dehydrierung meines Körpers. Ich sog, bis ich das Knacken der Plastikflasche hörte und nichts mehr aus ihr herauskam.

»Alles okay?«, fragte einer der Securityleute, die sich ständig durch den Kellerclub drängten, um das Handyverbot durchzusetzen.

»Wir bringen sie raus.« Ella legte meinen Arm um ihre Schultern und stand auf.

Ella war größer als ich. Somit hing ich etwas schief von ihr runter. Sie machte sich kleiner, und in ihrem Gesicht spiegelten sich Sorge sowie Verwirrung zu gleichen Teilen.

Mein Kopf fiel vor, und ich sah auf den Boden. Meine Sicht verschwamm, doch die Lichter, die sich mittlerweile an einer Discokugel brachen, registrierte ich noch. Ellas Stimme wurde von einem lauten Piepen in meinem Kopf abgelöst. Ich verstand keines ihrer Worte mehr. Der Hörsturz stoppte jedoch so plötzlich, wie er gekommen war. Was stimmte nicht mit mir?

Etwas schepperte unter mir. Ich schnappte nach Luft. Ellas Handy. Sie reichte mich an Élian weiter, der mit mir wegging. Jeder Schritt fiel mir schwerer.

»Ella?« Keine Antwort. »Ella.« Meine Zunge war schwer wie Blei. In Élians Armen fühlte ich mich aber ebenso sicher. Die beiden würden mir durch diese Scheiße helfen. Was es auch war.

»Sie kommt gleich nach. Ella muss der Security das mit dem Handy erklären.«

Meine Beine trugen mich kaum noch. Ich sah hoch, wollte Ellas Blick suchen, konnte aber meinen Kopf nicht drehen. Stattdessen blieb ich an den Augen der Feiernden hängen, die nicht verheimlichten, wie witzig sie meinen Anblick fanden. Für die war ich wohl nur eine Betrunkene. Aber das konnte es nicht sein. Die Jugendlichen, die sich vor mir verdoppelten, sprachen jedoch eine andere Sprache.

Lag es an dem täglichen Trank meiner Mom, den ich nicht genommen hatte, oder doch am Alkohol? Waren Élian und Ella einen Augenblick unvorsichtig gewesen, und jemand hatte etwas in mein Bier gekippt?

»Könnt ihr uns hochhelfen?« Mit wem unterhielt sich Élian?

Hatte sich das Stroboskoplicht eingeschaltet, oder bekam ich nur noch Bruchstücke davon mit, was geschah?

Im einen Moment hing ich noch an Élian im Club, im nächsten torkelte ich mit einem Fremden die Treppe zum Ausgang hoch. Etwas später peitschte mir kalter Wind ins Gesicht. Die folgende Luftohrfeige weckte mich endgültig auf, und ich bemerkte den Asphalt, auf dem ich saß.

»*Putain de merde.* Geht's wieder?« Verdammte Scheiße traf es gut. Élian beugte sich weit nach hinten. Nachdem er sich knackend etwas eingerenkt hatte, richtete er sich wieder auf.

»Mach doch mehr Sport, dann hast du keine Rückenschmerzen mehr.« Das Kratzen in meinem Hals ließ nach.

Élian strafte mich mit einem bösen Funkeln. »Okay, du bist wieder die Alte.«

Das Unwohlsein verschwand nach und nach, bis ich mich wieder fit fühlte. Wäre ich betrunken, verschwände dieser Zustand doch nicht innerhalb weniger Augenblicke. Oder?

Ich sah mich um, begriff aber nicht, wo wir waren.

»Hab uns hinter den Club ans Ende des Geländes geschleppt. Weiß ja, wie du es hasst, wenn fremde Leute dich betrunken sehen.« Élian hatte mein fragendes Gesicht richtig gedeutet. »Außerdem ist es hier ruhiger, falls du schlafen willst.«

Élian kannte mich gut, obwohl auch etwas von seiner Pflegerattitüde rauskam. Ein Güterzug ratterte etwas weiter entfernt an uns vorbei. Dahinter sausten Autos auf der Fernverkehrsstraße N14 hin und her. Der Sternenhimmel begrüßte Élian und mich, aber auch er gab mir keine Antwort darauf, was seit Mitternacht mit mir los war.

Mom anzurufen, wäre nur eine Option gewesen, wenn ich im Sterben läge. Denn weit außerhalb der Pariser Innenstadt auf einem heruntergekommenen Fabrikgelände von Saint-

Denis zu sitzen, glich Hochverrat. Das Revier der Furta Noctra betrat man nicht.

»Was überlegst du?« Élian setzte sich neben mich und nahm meine Hand.

Er machte sich Sorgen. Sonst würde er nicht riskieren, seine senfgelbe Hose und den weißen Hoodie zu beschmutzen. Zu gern würde ich ihm die Wahrheit sagen, doch wie immer lächelte ich und sagte: »Nichts.«

»Jane. Hast du irgendetwas genommen? Einen Shot von einem Fremden?«

»Nein, spinnst du? Ihr habt auf mein Bier aufgepasst, und darauf lag auch noch der Gullideckel-Untersetzer.«

»Ja, ich hatte die Flasche vor mir. Keiner war dran.« Élian schien den Abend Revue passieren zu lassen. »Nein.«

Wieder ging mir Moms Trank durch den Kopf. Kam die Krankheit zum Vorschein, vor der sie mich seit meiner Kindheit warnte? Warum stellte ich mich so blöd an und brach die Regel, niemals ihren Trank auszusetzen? Auch darüber konnte ich nicht mit Élian sprechen.

»Weißt du, Jane, also, versteh mich nicht falsch, hoffentlich geht es dir bald besser ...«

»Aber?« Mit halb zugekniffenen Augen behielt ich Élian fest im Blick.

»Irgendwie finde ich die heutige Nacht phänomenal. Wir befinden uns weit außerhalb unserer Komfortzone. Du hast irgendetwas genommen.« Hatte ich nicht. »Ella hängt bei den Securitytypen ab. Wir haben deinen Geburtstag in einem angesagten Club gefeiert. Sind endlich aus dem Raster des Alltags ausgebrochen. Wie lange haben wir uns nicht mehr getroffen? Ich meine, in der Realität, nicht online. Du musst ständig deiner *Maman* helfen, und ich bin bei meinen Eltern mit ihrer Pflege eingespannt. *Zut,* Jane! Wir erleben etwas.« Mit »Verdammt, Jane!« hatte er mich wachgerüttelt.

Das Klirren einer Glasflasche, die auf den Boden fiel, hallte durch die Nacht und unterbrach meine angesetzte Antwort. Ich zuckte zusammen und sah mich um. Diese Gegend sollte ich ohnehin meiden, selbst wenn ich normal wäre, aber nein, natürlich musste ich meinen Geburtstag hier feiern. Hatte ich wieder klasse eingefädelt.

»Ach, Mist, wir haben unsere Handys noch nicht abgeholt.« Élian reichte mir eine Hand. »Wir müssen sie holen. Der Schuppen wird mir immer suspekter. Wir wollen ja nicht sehen, wie unsere Smartphones aus den Tresoren online verhökert werden.«

Ich zog eine Augenbraue hoch. »Ach, erst froh etwas zu erleben, und nun willst du abhauen?« Dass ich meinen besten Freund durchschaut hatte, dürfte ihn nicht wundern. »Tu nicht so besorgt. Dir ist nur wieder eingefallen, dass es nach Mitternacht ist und du in deinem komischen Farming Game wieder ernten kannst.«

»Wie kannst du das sagen? Ich mache mir Sorgen und, äh.«

»Élian. *Gardian.*« Ich suchte stets sich reimende Worte auf Élian, wenn ich ihm etwas nicht glaubte.

»Hirte? Die gibt's in dem Spiel nicht. Ja, okay, wie auch immer. Aber *Farmhill Town* ist nicht komisch.« Er zog eine beleidigte Grimasse.

Ehe ich aufstehen wollte, checkte ich noch einmal meinen Gesundheitszustand. Vorsichtig streckte ich meine angewinkelten Beine aus. Kein Ziehen ging durch meinen Bauch. Seufzend legte ich meine Handflächen links und rechts von mir auf die Straße und spürte kleine Kieselsteine. Was war das bloß gewesen?

»Jane, Beeilung. Sonst kann ich meine Farm schließen. Außerdem sollten wir Ella helfen. Der Türsteher hält sie deswegen bestimmt noch fest. Sie wird einen Aufstand anzetteln und damit alles schlimmer machen, bis er an ihr ein Exempel statuiert.« Bestürzt legte er sich eine Hand an die Brust. »So aufregende Abende sind doch nichts für mich.«

»Du guckst zu viele Serien.« Ich hievte mich hoch, begleitet von einem langen, übertriebenen Stöhnen.

»Sagt ausgerechnet Mademoiselle *Schauen Sie noch oder schlafen Sie schon? Liebe Grüße Netflix.* Los, gehen wir.«

Steinchen kratzten auf dem Asphalt. Jemand näherte sich uns.

»Ihr habt doch bestimmt noch etwas Zeit für uns.«

***

Die bröckelige Fassade des alten Fabrikgebäudes im Rücken und Élian vor mir. So stand ich da und fragte mich, was ich machen sollte. Die beiden Typen, die uns aufgelauert hatten, hatten sich vor uns ausgebreitet und wollten unser Geld. Ich blickte über Élians Schulter und erkannte, wie der eine mit den kurz geschorenen Haaren ein Messer zückte. Mein Puls beschleunigte sich. Scheiße.

Das war keines dieser Amateurmesser von Leuten, die in der Innenstadt ein paar Euro abzwackten. Das war ein gezackter Dolch, den sie zum Kämpfen benutzten. Ich schluckte und schätzte unsere Chancen zur Flucht ab. Okay. Es war aussichtslos.

Mein Herz pochte laut. Mir fiel es schwer, einen kühlen Kopf zu bewahren. Und ausgerechnet mein Élian stand zitternd vor mir und wollte mich beschützen.

Ich krallte mich an seinem Hoodie fest und spürte, wie sein Körper bebte.

»Lasst uns doch, doch …« Élian schluckte laut, und seine Stimme brach. »… bitte gehen. Wir haben unsere Sachen im Club unten.«

»Glauben wir ihnen das, Bill?« Der Messertyp drehte seinen Dolch, und das Licht der Straßenlaternen brach sich darin.

»Nie und nimmer, Pat.« Er zog den linken Mundwinkel nach oben. Sein Grinsen bekam dadurch etwas Unheimliches.

»Wir sind draußen, weil mir schlecht war. Denkt ihr, wir würden unser Leben für Geld riskieren? Hätten wir es mit, würden wir es euch geben.« Élian und ich ließen unser Geld immer in einer von Ellas Designerhandtaschen, damit wir es nicht schleppen mussten.

Wenn die uns nicht vorbeiließen, musste ich die dritte heilige Regel brechen und einschreiten.

Wieder ein Güterzug, der vorbeifuhr. Schleifgeräusche von den Schienen durchschnitten die Nacht.

»Ihr seht nicht aus, als wärt ihr aus der Gegend. Ihr kommt bestimmt aus so einem Schickimicki-Bezirk.« Strengte es Pat gar nicht an, mit seiner Stimme den Zug zu übertönen? Blöd, dass uns hier niemand hören würde. Der Kellerclub nahm nur einen winzigen Teil der alten Fabrik ein, in der früher Autoteile hergestellt worden waren.

»Genau. Ihr haltet euch doch für was Besseres.« Bills knallrote Haare wehten im aufkommenden Wind des Zuges, sodass es wie fließendes Blut aussah.

Eine Erkenntnis überkam mich. Ihnen ging es nicht um unser Geld. Sie wollten einen Grund, um uns anzugreifen. Aber waren Bill und Pat, falls das ihre Namen waren, auch noch von den Furta Noctra? Die Panik vernebelte meine Sinne, was es mir schwer machte, mich zu beruhigen.

»Wartet und wir holen unsere Sachen aus dem Club. Oder einer von euch kommt mit und ...«

»Und dann ruft ihr im Club um Hilfe.« Zumindest Pat, der mich unterbrochen hatte, strahlte nicht nur allumfassende Dummheit aus.

Bill näherte sich Élian und fischte einen Schlagring aus der Seitentasche seiner Militärhose. Was sollte ich machen? Ich konnte doch nicht, nein, Mom brächte mich um. Konnte ich das Leben meines besten Freundes der Geheimhaltung meiner Identität unterordnen?

Ich ließ Élian los, ballte meine Hände zu Fäusten.

»Und du willst das Mädchen beschützen, Schlappschwanz?« Ich hatte zu lange überlegt. Bill stand direkt vor Élian. Er umfasste sein Kinn mit einer Hand. »Kannst nicht mehr reden? Oder sprichst du unsere Sprache nicht?«

»L…lasst Jane in Ruhe.«

»Oh. Hast du das gehört? Er will sie beeindrucken.«

Pat lachte aus dem Hintergrund, was rau und kratzig klang, am liebsten hätte ich gekotzt. Und wie er breitbeinig dastand, als gehörte ihm die Welt, machte mich umso wütender.

Das ging zu weit. Élian tat mir leid. Ohne länger nachzudenken, schnellte ich vor und packte Bills Hand. Élian taumelte zurück, bis er mit dem Rücken an der Fabrikwand stand.

»Das halte ich für eine schlechte Idee, Kleine.« Aus der Nähe wirkte er durch die Falten um den Mund älter. Dabei hatte ich ihn jünger geschätzt.

»J…Jane.« Mehr kam nicht mehr aus Élian.

Scheiße, was tat ich hier? Ich durfte nicht gegen sie vorgehen. Die Stimme meiner Mutter tauchte in mir auf: »Denk an das höhere Wohl.«

Aber es ging um Élian, verdammt noch mal. Verzeihung, Mom. Ich stellte sie auf lautlos.

Im selben Moment riss sich der Möchtegernpunk los und sah mein Einmischen als Rechtfertigung, uns endlich anzugreifen.

»Na warte.« Seine Faust schnellte vor.

Ohne auf Élians Reaktion zu achten, wich ich aus. Ich wechselte in meine Kampfsporthaltung und kickte Bill gegen den Oberschenkel. Die Überraschung in seinen Augen löste ein befriedigendes Gefühl in mir aus. Sofort drückte ich mit meinem rechten Unterarm seinen weg, packte sein Handgelenk und zog ihn vor. Ein leises »Ah« entglitt ihm, als ich mich drehte, danach seine Schulter umfasste und ihm in die Kniekehle trat. Mit meiner Abwehr überrumpelte ich ihn. Er knickte nach vorn, und ich brauchte ihn nur noch mit meiner Hand zu Boden zu drücken. Neben mir hörte ich Geräusche. Meine Aufmerksamkeit galt jedoch Bill unter mir.

Der keuchte auf. »Wie hast du …« Ohne seinen Satz zu beenden, wollte er wieder aufstehen.

Meine Brust hob und senkte sich schnell. Nicht, weil ich ausgepowert war, sondern weil das Adrenalin durch mein Körper schoss. Noch bevor Bill wieder hochgekommen war, trat ich ihn. Er kippte auf den Rücken, und ich schwang mich auf ihn.

»Lass uns gehen, Élian.« Noch genoss ich Bills Anblick unter mir.

»Jane.« Das klang nicht nach Élians bewundernden Rufen. Ängstliche Schwingungen kamen bei mir an.

Ich drehte mich zu ihm. Mist. Pat, auf den ich gar nicht mehr geachtet hatte, stand vor Élian. Sie befanden sich etwas weiter entfernt, als ob Élian versucht hätte, wegzulaufen, aber eingeholt worden war.

»Élian.«

»So taff biste dann doch nicht.«

Ohne auf Bills Provokation einzugehen, hüpfte ich hoch und rannte zu Élian. Kurz vor ihm und Pat bremste ich ab. Urplötzlich fror ich am Boden fest.

»Nein.« Ein ersticktes Hauchen, für mehr reichte es nicht.

Bis das Bild vor mir mehr und mehr real wurde.

»Nein!« Mein eigener Schrei fuhr mir wie ein Messerstich ins Herz.

Dieses hilflose, zutiefst niedergeschlagene »Nein!« hallte hier, hinter dem Fabrikgebäude, wider und wurde zugleich von dem Lärm der N14 verschluckt.

Das Licht brach sich in dem blutverschmierten Messer, das der Verbrecher aus Élians Bauch zog. Élian sah auf seine Wunde. Seine Finger stoppten zitternd vor dem Blut. Es verfärbte seinen Hoodie. Erst danach blickte Élian zu mir und öffnete den Mund. Heraus kam ein mickriges Krächzen.

Sämtliche Panik und Sorgen sammelten sich in meinem nächsten »Nein«, das in der Luft hing wie ein böses Omen.

Hinter mir näherte sich jemand. Gekonnt trat ich zurück und traf auf etwas. Ohne mich zu vergewissern, wie stark mein Tritt gewesen war, raste ich vorwärts. In mir drehte sich alles. Das Rauschen meines Blutes in meinen Ohren nahm an Lautstärke zu, und ich musste mich konzentrieren, damit meine Beine nicht nachgaben.

Blut tropfte von Pats Messer und fiel mit Élian zu Boden. Ich hatte keine Angst vor ihm, aber davor, Élian nicht helfen zu können.

Die Straßenlaternen neben uns fingen zu flackern an, und meine Schmerzen von vorhin kamen wie eine unerwartete Explosion zurück.

Ohne Umschweife kippte ich vor und biss mir auf die Unterlippe. Ich ging in die Hocke und stützte mich mit den Händen auf der rauen Straße ab. Sie sollten nicht merken, wie es mir ging, aber sie wären blind, erkannten sie es nicht.

Unter Schmerzen hielt ich erst meinen Bauch und schlug dann mit der flachen Hand auf die Straße ein. Die Steinchen am Boden kratzten meine Haut auf. Warum? Warum? Es kostete mich Überwindung, zu Élian zu sehen. Er lag am Boden, und die Feststellung, zu spät reagiert zu haben, ließ meine Krämpfe stärker werden. Blitze zuckten vor meinen Augen umher. Wie sollte das ausgehen? Élian war verwundet, und ich konnte ihm nicht helfen. Was im Moment mehr schmerzte? Élians Anblick oder die Krämpfe? Keine Ahnung.

Ich würde die Nächste sein und erwartete jeden Moment, den Stich des Dolches zu spüren. Oder war er bereits gekommen und in meinen Schmerzen untergegangen? Was stimmte nicht mit mir? Und warum zum Teufel hatte anscheinend jemand meinen neunzehnten Geburtstag verflucht?

»Nicht mehr so 'ne große Klappe, was?« Keine Ahnung, wer von beiden auf mich einredete. Die Stimme echote in meinem Kopf.

Schwarze Stiefel mit Metallketten hielten vor mir.

»Hey.«

»Was macht ihr da?«

Zwei weitere männliche Stimmen, falls ich das richtig gehört hatte. Noch mehr Feinde?

Der Boden unter mir drehte sich, als verwandelte er sich in einen Strudel, ein schwarzes Loch, das drohte, mich zu verschlucken. Ich hielt den Atem an, und meine Lunge stach. So sehr ich es auch versuchte, ich konnte nicht mehr einatmen.

Als das Karussell meiner Schmerzen allmählich nachließ, waren die Stiefel verschwunden. Ich spürte eine Hand auf meinem Rücken und zuckte zusammen. Erst da ließ ich die Luft wieder in mich. Man half mir, mich zu setzen. Blaue Augen sahen mich an.

»Alles gut? Sie sind weggelaufen.« Ein nettes Gesicht.

Ich deutete zu Élian. Bei ihm stand ein anderer Junge.

»Holt Hilfe.« Hörte man mich überhaupt?

Übelkeit kletterte meinen Hals empor, und ich benötigte all meine Kraft, um mich nicht zu übergeben.

Mein Körper vibrierte. Ich hatte große Angst davor, was mit mir los war und wie es Élian ging.

»Geht es dir gut, hast du …«

»Holt Hilfe, er stirbt.« Mit letzter Kraft sprach ich so eindringlich, wie ich konnte.

Die Jungen warfen sich einen unbeholfenen Blick zu.

»Simon?«

Simon, der eine rote Cappy trug und bei Élian stand, nickte. »Beeil dich, Philippe.«

Neben mir regte sich etwas, der Blonde. Wie war sein Name? Philippe.

»Nein, geht beide.«

Wieder schauten sie sich an.

»Geht.«

Sie rannten los. Ich musste mit Élian allein sein. Nachdem ich mich zu ihm geschleppt hatte, drehte ich ihn auf den Rücken und untersuchte ihn mit verschwommenem Blick.

»Bitte nicht, Élian.« Die Wunde an seinem Bauch war nicht nur eine Stichverletzung. Das Messer mit den Zacken hatte ihm schwerer zugesetzt, als ich gehofft hatte.

Wie er da lag, wie etwas Zerbrechliches, dem ich nicht noch mehr schaden wollte, ließ mich hilflos zurück. Die Möglichkeit, meinen Plan umzusetzen und vielleicht dennoch zu scheitern, umklammerte mich. Eine giftige Umarmung, die mich daran denken ließ, wie ich damals im Krankenhaus an Yassins Bett gestanden hatte.

Ich zog die Nase hoch und wischte mir die Tränen weg. Nicht jetzt. Für Élian musste ich stark sein und es wagen. Ich rieb die Hände aneinander, als schaltete ich so meine Furcht ab. Schmutz bröckelte ab, und die Flächen wurden warm. Dann zog ich ihm den heiligen Hoodie aus und benutzte ihn als Kissen für seinen Kopf. Sachte legte ich meine Hände auf seine Brust und seinen Bauch.

»Bitte, bitte, bitte, bitte. Mach etwas.« Nichts geschah.

Ich atmete tief ein, hielt die Luft und atmete wieder aus. Langsam versuchte ich, mich zu entspannen. Für Élian musste ich mich zusammenreißen, also schloss ich meine Augenlider und strich meine Haare hinter die Ohren, fühlte die goldenen Piercings. Mein Herzschlag beruhigte sich, dank der Atemtechnik meiner Mutter. Die Schmerzen in meinem Körper zogen sich zurück.

Immer weiter drang ich in mein Inneres, öffnete alle Energiekanäle und konzentrierte mich darauf, meine Kraft auf Élian zu lenken. Ich nahm die Sanitatemaura der Heilung wahr, die um mich tanzte wie eine Kerzenflamme. Langsam streifte ich sie mit meinen Gedanken ab, bis sie Élian einnahm.

Schwärze hüllte mich ein, und ich nahm nichts mehr wahr, bis auf das Geräusch eines Flusses in mir. Langsam und zögerlich tat sich ein Lichtfunken in der Finsternis in mir auf. Wie ein kaputtes Feuerzeug, das man verzweifelt zu entfachen versuchte.

Voller Hoffnung sah ich Élian wieder an. Das Rasen der Autos, die schlechte Luft, das flackernde Straßenlaternenlicht, alles kam wieder zurück zu mir. Nur Élian nicht. Wie in einem Wahn kniete ich vor meinem besten Freund, drückte meine Hände auf ihn, aber es passierte nichts.

»Warum klappt es nicht?« Verzweifelt schlug ich mit beiden Fäusten auf Élian. »Wach auf, wach bitte auf.«

Die Erinnerungen an meinen verstorbenen Ex-Freund Yassin drängten sich in den Vordergrund, obwohl ich sie lange verschlossen gehalten hatte. Vor meinem inneren Auge sah ich, wie ich an seinem Sterbebett im Krankenhaus stand und an ihm rüttelte, nachdem ich Dummkopf ebenfalls versucht hatte, ihn wiederzubeleben. Obwohl ich schon lange wusste, dass ich eine Versagerin war, die diese und viele weitere Fähigkeiten komischerweise nicht geerbt hatte. Ich war die

Schande der Familie und konnte selbst diejenigen nicht retten, die ich liebte.

Die Tränen brachen aus mir. Mein gleichzeitig lautes Schluchzen erschreckte mich selbst. Sanft legte ich meine Hände an den Mund und spürte Élians warmes Blut an mir.

»Das darfst du mir nicht antun. Bitte, Élian.«

Immer wieder wiederholte ich diesen Satz.

»Wach auf.« Mein Wispern kam mühsam aus meinem trockenen Mund, und meine Zunge klebte schwer an meinem Gaumen.

Erschöpft bettete ich meinen Kopf auf seine Brust. Überall an mir klebte sein Blut. Ich streichelte seine Wange und erwischte mich dabei, wie ich mir jedes Detail seines Gesichts einprägte, um sie mir in meine Erinnerungen einzuschweißen. Seine Zornesfalte zwischen den Brauen, sein Tattoo am Hals, das an seine japanischen Wurzeln erinnerte. Das Grübchen in seiner Wange, das sich vorhin noch vertieft hatte, als er mir von einem Typen erzählt hatte. Moment, was machte ich da?

»Nein.« Ich setzte mich wieder auf und legte meine Hände auf ihn. »Ich gebe dich nicht auf, Élian. Du hast mich auch nie aufgegeben. Wach endlich wieder auf, lass mich nicht allein.«

Mit aller Kraft zwang ich mich, die Magie in mir zu finden. Ich tauchte tief in mein Unterbewusstsein, verdrängte all die Wut und Trauer in mir, um meinen Geist die Sanitatem in mir suchen zu lassen. Nichts. Kein Funken, kein Strahlen, keine Heilmagie. Nein, so würde das hier nicht enden. Ich eilte in den dunkelsten Winkel meines Selbst. Eine leicht schimmernde Barriere mit Rissen darin hielt mich auf, doch dabei würde es nicht bleiben. Ich sammelte also all meine Energie und durchbrach die kaum sichtbare Mauer, bis ich es sah. Ein schwaches Glimmen. Gedanklich griff ich danach, und sofort nahm mich die Wärme der Magie ein.

Alle Lichter um uns flackerten, bis die Lampen platzten. Ein paar Scherben rieselten auf uns herab.

Zuerst verschluckte uns die Dunkelheit, bis ich meine Hände hob.

»Wach auf.« Mein Körper heizte sich auf, zitterte, und dann platzte meine Aura aus meinem Körper wie Wasser aus einem Geysir, umhüllte Élian und erhellte die Umgebung, bis ich wenige Sekunden später das Bewusstsein verlor.

Kapitel 2

Der Typ mit den langen, blonden Haaren von vorhin war wiederaufgetaucht. Wir standen in der Personaltoilette des Clubs, die uns die Security zur Verfügung gestellt hatte. Das kühle Wasser fühlte sich angenehm auf meinem Gesicht an. Es rauschte mit voller Wucht aus dem Hahn, und ich beugte mich noch ein wenig tiefer in das Waschbecken, bis es auch über meine Haare floss. Gleich danach sprudelte es auch in meinen Ohren, übertönte aber leider nicht das Gewusel von draußen. Lange hatte es nicht gedauert, bis der Vorfall die Runde gemacht hatte. Spätestens als die Notärztin gekommen war, hatten selbst die Betrunkensten den Vorfall realisiert.

Irgendwann musste ich mich jedoch wieder dem Leben da draußen stellen. Also richtete ich mich auf und warf meine nasse, schulterlange Mähne zurück. Tropfen fielen zu Boden und das gleichmäßige Geräusch, das dabei entstand, füllte den Raum aus. In meinem Gesicht und an meinen Händen erblickte ich durch den Spiegel noch rosafarbene Stellen, wo noch immer etwas von Élians Blut klebte, wie eine verschwommene Erinnerung, die ich nicht fassen konnte.

»Können wir dich echt allein lassen?« Philippes Blick eilte in der Toilette umher, die in sattem Weiß erstrahlte, als wäre sie frisch renoviert worden.

War er lediglich aus Pflichtbewusstsein da, weil er dachte, er müsse auf mich aufpassen?

»Ich hol nur die Sachen von Élian und Ella, und dann fahre ich zu ihnen ins Krankenhaus. Du kannst gehen.« Alleinsein wäre mir für den Moment ohnehin lieber, um Élians Anblick und meine aufgetauchten Fähigkeiten zu verarbeiten. Es war mir schwergefallen, dem Notarztwagen mit Blaulicht hinterherzuschauen und nicht bei Élian sein zu können.

Mist. Bei dem Gedanken daran hatte ich gar nicht bemerkt, wie viel Papier ich bereits aus dem Spender gezogen hatte. Ich riss es ab und wischte mir über das Gesicht. Einen perfekten Basketballwurf später landete es im überfüllten Eimer. Ich bemühte mich, Élians Verletzungen aus meinem Gedächtnis zu verbannen, aber ständig blitzten die Bilder auf. Wenn ich ihn verloren hätte, dann ...

»Schon krass, dass dein Freund das überlebt hat. Ich meine, nach unserer Rückkehr sah er aus, als wäre er nur zerzaust nach einem langen Mittagsschlaf aufgewacht. Du bist jetzt, äh, ganz allein hier, oder?« Philippe lachte auf, während seine Augen weit offen standen und sein Blick an Irgendetwas haftete, nicht mehr herumirrte.

»Ja und ja, Glück gehabt.« Von wegen Glück. Nur wie hatte ich das geschafft? Ein Ding der Unmöglichkeit. Ich dürfte das nicht können. Meine Mom hatte immer gesagt ... *Merde. Maman.*

»Du hättest aber ruhig mitfahren und eure Sachen später holen können, oder wir hätten sie euch gebracht.« Philippe trat vor, und unter dem Licht des Spiegels wirkte er noch blasser.

Ich machte einen Schritt zur Seite und lehnte mich gegen die weißen Kacheln.

»Er braucht, äh, seinen digitalen Ausweis, Nummern im Handy und so.« Ich ratterte die erstbesten Begriffe herunter, die mir einfielen.

Eigentlich gab es einen anderen Grund, weswegen ich nicht in den Krankenwagen gesprungen war. Zuerst musste ich nämlich die Aura meiner Kräfte loswerden, die ich, keine Ahnung wie, eingesetzt hatte. Denn in einem Krankenhaus war die Wahrscheinlichkeit hoch, dass jemand, der es nicht sollte, meine Energien bemerkte. Wie sollte ich das bewerkstelligen? Mir hatte nie jemand gezeigt, wie ich die magische Aura erlöschen lassen konnte.

Die Tür öffnete sich und stieß gegen meine Seite.

»Pardon.« Simon betrat die Toilette.

»Sie sind da.« Simon sah nach draußen, ehe er die Tür wieder schloss. Sie?

Philippe knackte mit den Fingern und nickte zwei-, dreimal hintereinander. Für die beiden hatte sich die Sache erledigt, warum stieg seine Nervosität?

»Na ja, auf jeden Fall, danke für eure Hilfe.« Ich drückte mich von der Wand weg und schüttelte mein Shirt durch, das durch das Wasser an mir klebte.

Ohne auf ihre Antwort zu warten, wollte ich mich an Simon vorbeidrängen. Dieser ging aber nicht zur Seite.

Ich suchte seinen Blick und zog meine Augenbrauen tief ins Gesicht. Bitte, ich brauchte jetzt keine Anmache oder so was.

»Wir können dich leider nicht gehen lassen.« So nah vor Simon bemerkte ich es erst.

Ein Glühen ging von ihm aus. Die Adern in seinen Augen pulsierten, färbten sich mitternachtsschwarz. Um seine Iriden erstrahlte ein dunkelgelber Ring.

Ich machte zwei Schritte zurück, und Philippe stellte sich mir in den Weg.

»Bitte, ich …« Mehr konnte ich nicht mehr sagen, da spürte ich es wie einen Bienenstich direkt in meinem Kopf.

Simon, der mich mit seinen Augen fesselte und mir die Energie stahl, meine Aura schwächte, bis mir schwindelig wurde.

»Nein.« Das Wort kam wie ein Säuseln aus mir.

Wie eine Betrunkene stolperte ich zur Seite. Sah weg von Simon und fixierte einen Punkt, um mich zu lösen, was aber nicht klappte. Stattdessen sah ich die Kacheln, die pink wurden und sich zu Kreisen verformten.

Ich musste zu Élian, falls doch noch etwas geschah.

Meine schlaffen Arme kamen mir wie aus Gummi vor, und es kostete mich all meine Kraft, sie zu heben. Es musste ihnen lächerlich vorkommen, wie ich vergeblich versuchte, Simon zur Seite zu schieben.

Philippe verdreifachte sich neben mir. Ich verlor meinen Verstand. Die drei Philippes kauten an ihrem Daumennagel. Simon, dessen Blicken ich auswich, packte mich am Hals. Seine Adern traten schwarz hervor.

Zuerst bereitete es mir höllische Schmerzen, meine Energie zu verlieren, bis ich mich betäubt fühlte. Sie raubten mir all mein Licht, meine Seele und meinen Lebenswillen. Ich stellte die erlegte Beute dar und sie die Raubtiere, die vorhatten, mich zu verspeisen. Simon sagte etwas, aber seine Stimme klang gedämpft, wie unter Wasser. Und als sich die schwarzen Ränder meines Tunnelblicks zuzogen, wusste ich, bald würde ich niemals wieder Licht sehen.

***

Wassertropfen rannen die schimmelige Wand herunter. Mein Hals machte einer Wüste Konkurrenz und kitzelte, als steckte ein Härchen irgendwo darin fest. Dennoch konnte ich mich nicht dazu durchringen, die Feuchtigkeit mit meiner Zunge aufzulecken. Ekel und Kälte ließen mich erschaudern.

Die aufkeimende Panik gewann nach und nach. Mein Unbehagen zu verdrängen, gelang mir nicht mehr lange. Ich stieß ein weinerliches Seufzen aus. Kam ich jemals wieder hier raus? Es gab doch noch Sachen, die ich erleben wollte. Warum hatte ich ständig alles in die Zukunft verschoben und nicht einfach gelebt? Hier und jetzt verstand ich, warum es besser war, sein Ding durchzuziehen, statt es jedem recht machen zu wollen. Wäre das mein Ende, hätte ich wirklich alles versäumt, was für mich von Bedeutung gewesen wäre.

Wieso war ich hier gelandet? Das Strohbündel, auf dem ich saß, schützte mich vor dem scheußlichen Steinboden. Ich zog die Beine an und bettete meine Stirn auf meine Knie. Gerade hatte ich mich beruhigt, da kündigten sich die nächsten Tränen an. Selbst Ellas neue TikToks, in denen sie die verschiedenen Arten von in Paris lebenden Menschen nachmachte, hatte ich mir nicht angesehen.

Die stickige Luft und die Wände, die näher zu kommen schienen, engten mich ein und halfen nicht, mir die Höllenangst vom Leib zu halten. Warum hatte sich mein Geburtstag derartig entwickeln müssen? Warum ich? Die Verzweiflung drückte mein Herz zusammen, und es fiel mir schwer, nicht durchzudrehen.

Ich sah wieder hoch und suchte nach Schlagspuren von mir an der Tür, die ich beschworen, beschimpft und bekämpft hatte. Doch der stählerne Ausgang sah aus wie neu. Meine blauen Knöchel und pulsierenden Hände sprachen leider eine andere Sprache. Es war vorbei. Wozu noch bemühen?

Ein Krächzen schallte bis in meine Zelle und ging mir durch Mark und Bein.

Mein Kinn zitterte, und ich wimmerte. Wut übermannte mich, und ich schlug gegen die feuchten, rutschigen Steine.

»Lasst mich raus, *salauds.*« Diese Bastarde. Wenn ich rauskäme, dann ... Ach, keine Ahnung.

Ich wischte mir durch das Gesicht. Kalter Schweiß stand auf meiner Stirn. Der schmale Lichtkegel, der zwischen den winzigen Gitterstäben des Gucklochs in der Tür schien, war gerade hell genug, um den Schmutz erkennen zu können.

Wie lange würde es noch dauern, bis ich starb? Natürlich überraschte es mich wenig, dass die Furta Noctra eigene Kerker irgendwo unterhalb von Paris aufgebaut hatten. Ich malte mir aus, wie sie mich in einen Raum mit Folterbänken, Brandeisen und Kneifzangen brachten. Da fielen mir auch wieder die Erzählungen meiner Mom über die Kammern der Furta Noctra ein. Was, wenn Philippe und Simon die beiden Typen engagiert hatten, die Élian und mich angegriffen hatten? Deshalb auch ihr aggressives Vorgehen. Nur so konnten sie einen von uns dazu bringen, unsere Kräfte einzusetzen. Deshalb hatten sie uns auch allein gelassen, vermutlich um die Ecke gewartet. Bestimmt hatte sogar jemand anderes anstelle der beiden die Rettung gerufen. Wenn ich an all das dachte, wurde mir schlecht.

Dazu noch der Geruch von Fäulnis, der in meiner Nase stand wie eine Wolke aus Müll, als bemühten sie sich, diese Kerker extra verkommen zu lassen.

All die Trainings, die ich bewältigt hatte, um mich zu verteidigen oder in solchen Situationen ruhig zu bleiben, halfen in der Realität nichts. Wenigstens hatte ich herausgefunden, dass ich meine Heilaura erlöschen lassen konnte, wenn ich die Magie in mir wie einen Muskel entspannte. Nachdem das funktioniert hatte, war mir auch wieder eingefallen, diese Beschreibung in einem alten Buch meiner Mutter gelesen zu haben. Ich sprang auf, strich meine Haare zurück, ging im Kreis und schrie noch mal um Hilfe.

Ich hielt. Es brachte nichts. Trotzdem erdrückte mich das Nichtstun noch mehr. Mein Fuß wippte auf und ab. Ich kratzte mich am Hinterkopf. Dann setzte ich mich, um gleich danach wieder aufzustehen.

Ich verlor den Verstand. Eventuell hatte ich mir diese Melodie vorhin auch nur eingebildet, die mich ein wenig beruhigt hatte. Das melancholische, traurige Summen, das sich nach und nach mit einer Prise Hoffnung vermischt hatte.

Okay, ich musste mich zusammenreißen. Woher sollte dieser Klang gekommen sein?

»Deine Nervosität reicht bis zu mir. Kannst du dich endlich zusammenreißen?« Wer hatte das gesagt?

»Ich reiße mich nicht zusammen.« Warum widersprach ich ihm, wenn ich mir den gleichen Ratschlag gerade selbst gegeben hatte? »Wer bist du überhaupt?«

»Archie. Bin im Kerker fast gegenüber.« Seine Stimme klang rau und düster.

»Ich bin Jane. Hast du vorhin diese Melodie gesummt?« Ich musste es wissen, um mir einzureden, dass ich nicht durchdrehte.

Es herrschte einen Moment Schweigen. Hatte ich mir diese Stimme jetzt auch nur eingebildet?

»Ja«, sagte er und gab mir damit die Bestätigung, mich nicht verhört zu haben.

»Sie ist eine Art Anker, habe ich mir über die Zeit selbst ausgedacht. Die Stille kann einen fertigmachen.«

»Über die Zeit? Wie lange bist du denn schon hier?«

»Paar Jahre.«

Ich setzte mich wieder. Das Stroh pikte mich. Jahre? Ich stand wieder auf. »Jahre? Verarschen kann ich mich auch selbst.« War er einer von ihnen?

»Mir doch egal, was du glaubst.«

»Denkst du, ich lass mich in so einer Situation von dir verarschen? *Ta gueule.*«

»Ich halte schon zu lange hier unten den Mund. Ganz allein.« Nein, Archie veralberte mich nicht. Wie er das sagte. Es lag viel zu viel Traurigkeit in seinen Worten.

»Echt? Jahre?«

»Mhm.« Aha. Sonst keine Erklärung, Mister? »Was hast du getan, Jane?«

Außer dass ich ihre Feindin, eine Sanitatem, war und sie uns Heilerinnen, wie sie uns salopp nannten, grundlos hassten? »Nichts, du?«

Archie schnaubte belustigt. »Also wie ich.«

Es war Ewigkeiten her, dass ich einen zirkelfernen Sanitatem getroffen hatte. Ich sah auf die Blechschüssel neben der Tür und die Suppe mit der schleimigen Konsistenz darin. Das sollte ich von nun an essen?

»Wie lange bin ich hier?«

»Einen Tag circa.«

Einen ganzen Tag? Meine Mutter musste ausrasten vor Sorge. Was hatte sie Ella und Élian gesagt, wo ich blieb und warum ich nicht vorbeikam? Élian. Lebte er noch? O Mann.

Ganz langsam lehnte ich mich gegen die Tür und rutschte an ihr entlang, bis ich am Boden landete.

»Wo sind wir überhaupt genau?« Normalerweise sollte ich ihn mehr ausquetschen, aber ein Schwindel überkam mich, der es mir schwer machte, mich zu konzentrieren.

»Weiß nicht.«

»Okay, und gibt es keine Chance, zu entkommen? Wenn sie das Essen bringen oder so?«

»Denkst du, ich wäre dann noch hier?«

Stimmt. Blöde Frage. Mein Kopf funktionierte nicht richtig, als hätte ich etwas von der Suppe in meinem Gehirn. Abermals suchte ich mein Verlies nach Waffen ab, falls Philippe und Simon zurückkamen. Nichts.

»Und …«

»Sag, Jane«, unterbrach Archie mich und sprach meinen Namen vorsichtig aus.

»Ja?«

»Ich weiß, es klingt blöd, aber kennst du die Serie *Once Upon a Time?* Hast du sie gesehen?« Hää? Für Serien hatte ich gerade keinen Kopf.

»Äh, ja«, antwortete ich dennoch. Wenn man sich selbst mit magischen Fähigkeiten auskannte, sah man solche Serien zwar mit einem Lächeln, aber man fühlte sich normaler dadurch.

»Was ist denn noch passiert? Wie hat sie geendet?« Seine Stimme wirkte, als hätte er sich ganz nahe an seine Tür gestellt, um nichts zu verpassen. »Mann, ist echt unangebracht, oder? Aber ich denke darüber oft nach und male mir aus, wie es weitergegangen sein könnte.«

Mir war zwar nicht danach zumute, aber ich lächelte einen Augenblick. Das verflog gleich darauf. Das machte er ja nur wegen seiner langjährigen Gefangenschaft.

»Das verrate ich dir nicht.« Einen etwas belustigten Unterton konnte ich mir nicht verkneifen. Er tat mir leid, also beschloss ich, ihn erst mal nicht mehr mit Fragen zu löchern und wartete ab, wie er reagierte.

»Wie gemein.« Wie Archie das sagte, konnte ich mir richtig vorstellen, wie er beleidigt die Unterlippe vorschob.

»Wir kommen raus, und dann siehst du es selbst, okay? Deshalb spoilere ich dich nicht.«

Lange kam keine Antwort.

»Süß. Du denkst, du kannst fliehen.« Es klang nicht nach einer Verhöhnung. Obwohl. Irgendwie schon. Trotzdem hörte ich, wie leid ihm meine Naivität tat.

Aber ich glaubte fest daran, zu entkommen.

»Archie?«

»Ja?«

»Ich werde rauskommen. Koste es, was es wolle, und ich nehme dich mit. Ach, und du bist ein Arsch.«

Archie lachte auf. »Nehm dich beim Wort, Jane, äh …«

»Jeanne Sana Amicus. Aber alle nennen mich Jane.«

»Enttäusch mich nicht, Jane Sana Amicus.«

Es tat gut, mit Archie zu sprechen, seine Stimme zu hören und mir sein Lächeln vorzustellen. Obwohl ich ihn noch nie gesehen hatte, baute mein Kopf ein Bild von ihm zusammen. Da fühlte ich mich gleich fitter.

»Mach ich nicht. Wie ist dein voller Name?«

»Andre-Claude, aber lieber Archie. Andre-Claude erinnert mich zu sehr an meine Familie und daran, wie sie ihn ausgesprochen hat. Also: Archie Malus L…«

Archie verstummte, als sich etwas aufschob, und ein Poltern durch die Gänge zog. Stimmengewirr erklang, und ich bekam Gesprächsfetzen mit, die zu abrupt kamen, um sie zu verstehen.

Kapitel 3

Meine Abwehr verpuffte sofort nach Simons Berührung. Seine böse Aura der Dunkelheit nahm mich völlig ein. Meine Muskeln waren wie paralysiert. Sie waren zurückgekehrt und hatten mich aus meinem Gefängnis gezerrt. Was hatten sie mit mir vor?

»Lass mich los.« Gedanklich schrie ich ihm das entgegen. In der Realität kamen die Worte quälend und wie ein Flüstern aus mir.

Er lachte mich aus.

Eigentlich sollte ich strampeln, aber es klappte nicht. Simons Dunkelheit, die ihn umgab, hatte sich gelöst und hielt mich wie eine Zwangsjacke gefangen. Dabei strengte ich mich an, meine Beine und Arme zu bewegen. War ich auf ewig gelähmt? Dieser Gedanke versetzte mich in Panik. Aber meine Angst brachte mich nicht weiter. Mir blieb nur die Möglichkeit, Simons Kontrolle, die er mit seiner Magie über meinen Körper hatte, zu akzeptieren und einen Plan zur Flucht zu schmieden.

Betäubt stolperte ich von Schritt zu Schritt. Simon zerrte mich halb hinter sich her. Immer wieder presste ich die Augen zusammen, um meine verschwommene Sicht zu klären, was mir mittelmäßig gelang. Die Macht, mit der er meine Beine zwang, ihm zu folgen, fühlte sich zu mächtig an, um sie zu brechen.

»Fasst sie nicht los, äh, an. Mich, ähm, ich schwöre euch …« Archies Worte gerieten durcheinander, wohl weil er lange nicht mehr mit jemandem gesprochen hatte und das alles zu schnell vor sich ging.

Simon lachte auf und warf dabei den Kopf zurück. Seine Baseballcap fiel von ihm. Ich sah zurück und sah Philippe, nervös wie letztens. »Was willst du denn machen, *crétin?*« Dummkopf? Was Besseres fiel Simon nicht ein? Und Philippe? Hatte der gar nichts zu sagen?

Archie schlug gegen die Tür. Zumindest glaubte ich das.

Simon knallte mich an die feuchte Mauer. »Denkst du auch, dein neuer Freund wird dir helfen? Soll ich dir sagen, wer er ist?« Er schüttelte mich. »Oder checkst du es selbst, Mädchen?«

»Verpiss dich.« Es war schwer, den Satz rauszubekommen.

Meine Worte machten Simon fuchsteufelswild. »Ach, so ist das?«, brüllte er, wirbelte mich herum und schleuderte mich zu Boden, direkt vor Philippe, der mir von oben in die Augen sah.

Da Simon mich weder im Blick hatte noch berührte, erholten sich meine Kräfte. Mehr nahm ich zunächst nicht wahr, bis jemand mein Handgelenk ergriff und mich auf die Füße zerrte. Meine Energie ging wieder dahin. Simon zwang mich gewaltsam mit sich. Lichter an den Wänden, die wie Fackeln aussahen, zogen an mir vorbei.

Alles in mir versetzte sich in Aufruhr. Leider konnte ich das nicht nach außen tragen. Wir hielten vor einem Tor, und ich krachte in Simon. Wieder ließ er mich los und fischte etwas aus seiner Tasche.

Ich lehnte mich gegen die Steinwand und sah Philippe mit einem Auge an, das andere hielt ich vor Erschöpfung geschlossen. Er entzog sich meinem Blick. Der lange, dünne

Junge knabberte an seinen Fingernägeln und schien sich unwohl in seiner Rolle zu fühlen.

»Jane.« Archies Stimme und die Tatsache, dass Simon abgelenkt war, hauchten mir wieder Leben ein, und ich blinzelte die Benommenheit von mir ab.

Eventuell hatten die beiden nur meine Heilmagie gespürt, ohne meine Kampfsportfähigkeiten mitzubekommen. Das war meine einzige Chance. Wohlgemerkt eine ziemlich geringe, aber immerhin.

Also kramte ich mein gesamtes schauspielerisches Talent hervor – und das war nicht viel, eigentlich gleich null – und schwankte von einem Bein zum anderen. Um dem die Krone aufzusetzen, tat ich, als rutschte ich ständig von den Steinen an der Wand ab, an denen ich mich festhielt.

Simon öffnete mit einem Ruck das Tor und wollte mich schnappen, um mich wieder mit sich zu zerren.

Genau in diesem Moment drehte ich den Spieß um, ergriff mit geschlossenen Augen seinen Pulli und verdrehte ihm den Arm, bis er aufschrie. Danach öffnete ich meine Lider wieder. Nun war er zu abgelenkt, um mich mit seinem Blick zu fesseln.

Philippe sprang zurück und legte die Hände an seine Wangen. »Simon.« Er schien nicht in der Lage zu sein, seine Kräfte zum Kampf einzusetzen. Gut für mich, vielleicht war er nur ein Mutatio, und meine Aura zu verändern, brachte ihnen im Moment gar nichts. Damit könnte er nur erreichen, dass Simon oder er mich anders wahrnahmen, aber nicht verhindern, was ich nun vorhatte.

Ich hatte das noch nie mit voller Wucht getan, und es widerstrebte mir, jemandem wehzutun, aber ich musste mich überwinden und trat Simon von hinten. Er fiel zu Boden, und es ertönte ein dumpfes Geräusch.

Bei Philippe kam es mir noch komischer vor, ihn zu bekämpfen, weil er nicht böse aussah, aber ich konnte nicht riskieren, verfolgt zu werden. Also täuschte ich einen Schlag vor, er wich zurück und hielt die Arme wie einen Schutzschild nach oben. Genau da ging ich in die Hocke und kickte ihm die Beine weg. Er schlug mit dem Kopf gegen die Steinwand und fiel dann auf Simon.

Hektisch blickte ich um mich und bemerkte, dass meine Kräfte noch nicht vollends zurück waren, außerdem kündigten sich diese Magenkrämpfe wieder an.

Zimperlichkeit konnte ich mir nicht leisten. Ich visierte das Tor für meine Flucht an.

»Jane?«

Sollte ich riskieren, erwischt zu werden? Abwechselnd sah ich zwischen dem Durchgang zur Freiheit und Archies Gefängnis hin und her. Archie retten oder nicht?

»Jane?«

Ach, scheiß drauf.

Da mein schlechtes Gewissen mich sonst umbringen würde, rannte ich los. »Archie?«

»Hier.«

Vor seinem Verlies hielt ich.

»Archie?« Ich klopfte.

»Ja.«

Merde, die mächtige Tür hatte nichts, um sie zu öffnen. »Komme gleich.«

Wenige Schritte später stand ich über Simon und Philippe. Simon bewegte sich und gab Knurrgeräusche von sich. Er könnte jeden Moment aufwachen.

»Ich muss mich beruhigen«, flüsterte ich zu mir selbst. Was machte ich jetzt?

Als Simon sich den Kopf rieb, entschied ich mich dafür, ihm noch mal eine zu verpassen, dann tastete ich nach dem

Schlüsselbund. Er musste doch irgendwo sein. In meiner Erinnerung hörte ich ein Rascheln von Schlüssen.

Mit leichten Schlägen gegen seine Hosentasche brachte ich den Bund zum Scheppern. Yes. Ich zog ihn heraus und fand mich kurz danach vor Archies Tür wieder.

»Welcher Schlüssel?« Ich ging jeden davon durch. Sie mussten beschriftet sein, sonst könnte sich das doch niemand merken.

Meine Sicht stellte sich abwechselnd scharf, dann wieder verschwommen. Wie sehr ich das Ziehen in meinem Magen auch verdrängte, es kämpfte sich in den Vordergrund.

Ich stöhnte in mich hinein. Dieser Druck brachte mich um den Verstand. Was ich auch tat, ich konnte mich nicht konzentrieren. Ständig linste ich zu Philippe und Simon, dann auf den Schlüsselbund, von dem ein rostiger Duft nach Eisen aufstieg, sobald ein Schlüssel gegen den anderen klimperte.

»Was machst du?« Archie schien näher gekommen zu sein. Ich blickte hoch und entdeckte seine Augen durch das schmale Guckloch mit den Gitterstäben. Augen voller Finsternis, vor denen schwarze Strähnen hingen.

»Was wohl? Ich spiele die Melodie von *Alle meine Entchen* mit dem Schlüsselbund nach.« Ich wusste, Gereiztheit brachte mich nicht voran. Unterdrücken konnte ich es jedoch nicht.

»Schau nach Punkten. Den Neuen wird oftmals was von Punkten erklärt.«

»Was für verfluchte Punkte?« Mehrmals blinzelte ich, um meinen Blick zu zwingen, endlich die Schlüssel scharf zu stellen. Wenn ich das versaute, dann, okay, stopp. Darüber wollte ich nicht nachdenken.

»Keine Ahnung, schau genau.«

»Schau genau«, äffte ich ihn leise nach und nervte mich selbst mit meiner Art.

Ich ließ meinen Kopf in den Nacken fallen und wischte mir den kalten Schweiß von der Stirn. Einmal atmete ich tief ein und aus. Ich sah über Archies Tür. Dort befanden sich drei Punkte untereinander.

Gleichzeitig tastete ich mit meinen Fingern über einen der Schlüssel und spürte etwas am Schaft. Vierecke. Das suchte ich nicht. Der nächste Schlüssel: Striche. Na toll. Vielleicht dieser hier? Nein. Ich tastete den nächsten ab. Da waren sie. Die langersehnten Punkte, drei untereinander. Exakt was ich gesucht hatte.

Die Freude währte nicht lange. Mir wurde wieder übel. Die Krämpfe in meinem Magen kommentierte ich mit einem unterdrückten Wimmern.

Kurz zögerte ich. Was hatte Simon vorhin gemeint, wer Archie war? Egal, wir hatten keine Zeit, und er musste ein Sanitatem sein, also half ich ihm.

Ich steckte den Schlüssel in das Schloss. »Bitte, bitte.« Er ließ sich drehen.

Archie stieß die Tür hastig auf. Meine Reflexe setzten noch rechtzeitig ein, und ich sprang zurück.

Er kam aus dem übel riechenden Kerker. Ich erhaschte einen kurzen Blick darauf und entdeckte eingeritzte Sprüche, Zahlen und Bilder auf der Steinwand.

Als er sich vor mir auftat, erblickte ich einen jungen, blassen Mann mit Augenringen und rauen, vollen Lippen, die von einem unsauber geschorenen Bart eingerahmt waren. Bevor ich mich intensiver mit ihm beschäftigen konnte, schnappte er meine Hand. Ein Stromschlag zuckte durch meinen Körper, und eine Wärme erfüllte meine Adern, die mir Energie schenkte.

Schwielig, rissig und fest fühlte sich seine Hand an, mit der er mich mit sich zog. Als wir an Simon und Philippe vorbeiliefen, kickte er auch noch auf sie ein.

Archie rannte unglaublich schnell, und ich fragte mich, wie er sich seine Geschwindigkeit bewahrt hatte, war er doch jahrelang eingesperrt gewesen. Unter seinem ergrauten, engen Tanktop erkannte ich Muskeln an seinem Rücken. Vielleicht überforderte mich die Lage, in der ich mich befand, lediglich, aber irgendetwas stimmte nicht.

Gemeinsam eilten wir durch das Tor. »Ich kann selbst laufen, Archie.«

»Gern, wenn du wieder in den Kerker willst.«

Das hatte er nicht gesagt ... Ich riss mich los. Kurz fiel ich zurück, bis ich mich gefangen hatte und gleichauf mit ihm zog.

Ein knappes Grinsen, mit dem Archie offenbar seine Wertschätzung zeigte, dann konzentrierte er sich wieder auf den Weg. Die Steinwände zogen sich monoton durch. Von der Decke tropfte es, und manchmal erwischte mich das Wasser an meinem Kopf. Außerdem kostete es mich Zeit, nicht über die hervorstehenden oder fehlenden Steine im Boden zu stolpern. Dennoch hetzte ich nie lange hinter Archie her.

Irgendwann erreichten wir eine Wendeltreppe, die er aber nicht benutzte. Wir eilten dahinter.

»Archie, was machst du? Hier ist Ende.« Nervös blickte ich mich um und die Treppe empor.

»Dort oben«, Archie deutete mit dem Zeigefinger hoch, »würde das Chaos erst richtig losgehen.« Wie selbstverständlich strich er mit den Händen über die Steinmauer.

Über uns hörte ich Schritte. Jedes Geräusch ließ mich innerlich zusammenzucken. Ich kannte diese Angespanntheit vor einem eventuellen Angriff. Die Ungewissheit, wer der Gegner war und ob er mir überlegen wäre, machte mir zu schaffen. Das Grauen befand sich auf dünnem Eis, und es konnte jederzeit einbrechen und mich einnehmen.

»Na, Angst?«

»Ich doch ...« Wieder ein Tropfen, dieses Mal auf meine Schulter, der mich leise Aufwimmern ließ. »Nicht.«

Archies halb unterdrücktes Grinsen kommentierte ich mit einem Räuspern, ehe ich sagte: »Lach ja nicht. Du stehst in meiner Schuld.«

»Was dich nicht weniger ängstlich macht.«

»Ich schwöre dir, ich ...« Archie stieß auf etwas, und die Wand gab nach. Er drückte sie wie eine Schiebetür zur Seite. Im selben Augenblick gingen schwache, flackernde Lichter im Tunnel an. Ähnlich einer Lichterkette, die an der Decke angebracht war.

»Ladys first.« Archie deutete in den Gang.

»Keine Sonderbehandlung, beeil dich lieber.«

»Wer nicht will.« Archie bückte sich und schlüpfte hinein.

Ich folgte ihm.

»Drück auf den Stein, der herausragt.«

Gesagt, getan. Die Wand schloss sich. Die Hitze im Gang legte sich brühend heiß um mich. Keine Stelle an meinem Körper, die nicht schwitzte. Atmen kam mir wie Hochleistungssport vor. Dazu krabbelten auch noch überall kleine Tierchen.

»Geht es noch, Jane?«

»Ja, wie lange noch?«

»Bisschen.«

Mein Rücken begann, wehzutun. Die gebückte Haltung und meine verkrampften Oberschenkel taten meinem Magen auch nicht unbedingt gut. Irgendwann wurde mir alle paar Minuten schwarz vor Augen, bis ich mich wieder fing.

»Jane?«

»Ja?« Die Zunge klebte an meinem Gaumen.

»Danke.«

»Hab dich nur mitgenommen, weil ich ohne dich nicht rauskomme.« Ich wollte neckisch klingen, was mir aber schwerfiel, da mein Mundraum komplett ausgetrocknet war. »Außerdem soll niemand sterben, ohne das Ende von *Once Upon a Time* zu kennen.«

»Das ist beinah witzig.« Er warf einen Blick über die Schulter. Sein Lächeln war so entwaffnend und vertrieb jegliche Sorgen. Ohne darüber nachzudenken, grinste ich. Archie besaß dieses Talent: jemandem ein Lächeln zu stehlen. Als er wieder nach vorne sah, schlug ich ihm sanft gegen den Rücken. »Hey. Ich bin witzig.«

Archie zuckte zusammen.

»Alles okay?«

»Ja, habe mich nur erschrocken.«

Erst jetzt bemerkte ich die Spitze einer Narbe, die unter seinem Tanktop hervorragte, genau dort, wo das Shirt unter seinem Nacken endete. Was hatten sie Archie angetan? Warum war er hier?

»Ich weiß nicht, wie sich alles verändert hat. Könnte jetzt aber etwas holprig werden.«

»Holprig?«

Archie deutete mir, nach vorne zu schauen.

Oh. Der Geheimgang mündete in einem engen Rohr oder Schacht. Wir konnten also nicht mehr weitergehen und mussten uns von dem Tunnel in dieses Rohr stürzen, um vorwärtszukommen. Klasse.

»Da soll ich hinunter?«

»Angst, Jane?« Wieder umspielte dieses spitzbübische Lächeln seine Lippen, Zähne blitzten hervor.

»Nein, es ist nur, dass ich etwas klaustrophobisch bin. Dieser Gang ist schon winzig, aber dieses Rohr ...«

»Du kannst auch zurückgehen. Simon und Philippe freuen sich.« Wie Archie das sagte, unschuldig wie ein Kind, hätte ich beinahe geglaubt, er hatte es ernst gemeint. Doch dann vertiefte sich das Grübchen in seiner Wange.

Wäre das schlimmer als meine Mom, sobald sie mich in die Finger bekam?

»Haha, ich sterbe vor Lachen.«

»Hör zu, Jane. Ich war jahrelang eingesperrt. Wenn du das willst, gerne, aber glaub mir, wenn ich dir sage, dagegen kommt dir dieses Rohr vor wie ein Kindergeburtstag.«

Archie sprach die Wahrheit, natürlich tat er das, aber meine Angst lähmte mich im unpassendsten Moment. Er linste nun nicht mehr hinter sich, sondern drehte sich, so gut das im engen Gang ging, zu mir um.

»Jane, wir ...«

Plötzlich ertönte ein Knall, dessen Ursprung weit weg zu sein schien, aber durch den wenigen Platz klingelten mir die Ohren. Ich spähte hinter mich. Es dauerte, dann kam eine Staubwolke auf uns zu.

»Sie haben uns.« Hatte ich das gesagt oder gedacht?

Ehe ich weiter überlegen konnte, umklammerte mich etwas. Ich blickte vor. Archie hatte mich umarmt und lächelte mir zu. Heißer Atem direkt in meinem Gesicht.

»Schau mir in die Augen, Jane.« Die tiefe, unerschöpfliche Dunkelheit, die darin leuchtete, zog mich in seinen Bann. Ehe ich michs versah, ließ er sich mit mir zurückfallen, und wir sausten das Rohr hinunter.

Wie bei einer Rutschbahn rasten wir in absoluter Finsternis nach unten. Ich schrie kurz auf, dann drückte ich meinen Kopf gegen Archies gestählte Brust. Er roch nach altem, feuchtem Gestein und Erde. Seine Hand an meinem Hinterkopf beruhigte mich und verlieh mir ein Sicherheitsgefühl.

Die Zeit verstrich, und ich kam mir vor wie im freien Fall, eng umschlungen mit einem Fremden, mit dem ich mich verbundener fühlte als mit irgendjemandem zuvor. Wir waren beide Sanitatem. Allein diese Gewissheit und die Tatsache, vor Archie diesen gigantischen Teil von mir nicht versteckt zu haben, woben ein unsichtbares Band zwischen uns.

Das Unwohlsein in meinem Magen löste sich auf, und ich entkrampfte mich. Gerade als ich mich lockerte, rutschten wir durch eine Art Gummivorhang, der feucht über meinen Rücken strich. Gleich danach umhüllte uns orangefarbenes Licht.

»Halt die Luft an.«

»Was?« In dem Moment, in dem ich meinen Mund öffnete und sprach, tauchten wir unter Wasser, und natürlich hatte ich eines nicht getan: die Luft angehalten.

Archie ließ mich los.

Unter Wasser husten? Schlechte Idee.

Ich verschluckte mich, wirbelte um meine eigene Achse, um mich zu orientieren, doch die Luftbläschen um mich raubten mir die Sicht. Ich presste die Hände vor meinen Mund.

Endlich erkannte ich einen Anhaltspunkt: Archies Beine, die nach oben strampelten. Ich folgte ihm, und das Wasser um mich geriet in Bewegung. Je höher ich schwamm, desto mehr verlor die düstere Atomsphäre an Macht, und der orangefarbene Schimmer an der Oberfläche kam näher. Ich merkte, wie die Luft weniger wurde. Das Wasser, das ich in den Mund bekommen hatte, brannte in meiner Lunge. Bläschen sammelten sich um mich wie eine Mauer.

Das Ende kam näher, ich streckte die Hand aus. Sie berührte die Luft, und als ich endlich mit dem Kopf durch die Wasserdecke brach, nahm ich einen tiefen Atemzug. Bis ich an den felsigen Rand gekommen war, hustete ich mehrmals, und dort half Archie mir hinaus.

Ich lag mit dem Bauch auf dem Boden. Fester Untergrund. Hohe Decken. Dass ich mich darüber mal freuen würde. Die spitzen Kanten unter mir zwangen mich, aufzustehen. Archie sah sich um. Wasser tropfte von ihm, das Tanktop war beinahe unsichtbar geworden und schmiegte sich an seine feinen Muskeln.

»Mit deinem Zögern hättest du unsere Flucht fast versaut.« Archie klang gereizt. Pah. Ich hatte ihn gerettet, und jetzt kritisierte Mister *Eine Flucht gelingt uns nicht* mich. Für eine Millisekunde hatte ich mir eingeredet, er sei ganz nett. Diese Seite von ihm mochte ich auch, nur die Bad-Boy-Seite konnte er sich sparen. Auch wenn sie ganz hot war. Hatte ich das wirklich gedacht?

Ich zog mir mein übergroßes Shirt aus und stand im neonpinken Sport-BH vor ihm. Archies Wangen nahmen eine leicht rosa Farbe durch die dünne, weiße Haut an, als sein Blick an mir vorbeihuschte. Er räusperte sich und sah demonstrativ von mir weg.

»Aber zum Glück ist alles gut gegangen. Wir sollten besser weiter, ich weiß nicht, wie oft du mich noch aufhalten wirst.«

»Jaja. Wo sind wir überhaupt?«, überging ich seine Bemerkung.

»In den Katakomben von Paris, willkommen im Untergrund.« Ich schreckte zur Seite. Archie schnellte neben mich.

Denn die Antwort hatte nicht er mir gegeben, sondern eine Frauenstimme. Wir saßen wieder in der Falle.

Kapitel 4

Hatte Archie *Maman* geflüstert? Quatsch, das musste ich mir eingebildet haben.

»Bleib hinter mir.« Sanft, aber bestimmt schob ich Archie zurück und stellte mich vor ihn.

»Was?«

»Shht.« Dieser Laut und mein kurzer Blick über die Schulter waren Antwort genug.

Da Archie nicht in unserem Zirkel war, konnte er nicht über Magie verfügen, die im Kampf nützlich war. Mein Zittern erinnerte mich daran, dass ich die zwar ebenfalls nicht hatte, aber dafür besaß ich andere Fähigkeiten, um uns zu verteidigen.

Ein unterdrücktes Lachen kam von der Frau und hallte durch den Gewölbekomplex. Ja, sie lachte mich tatsächlich aus. Erst schnürte mir Wut, dann Scham die Kehle zu. Meine Wangen glühten, aber ich besann mich darauf, einen kühlen Kopf zu bewahren. »Tut mir leid, aber du willst dich mir in den Weg stellen?«

Ihr tiefe Stimme und die Überzeugung, die in ihren Worten lag, schüchterten mich ein. Aber nur ein paar Sekunden, nur so lange, bis ich mich wieder auf unser Entkommen fokussiert hatte. Keine Zeit für Zweifel. Also täuschte ich Selbstsicherheit vor und fixierte die Falte zwischen ihren glühenden Augen, damit es zumindest den Anschein machte, als hielte ich ihrem Blick stand.

Sie starrte mich unverhohlen an, wobei sie meine aufflackernde Unsicherheit bestimmt erkannte. Sie schenkte mir ein lauerndes, furchteinflößendes Lächeln, ehe sie hinzufügte: »Gebt auf, dann wird es nicht schmerzhaft.«

»Werden wir nicht.« Leider klang das bei mir weniger bedrohlich. Abgesehen von meiner zu leisen Kampfansage, für die ich mich später schämen würde – falls es ein später gab –, verängstigte sie mein neonpinker Sport-BH vermutlich nur bedingt.

Archie wollte sich vordrängeln. Jedoch blieb ich wie eine unüberwindbare Mauer vor ihm stehen. Ich rettete diesen Typen doch nicht, damit er dann umgebracht wurde. Mir doch egal, wenn es an seinem Ego kratzte, von mir beschützt zu werden.

Die Frau hatte sich mittlerweile vor uns gestellt und blockierte die Öffnung, die hinausführte. Hinter uns hörte ich Geräusche aus der Röhre, die uns in die Katakomben gebracht hatte.

Ihr bodenlanger Cardigan wirbelte um ihren Körper, als sie ihn zur Seite schob und sich uns in einer fließenden Bewegung näherte. Es gab keinen Ausweg. Ich musste sie angreifen. Die Sorge darüber, was sie und ihre Verbündeten mit uns anstellen würden, ließ mich meine Panik überwinden. Wenn ich in eine Paralysestarre verfiele, könnte ich gleich aufgeben. So hatte ich es wenigstens versucht. Sofort nahm ich meine Kampfhaltung ein und erkannte die Verwirrung in ihrem Gesicht. Sie fragte sich wohl, ob ich wusste, was ich tat.

Solange sie mich noch unterschätzte, musste ich zuschlagen. Nur wenige Schritte brauchte ich, bis ich bei ihr war. Ich täuschte einen Schlag an. Ihre Augen weiteten sich, die schwarz bemalten Lippen zu einem O verzogen.

Sie hob abwehrend einen Arm. Sehr gut, sie hatte keine Ahnung vom Nahkampf. Ich zog meine Hand zurück, ließ mich zur Seite fallen, fing mich mit der anderen Hand am Boden ab und kickte gegen ihr Bein, so fest ich konnte. Ich zog ihr förmlich den Boden unter den Füßen weg. Im Fall drängte sich ein überraschter Ton aus ihr. Ohne lange zu überlegen, drückte ich mich hoch, wobei spitze Steinchen in meine Haut stachen.

»Archie.«

Sein Blick hing an der jungen Frau fest.

»Archie.«

Jemand stürzte hinter ihm aus dem Rohr und plumpste in den dunklen, kleinen See. Dann noch jemand und noch jemand. Wasser spritzte gegen die Felswände. Das musste Archie endgültig aus seiner Trance gerissen haben. Er raste los, und ich wollte es ihm gleichtun, da spürte ich Hände an meinem Knöchel.

Sie schon wieder.

»Verpiss dich.« Ich riss mich los, begann, zu rennen, und warf mit Archies Hilfe die beiden gusseisernen Schalen um, in denen große Feuer flackerten.

Neben uns wechselten sich rissige Steinwände mit Lehm ab, und vereinzelt erkannte ich Totenköpfe, die in der Erde feststeckten. Kerzenschein drängte sich aus ihrem Inneren und erhellte uns den Weg.

Der allgegenwärtige Geruch von Stein und abgestandener Luft hing in meiner Nase fest. Doch das störte mich weniger. Schlimmer empfand ich den Schwindel. Dank ihm trübte sich meine Sicht, und ich erkannte den Weg vor mir wie durch einen Schleier. Was war das? Dieses Mal blieben die Magenschmerzen jedoch aus.

»Du wirst zu langsam.« Archie rannte schräg hinter mir, da wir nicht genug Platz hatten, um nebeneinander zu laufen.

Ja, toll, das bemerkte ich auch, aber meine Beine fühlten sich schwer an. Meine inneren Alarmglocken schrillten los, überschlugen sich und wurden lauter. Ich stieß mich von der Wand ab, gegen die ich beinah gestolpert wäre. Entschlossen schlug ich mir mit der flachen Hand auf die Wange. »Alles okay.«

Die nächsten Minuten unterdrückte ich den Schwindel. Aber als sich die Wände vor mir zusammenschoben und Staub von der Decke rieselte, kam meine Panik zurück, und ich hielt.

»Spinnst du?« Archie bremste ab und bedeutete mir, weiterzulaufen.

»Hallo? Die Wände schieben sich vielleicht zusammen?« Wie betrunken lallte ich, während die gereizte Frage mehrfach über meine Zunge stolperte.

»Was redest du? Da ist nichts, du ...« Archie stoppte mitten im Satz, und ich sah ihn an. Sein Gesicht wirkte komisch verzogen. Die Augen füllten sich mit grüner Flüssigkeit.

Der Anblick verstörte mich, und ich hüpfte zurück. »Archie, deine Augen.«

»Es ist alles prima.« Sein Hand näherte sich, wurde länger und länger.

Stimmen, die sich näherten, mischten sich mit dem Getrampel hinter uns und dem elendigen Krächzen und Rumoren des Gesteins, das uns zu zerquetschen drohte. Die Melodie meines bevorstehenden Todes machte mich wahnsinnig. Wahnsinn. Das war es. Ich starrte Archie mit geweiteten Augen an, und an seinem zustimmenden Nicken meinte ich zu erkennen, dass wir das Gleiche dachten.

»Ja, Jane. Es ist nicht, wie es scheint. Ro... Die junge Frau von vorhin. Sie ist eine Urso. Anscheinend.« Natürlich, sie hatte mir Wahnvorstellungen in den Kopf gepflanzt, die nun langsam ihre Wurzeln in mir schlugen und sich ausbreiteten. Warum musste mir das auch noch passieren? Das durfte doch nicht wahr sein. Hätte ich nicht besser aufpassen können? Wofür trainierte ich eigentlich mein ganzes Leben?

»Wir müssen weiter.« Archies Iriden wechselten zwischen normal und neongrünem Sirup, wie beim Flackern eines kaputten, alten Fernsehers.

Ich schluckte schwer, und obwohl es nur eine Einbildung war, wirkten die Halluzinationen so echt, dass es mich beinahe überrollte. Es fiel mir schwer, nicht daran zu glauben.

Archie nahm meine Hände. Ich zuckte zusammen.

»Spürst du das?«

Ich bejahte seine Frage. Er zog mich an sich und legte meine Hand an sein Herz. Es raste.

»Spürst du das?«

»Ja.«

Archie zog mich noch näher an sich. Die Wände, die sich in meiner Vorstellung zusammenschoben, hielten an. Meine Sicht klärte sich. Mit seiner Hand berührte Archie nun meine Wange.

»Spürst du das?« Seine Worte waren ein warmes Wispern, das ich in meinem Gesicht wahrnahm.

»Mhm.«

»Das ist die Realität.«

Unsere Lippen waren nur Millimeter voneinander entfernt. Es war wie bei einer Ballade, wenn die Musik zunahm und sich mit einem lauter werdenden Klavierspiel dem Höhepunkt des Liedes näherte.

»Da sind sie.« Der Ruf unterbrach uns, weckte aber auch völlig meinen Verstand auf. Die Frau von vorhin sauste um die Ecke und wirkte bei dem Anblick von Archie und mir wenig erfreut.

»Weiter«, sagte ich zu Archie und riss mich los.

Einige Male kam es mir noch so vor, als würde der Gang enger und enger werden, aber ich schaffte es, die Streiche meines Gehirns auszublenden.

Der Weg endete an einer Abzweigung.

»Wo?«

»Hier.« Archie fasste nach mir und zog mich nach links. Warum kannte er den Ort wie sein Handyentsperrmuster?

Es gab einiges, was ich noch aus Archie quetschen musste.

Die Furta-Noctra-Magie – oder wie wir es nannten: das Mitternachtsgift – pulsierte in mir. Die Schritte jener, die uns verfolgten, und die Ungewissheit, ob uns die Flucht gelang, waren eine tödliche Mischung. Ein Cocktail, der meine Knie weich werden ließ. Die einzige Konstante, die sich trotz aller Widersprüche richtig anfühlte, war Archie.

Nach Minuten, die mir wie eine Ewigkeit vorgekommen waren, hielt Archie. Meine Füße machten das nicht mehr lange mit.

»Da rauf.« Dieses Mal nahm ich Archies angebotenen Vortritt dankend an.

Mein Körper war eine tickende Zeitbombe, und ich hatte keine Ahnung, wann er schlappmachte. Einzig und allein mein Überlebensinstinkt hielt mich noch wach. Ich kletterte die Leiter empor. Jede stinkende Sprosse klebte mehr als die davor. Den Geruch konnte ich nicht hundertprozentig deuten, aber er stach bis hoch in meinen Kopf. Bitter, wie Säure.

Es wurde dunkler, bis ich die Hand vor Augen nicht mehr sah und mein Kopf gegen etwas stieß. Ich tastete das Hindernis ab und linste instinktiv nach unten. Sie kamen.

»Heb es hoch und schieb es zur Seite.« Panik schwang in Archies Stimme mit.

Er rief sich bestimmt die jahrelange Gefangenschaft ins Gedächtnis und hatte keine Lust mehr darauf. Und ich schon gar nicht.

Mit letzter Kraft tat ich, was Archie mir gesagt hatte. Kühler Wind tanzte um meinen Kopf. Hoffnung trieb mich an, und ich zog mich hinaus. Archie kam gleich nach mir und schloss den mit Ornamenten verzierten Kanaldeckel.

»Wir sind noch nicht sicher.« Ich rollte mit den Augen. Ermutigende Worte von Archie brachten mir nichts. Ich schnappte nach Luft und stützte mich an meinen Oberschenkeln ab.

»Bin …« Ich atmete schwer ein, meine Zunge klebte an meinem Gaumen. »… topfit.«

Mit einem schiefen Grinsen auf den Lippen deutete er vorwärts und eilte los. Sofort war ich neben ihm. Als ich Archies Kopfbewegungen wahrnahm, verstand ich erst: Er hatte keinen Plan, wo wir uns befanden.

»Hier ist mein Revier, Archielein.« Die Aussicht, unsere Flucht erfolgreich zu beenden, verlieh mir wieder mehr Kraft. Flink wie eine Katze bewegte ich mich durch das Labyrinth, das sich Paris nannte. Das war nicht übertrieben. Zu meinem Training als nutzlose Sanitatem zwang meine Mutter mich, Paris auswendig zu lernen. Alles, was sich um mein Zuhause der *Rue Crémieux* befand, und den gesamten zwölften Bezirk hatte ich bereits im Kleinkindalter im Kopf gehabt.

Archie keuchte und taumelte vorwärts, bis er langsamer wurde. Gehetzt blickte er sich um. Auch ich hätte schwören können, jemand dicht hinter uns hören. Die Straßen waren aber leergefegt. An einer Ecke hielt ich und bezahlte mit Seitenstechen den Tribut für das ganze Gelaufe. Ich hätte ausgelaugter sein müssen. Doch Unruhe pulsierte durch meine Adern. Ein Gefühl, das mir verbot, ich selbst zu sein, um alldem zu entkommen.

»Glaubst du, wir haben sie abgehängt?«

Als wäre Archies Frage der Startschuss gewesen, durchschnitt ein lauter Schrei die tiefschwarze Nacht.

***

Wir stolperten die letzten Steinstufen hinunter, und Archie eilte nach links, wo er sich gegen das Holztor eines Hauseingangs lehnte. Er presste sich so stark dagegen, als wäre es seine ganze Existenz. Sein Gesicht verzerrte sich zu einer ängstlichen Fratze. Ich näherte mich ihm. Panisch bedeutete er mir mit einem Nicken, mich neben ihn zu stellen. Vermutlich war es die Furcht vor dem Kerker, die in seinem Gesicht wie eine Maske klebte. Wie sollte ich ihn beruhigen? Neben mir hörte ich Archie, wie er leise seine Melodie summte. Beruhigte sie ihn oder ertönte sie als eine Art Mahnmal, weil er Angst vor einer erneuten Gefangenschaft hatte? Ein Windhauch ließ mich frösteln, also schlang ich das zu große Herrenhemd enger um meinen Körper, das ich bei der Flucht von einem Fenstersims geschnappt hatte.

»Hey.« Sachte legte ich meine Hand an seine Brust, berührte das durchgeschwitzte Tanktop. Unter meinen Fingern spürte ich die kraftvollen Herzschläge. Er atmete so schnell, als hätte unser Leben die dreifache Geschwindigkeit angenommen.

»Wir haben sie abgehängt, Archie.« Nur noch meine raue Stimme erinnerte an das Mitternachtsgift, das meine Sinne vernebelt hatte. Glücklicherweise war es lediglich eine knappe Berührung gewesen.

Niemand wäre uns bis hierher gefolgt. Wir waren in unserem Revier, im Bereich der Sanitatem. In jeder Straße wohnte jemand von uns. Kein Furta Noctra aus Paris würde es wagen, in der Innenstadt einen Aufstand anzuzetteln.

Blitzschnell umklammerte Archie mein Handgelenk. Es tat weh, aber ich zuckte nicht zusammen. Stattdessen hielt ich seinem Blick stand und wartete, bis er sich beruhigt hatte.

»Woher …« Archie unterbrach seinen Satz. Hatte er Angst, zu laut zu sein? »… willst du das wissen?«, hauchte er.

Ich schluckte meinen ersten Impuls, beleidigt zu reagieren, weil er mir nicht glaubte, hinunter. Niemals könnte ich nachvollziehen, wie es seiner Psyche nach Jahren der Gefangenschaft ging. Also tat ich das, was Archie für mich gemacht hatte. Im Augenblick seiner größten Angst wollte ich sein Anker sein.

Meine Hand fand seine Wange. Archie hielt die Luft an. Seine Bartstoppeln kratzten auf meiner Haut, und ich spürte, wie sich seine Kiefermuskeln anspannten.

»Hör doch.«

Archie schloss die Lider, und auch ich lauschte. Keine Schritte, keine aufgebrachten Rufe nach ihm und keine Flüche mehr im Nacken. Ganz weit weg hörte man die sanften Töne eines Akkordeons. Es waren diese altbekannten Klänge, diese typischen, französischen Chansons, die zusammen mit den Lichterketten über den Cafés, den alten Straßenlaternen und den klassischen Häusern den atmosphärischen Flair von Paris bei Nacht ausmachten. Dass eine der Laternen flackerte und der Umgebung zusammen mit dem feuchten, dunstigen Steinboden ein Thrillerfeeling verlieh, ignorierte ich lieber.

Archie schien all das nach und nach zu realisieren. Er sah mich wieder an. Mit diesen dunklen, tiefschwarzen Augen, deren Finsternis mich in einen Strudel aus Gefahr und Anziehung zog.

»Du bist frei, Archie.«

Als ich die Worte ausgesprochen hatte, die er sich wohl nicht getraut hatte, zu denken, versperrte mir ein Schleier aus Tränen den Blick in seine innere Dunkelheit.

»Du hast mich gerettet. Du hast mich aus dieser Hölle befreit.« Sein Kinn zitterte.

Archie löste sich von dem Holztor, und ich machte einen Schritt zurück. Zögerlich ging er vor und schaute sich um. Danach folgte ein tiefes Einatmen. Desto mehr Archie sich zu entspannen schien, umso mehr klopfte mein Herz. Langsam breitete er die Arme aus und ein Grinsen, das er zunächst noch zu verbergen versuchte, erhellte sein Gesicht.

»Ich bin frei.« Sein Blick streifte meinen, und ich stimmte mit ein.

»Ich bin frei.«

Keine drei Sekunden später stand er vor mir, hob mich hoch und drehte mich einmal im Kreis. Seine Freude lag drückend in der Luft. Ich hoffte, die Furta Noctra würden ihn nie wieder in die Finger bekommen. Als er mich wieder absetzte, umfasste ich seinen Bizeps, um mein Gleichgewicht zu finden, wodurch ich wahrnahm, wie gestählt sein Körper war. Hitze breitete sich in mir aus. Ich weigerte mich, sie ihm zuzuschreiben. Im nächsten Moment verfinsterte sich sein Gesicht wieder.

»Was? Hörst du was?« Jetzt wurde ich selbst unsicher, obwohl uns unmöglich jemand verfolgen konnte.

»Es riecht nach Pommes.« Wie Archie das letzte Wort aussprach, konnte ich nicht anders und schmunzelte. »Das sind definitiv Pommes.«

»Da, um die Ecke sind auch ein paar Imbissbuden.« Obwohl ich noch gar nicht fertig gesprochen hatte, rannte Archie los, und ich folgte ihm. Okay, nun schaffte ich es nicht, mit ihm Schritt zu halten. Der Lärm des hellwachen Paris' kam näher. Zwei Katzen stritten sich einige Querstraßen weiter, während ich bekannte TikTok-Sounds aus den Smartphones einiger Jugendlicher hörte, die ihre Sommerferien wenigstens gebührend genossen. Dann gab es da noch das ständige Anfahren und Bremsen unzähliger Autos im anliegenden Kreisverkehr sowie den Klang Hunderter Schritte, manche weich, leise, andere hektisch klappernd und so laut, dass man sie in einer stillen Nacht noch fünf Straßen weiter hätte hören können.

Wir bogen in den Imbisshimmel ein.

»Pommes, Hotdogs, Crêpes, Falafel.« Archie zählte die Speisen vor uns auf, und seine Stimme wurde bei jedem Wort höher und höher.

O Gott, da fiel mir erst wieder ein, dass er die letzten Jahre nur diese ekelhafte Suppe gegessen haben musste.

»Na ja, ich habe, äh.« Ich kramte in meinen Hosentaschen, dann in meiner Socke. »Noch einen Zehneuroschein. Vermutlich haben die den nicht gefunden oder gedacht, er brächte mir im Kerker ohnehin nichts.«

»Warum hast du zehn Euro in deiner Socke?« Archie wurde ungeduldig, verlagerte abwechselnd sein Gewicht vom einen Fuß auf den anderen.

»Für den Fall, einen hungrigen Typen aus einem Kerker zu befreien.«

»Haha. Reicht das für einen Crêpe mit Schokolade und Pommes?«

»Ähm, klar. Wir müssen uns aber beeilen. Du hast zwar gesagt, ich bin nur circa einen Tag dort unten gewesen, Zeitgefühl habe ich trotzdem keines, aber irgendwann muss es hell werden.«

»Und?« Ein großes Fragezeichen stand in Archies Gesicht geschrieben.

Ein wenig skeptisch schaute ich an ihm, dann an mir hinab. »Wir sehen ein wenig verwahrlost aus. Nachts kann das ja noch wirken, als wäre das unser gewollter Look, tagsüber werden wir wohl eher kritisch beäugt.«

»Keine Sorge, ich bin schnell.« Archie rieb sich die Hände, dann schnappte er sich den Schein und eilte vor, bis er vor den Menschen hielt, die noch wach waren und durch die Straßen schlenderten. Gebannt sah er sich um, rieb sich den Hinterkopf, bis er sich langsam umdrehte. Vermutlich erkannte er das riesige Fragezeichen in meinem Gesicht.

»Weißt du … Ich habe ewig keine anderen Menschen mehr gesehen.« Archie kratzte sich an der Nase, strich sein Tanktop glatt, tat alles, um mich nicht ansehen zu müssen.

»Denkst du, ich hätte dich allein mit meinem Geld abhauen lassen?« Er sollte nicht das Gefühl bekommen, dass er sich dafür schämen musste, Angst vor der Menschenmenge zu haben, also tat ich, als wollte ich ohnehin mitgehen.

»Ich habe keine Angst oder so. Bin ja kein, hier, du weißt schon.«

»Jaja, schon klar.« Ich ging an ihm vorbei und zupfte den Schein aus seiner Hand. »Willst du zuerst die Pommes?«

»Zuerst? Ich wollte die Pommes in dem Crêpe mit Schokolade.«

»Thää? Dein Ernst?«

»Ich habe einiges aufzuholen.« Bei diesem Satz blickte Archie mir wieder direkt in die Augen, und für eine Sekunde meinte ich, dass er meine Lippen fixiert hatte.

Was mich jedoch mehr interessierte, waren die hunderttausend Fragen in meinem Kopf. Wie zum Beispiel: Warum hatte er den Fluchtweg gekannt?

Kapitel 5

»Au.« Archie hob die Hände, um sein Gesicht zu bedecken.

»Was?« Ich sah mich um, fand aber nichts, das seine Reaktion erklärte.

»Da.« Archie zeigte auf den kleinen Scheinwerfer, den eine Straßenkünstlerin aufgestellt hatte, die zwei Touristen malte. Kinder hopsten hoch, um einen Blick auf die Zeichnung zu werfen.

»Ja, ich finde es auch blöd, aber woher sollen denn die Reisenden wissen, dass sie viel zu viel für die Karikaturen zahlen werden?«

Archie seufzte und wechselte abrupt die Richtung. Natürlich ließ ihn nicht abhauen. Er schuldete mir schließlich Antworten. Und zehn Euro. Wir verschwanden in eine Seitengasse, in der nur jeweils ein, zwei Tische vor kleinen Restaurants und Cafés standen. Eine Kerze steckte in einer dunkelgrünen Glasflasche, und das bestimmt schon seit einigen Dates vieler Verliebter. Das geschmolzene Wachs verschlang bereits den Flaschenhals, es sah aus wie ein ausgebrochener Vulkan. Eine junge Frau beugte sich lachend zurück, und ihr Atem brachte die Flamme zum Tanzen.

»Hier ist es besser.« Archie rieb sich die Augen. »Nicht wegen den Reisenden. Ich habe nur nicht erwartet, so lichtempfindlich zu sein.«

»Oooh.« Ich schloss zu ihm auf. In der verwinkelten Seitenstraße wurden wir wieder von dem dumpfen Licht von Laternen, Lichterketten und Kerzenflammen eingehüllt.

»Jap.«

Wir gingen an zwei Jungs vorbei. Dampf stieg von ihren Gerichten aus empor in den Nachthimmel. Doch die beiden hatten nur Augen füreinander. Der rothaarige Typ hatte eine Hand auf die des anderen mit dem Bandana um den Kopf gelegt. Unweigerlich ploppte das Bild von Élian in meinem Kopf auf. Nach und nach gesellten sich die Gesichter von Ella und meiner Mutter hinzu. O Mann, ich musste nach Hause, sie mussten sich Sorgen ohne Ende machen.

»Ich kann es nicht fassen, wieder frei zu sein. Ist das ein Traum? Weil, wenn ja …«

Bevor er seinen Monolog fortführte, kniff ich ihm in den Oberarm.

»Hey.« Archie rieb sich die Stelle, wobei mir seine Tattoos auffielen.

Ich biss mir auf die Lippen. Ein Schmunzeln huschte danach über mein Gesicht. »Siehst du? Kein Traum.« Im Gehen stieß ich ihn mit dem Ellbogen in die Seite. Er erwiderte nichts, aber seine Grübchen vertieften sich. »Sag mal, Archie.«

»Hm?«

»Du hast viele Tattoos.« Wir kamen an einem Restaurant vorbei, vor dem riesige Lavendelbüsche in Tontöpfen standen. Ihr Duft nahm mich ein wie eine Wolke aus beruhigenden Ölen, die meine Mutter oft erwärmte. »Sind die von *denen?*«

»Ich hatte mal einen Wärter, der Tätowierer werden wollte. Rate, wer sein Versuchskaninchen war.«

Auch wenn besagter Wärter als Furta Noctra kein Studio in der Innenstadt führen würde, verging mir die Lust auf Tattoos. Es war unheimlich, dass wir magischen Wesen alle gewöhnliche Berufe hatten, um uns anzupassen, und uns oft gegenseitig nicht erkannten.

»Und du konntest dir die Motive aussuchen?«

»Manchmal. Meistens wollte ich nur, dass sie meine Narben verdecken.«

Sollte ich es aussprechen? Durfte ich danach fragen? Meine Unterlippe würde es mir danken, wenn ich aufhörte, an ihr herumzukauen. »Und die an deinem Rücken?«

»Manche Narben können selbst Tattoos nicht verdecken«, sagte Archie nach einer langen Pause, und ich beließ es dabei.

Die Stimmung trübte sich, und ich beneidete die Menschen um uns. Es könnte so schön sein. Ich könnte jetzt auf einer Parkbank sitzen und den Booten zusehen, wie sie auf der Seine schunkelten. Das schwarze Wasser des Flusses würde dabei wie dickflüssiges Öl aussehen, und neben mir befände sich vielleicht jemand ganz Besonderes. Ein Nacht, die wir niemals vergessen würden, wie ein heimlicher, gestohlener Moment, der nur uns gehörte. Stattdessen pochten die Schürfwunden meiner Flucht überall an meinem Körper und ich? Ich würde niemals normal sein.

»Warum hast du mich gerettet, Jane?« Archie unterbrach mein Gedankenkarussell, wofür ich dankbar war.

»Hab dir doch versprochen, du siehst das Ende von *Once Upon a Time*. Von nun an wirst du mich nicht mehr für naiv halten, wenn ich mir etwas vornehme.«

»Pah. Zufallstreffer. Glück. Mehr nicht.« Sein Scherz verpuffte beim Zusammenzucken. Hinter uns erhob sich nämlich jemand, und der Stuhl quietschte laut, während er über den Boden schabte.

»Sag ja nichts.« Tat ich auch nicht. Ich sah Archie mit hochgezogenen Brauen an.

»Was mich die ganze Zeit beschäftigt hat. Warum wusstest du, wie wir fliehen können? Du kanntest den Weg wie deine Westentasche.«

Mir fiel auf, wie er meinem Blick auswich. »Weißt du, es ist so ...« Er sprach schneller, höher. Seine Pupillen sausten nach links oben. Da er, meinen Beobachtungen zufolge, Rechtshänder sein musste, bedeutete es – laut meines Trainings –, er log. »Ich bin über die Jahre rumgekommen und öfter in Folterkammern gewesen.«

»Aha.« Diese Lüge merkte ich mir. Sie machte mich vorsichtiger, hellhöriger, doch ich fand meine veränderte Haltung ihm gegenüber schade.

»Warum bist du bei dem Anblick der Frau, die uns aufgehalten hat, erschrocken? Ich mein, klar, du hast vermutlich keine starken Fähigkeiten – was für eine Art Sanitatem bist du überhaupt? –, aber: Kennst du sie?«

»Ähm, Vulnus.« Okay, dann konnte er nicht viel ausrichten, bis auf kleine Wunden zu heilen und ein bisschen Licht zu machen.

»Und meine erste Frage?«

Archie räusperte sich und kratzte sich am Nacken. »Sie ist eine von denen gewesen, die mich gefoltert haben.«

Ich versuchte, einen Schritt vor ihm zu sein, um unauffällig seinen Blick zu verfolgen. Ihm fiel es offenbar nicht auf, er vermied ja ohnehin, mich anzusehen. Seine Antwort wirkte nicht gelogen, aber irgendwie schon. Archie verschränkte die Arme vor seiner Brust, was mir zeigte, dass er dichtmachte, dabei gab es noch einige Fragen, die mir im Magen lagen. Doch selbst wenn er mir mehr erzählen würde, könnte ich mich unmöglich entscheiden, welche Frage ich zuerst stellen sollte. Da gab es zum einen ein verbittertes: »Kannst du bitte den Mund aufmachen und mir sagen, warum du von dem Geheimgang wusstest?« Es standen aber auch noch andere

Themen zur Auswahl, wie zum Beispiel: »Warum haben sie dich wirklich gefangen genommen?«

Ich entschied mich dafür, eine Feststellung auszusprechen: »Du verheimlichst mir etwas.«

»Wundert dich das? Wir kennen uns nicht, und ich war jahrelang eingesperrt, weil ich vertraut habe, weil ich Menschen, die …« Nachdem die Worte ähnlich einem Wasserfall aus ihm geströmt waren, hielt er inne und atmete tief ein und aus. »Man darf niemandem vertrauen. Ich bin dir dankbar, echt und, ach, keine Ahnung. Ich weiß, du hast Fragen, die ich dir gerne beantworten würde, aber es geht nicht.«

O Boy, ich widerstand der Versuchung, Archie vor sich hin plappern zu lassen, nur schwer. Damit hätte ich meine Chancen erhöht, dass er unabsichtlich Hinweise ausspuckte, um den Fall Archie zu lösen. Vorerst beendete ich jedoch die Fragerunde.

Bestimmt bildete ich es mir ein, aber mir kam es vor, als würde es plötzlich kühler um Archie werden. Freudloser. Und es tat mir leid, ihn so zu sehen, dass er über seine eigenen Sätze stolperte, um sich nicht zu verraten, wohl aus Angst, ich könnte sein Vertrauen missbrauchen.

Ich blieb stehen. Archie machte noch ein paar Schritte, bis er realisierte, dass ich ihm nicht mehr folgte, und dann wandte er sich zu mir.

»Wir sind da.« Ich deutete in meine Straße. Wir standen vor der *Rue Crémieux*, und Archies Augen weiteten sich. Ich nutzte die Chance und prägte mir seine Erscheinung ein. Obwohl er von der Gefangenschaft mitgenommen schien, war er jemand, den ich lieber als Rückendeckung hatte anstatt als Feind, der sich unbemerkt an mich heranschlich.

Der Schatten, der über sein Gesicht gehuscht war, verschwand, und er wirkte wieder wie der ausgebuffte Straßenjunge mit dem frechen Glitzern in den Augen. Der Anblick der bunten Häuserreihen ließ auch mich oft jeden schlechten Gedanken für einen Moment vergessen. So schien es auch gerade Archie zu gehen. Das konnte ich ihm nicht verübeln. Denn hier, wo ich wohnte, konnte man glatt meinen, vor einem Gemälde zu stehen.

Das gefiel meiner Mutter jedoch gar nicht. So schön der Anblick der bunten Häuser mit den altmodischen, verschnörkelten Laternen, die von den Gemäuern hingen, auch war, für Reisende wurde unsere Straße immer spannender, weswegen auch ein minimaler Instagramhype aufgekommen war. Und da meine Mutter hier ihren geheimen Sanitatem-Zirkel leitete, brauchte sie eines gewiss nicht: Aufmerksamkeit.

»Hier wohnst du?« Archie bestaunte eine Katze, die ein Nickerchen auf einem der französischen Balkone machte. Direkt unter ihr schlängelte sich eine Kletterpflanze um die schwarzen Gitterstäbe und kitzelte ihr Ohr.

Ich machte einige Schritte hinein und roch an ein paar der vielen Pflanzen, die die Bewohnenden der Straße vor ihre Häuser gestellt hatten, um den Flair noch besonderer zu machen. Im Gegensatz zu meiner Mutter mochten die nämlich den Rummel. »Seitdem ich denken kann.«

»So außergewöhnlich wie du, Jane.«

»Eher merkwürdig.« Dass ich mich trotzdem über sein Kompliment freute – das war doch eines gewesen, oder? –, sollte Archie nicht mitbekommen, also drehte ich mich weg.

In dem mintgrünen schmalen, aber hohen Haus, in dem ich lebte, brannte noch Licht. Die braunen Fensterläden waren geöffnet. »Kommst du mit rein? Meine Mom würde sich freuen, dich kennenzulernen, und du könntest ihr sagen, wie heldinnenhaft ich war. Na ja, und sie würde vermutlich weniger ausrasten, wenn jemand dabei wäre.«

Keine Antwort.

»Na, was sagst du?« Ich drehte mich wieder zu ihm um. Archie war verschwunden.

***

Moms graue Haare lockerten und befreiten sich aus dem Geflecht von Hochstecknadeln und Spangen, als sie sich wieder um ihre eigene Achse drehte und in den Pfannenwender den Text von *Where do broken Hearts go* von Whitney Houston sang. Ich bestaunte das Spektakel von der Kochinsel aus und konnte noch immer nicht fassen, dass sie mich nicht angebrüllt hatte. Selbst ihre Lichtqualle Amie kreiste fröhlich um ihren Kopf und tanzte mit ein paar abstehenden Strähnen.

Okay, nachdem ich durch die Tür gekommen war, gruben sich ihre präsenten Falten noch tiefer in ihre Haut, Wut glänzte in ihren milchigen Augen, und sie wirkte dünner, als sie es ohnehin schon war, aber nachdem sie mich gemustert hatte, waren ihr die Tränen gekommen, und sie war mir um den Hals gefallen.

Mom wendete den nächsten Crêpe, sah nach den Waffeln und rührte den Kakao um. Die süße Wolke, die in der Küche wie ein Lebewesen vor sich hin waberte, vernebelte meine Sinne. Nachdem sie sich vergewissert hatte, dass nichts anbrannte, drehte sie das mit Klebestreifen fixierte, uralte Radio leiser und trommelte gegen die kupferfarbenen Kochutensilien. »Spektakulär. Meine Tochter hat diesen Schattenspielern ein Schnippchen geschlagen. Ekelhafte Mitternachtsdiebe. Und noch einen von uns da rausgeholt. Wie war noch gleich sein Name? Ach, kümmere dich nicht darum. Denke nicht mehr daran, Blümchen.«

Als sie bei mir angekommen war, erkannte ich, dass sie älter aussah. Hatte sie wieder einen Halbtoten geheilt? Mutter zog mich von der Kochinsel, nahm meine Hand und drehte mich im Kreis. Wir tanzten ein paar Sekunden, ihr Kleid mit dem Blumenmuster wirbelte um sie.

»Ich bin froh, dass es Élian wieder besser geht«, warf ich ein. Dass ich ihn geheilt hatte, hatte ich meiner Mutter noch nicht erzählt. Irgendwie hatte ich den passenden Zeitpunkt verpasst. Außerdem war ich mir nicht mehr sicher, ob ich das tatsächlich geschafft hatte. Hatte ich unter Schock gestanden und seine Verletzungen schlimmer eingeschätzt, als sie gewesen waren?

»Ja, das ist wahrlich ein Grund zum Feiern. Morgen müssen wir noch mal die Geschichte durchgehen, die ich Ella und Élian erzählt habe, weil du weg warst.«

Ich nickte. Wieder eine Lüge. Wieder meine Herkunft verleugnen. Damit meine Mutter die Enttäuschung nicht erkannte, schielte ich in die Pfanne. In dem Crêpe glaubte ich, Archies Gesicht zu erkennen. Bei ihm brauchte ich mich nicht zu verstellen. Ich hatte das sehr genossen. Ob ich überhaupt noch zu Ella und Élian passte?

»Nicht so trübsinnig, Jane. Du weißt, wir dürfen niemandem etwas über uns erzählen.« Selbstverständlich hatte sie es mitbekommen. Gedanklich sprach ich ihren Satz nach, den ich oft in meinem Leben gehört hatte.

Mit dem letzten Crêpe aus der Pfanne schnappten wir uns alle Teller sowie Tassen und wanderten ins Wohnzimmer, wo meine Mutter meinen Lieblingsmagierfilm *Beryll Academy* angemacht hatte.

»Geht es dir auch wirklich gut?«, fragte sie zum tausendsten Mal beiläufig, aber auch verkrampft.

»Ja, danke, Mom.«

Sie räusperte sich. Keine Chance, ich blieb bei Mom.

Der Film lief erst zwanzig Minuten, aber ich merkte, wie meine Augen schwer wurden. Mein Körper verlangte seine Erholung, die er sich redlich verdient hatte.

»Anfänger. Die können im ersten Jahr noch niemanden heilen.« Mit ihren Kommentaren zu Fantasyfilmen könnte sie einen erfolgreichen TikTok-Account führen.

Ich schmunzelte und streute Zucker über meine Waffelreste. Wie lange hatten wir nicht mehr so beisammengesessen? Musste man erst entführt werden, um zu schätzen, was man hatte? Ich bemerkte erst, dass ich mit meinen Fingern gegen den Zuckerstreuer klopfte, als meine Mutter kommentarlos ihre Hand auf meine legte und somit das Geräusch stoppte.

»Siehst du? Hier kann der Held auch nicht zaubern. Und du bist meine Heldin. Ich habe dir doch gesagt, das Training zahlt sich aus. Du bist diesen Affen ganz ohne magische Fähigkeiten entkommen.«

Bevor ich mich noch an meiner Waffel verschluckte, nahm ich die Fernbedienung und pausierte den Film. Die Heldin im Film fror ein. Sie war gerade dabei, einen schwebenden Löffel voll Bohnensuppe mit ihrem Mund aufzufangen.

»Ich habe Élian, glaube ich, wiederbelebt.«

Mom drehte sich zu mir. Die Rubinohrringe, die ihre Ohrläppchen nach unten hin ausgeleiert hatten, wackelten hin und her. »Das ist unmöglich. Du hast keine Kräfte, Jane.«

»Ja, das habe ich auch gedacht, aber Élian war, du weißt schon.« Es fiel mir schwer, es auszusprechen. »Tot.«

Mom starrte mich an, ohne etwas zu erwidern. Schaute sie durch mich hindurch? Ihre Miene verfinsterte sich. Plötzlich verflog die Müdigkeit meiner Entführung. Was war ihr Problem?

»Mom?«

Mit voller Wucht schlug sie auf den Wohnzimmertisch mit der dicken Glasplatte. Ein riss ging durch sie hindurch. Mir kam es vor, als hätte sie eine große Portion aufgestauter Frustration mit diesem Schlag zum Ausdruck gebracht.

»Mom?«

»Du hast keine Kräfte, keine Fähigkeiten. Kein Gramm Magie glüht in deinem Herzen, verstanden?«

Warum hatte sich die Luft in unserem Wohnzimmer verdichtet? Die dunklen Möbel wirkten noch finsterer. Das Mosaikfenster farblos.

»Du hast vermutlich recht. Ich habe da zu viel hineininterpretiert.«

»Nimmst du deinen Trank?« Mom beugte sich nah zu mir, etwas Irres lag in ihren Augen. »Hast du deinen Trank genommen?« Mehr weiße Strähnen lösten sich und lagen auf ihrer Nase. Die dunkelrote Farbe auf den dünnen Lippen war etwas verschmiert.

»Natürlich. Immer. Jeden Tag.« So leicht fiel es mir also, zu lügen? Ich konzentrierte mich darauf, meine Augen nach rechts oben zu bewegen. Denn dort linste man angeblich als Rechtshänderin hin, wenn man sich an die Wahrheit erinnerte und kein Lügenkonstrukt erbaute.

Es verging eine Sekunde, dann packte sie mich an den Oberarmen. Ihr Griff glich einem Schraubstock. »Sag, Jane, lügst du?«

»Nein. Ich schwöre. Ich bin bestimmt nur voller Adrenalin gewesen, und mein Herz hat so laut geschlagen, dass ich Élians Puls nicht wahrgenommen habe.«

Erleichtert atmete meine Mutter aus. Sie ließ mich los. Hatte sie bis eben die Luft angehalten? Ich sank tiefer in die fliederfarbene Couch ein. Noch einmal inspizierte ich ihr Gesicht, sie wirkte entspannter. Räuspernd machte sie sich zurecht und ließ den Film weiterlaufen. Die Heldin bekam den Löffel zu fassen. Als sie die Suppe hinunterwürgte, schluckte auch ich laut.

»Es tut mir leid, die Fassung verloren zu haben.« Meine Mutter steckte sich eine dünne Zigarette in eine lange Halterung, damit ihre Finger nicht stanken, und zündete sie an. Es roch nach Minze und Tabak. Rauchfäden schlängelten sich zu der vertäfelten Decke mit dem Kronleuchter. »Es war nicht leicht für mich, zu akzeptieren, dass du keine Kräfte hast und dazu noch krank bist. Würdest du mir Hoffnungen machen, die nicht stimmen, würde mich das umbringen, Jane.«

Sie wagte es nicht mehr, mich anzusehen, aber ihre gebrochene Stimme verriet sie. Wie konnte ich so dumm sein und vor ihr Angst haben? Keine Mutter wollte falsch gesäte Hoffnungen, handelte es sich um die Gesundheit ihres Kindes.

»Ohne diesen Trank würdest du durchdrehen, dein Herz, es, du würdest sterb...«

»*Maman.* Ich weiß, ich weiß.« Meine Muskeln entspannten sich, und die Müdigkeit überkam mich wie eine Welle, zwang mich mit sich, und plötzlich wog mein gesamter Körper schwer. »Ich werde doch schlafen gehen, bist du böse?«

Ohne lange nachzudenken, legte sie die Zigarette auf meinem selbst getöpferten Aschenbecher ab, damit sie mein Gesicht umfassen konnte. »Wie könnte ich auf dich böse sein, Jane? Es tut mir leid, ich wollte stark sein, aber ich habe mir solche Sorgen gemacht. Du weißt, ich würde sonst nie so mit dir reden. Aber der Gedanke, dass du nicht mehr da bist oder von *denen* gefoltert wirst. Das hat mich verrückt gemacht.«

Ich küsste sie auf die Stirn und erhob mich. »Ich weiß. Bis morgen, gute Nacht.«

»Schlaf gut, meine kleine Blume. Morgen musst du fit sein, ich habe einen Rat einberufen.«

Gedankenversunken steuerte ich mein Zimmer an. Unzählige Bilder von Menschen des Zirkels hingen an den Wänden, und ich erkannte ihre Gesichter schemenhaft aus den Augenwinkeln. Die Treppe knarrte bei jeder Stufe, die ich erklomm.

Umso näher mein Bett kam, desto mehr zerrte die Müdigkeit an meinen Gliedern.

»Dein Trank wartet oben auf dich, mein Schatz«, rief meine Mutter, aber ich sagte nichts dazu.

In meinem Zimmer erblickte ich den Trank sofort. Er stand auf einem silbernen Tablett. Die Flüssigkeit schimmerte leicht durch die rote Glasflasche mit dem Glasstöpsel. Sterne an den senfgelben Wänden und an der Decke, die sich tagsüber mit Sonnenlicht füllten, leuchteten im Dunkeln. Ich machte die alte Bankerlampe aus den Dreißigern an, die eine Freundin meiner Mutter aus den USA mitgebracht hatte und auf meinem Schreibtisch stand. Der längliche Schirm aus grünem Acryl zauberte ein angenehmes Licht. Es erleuchtete die Notizen meiner nächsten Fanfiction und erwischte mit seinem Schein meine Manga auf den Hängeregalen. Außerdem auch meine Pflanzen, wodurch das schlechte Gewissen wieder anklopfte, weil ich sie zu wenig goss. Am liebsten würde ich mich wie immer an den Tisch setzen, Kopfhörer aufsetzen und in meine Geschichte versinken. Manchmal schwirrte dabei Amie um mich, und die orangefarbene Nachbarskatze rekelte sich auf dem Fenstersims. Leider ahnte ich, dass ich dank der Erlebnisse keinen freien Geist hätte, um kreativ zu sein, und die einzige Musik, die mein Kopf gerade zuließ, war Archies Kerkermelodie.

Schluss mit meinen Gedanken an Archie. Ich wandte mich ab und überlegte, wie es nun weiterging. Mit dem offenen Fläschchen setzte ich mich auf mein Bett. Die Matratze glich einer Wolke. Adieu, Erinnerungen an den Strohhaufen, auf dem ich im Kerker aufgewacht war. Das schien weit weg. Genau wie Élians Überfall. Doch wenn es etwas gab, das ich niemals vergäße, dann das Herz meines besten Freundes, das nicht mehr geschlagen hatte. Nein, ich hatte mich nicht geirrt.

Der Trank roch nach Verwesung und Kirsche, und ich leerte den Inhalt über den Kaktus aus, der auf meinem Nachtkästchen stand, und ließ mich zurückfallen. Ohne mich umzuziehen oder zu duschen, fiel ich in einen tiefen Schlaf.

Kapitel 6

Was für eine Scheiße. Zwar hatte meine Mutter mich über den einberufenen Rat für heute informiert, ganz realisiert hatte ich das gestern jedoch nicht. Deshalb hatte sich die innere Jane in mir gedacht: Lass uns doch ausschlafen, juhu.

Moms Lichtqualle Amie, die gleichzeitig zu ihrer Geburt erschaffen worden war und als Ausdruck ihrer Magie galt, sauste durch das Zimmer. Das machte mir nur zusätzlich Druck, weil ich für den Rat ohnehin schon zu spät war. Außerdem erinnerte sie mich wieder daran, dass ich keine Lichtqualle an meiner Seite hatte, so ohne Magie. Aber ich wollte mich nicht beschweren, denn es hatte Zeiten in meinem Leben gegeben, in denen ich keinen Schlaf gefunden hatte. Tage, an denen ich die dunklen Vorhänge nicht öffnete, sowie finstere Nächte, in denen mich nur die Gespräche und das Geflimmer meiner Netflixserien aus meinem Laptop erreichten. Ich wollte mich betäuben und ablenken. Dabei halfen mir auch meine Romane oder eine fluffige Mangareihe. Ohne ihren Halt wäre ich in die Realität abgedriftet, und dort hätte mich meine nicht existente Magie wieder deprimiert. Inzwischen, ein paar Jahre und Jugenddramen später, konnte ich besser damit umgehen. Ein bisschen.

Jetzt stand ich zwar bereits mit dem Fusselroller fertig gemacht vor dem Spiegel, aber meine Robe für unsere Zusammenkunft wollte nicht sauber werden. Ich durfte mich nicht schon wieder verspäten. Meine Mutter wirkte gereizt genug, und ich hatte die letzten Versammlungen schon verpasst. Zwischen der Spitze am Kragen und an den Armen steckten noch Taschentuchreste vom Waschen fest. Das war mir zu blöd. Dort unten war es sowieso stockdunkel, und meine Mutter hatte mich schon vierhundertsiebenunddreißigmal gerufen. Amie, die panisch um mich herumschwirrte und dabei ihr pinkes Licht dimmte, nur um es gleich danach alarmmäßig wieder aufleuchten zu lassen, stachelte mich noch mehr auf.

Ich eilte zu meinen Schuhen, wobei das bodenlange Kleid auch noch den Staub meines Zimmers mitnahm. Der Staubsauger in der Ecke starrte mich mahnend an.

»Guck nicht so blöd.« Ich nahm mein Handy hoch. »Spiel *OMG What's happening* von Ava Max.« Das musste mich doch etwas anspornen. Na ja, und die Rufe meiner Mutter übertönen.

Meine Haare, Amie und das hochgeschlossene Kleid schwangen beim Drehen um meine eigene Achse mit. Die unzähligen Lichterketten in meinem Zimmer blinkten ebenfalls fröhlich mit. Amie rutschte schwebend eine der Ketten entlang. Die kurze Unbeschwertheit wurde mir von meinen Erinnerungen an den Club genommen. Da hatte ich zum letzten Mal getanzt, und danach … »Stopp.« Das Lied verstummte mitten im Schrei der Sängerin. Passte ja. So leicht steckte ich das Vergangene doch nicht weg, auch wenn ich von den Gefahren gewusst hatte, die mich erwarteten, wenn ich die Pariser Randbezirke betrat, und sie oft durchgespielt hatte.

»Kommst du endlich?« Meine Mutter stand an der Türschwelle, was mich zusammenzucken ließ. Ihre grauen Haare reichten bis zur Hüfte, Augen und Lippen waren schwarz geschminkt. »Na? Schreckhaft?«

»Nein, ähm, ja. Pardon, ich komme.«

»Schminkst du dich nicht?«

Ich hob meine schwarzen Fingernägel hoch. »Ich dachte, ich soll mich beeilen.«

»Der Zug ist ohnehin abgefahren. Aber du siehst fabelhaft aus. Gehen wir.« Bei ihr angekommen, streckte sie den Arm aus und legte ihn mir um die Schultern.

Gemeinsam als Mutter-und-Tochter-Gespann schritten wir ins Erdgeschoss und dann weiter in den Keller. Dort hielt meine Mutter den kleinen Finger hoch. Eine Lichtkugel waberte über dem Fingernagel. Sie schickte sie hinab in den Brunnen. Keinen Augenblick später erleuchtete ihr Licht den finsteren Schlund. Die Steine rund um den Brunnen brummten, krachten, bis sie in den Boden sanken. Glatte Felsen schossen aus der Erde, bis sie eine Treppe bildeten. Beim Hinabschreiten verschwand das Quellwasser, als würde es sich ehrfürchtig vor uns zurückziehen. Okay, vor meiner Mom, nicht vor mir. Niemand begegnete mir ehrfürchtig. Wenn es könnte, würde das Wasser mich eher auslachen.

Als wir am Grund den weichen Boden betraten, schob sich ein Spiegel zur Seite, der uns in unser ganz eigenes Katakombennetzwerk unter Paris entließ. Strom oder Fackeln brauchten wir nicht. Eine helle Aura umgab meine Mutter, und Amie, die uns führte, erleuchtete uns den Weg. Immer wieder bestaunte ich die Bemalungen an den Wänden. Die Kunstwerke zogen sich wie Schlangen aus Lehm, Ton und Asche neben uns entlang. Hie und da waren auch Sprüche eingeritzt, die ich nicht entziffern konnte. Die Geschichte unserer Vorfahren ließ mich jedes Mal sprachlos zurück. Hier pochte die Lichtmagie der Sanitatem in jedem hinterlassenen Fingerabdruck an den Wänden. Manchmal glaubte ich sogar, Stimmen wahrzunehmen. Zwar verstand ich nicht, was sie sagten, aber ich stellte mir so etwas vor wie:

»Du hast keine Magie in dir, du dumme Nuss. Hau ab, du bist keine von uns. Spoiler: Das Leuchten, das du mit zwölf an deinem Finger zu sehen geglaubt hast, war keine Magie, sondern ein Streich, den dir der Sekt gespielt hat, den du unerlaubterweise getrunken hast.« Hach, Familie, wir konnten sie uns nicht aussuchen.

Stimmengewirr drang zu uns. Nach einigen Minuten schob meine Mutter einen Vorhang zur Seite. Die Worte wurden noch lauter. Wir betraten den Saal, in dem unsere Zirkeltreffen stattfanden. Zirkeltreffen. Das erinnerte mich immer an eine Zusammenkunft von Hexen aus Filmen. Sofort verstummten die Gespräche. Ich blickte in die Gesichter jener, die zu meiner Familie geworden waren und mit denen ich aufgewachsen war. In Schwarz gehüllt saßen sie an der langen Tafel auf ihren Stühlen und erwarteten uns. Ihre Lichtquallen hatten ihr inneres Strahlen gedämpft.

Magda, die wie eine Großmutter für mich war, wirkte sichtlich erleichtert, mich wiederzusehen. Sie fing meinen Blick auf und zwinkerten mir mit den gütigen Augen aus dem rundlichen, strahlenden Gesicht entgegen. Sie konnte noch nie nur auf einer Seite zwinkern.

Da alles ziemlich eng war, quetschte ich mich zwischen den unzähligen Säulen hindurch und setzte mich links in die Mitte zu den anderen. Louise mit dem maskulinen Gesicht legte eine Hand auf meine Schulter. Niemand sprach, bevor meine Mutter nicht die Sitzung eröffnet hatte.

»Meine lieben Schwestern und Brüder«, begann meine Mutter ihre Ansprache. »Heute will ich gleich zum Punkt kommen. Wie ihr wisst, haben die Furta Noctra ein schweres Vergehen begangen und meine Tochter entführt. Sie sind in unser Revier eingedrungen und haben sie an ihrem Geburtstag gekidnappt.« Woah, woah, woah. Was? Ich war doch in ihrem Revier gewesen, und das wusste meine Mom. Log sie, um mich zu beschützen? Warum hatte sie das nicht mit mir abgeklärt?

Neben dem anderen Eingang in den Ratssaal stand Louis, der die Tür bewachte. Chloés Sohn nickte mir zu. Wow, bisher hatte mich der begehrteste Junggeselle unter den Sanitatem keines Blickes gewürdigt. Da wurde man einmal entführt und schwups, wuchs sogar das Interesse von Schönling Nummer eins an. Ich überlegte mir ernsthaft, einen Datingratgeber zu schreiben: *Mach dich nicht rar, sondern lass dich entführen: Datingtipps für magische Wesen.*

Er strich sich die geleckten brünetten Haare zurück und musterte mich. Hitze stieg in mir hoch, und das lag nicht an seiner Wärmemagie, die er nutzen konnte, um Erfrierungen zu heilen.

»Ziemlich warm hier, nicht wahr?«, sagte Chloé links von mir.

»Ja.« Zu laut, das war zu laut gewesen.

Meine Mutter bestrafte mich mit *dem* Blick. Jedes Kind kannte ihn.

»Dazu haben sie meine Tochter auch noch verletzt und in ein dreckiges Verlies geworfen.«

Ein Raunen ging durch die Runde. Louis wandte den Blick von mir ab. Danke, Mom. Damit hatte sie ihm garantiert erotische Vorstellungen von mir in den Kopf gepflanzt. Obwohl, kam darauf an, was er für Vorlieben hatte. Abgesehen davon kam ich für ihn ohne Magie sowieso nicht infrage. Erst nach und nach registrierte ich das Starren der anderen. Ich sah hoch und begutachtete die riesige schwach glimmende Lichtkugel, die die anderen Ratsmitglieder erschaffen hatten, um den Raum zu erhellen. Langsam sank ich tiefer in den Stuhl hinein.

»Aber, und es tut mir leid, euch das sagen zu müssen, meine Tochter hat auch Fehler begangen.«

Jetzt wurde ich hellhörig. Sofort saß ich kerzengerade da. Was meinte sie?

»Und wie ihr wisst, haben wir als Sanitatem Vivifica eine besondere und vor allem starke Begabung. Nur wir tragen die Fähigkeit der Wiederbelebung in uns, auch wenn die meisten von euch sie nicht einsetzen können und eher Remedien sind, die den anderen assistieren oder bei normalen Heilungen aushelfen.« Gemurmelte Zustimmung seitens der anderen Männer und Frauen. Vivificas gab es kaum noch. In Paris vielleicht um die fünfzehn. Davon konnte eine Person tatsächlich jemanden von den Toten zurückholen. Na? Wer wohl? Meine Mom.

Und ich.

Nein, das musste ich mir aus dem Kopf schlagen. Keine Ahnung, was ich mir in meinem verschlafenen Zustand dabei gedacht hatte, den Trank gestern wegzuschütten. Vor allem nach meinen Magenkrämpfen, die Anzeichen meiner Krankheit sein mussten.

»Die anderen Sanitatem gönnen uns diese Macht nicht, deswegen mussten wir unser eigenes Netzwerk erschaffen.« Ständig, wenn meine Mutter das sagte, fühlte ich mich schuldig, die weltweite Sanitatemapp auf meinem Handy zu haben. Aber auch wenn ich mich niemals mit jemandem treffen würde, wollte ich mich über mein Fake-Profil zumindest mit anderen Sanitatem austauschen. Die lobten uns Vivificas wirklich nicht in die Höhe.

»Gerade weil wir eine kleine Gruppe sind, müssen wir zusammenhalten und die Regeln beachten. Deshalb gibt es auch für dich Konsequenzen, Jane.«

Konsequenzen? Wie? Wo? Als alle Blicke, auch Louis', auf mir lagen, tat ich das einzig Vernünftige. Sanft lächelte ich alle in der Runde an, wie eine Zwölfjährige, die nicht der französischen Sprache mächtig war.

»Jane, du hast dich schuldig gemacht, du hast …« Das schrille Piepen unserer Türklingel unterbrach meine Mom und rettete mich. Ja, wir hatten unten eine Fernsprechanlage montiert, die sogar eine Videoübertragung starten konnte. So war meine Mutter in der Lage, zu sehen, wer an der Tür stand. Keine Ahnung, wofür. Ich schätzte nicht, dass der Geheimdienst bei einer Razzia höflich klingeln würde, bevor sie uns unsere Enttarnung offenbarten. Mom lebte ihre paranoiden Ängste jedoch gern aus.

»Ich geh ran«, meldete ich mich kleinlaut und entzog mich meiner Bestrafung. Das weiße Kästchen, das gar nicht zu der Einrichtung passte, hatte sie eher etwas Mittelalterliches, blinkte, und ich drückte auf den Knopf.

»Es sind Ella und Élian. Können wir das«, ich breitete die Arme aus, »auf morgen verschieben? Ich habe ihnen gesagt, ich bin zu Hause und habe nichts zu tun. War zu müde, um an den Rat zu denken.«

Mehrmals öffnete meine Mutter ihren Mund und schloss ihn wieder. »Das geht nicht, wir …«

»Du bist die Beste, Mo… *Maman.*« Mein Finger fand auf dem zweiten Knopf Platz, und ich hielt ihn gedrückt. »Komme.«

***

Ich schmeckte noch das Salz in meinem Tee, den ich mir in dem Café gegönnt hatte, in das ich mit Élian und Ella geeilt war, um der Ratssitzung zu entkommen.

»Schau mich nicht so an. Du hast nur ein paar Körnchen abbekommen, ich musste mir einen neuen Latte bestellen, weil ich Salz und Zucker verwechselt habe.« Ella schob mir ihr Portemonnaie entgegen. »Ich habe gesagt, ich zahle dir einen neuen.«

»Mademoiselle Rich Bitch hat gesprochen«, hörte ich Élians Gemurmel, der gleich danach durch den Strohhalm in seinem Oreoshake herumblubberte.

Ella schenkte ihm einen Blick, der an das Zischen einer Schlange erinnerte. Das Einzige, das mir einfiel, um dazwischenzugehen, war, den letzten gefüllten Vanilledonut zu verputzen. »Schon gut, das bisschen Salz bringt mich nicht um. Außerdem zahle ich«, sagte ich zum dritten Mal, nachdem sich die ersten beiden Male in meinem Geschmatze verloren und ich Ella sowie Élian mit Donutsaft benetzt hatte.

»Auf deinen Vater.« Élian hob sein Glas, und wir stießen an. Wieder eine Lüge, für die ich mich schämte. Aber zu sagen, dass Mom und ich vom Erbe meines Vaters lebten, fiel mir leichter als: »Meine Mutter gibt Unterricht im Wissen der Sanitatem, und wir nehmen Spenden von den anderen Ratsleuten an.« Letzteres fand selbst ich komisch. Mich irritierte aber auch die Vorstellung, meinen Liebsten den Tod meines Vaters durch die Furta Noctra zu offenbaren. Ja, das wirkte völlig bekloppt auf mich. Obwohl. Herrgott, ich hatte magische Fähigkeiten, von denen sie auch nichts wussten – was könnte bekloppter sein?

Ein leichter Wind kam auf, und die rosa-gelb gestreifte Markise über uns raschelte. Eine Glocke bimmelte, und vor mir kam die Besitzerin Léa des kleinen Cafés *Le Minuit* hinaus und kniete sich vor die schwarze Tafel. Léa machte ihren hohen Zopf enger und wischte das Tagesgericht weg. Ironie des Schicksals war das neue: französische Zwiebelsuppe. Erinnerte sie mich doch an meinen Kerkerfraß.

»Ich bin froh, dass uns nichts passiert ist und wir zusammensitzen, als wärt ihr nicht überfallen worden und Jane ohnmächtig geworden, weil sie meinte, sie müsse noch einen Shot zu sich nehmen.« Auf Ellas Aussage hin rollte ich innerlich mit den Augen. Was hatte sich meine Mutter bei dieser

Geschichte gedacht? Als was für eine Freundin stand ich denn da? Ich hatte mir noch einen Tequila gegönnt, bevor ich zu meinem abgestochenen Freund ins Krankenhaus hatte nachkommen wollen, hatte dann Hausarrest sowie Handyverbot bekommen und mich nicht melden können. Danke, Mom. Sie fand es immer noch dumm, mit nicht magischen Menschen befreundet zu sein. Sie hatte bestimmt gehofft, Élian und Ella würden mich deshalb fallen lassen.

»Pardon, ich bin komplett hinüber gewesen. Diese Typen, Élians Verletzung und meine Magenkrämpfe.« Ich hoffte, es klang einigermaßen glaubwürdig. Um den Wahrheitsgehalt meiner Aussage zu unterstreichen, legte ich meine Hand auf Élians. »Nie wieder Alkohol.«

»Ich verstehe dich. Habe vielleicht drei Stunden geschlafen. Die im Dings, Krankenhaus, haben mich zwar schnell entlassen, aber wirkten verwirrt. Abgestochene sehen normalerweise anders aus.« Er pulte sich einen schwarzen Krümel aus dem Zahn.

»Na ja, und zu Hause haben meine Eltern mich durch die Mangel gedreht, was das Pflegeprogramm für meine Oldies nicht leichter gemacht hat. Stellt euch vor, ihr wechselt Wundpflaster, und die Person schlägt um sich. Klar, sie waren aufgebracht. Ach, wie auch immer. Vielleicht hätte ich nichts sagen sollen, keinen Plan.«

»Quatsch. Sie hatten ein Recht darauf, es zu erfahren, sie sind deine Eltern.« Ella schaltete währenddessen ihren Alarm aus. Warum hatte sie immer einen Wecker gestellt?

»Du hast leicht reden, El.«

»Ich habe doch …«

»Jaja. Wie gesagt, ich bin total neben der Spur. Sobald ich die Augen schließe, sehe und spüre ich das Messer.« Élians Augenringe sprachen für sich. »Die Klinge, wie sie meine

Haut verletzt, worauf ich zunächst gar nichts fühle. Erst als der Typ mich...«

»Élian.« Ellas Stimme holte ihn zurück, und er betrachtete uns, als müsste er sich überzeugen, wieder da zu sein. »Wir sind immer da. Ruf uns an, schreib uns. Soll ich bei dir schlafen? Sollen Jane und ich gemeinsam bei dir pennen? Wir machen veganes Sushi. Würde Jane bestimmt auch guttun, oder?«

Nickend überschlug ich die Beine und stieß dabei gegen den winzigen, schmiedeeisernen Bistrotisch, an den wir uns draußen gesetzt hatten. »Shit. Au, mein Knie.«

»Das war für das *Nie wieder Alkohol.* Kleine Lügen werden sofort bestraft.« Selbstverständlich hielte ich mich nicht lange daran, und Élian ahnte das. Als wäre das nicht genug, war auch noch die morgendliche Frische verpufft, und nun brannte die Sonne auf meinem Gesicht, und das, obwohl es die letzten Tage eher regnerisch gewesen war. So schnell änderte sich das Leben. Erst feuchter Kerker, jetzt gegrillt von der Sonne. Aber lieber ertrug ich diese Hitze, den Geruch von aufgeheiztem Asphalt und Abgasen als dieses Verlies, das mich auf ewig verfolgen würde.

»Dann machen wir das so«, stimmte Élian zu und trommelte mit den Fingern gegen sein Oreoshakeglas.

»Aber sag, warum hast du uns nie erzählt, dass du kämpfen kannst? Ich mein«, Élian stierte zu Ella, und ich bezweifelte, dass sie das erste Mal davon hörte, »das war wie in, keine Ahnung, *Charmed* oder *Naruto* oder so.«

»Ähm.« Was sollte ich darauf erwidern? Um meine Antwort länger hinauszuzögern, schnappte ich mir meinen Grüntee, den ich zu lange vernachlässigt hatte.

»Vor allem gehe ich selbst zum Karatetraining, Jane. Du hast da nie den richtigen Zeitpunkt gesehen, einzuhaken? À la: *Hey, ich mache auch Kampfsport wie Son Goku.* Oder als wir uns im Fanfiction-Forum kennengelernt haben und wir unsere erste gemeinsame Story geschrieben haben: *Oh. By the way, ich kann kämpfen wie unser Pärchen Trunks und Goten.*« Wie sollte ich Ella widersprechen? Wahrscheinlich klang für sie alles unlogisch, was ich sagte.

Ich räusperte mich. Jetzt wäre der Moment, um zu sprechen. Die Wahrheit zu sagen. Endlich den Mut aufzubringen, meine eigenen Entscheidungen zu treffen. Stattdessen nahm ich noch einen Schluck Tee.

»Goten und Trunks? Ich will eure alten Geschichten auch endlich lesen.« Élian war in seinem Element, was ich merkte, wenn er mit Anglizismen um sich schmiss. »Aber, ja, genau, warum, Jane?«

Mein Blick sauste wild umher, ich fühlte mich wie ein Tier, das in der Falle saß. Irgendeine Ausrede musste ich doch finden. Ich schielte auf die Zeitung des Mannes im Anzug am Nachbartisch. Nichts. »Ich habe mich geschämt? Ich habe nämlich Panik nachts, allein, und deshalb habe ich den Kurs angefangen. Ohne einen Dad habe ich gedacht, mich selbst verteidigen zu müssen. Aber ich rede nicht gerne über dieses ganze Keinen-Vater-haben-Zeug.« Innerlich ohrfeigte ich mich selbst für meine grandiosen Lügenfähigkeiten. Dazu noch neben einer Kirche. Ich wartete auf einen Lichtstrahl, der mich durch das bunte Fenster traf und in eine Feuersäule verwandelte. Selbstverständlich nickte ich auch noch, als wollte ich mich selbst davon überzeugen, die Wahrheit zu sprechen.

»Hm. Na gut. Sag, Jane. Wir haben deinen Geburtstag ja nicht würdig beendet. Was wünschst du dir, um dem Ende den bitteren Geschmack zu nehmen?« Ella winkte Léa und bestellte noch einen Café au Lait.

Archie. Unweigerlich leuchtete sein Name in meinem Kopf wie die Leuchtschrift des *Moulin Rouge*. Ich zupfte an dem einsamen Lavendelstiel, das sich in einem länglichen Schnapsglas mit Wasser befand. Meine Finger rochen nun danach und der Duft erinnerte mich daran, wie ich mit Archie nachts durch die Straßen spaziert war. Bei ihm musste ich mich nicht verstellen. Bevor die Bilder noch mehr schmerzten, schloss ich die Augen und blinzelte sein Gesicht weg.

»Ich wünsche mir, dass wir zusammenbleiben und uns nie wieder etwas so Schlimmes passiert.« Archie musste ich mir abschminken. Ihn würde ich vermutlich nie wiedersehen.

»Tja, dafür ist es zu spät, oder was hast du dir bei diesem Oberteil gedacht?« Ella runzelte die Stirn und begutachtete mich abfällig.

»Uhhh.« Élian klatschte in die Hände, um Ellas gespielt zickigen Konter zu bekräftigen, und hätte beinah Léa verschreckt, die Ellas dampfenden Kaffee abstellte. »Pardon, Léa.«

»Witzbold.« Was sollte an meinem lila XXL-Shirt mit dem Sailor-Mars-Motiv bitte nicht stimmen? Aber ich wusste, Ella meinte es nicht ernst. Solche Witze waren ihre Art zu zeigen, dass sie mir nicht böse war. Außerdem hatte ich mich beeilen müssen. Denn in meiner Friedhofrobe hätte ich noch komischer ausgesehen. Dachte ich. Da bummelte neben mir ein Mädchen in einem ähnlichen Kleid vorbei. An einem Schaufenster mit Uhren hielt sie. Irgendetwas neben dem Mädchen zog mich an. Ich ahnte, dass ich nach rechts schauen musste, suchte alles ab. Nichts. Etwas weiter rechts. Bäm.

»Archie?«

»Hast du mich Arschi genannt?« Élian krempelte seine nicht vorhandenen Ärmel auf.

Archie sah mich an. Direkt in meine Augen. Diese Dunkelheit, die in seinen lag, sie hatte etwas so Faszinierendes. So düster, aber gleichzeitig strahlte in ihnen Hoffnung.

»Was ist mit dir?« Élian schnippte vor meinem Gesicht herum und folgte schließlich meinem Blick, worauf ich ein zufriedenes »Ahh« wahrnahm. »Ella, gut aussehender Typ auf drei Uhr.«

Noch immer fesselte mich Archies plötzliches Erscheinen.

»Wo?« Ellas Stimme nahm ich wie hinter einer dicken, isolierten Mauer wahr.

»Na, da, Ella.«

Archie stand einfach nur da. Er trug dieselben Klamotten. Eine Gruppe Kinder lief durch einen Taubenschwarm hindurch, der ihre unerlaubt zugeschmissenen Brotkrumen aufpickte. Sie flatterten aufgeschreckt davon. Archie mittendrin. Doch er blieb unaufgeregt stehen.

»Mann, Élian, zeig nicht so auffällig hin.«

»Verzeih. Siehst du ihn?«

»In welcher Welt ist das drei Uhr?«

»Ist doch egal, Ella. Aber gut sieht er aus.«

»Aber warum starrt der Jane auch so an?«

»Jane? Verschweigst du uns etwas?«

Archies Blickkontakt brach ab. Seine Augen schnellten nach links. Der verträumte Ausdruck in seiner Miene wich Panik. Sein unverwandtes Starren ließ mich auf meinem Stuhl hin und her rutschen. Dann rannte er los.

»Wieso läuft der weg? Schau mal, Élian. Glaubt der, er wird so interessanter, und Jane läuft ihm na…«

»Archie.«

Der Eisenstuhl kratzte über das Kopfsteinpflaster, als ich aufsprang und ihm nachlief. Ich hörte nur noch das Blut in meinen Ohren rauschen sowie Ella und Élian, die meinen Namen riefen.

Kapitel 7

Endlich bekam ich seine Hand zu fassen. Aufgeladene Energie knisterte zwischen unserer Haut, und ich war geneigt, loszulassen. Ich riss mich zusammen und dankte mir dafür, den Impuls zu unterdrücken.

»Hey.« Ich zog Archie zu mir und stieß ihn gegen die Backsteinmauer der schmalen Gasse.

Die Enge wurde mir schlagartig bewusst, als Archie und ich zu nah aneinandergeschmiegt dastanden. Unsere Atmung ging stoßweite. Ich spürte seine Wärme. Seine Augen wichen mir nicht aus, sondern nahmen mich gefangen.

»Warum beobachtest du mich und, mhh.« Keine Luft mehr.

Ich gönnte mir ein langes Einatmen, ehe ich fortfuhr. »Weshalb läufst du dann weg?«

Um weniger bedrohlich zu wirken, ließ ich von Archie ab und machte einen Schritt zurück. Okay, einen halben, dann stand ich an der gegenüberliegenden, abgebröckelten Fassade. Archies Augen ließen von mir ab, und er rieb seine Lippen aneinander, als müsste er sich zügeln. Gehen ließ ich ihn bestimmt nicht, also nutzte ich die Zeit und musterte ihn.

»Du bist noch verletzt und trägst dieselben Klamotten. Warum hat dich keiner deiner Sanitatem geheilt?«

»Ganz schön viele Fragen.« Archie strich sich die Haare zurück und setzte seinen Weg fort.

Ich folgte ihm. Selbstverständlich tat ich das.

»Nun?«

Mit einem Blick über die Schulter brachte er mein Herz wieder zum Rasen. Dabei hatte ich mich doch längst wieder von der Verfolgungsjagd erholt. Verdammt. Ich musste mich zusammenreißen. So attraktiv fand ich ihn auch nicht. Na ja, vielleicht ... Nein.

»Du machst dir ja ganz schön Sorgen um mich.« Das breite Grinsen, das Archie mir schenkte, machte mich auch nicht schlauer.

»Hä? Quatsch. Also ... das wäre mir neu.«

»Schon gut, ich merke ja, wie du mich ansiehst.«

Woah, woah. Das hatte er nicht gesagt. Keine Sekunde später hatte ich seine Schulter im Griff und drehte ihn zu mir.

»Spiel nicht mit mir. Ich habe dich aus jahrelanger Gefangenschaft befreit. Hab ich nicht ein wenig Ehrlichkeit verdient?«

Archies Seufzen ließ seine Maske bröckeln. »Die Leute, die mich gefangen genommen haben. Sie verfolgen mich noch.« Nachdem das letzte Wort gesprochen war, sah er zu Boden, aber ich erkannte die Sorgen, die kein dummer Joke der Welt überdecken konnte.

»Ach, Archie.«

Erst jetzt wurde mir bewusst, dass wir wieder nah voreinanderstanden. Warum geschah das immer wieder? Wie auch immer, von irgendwoher musste ich die erwachsene Jane rauskramen.

»Ich helfe dir. Habe dir doch gesagt, du schaust diese Serie zu Ende.«

Ein Mundwinkel von Archie hob sich, und er linste scheu zu mir. Wie ein Welpe, der einen mit seinem Blick weichkochen wollte. Bei mir gelang ihm das natürlich nicht. Wirklich nicht. Okay, okay. Ein bisschen.

»Gehen wir erst mal aus der Seitengasse raus, bei unserer Flucht habe ich eine neue Angst in meinem Kopf freigeschaltet: zwischen Wänden zerquetscht zu werden.«

Wieder draußen suchten wir uns ein schattigeres Plätzchen, und ich spürte, wie Archie die Umgebung checkte. Er dachte wohl, ich merkte es nicht, aber ich kannte die Angst vor den Furta Noctra.

»Archie. Ich habe gesagt, ich helfe dir. Das meine ich auch so. Aber du musst mir die Wahrheit sagen. Was wollen diese Leute ausgerechnet von dir?«

»Ich ...«

»Nein, keine Ausflüchte.«

»Sie suchen mich, weil ...«

»Jane. Wow. Wie könnt ihr so schnell laufen?« Ella kam an und sog die Luft ein. Sie stützte sich an ihren Oberschenkeln ab. Élian brachte gar kein Wort heraus und pfiff wie ein Teekessel.

»Ella? Élian?«

»Sind die beiden auch Sanit...«

»Nein«, unterbrach ich Archie und schlug ihm gegen den Bauch. Den stahlharten Bauch.

»Du denkst, weil du einem Typen nachläufst, kannst du dich vor der Rechnung drücken? Von wegen, du bezahlst.« Élian stellte sich vor Archie. Wollte er auf beschützender Bruder machen? »Woher kennst du *meine* Jane?«

»Ähm, also.« Archie wirkte völlig überfordert. Ich hatte nach unserer Flucht bemerkt, wie befremdlich es für ihn war, plötzlich wieder mit Menschen konfrontiert zu sein.

»Leute, es tut mir leid. Ich zahle nächstes Mal, versprochen. Aber Archie, äh, er, Dings, also, hat mich gefunden, als ich den Shot zu viel geext hatte, und mir geholfen.«

»Das lasse ich gelten.« Élians Körperhaltung verlor an Spannung.

»Hör auf mit dem Unsinn.« Ella knuffte Élian in die Schulter und schob sich selbst in die Mitte. »Du bist also der Retter in der strahlenden Rüstu...« Ella überflog sein Äußeres und zog ihr letztes Wort in die Länge, als hätte es dreißig Silben. »...ng, die mit Dreck bedeckt ist.« Ella wandte sich an mich. »Warum ist der so schmutzig?«

Schwarze Punkte blinkten am Rande meines Sichtfelds, mein Magen rebellierte, und ich bemerkte, wie mir abwechselnd kalt und heiß wurde. Meine beiden Leben als Sanitatem und als Mensch prallten zu schnell aufeinander. Ich bekam den Kopf nicht frei, und auch wenn es verdächtig klang, fand ich keine andere Lösung.

»Könnt ihr Archie und mich bitte allein lassen? Wir müssen etwas besprechen. Ich erkläre es euch ein anderes Mal.«

»Du glaubst doch nicht ...« Ella stoppte Élian mit einem Seitenhieb.

Sie richtete sich eine ihrer vielen Brillen mit Fensterglas. Diese spitz zulaufende im Vintagestil. Sie stellte sich dicht neben mich. Ihr Lippenstift klebte an meinem Ohr, so nah kam sie mir.

»Was ist seit deinem Geburtstag mit dir los? Wer ist das?«

Ich hasste mich. Warum konnte ich nur lügen? Mein Leben, mein Innerstes, alles eine verdammte Lüge. Scheiße. Für ein, zwei Sekunden kniff ich die Augen zusammen. Um den Schmerz der Lüge zu unterdrücken, presste ich zusätzlich meine Daumennägel seitlich in meine Zeigefinger.

»Alles gut. Ich will nur wissen, was nach meinem Shot passiert ist, und ihn etwas kennenlernen.« Argh. Jetzt dachte Ella, ich wollte etwas von dem da.

»Wie du meinst.« Ella glaubte mir nicht. »Wir gehen, Élian.«

»Sicher?« Élian blickte zwischen uns hin und her.

»Ja.«

Ich flüsterte ein »Danke« und beobachtete, wie Élian und Ella inmitten der verwinkelten Gassen von Paris verschwanden. Nur Élian warf einige Male einen Blick über die Schulter. Ahnte Ella etwas?

»Hast du zu Ende geglotzt?« Archie.

»Pardon, ich hasse es, die beiden zu belügen.«

»Sie sind also normale, äh, Dinger?« Archie strich sich eine lockige Strähne aus der Stirn.

»Menschen, Archie. Menschen. Wie auch immer. Warum bist du auf der Flucht?«

»Was wäre geschehen, wenn ich nicht in Gefangenschaft gewesen wäre? Wäre ich an der Uni?« Archie überging meine Frage und ließ seinen Blick gen Himmel schweifen. »Hab mir oft Geschichten ausgedacht. In einer ist ein Typ namens Barchie an die Uni gegangen und …«

»Barchie?« Ich verschränkte meine Arme vor der Brust.

»Ja, Barchie.« Die gespielte Ernsthaftigkeit, mit der Archie das von sich gab, zusammen mit den hochgezogenen Augenbrauen, brachte mich beinah zum Schmunzeln.

»Ist auch egal. Weich nicht ständig aus. Was ist los?« Nachdem ich nachgehakt hatte, erkannte ich Menschen, die uns beobachteten. Mit einem Nicken bedeutete ich Archie, weiterzugehen.

»Tja, manchmal täuscht man sich in Menschen.« Sein Genuschel verstand ich. Immerhin nannte man mich nicht umsonst Meisterin im Belauschen. Okay, nur ich nannte mich so, seitdem meine Mutter öfter mit Zirkelleuten flüsterte.

»Was?«

»Was?« Archie trieb mich zur Weißglut.

»Langsam beschleicht mich das Gefühl, dass du dort zu Recht eingesperrt warst. Kannst du nicht deinen Mund aufmachen?« Genervt stieß ich all die Luft in mir aus und bereute meine Reaktion. Leider war Geduld nicht meine Stärke.

Archie hielt neben mir, zwischen einem antiken Laden, der Schuhe laut Slogan »auf die gute, alte Art und Weise« reparierte, und einer Parfümerie für Superreiche.

»Pass auf, was du sagst. Weggesperrt zu sein, ist kein Spaß. Du bist nach kurzer Zeit dort unten durchgedreht.« Archie räusperte sich. »Warum, warum nur ich? Ich habe das nicht verdient«, äffte er mein Vergangenheits-Ich perfekt in der richtigen Tonlage nach, sodass mir die Scham ins Gesicht schoss und meine Wangen glühten.

»Du hast recht, ich kann das nicht nachvollziehen und ...«

»Ja, das kannst du nicht. Und vielleicht mache ich meinen Mund nicht gerne vor jemandem auf, den ich kaum kenne. Vor allem, nachdem die Personen, die mir am nächsten standen, mich in dieses Drecksloch gesteckt haben.« Wie Archie sich ausdrückte, als hätte sich das ewig in ihm aufgestaut, und die Art, wie er mich ansah, selbst erstaunt über seinen Ausbruch, ließ mich wie eine Närrin dastehen.

»Wow.«

»Ich wollte dich nicht anschreien.«

»Nein, ist gut so. Schrei es heraus. Brüll. Damit auch ich Depp es verstehe.« Ich massierte die Stelle zwischen meinen Augen. »Es tut mir schrecklich leid.«

Eine Vibration lenkte mich von meiner peinlichen Aktion ab, und ich zog mein Smartphone so weit heraus, bis ich die Benachrichtigungen erkannte.

Maman?

Meine Mutter schrieb mir selten Nachrichten.

»Ich muss da draufgucken. Scheint wichtig zu sein. Pardon.« Ohne auf eine Antwort zu warten, zog ich mein Handy hervor und las die Nachricht.

Komm nach Hause. Merkwürdige Dinge gehen vor sich.

Darunter ein weitergeleiteter Artikel aus der weltweiten Sanitatemapp.

»Du, Archie? Es …« Bevor ich den Link anklickte, sah ich hoch zu Archie und erkannte seine weit aufgerissenen Mitternachtsaugen.

»Was ist los?« Archie packte meine Hand. Wieder dieser Stromschlag, sobald wir uns berührten. Mir blieb keine Zeit, mich umzudrehen, denn er sprintete bereits mit mir im Schlepptau los.

»Verdammt, sie haben mich«, sprach Archie leise zu sich selbst.

Ähm, Entschuldigung? Wo war ich hineingeraten?

***

Nach einer hollywoodreifen Weglaufszene, die mich wieder in das Gebiet der Furta Noctra geführt hatte, standen wir nun in einem schäbigen Flur eines Wohnhauses und warteten. Ja, worauf eigentlich?

Archies Faust war seit mindestens einer Minute wenige Zentimeter vor der Tür eingefroren. Leise hörte ich, wie er den Anfang seiner Kerkermelodie summte. Also half ihm der Klang bei Nervosität? Meine verschwitzte Hand hielt er noch immer, wodurch ich spürte, wie sein Puls raste. Und nein, ich hatte mir den Geruch von Zwiebelsuppe nicht eingebildet. Verfolgte die mich? Wer kochte die freiwillig?

»Bist du noch anwesend? Also geistig wie körperlich?« Ich beugte mich gerade zu Archie vor, da drehte er den Kopf zu mir.

Nasenspitze an Nasenspitze.

»Erwähne mit keinem Wort, dass du eine Heilerin bist.« Danach klopfte Archie.

Kein einfaches: Klopf, klopf, aufmachen bitte. Es ging dreimal schnell, gleichmäßig hintereinander, danach zweimal mit einer längeren Pause.

Hinter der Wohnungstür nahm ich leise Fernsehgeräusche wahr, die nun verstummten.

Stille.

Wenige Sekunden später polterte es, und jemand verging sich an einigen Schlössern an der Tür.

»Warum soll ich eigentlich nichts sagen? Du bist doch auch …«

»Das kann nicht wahr sein.« Die vergilbte Tür mit den Löchern, die von innen scheinbar mit Holzbrettern vernagelt worden waren, wurde aufgerissen, und ein Typ mit rotem Man Bun stand vor uns.

»Hey, Jacques.«

Jacques' Unterkiefer, eingerahmt von einem roten Dreitagebart, klappte nach unten. Natürlich handelte es sich bei meinem Blick auf seinen Oberkörper um ein Versehen. Was sonst machte man, wenn einem jemand die Tür in einer XXL-Yogahose in Senfgelb öffnete? Nur in einer XXL-Yogahose in Senfgelb.

»*Hey, Jacques?* Ich habe jahrelang gedacht, du wärst tot, und du kommst mir mit: *Hey, Jacques?*« Ein lautes Seufzen tönte im Flur nach, als Jacques seine Hände im Nacken verschränkte und in die Wohnung zurücktaumelte. »Ich darf nicht mehr Gin und Absinth mischen. Ich sehe Geister.«

Jacques' Atmung beschleunigte sich. Verfiel er in einen Hyperventilationsanfall? Etwas weniger überfordert verfolgte ich die Situation wie eine unsichtbare Zuschauerin, bis mich Archie anschaute und mir bewusst wurde, ich war Teil des Geschehens. Er bedeutete mir, in die Wohnung zu treten, aus der ein gefährlicher Duft von Alkohol und Zigarettenrauch waberte.

Die Tür rastete hinter mir ein, und ich inspizierte die Umgebung. Archie kam das wohl gelegen, da er Jacques in die winzige Küche drängte, in der sich Geschirr stapelte und Käfer herumkrabbelten.

Der Putz, der von den Wänden bröckelte, die spärliche Einrichtung, der flackernde Fernseher, der einen durchgestrichenen Lautsprecher und sich lautlos unterhaltende Menschen zeigte. Das plus die unzähligen Flaschen, Gläser und Aschenbecher brachten mich, Enola Holmes, zu dem Schluss: Der Kerl hatte Probleme. Sagte ich, Königin der Probleme.

Was mich nervte? Dass Archie mich verleugnete. Ich sollte nicht preisgeben, ebenfalls eine Sanitatem zu sein. Warum? Weil ich zu schwach war? Wieder passte ich nicht dazu. Wieder musste ich lügen. Wieder schämte sich jemand für mich.

Die beiden eilten aus der Küche. Jacques und Archie nebeneinander zu sehen, zeigte mir, dass sie sich ziemlich ähnl...

»Das ist mein Bruder, Jacques.«

»Hey.« Jacques verbeugte sich übertrieben und grinste, als er aufrecht stand. »Was geht ab, Prinzessin?«

Prinzessin? Woher kamen Archie und sein Bruder? Der Letzte, der mich mit Prinzessin begrüßt hatte, war ein Bettler in einem Vorort gewesen.

»*Salut.* Und ich bin Jane, keine Prinzessin.« Die ganze Situation wirkte suspekt auf mich.

Dieser Randbezirk, Jacques' Bruder, der geglaubt hatte, Archie sei gestorben, und diese Geheimniskrämerei.

»Alles klar. Dich habe ich bei uns noch nie gesehen.« Jacques musterte mich.

Archie riss die Augen weit auf. Damit wollte er mir bestimmt mitteilen: »Sag einfach Ja.«

»Ähm, ja? Sieht so aus.« Klang nicht überzeugend aus meinem Mund, aber besser klappte es nicht.

»Hör ma', Prinzessin, guck mich nicht so abfällig an. Für meine Wohnung muss ich mich nicht schämen.« Jacques näherte sich mir und stieß mich mit einer Hand zurück.

Nur ein leichter Stoß, aber er überrumpelte mich, sodass ich nach hinten stolperte und in einen unbequemen Ohrensessel fiel, dessen Federn in meinen Hintern pikten.

Staub wirbelte auf. Bevor ich mich verteidigen konnte, nieste ich.

»Was stimmt nicht mir dir?« Archie raste zu mir und half mir hoch. »Ich habe dir gesagt, sie hat mich befreit.«

Jacques hob ein Glas, in dem die braune Flüssigkeit darin nun Wellen schlug, und pulte eine Zigarette daraus. »Sorry, Mann. Ich bin völlig überfordert. Ich habe gedacht, mein Bruder lebt nicht mehr, und jetzt stehst du hier.«

»Nein, mir tut es leid.« Ich trat vor Archie und stellte mich zu Jacques, der sich einen Zigarettenstummel aus dem Aschenbecher fischte und ihn anzündete. »Du lebst hier, und ich habe das nicht zu beurteilen.«

Manchmal vergaß ich, wie privilegiert ich aufgewachsen war, und vor allem störte es mich, mir somit Ellas Attitüde angewöhnt zu haben.

»So is' es.« Aufgebracht folgte Jacques einem imaginären Kreis in seiner Wohnung und fuchtelte mit seiner Zigarette gefährlich vor meinem Gesicht herum, sobald er an mir vorbeikam.

»Was machen wir wegen der Leute, die uns verfolgt haben? Sind die weg?«

»Mann. Ihr wurdet verfolgt? Von wem? Den Scheiß…«

»Jacques. Es reicht. Reiß dich zusammen. Ja, ein paar ...« Archie blickte zwischen Jacques und mir hin und her. »*L'âm'larron* haben uns verfolgt.«

»Was zum ... Warum haben die euch verfolgt?« Jacques trank sein Glas leer und stellte es so hart ab, dass es brach.

Ich zuckte, hoffentlich kaum merklich, zusammen. Dieses Wort kam mir bekannt vor. Aber woher? Das beschäftigte mich so sehr, dass ich gar nicht auf Jacques' Reaktion eingehen konnte.

»Wie auch immer. Wir müssen zu *Daron.*« Jetzt kam Jacques auch noch mit diesem umgangssprachlichen Wort für Vater?

»Meinst du das ernst? Du willst zu ihm?« Archie starrte zu Boden. Er wirkte verängstigt. Oder geschockt? Eine Mischung aus beidem?

Moment. Umgangssprache. Da fiel es mir wie Schuppen von den Augen. Meine Mutter hatte mir mal einen Typen vorgestellt. Musste so drei, vier Jahre her sein. Oder fünf. Er hatte mir ein paar Brocken der Geheimsprache beigebracht, die nur die Pariser Furta Noctra verstanden. *L'âm'larron* war nicht nur Slang, sondern ein anderes von Furtas erfundenes Wort für: magischer Seelendieb. Wie konnten Archie und Jacques das kennen? Der Typ hatte meiner Mutter damals dreihundert Euro pro Stunde abgezwackt.

»Warum willst du nicht zu ihm? Niemand kann uns besser helfen.« Jacques ließ sich in einen Sitzsack fallen und katapultierte damit einen Käfer in meine Richtung, den ich unmöglich ignorieren konnte.

Ich hopste zur Seite und war stolz auf mich, nur ein wenig verängstigt gequiekt zu haben. Die Blicke der Brüder sparte ich mir. Konnte es sein, dass Jacques und Archie …? Nein, das war unmöglich. Sie konnten nicht zu den Furta Noctra gehören. Warum hätten sie Archie in den Kerker werfen sollen? Jahrelang.

Sofort stand Jacques wieder auf und ging zu Archie. Er fasste ihm ins Gesicht, zog seine Wangen auseinander und roch an seinem Nacken. »Du bist wirklich hier, oder?«

»Ja, du kleiner Bastard.«

Jacques' Gesicht wechselte zwischen Skepsis, Freude, Angst und wieder zu Freude. Dann fiel er seinem Bruder in die Arme. So niedlich das auch aussah, ich musste aufpassen. Wenn meine Mutter mir eines eingebläut hatte, dann Vorsicht walten zu lassen.

»Yo, ihr beide. Wie packen wir es an? Wie erwischen wir das Pack?« Was machte ich da? Wollte ich mich wie sie benehmen, um nicht aufzufallen? Damit sie nicht dachten, dass ich ihre Sanitatemherkunft anzweifelte?

Auffälliger ging es nicht. Außerdem wäre das unlogisch. Ich war zu paranoid.

»Hat sie einen Schlaganfall?« Jacques löste sich aus der Umarmung.

»Kann sein. Sie ist öfter komisch.«

»Na ja. Bring Prinzesschen wieder zur Vernunft. Ich schmeiß mich etwas in Schale.« Jacques klopfte Archie auf die Schulter und verzog sich in ein Zimmer, das durch einen halb verbrannten Vorhang vor Blicken geschützt wurde.

»Öfter? Kennen wir uns seit Jahren, habe ich was verpasst?«, hakte ich nach und beobachtete Archie, wie er selbst die Wohnung genauer inspizierte.

»Das war nur dahingesagt. Lass dich nicht von Jacques ärgern. Er lebt nicht so heruntergekommen, wie es scheint. Das ist eine seiner Geheimwohnungen.« Archie schritt über die knarrenden Dielen und hob ein paar Briefe auf. »Unglaublich, wieder normale Dinge anzufassen. Menschen zu sehen. Jacques zu sehen.«

Die Frage, was es mit der Geheimwohnung auf sich hatte, verschob ich auf später. Bei Archie angekommen, nahm ich ihm die Briefe ab.

»Es tut mir leid. Noch mal. Du hast einiges durchgemacht, und ich habe blöd reagiert.« Nicht jeder lebte in einer instagramtauglichen Straße in einem teuren Viertel, was hatte ich mir dabei gedacht?

»Schon gut. Ich habe es vermisst, mich zu streiten.« Archies Grübchen in der Wange vertiefte sich.

Um nicht wieder wie eine verwöhnte Göre rüberzukommen, hüpfte ich auf die kleine, schwarze Kommode und setzte mich darauf. Ich stellte mir vor, wie mein Hintern einen Abdruck im Staub hinterließ.

»Warum willst du nicht zu deinem *Papa?*« Das Wort hinterließ einen komischen Geschmack auf meiner Zunge. Ob ich jemand wäre, der bei Problemen zu seinem Vater laufen würde?

»Weißt du ...« Archie griff auf meine Haare und zeigte mir einen Käfer – den Käfer von vorhin etwa? Urgh. Er schnippte ihn weg und blickte mir tief in die Augen. »Du stellst viele Fragen, dabei verrätst du mir nichts über dich.«

Wie Archie vor mir stand, bedrohlich und beschützend zugleich, hatte seinen Reiz. Allerdings hatte ich auf der Kommode sitzend keine Chance, vor ihm zu fliehen. Meine Sanitatemwarnglocken klingelten, als hätte mir ein Schlag auf den Kopf einen Tinnitus beschert, aber mein Herz besänftigte meinen Verstand, sobald der Gedanke aufkam, abzuhauen.

»*Maman* hat gesagt, er ...« Meine Mutter. Ich blinzelte mich aus Archies Hypnose.

Was hatte Archie noch gleich gesagt? Manchmal täusche man sich in Menschen?

»Was hast du eigentlich gemeint, als du ...«

Es klopfte an der Tür. Mein Herzschlag beschleunigte sich. Die Tatsache, dass das eine Geheimwohnung sein sollte, sagte mir, niemand sollte hier anklopfen. Nur eine Sekunde später eilte Jacques aus seinem Zimmer.

»Sie sind da.«

Kapitel 8

Den gesamten Weg bis nach Hause hatte ich laufend zurückgelegt. Meine Klamotten klebten noch an mir, und die heiße Sommerluft brannte in meinen Lungen nach. Nicht zu vergessen die erdrückende Angst, ob mich jemand verfolgt hatte und nun wusste, wo ich wohnte. In meiner Panik war mir aber nichts Besseres eingefallen, als zur U-Bahn-Station in der Nähe zu laufen, unter Menschen zu gehen und von dort nach Hause zu eilen. Ich hoffte, dass Archie und Jacques es auch geschafft hatten, zu entkommen. Oder hintergingen sie mich? Schluss jetzt. Der Schwindel ließ nach, seitdem ich hier auf der Stufe saß und meine Beine an der Wand hoch lagerte. Es war alles so rasend schnell vergangen, dass ich mich kaum noch erinnerte, wo ich entlanggelaufen war. Vermutlich hatte ich total skurril auf alle um mich gewirkt. Erst mal galt es nun, mich zu beruhigen, weswegen ich tief ein- und ausatmete, ehe ich nach oben sah.

Die Bilder der Sanitatem meines Zirkels hingen über mir verteilt. Kam es mir nur so vor oder glotzten sie alle auf mich herab? Tränen liefen über meine Wangen, seitdem ich die Haustüre zugeknallt und mich auf die Treppe gesetzt hatte. Erinnerungen der letzten Stunde prasselten endlich auf mich ein, und mir wurde wieder flau im Magen.

Vor mir sah ich Jacques und Archie, die mich aus dem Fenster schleusten. Meinen Sprung aus dem ersten Stock, auf das Dach eines Lieferwagens. Der Aufprall kam zeitgleich mit dem Geräusch der aufgeschlagenen Tür zu Jacques' Wohnung. Ab da war ich nur noch gerannt.

Ich massierte meine Füße, die vom Laufen und vom Sprung pochten, wobei ich mich glücklich schätzte, als Sanitatem solche Stunts besser zu überstehen.

Laut seufzend lehnte ich mich zurück. Die Treppenstufen drückten sich in meinen Rücken, und ich schielte seitlich durch das Geländer. Dort erkannte ich das Wort »überfordert«, das ich mit vierzehn eingeritzt hatte. Wie passend. Exakt so fühlte ich mich in diesem Moment.

Ständig verheimlichte mir jemand etwas. *Maman,* der gesamte Zirkelrat, Jacques und Archie. Selbst Ella und Élian tuschelten manchmal – sie wären ja auch blind, erkannten sie mein sonderbares Handeln nicht. Fairerweise musste ich zugeben, auch oft zu schwindeln. Nur konnte es so nicht mehr weitergehen.

Was hatte es mir bisher gebracht, nicht beständig nachzuhaken? Dass ich daran dachte, was andere von mir hielten? Dass ich ständig meiner Mutter, dem Rat und meinen Liebsten gefallen wollte? Nur nicht zu viel nachfragen, nicht zu viel nerven. Meine Existenz glich als Nicht-Magische ohnehin einer einzigen wandelnden Enttäuschung. Dabei besaß ich doch Fähigkeiten, oder? Wenn sich das ändern konnte, dann auch ich. Dafür musste ich jedoch aus meiner Rolle der grauen Maus schlüpfen.

Etwas zog mich am Ende unseres Flurs an, weswegen ich aufstand und mit zittrigen Beinen losschritt. Mein Innerstes ahnte, was mich dort erwartete, aber bis heute hatte ich es verdrängt. Ihn verdrängt.

Yassin. Meine Finger stoppten vor dem Foto. Andächtig strich ich über den goldenen Rahmen. Mein Kinn begann erneut, zu beben, und meine Sicht trübte sich. Doch sein Gesicht erkannte ich deutlich vor mir. Die Bartstoppeln. Das breite Grinsen, als könnte er der ganzen Welt einen kaputten Kugelschreiber verkaufen, und die lockigen Strähnen vor der Stirn, die ständig gewackelt hatten wie Sprungfedern.

Was hätte ich erreichen können, wäre ich damals weniger feige gewesen und hätte mehr nachgefragt? Hätte mehr an mich geglaubt? Hätte meine Mutter mehr dazu gedrängt, ihn zurückzuholen? Ich schüttelte den Kopf. Vergangenheit gehörte der Vergangenheit an. Egal wie sehr sie auch versuchte, sich in das Kleid der Gegenwart zu zwingen.

Mit Yassins Tod hatte ich meine Seele und mein Herz dazu zwingen müssen, aufzuhören, ihn zu lieben. Erst da hatte ich erkannt, was wahrhaftiger Schmerz bedeutete.

Nachdem ich mich umgedreht hatte, verdrängte ich sein Bild wieder in eine kleine goldene Schublade und beschloss, heute den ersten Tag meines neuen Ichs zu starten.

Während ich auf meine Mutter wartete, scrollte ich durch TikTok und blieb an einem Video eines Retroaccounts hängen, der alte TV-Werbung zeigte. Als der Spot von 2006 startete, fühlte ich mich in meine Kindheit zurückversetzt. Eine Menge Emotionen und eine nostalgische Sehnsucht schalteten sich frei. Warum konnte nicht alles wieder wie damals sein?

Bevor ich weiter darüber philosophieren konnte, wie rasch die Zeit verstrich, hörte ich die Eingangstür. Meine Mutter kam endlich nach Hause. Jetzt konnte ich mir selbst beweisen, wie talentiert ich darin war, mich neu zu erfinden.

»Maman?«

»Du bist wieder da?«, fragte sie lautstark nach, um das Geräusch der raschelnden Tüten zu übertönen. »Sehr gut. Den Artikel, den ich dir geschickt habe, ja? Waren Fake News.«

»Okay. Ähm. Ich muss mit dir sprechen.«

***

Meine Brust hob und senkte sich rasch. Kurz vorm Hyperventilieren beäugte ich meine Mutter, um eine Reaktion in ihrer Mimik zu erkennen. Ich hatte ihr alles erzählt. Von Archie, meinen Kräften und dem, was ich erlebt hatte. Dass ich Élian und Ella bereits geschrieben hatte, vorbeizukommen, um ihnen alles zu beichten, behielt ich noch für mich.

»Hasst du mich jetzt?«

»Liebling …« Meine Mutter setzte sich auf, da wir bisher, wie damals als ich ihr von meinen Schulproblemen erzählt hatte, auf ihrem Bett gelegen hatten. »Ich könnte dich niemals hassen.«

Schüchtern zeichnete ich mit meinem Finger die Gänseblümchen auf ihrer Tagesdecke nach und wagte es nicht, sie anzusehen.

»Schau mich an.«

»Hm?«

»Wir müssen dem nachgehen. Es tut mir leid, dich mit alldem allein gelassen zu haben. Wir rufen die anderen zusammen und werden eine Lösung finden. Du bist nicht schuld. Du bist das Opfer.« Die Worte meiner Mutter erweichten etwas tief in meiner Seele, und ich bemühte mich, stark zu bleiben.

Ich nickte.

»Ruh dich aus. Ich sage Bescheid, dass wir eine Notsitzung brauchen und alle sofort antanzen sollen.«

»Aber ich will ihnen keine Umstände machen.«

»Nein. Du bist wichtiger als jede Freizeit.« Nachdem meine Mutter mich unterbrochen hatte, stimmte ich ihr zu und erkannte die Entschlossenheit in ihren Augen.

Wie eine zierliche Fee schwebte sie förmlich in ihrem seidenen Hausmantel aus dem Zimmer, und mich erfasste eine bleierne Müdigkeit. Mein Körper forderte für die Anstrengungen seinen Tribut.

Die Erleichterung, endlich den Mund aufgemacht zu haben und aus meinem Schneckenhaus gekrochen zu sein, erfüllte mich mit Stolz. Stolz, den ich mir bisher nicht gegönnt hatte.

***

Nach meinem Nickerchen fühlte ich mich noch geräderter. Zumindest hatte mein Körper eine Pause bekommen, nach der er mit schmerzenden Gliedern und schweren Lidern gebettelt hatte. Auf meinem Handy erkannte ich ein Blinken. Ella und Élian würden bald kommen, sie sahen noch einen Film zu Ende. Wenigstens schienen sie nicht mehr verärgert darüber, dass ich sie fortgeschickt hatte.

Nachdem ich aufgestanden war, legte ich meinen Kopf nach links, anschließend nach rechts. Beide Male knackte es laut. Eine Vorahnung beschlich mich, und ich hob das Kissen meiner Mutter an. Natürlich. Es lag ein Buch darunter. *Der Verrat des Räubers.* So oft hörte ich sie spät nachts. Das Rascheln der Seiten nahm jedoch über die Jahre ab.

Ehe ich den Raum verließ, schlich ich an ihrer Parfümsammlung vorbei, gönnte mir einen Sprüher ihres selbst gemachten Parfüms, das nach Kirsche, Kamille, Wassermelone und anderen Kräutern roch, die ich nicht kannte. Als ich es wieder abstellen wollte, löste sich der Verschluss des Flakons, an dem ich die Flasche hielt, und sie fiel zu Boden.

»Ah, Mist.« In der Hocke erkannte ich, dass nichts passiert war, und hob die Flasche hoch.

Im selben Augenblick entdeckte ich einen Ordner unter der Kommode mit den hohen, geschwungenen Standbeinen und zog ihn hervor. Er war eingerissen und vergilbt, musste also schon älter sein. Ein Schatten huschte über mein Herz. Er flüsterte mir ins Ohr, dass der Blick hinein etwas verändern würde. Klebrige Angst breitete sich aus und ließ mich nicht mehr los. Bestimmt überkam mich nur wieder meine

Paranoia, die mich hinter jeder Ecke etwas Böses vermuten ließ.

»Wird schon nichts sein.« Wenn ich mir Mut zusprach, belog ich mich meistens.

Ich öffnete den Ordner, und zunächst schien darin nichts Merkwürdiges zu sein. Ein paar Dokumente meines verstorbenen Vaters. Vermutlich hatte meine Mutter sie hier verstaut, um nicht ständig darüber zu stolpern.

Man kannte es. Man suchte die Versicherungsunterlagen nach einem Hagelschaden und fand die Unterlagen des verstorbenen Ehemannes, die einen in Heulmarathons warfen.

Eines irritierte mich dann doch. Eine Adresse, die mir nichts sagte. Mein Vater sollte dort gemeldet gewesen sein. Vielleicht bevor sie geheiratet hatten?

»Jane. Kommst du?« Die Stimme meiner Mutter riss mich aus den Gedanken. Um Ärger zu vermeiden, schob ich den Ordner wieder unter die Vintagekommode.

»Jaha.«

Amie eilte in das Zimmer und klatschte lautlos in ihre Tentakel.

Da ich oft zu Ratssitzungen zu spät gekommen war, hatte ich ein ausgeklügeltes Verfahren entwickelt: Zur Sicherheit hing ständig ein schwarzes Kleid mit durchsichtigen Spitzenärmeln neben dem Kellerzugang. Mittlerweile nannte ich mich selbst Meisterin des Umziehens beim Treppensteigen. In der Tat, ich war eine Frau mit vielen Titeln.

Wie beim letzten Mal beschritt ich den Weg in unseren geheimen Saal direkt unter Paris. Meine Mutter war bereits vorgegangen. Jedes Mal, wenn ich durch diese kalten, uralten Gänge lief, fühlte ich den Puls von Paris über mir. So viele Menschen hatten keine Ahnung, dass Magie ihre ständige Begleitung war.

Als ich im Saal ankam, warteten alle auf mich. Freundliche Gesichter taten sich vor mir auf. Mutter hatte ihnen also alles brühwarm serviert, und nun brannte ich mich ihnen als das bemitleidenswerte Mädchen ins Gedächtnis ein. Großartig. Aber ich fühlte die Besonderheit dieser Zusammenkunft. Endlich nahm ich mein Leben selbst in die Hand. Komischerweise war Amie oben geblieben, und auch sonst erblickte ich keine Quallen. Hatten die heute ihren eigenen Rat, oder was?

Chloé und Louis lächelten mir zu. Langsam wurde mir das Starren unangenehm. Ich warf meiner Mutter einen Fang-an-Blick zu. Gerade als ich mich setzen wollte, beäugte ich Chloé genauer. Ihr Grinsen fror ein, und sie glotzte wie in Trance auf den Teller vor sich. Irgendetwas stimmte doch nicht. Was hatte ich übersehen?

»Liebe Vivificas, ich habe euch bereits erzählt, warum wir uns heute versammelt haben.« Die Stimme meiner Mutter riss mich von Chloé weg, und ich wagte es nicht mehr, mich zu setzen.

»Daher möchte ich dort fortfahren, wo wir letztens geendet haben. Mit Konsequenzen, die Regelverstöße nach sich ziehen. Unabhängig davon, wer man ist.« Eine finstere Aura legte sich um meine Mutter, und ihr süffisantes Schmunzeln jagte mir einen Schauer über den Rücken.

Musste das sein? Klar, meine Mutter brauchte Respekt, und deshalb durfte sie mir bei Regelbrüchen keine Sonderbehandlung zukommen lassen. Nur gab es nach allem, was ich ihr erzählt hatte, nichts Wichtigeres?

Wie ein Kind, das auf die Benotung seines Referates wartete, stand ich am anderen Ende der lang gezogenen Tafel, die Hände hinterm Rücken verschränkt, und fühlte mich unwohler denn je. Ausgeliefert und bloßgestellt, aber da musste ich durch.

»Jeanne. Du hast nicht nur das Revier der Sanitatem verlassen und dich von den Furta Noctra dabei erwischen lassen, was einen Einschnitt in unseren Pakt bedeutet, nein, du hast auch noch jemanden unerlaubterweise aus der Gefangenschaft befreit.« Unerlaubterweise? Jemanden? Archie war doch ein Sanitatem, wie konnte es da verboten sein, ihn zu retten? Mit jedem Wort meiner Mutter wurde mir flauer, bis ich bemerkte, was vor sich ging.

Dieser Rat galt nicht meiner Hilfe, sondern meiner Bestrafung.

»Widerlich«, hörte ich es von der Tafel, aber ich konnte die Stimme nicht zuordnen.

Gemurmel wurde laut, und wie eine Welle drang vom anderen Ende des Saals empörtes Lufteinsaugen näher bis zu mir. Ich schwankte von einem Fuß auf den anderen. Schwindel packte mich und rüttelte mich durch.

Was redete meine Mutter da? Ich hatte ihr doch gesagt, Archie konnte kein Furta Noctra sein. Er gehörte zu uns. Ein Vulnus, hatte er erwähnt. Weshalb sollten sie auch einen von sich einsperren? Den Verdacht meinerseits hatte ich geäußert, ja, ihn aber auch sofort danach verworfen.

»*Maman,* was wirfst du mir vor? Ich habe dir gesagt …«

»Ich bin nicht mehr deine Mutter.« Dieser Satz schnitt meine Seele entzwei.

Sechs Worte, die einem Schwert glichen. Mein Bauch gluckste, grummelte, und meine Kehle schnürte sich zu. Einige Schritte taumelte ich zurück. In den Gesichtern der anderen Zirkelmitglieder suchte ich nach Halt. Niemand würdigte mich eines Blickes. Stattdessen fand ich gerümpfte Nasen und angewidert hochgezogene Lippen.

»Das stimmt nicht.« In meinem Kopf hörte es sich laut an, aber es kam nur ein trockenes Wispern aus mir. »Ich bin keine Verräterin.«

Raus hier, schrie mein Gehirn.

»Ich kann nicht glauben, dass du uns alle hinters Licht geführt hast.« Warte, was? Tat meine Mutter auf Opfer mit zitterndem Kinn und gebrochener Stimme?

Wie konnte sie das machen? In dieser Sekunde erschien ihr Trank, den ich seit Jahren nahm, in meinem Kopf.

»So kannst du nicht mit mir umgehen. Ich bin geflohen und habe Archie gerettet, weil ich geda…«

»Tz.« Meine Mutter strich sich eine Strähne zurück. »Und genau so hat sie uns über die Jahre manipuliert. Was haben wir dir getan? Gibst du uns die Schuld, dass du keine Kräfte hast? Denkst du, *sie* können dir helfen?«

Mein Unterkiefer klappte nach unten. Sprachlosigkeit schnürte meine Kehle noch weiter zu. Ich atmete schnell aus und ein. Es fiel mir schwer, mich auf meine Atmung zu konzentrieren. Ein Schweißausbruch folgte.

»Äh. Ähm. Mh.« Ich brachte keinen Satz hervor.

Wenn ich meine Unschuld beweisen wollte, konnte ich keine Strafe riskieren. Deshalb gab ich dem Kurzschluss in mir nach, machte auf der Stelle kehrt und rannte los.

Leider stolperte ich direkt in die Arme zweier Sanitatem. Alles passierte so rasch, dass ich ihre Gesichter nicht erkannte. Ihre Arme schlängelte sich um mich. Strampeln, winden, schreien. Nichts half.

Es verging nicht viel Zeit, da spürte ich ihn. Einen Stich rechts in meinen Hals. Unmittelbar danach dröhnte mein Kopf, und ein grauenhafter, unausweichlicher Schlaf zerrte mich in einen schwarzen Abgrund.

Kapitel 9

Wenn ich dreimal raten dürfte, wer von allen Menschen weltweit in diesem Moment von der eigenen Mutter mithilfe einer magischen Sekte in Paris ans Bett gefesselt worden war, wen würde ich wählen?

Vermutlich fiele meine Entscheidung zuerst auf Élian, dem passierte ständig merkwürdiges Zeug. Aber an zweiter Stelle wäre ich.

Und damit hätte ich hundert Punkte. Hundert Punkte, von denen ich mir nichts kaufen könnte. Warum? Weil ich an ein verdammtes Bett gefesselt war. Ich betrachtete mein XXL-Shirt in Weiß und meine Jogginghose. Hatten sie mich so leichter festbinden können oder gönnten sie mir mein Vivificakleid nicht mehr?

Im Dunkeln starrte ich an meine Zimmerdecke mit den leuchtenden Sternenstickern und fragte mich, wie ich derart dumm hatte sein können. Ja, ich lachte sogar auf. Machte mich über mich selbst lustig. Typisch mein Leben. Leider saugte der Stoff in meinem Mund das Lachen auf und ließ kaum ein Geräusch durch.

Laut seufzend beruhigte ich mich. Es dauerte, bis die Atemtechniken meinen Herzschlag verlangsamten, meine Bauchschmerzen auf ein Minimum reduzierten und ich trotz Migräne einen klaren Gedanken fassen konnte. Dieser war: Ich muss fliehen. Aber wie? Und wohin? Niemand hielt noch zu mir. Was hatte ich mir dabei gedacht, mein Leben selbst in die Hand zu nehmen? Ich war nie richtig gewesen und würde es nie sein. Alles an mir schrie: Fehler. Error. Warnung.

Ein Klingeln stoppte mein Gedankenkarussell. Stille. Kurz darauf bewegte sich etwas. Von unten drangen Getuschel und Schritte nach oben. Mehrmaliges Klopfen an die Haustür.

Jemand entriegelte und öffnete sie.

»Ja?« Meine Mutter sprach, und ihre Stimme trieb mir die Tränen in die Augen.

Das konnte doch nicht wahr sein.

»Können wir zu Jane?« Das war Élian. Verdammt.

»Tut mir leid, sie ist nicht da.«

»Nicht?« Ella.

»Nein. Ich sage ihr, dass ihr da wart.«

»Aber ...« Warum führte Élian seinen Einwand nicht fort?

»Schon gut. Danke, sie soll uns anrufen. Schönen Abend noch.« Ella hatte Élian wohl unterbrochen, und da sie sich mit der Aussage meiner Mom zufriedengaben, schwand meine Hoffnung auf Rettung.

Moment. Warum tat ich nichts? Ich schrie durch meinen Knebel, aber man hörte kaum etwas. Außerdem verließ mich meine Kraft, meine Migräne nahm zu, sobald ich nur einen Muskel bewegte, und ein kratziger Rachen gesellte sich hinzu.

»Danke, passt auf euch auf«, verabschiedete meine Mom sie. Mein letzter Schrei wurde von der Tür übertönt, die meine Mutter schloss.

Großartig. Ich wand mich im Bett und wollte mich aus den Fesseln befreien. Stattdessen schnitten die Kabelbinder in meine Haut.

Die Verzweiflung schlich sich in den Vordergrund. Panik vergiftete meine Gedanken und schien sich über meine

Adern im Körper auszubreiten. Meine Augen benutzte ich, um mein Handy zu lokalisieren. Nichts. Nada. Niente.

Was würden sie mit mir machen? Mich gefangen nehmen? Jahrelang? So viel zum Thema, warum die Furta Noctra jemanden aus den eigenen Reihen einsperren sollten. Haha. Wie ich die Ironie des Lebens hasste.

Vielleicht benutzte meine Mutter einige meiner Körperteile zum Einmachen und Herstellen neuer Tränke? Oder ernannte sie mich zum Versuchskaninchen à la: »Hi, Jane, ich bringe dich jetzt um, und dann erwecke ich dich wieder zum Leben. Oh, und ich habe deine Mangas verbrannt.« Argh. Dabei würde sie schamlos Vorwürfe abspulen und mir die Schuld zuschieben.

Das Lied *Weight* von Alexz Johnson schoss mir in den Kopf. Eines der Lieblingslieder meiner Mutter und mir.

Ich dachte an die Zeiten, in denen ich noch auf dem alten Flickenteppich gelegen hatte. Im Fernsehen liefen die neuen Sailor-Moon-Episoden. Ich sang die Titelmusik nach und hörte danach Alexz Johnson mit meiner Mom. Alles fühlte sich unbeschwert und leicht an. Damals war ich tatsächlich der Meinung gewesen, die größten Probleme der Welt zu haben. Was, wenn sie in der Schule die Uhrzeiten abfragten, die ich nicht checkte? Was, wenn ich wieder schlechte Noten hatte und mit meiner Mutter so lange lernen musste, dass ich die Folge eines Animes verpasste? Nichts täte ich lieber, als noch einmal wenigstens ein Wochenende lang in diese Zeit zurückzukehren. Was waren meine Ängste heute? Hm, mal überlegen, wie wäre es mit: Wie folterte mich meine Sektenanführerinmutter, die mich mein ganzes Leben hintergangen hatte?

Ob sie vielleicht unter einem Fluch litt? Erpresst wurde? Eine Show spielte? Das konnte doch nicht meine Mutter sein.

Und was würden Élian und Ella denken, sobald sie von meinem Tod erführen? Élian bräche definitiv zusammen. Er konnte nicht ohne mich leben. Konnte er doch nicht, oder? Ella würde mit bösem Humor und TikToks damit fertig werden. Vermutlich so was wie: »Ratet, welche Freundin mir noch nicht zum Geburtstag gratuliert hat?« Schnitt. Videoclip mit meiner Urne. »Exakt. Meine beste Freundin, danke, Jane.«

Hach, Élian, Ella. Würde ich sie je wiedersehen? Meine Nase kitzelte. Bald kamen die Tränen. Wie sehr ich auch versuchte, meine Angst zu überspielen, es gelang mir nicht mehr. Wie viel Zeit blieb mir noch?

Diese Fragen hätte ich ewig weiterführen können, doch mich lenkte ein Lichtstrahl ab, der durch mein Fenster leuchtete. War ich bereits tot und das Licht am Ende des Tunnels kam direkt an den Anfang, um mich abzuholen?

Ich wimmerte auf und schloss die Augen.

Seit wann klopfte der Tod an die Fensterscheibe?

»Jane?« Ella?

»O mein Damiano David, ist die gefesselt?« Élian.

»Shht.« Ella übernahm wieder die Kontrolle. »Wie bekommen wir das Fenster auf?«

Ihre Stimmen zu hören, bewässerte das zarte Pflänzchen Hoffnung in mir, das dabei war, einzugehen. Mein Herz machte einen Satz. Da das Licht mich blendete, erkannte ich ihre Körper nur verschwommen durch das Fenster.

Sie hatten meiner Mutter also nicht geglaubt? Gut, dass Ella und Élian die DIY-Rankengitter meiner Mutter und mir kannten, an denen unsere rosa Rosen hochkletterten. Wie oft hatte sich Élian daran schon hochgezogen, um mit mir auf dem Vordach vor meinem Fenster die Sterne zu beobachten?

Meine Freude schlug in Furcht um. Wenn meine Mutter oder ihre Sektenanhängerschaft davon Wind bekamen, würden sie die beiden ausschalten. Unglaublich. Ich war in keinem Zirkel von ausgestoßenen Heilenden aufgewachsen, sondern in einer Sekte.

Wie sollte ich ihnen verständlich machen, dass sie abhauen sollten, ohne zu laut zu sein? Ich schüttelte den Kopf und riss die Augen auf.

Blut rauschte in meinen Ohren, sodass ich gar nicht mehr sagen konnte, ob die beiden miteinander sprachen oder nicht. Langsam verschwand das Licht aus meinem Gesicht und Élian sowie Ella ebenfalls. Ein wenig Enttäuschung schwang mit. Die Erleichterung, sie in Sicherheit zu wissen, überwog.

Niemals verziehe ich mir, sollte ihnen etwas passieren. Vielleicht holten sie Hilfe. Ja. Bestimmt. Ella bewunderte ich für ihr Selbstbewusstsein und ihre Spontaneität. Élian für die durchorganisierte Pflege seiner Eltern.

Ein Teil von mir schrie, man müsse die beiden aufhalten, damit niemand von den Menschen von uns erfuhr, aber der weitaus größere Teil in mir wollte überleben. Glücklicherweise waren meine beiden Schätze klug genug, Hilfe zu holen und nicht selbst …

Ein lautes Krachen ließ mich zusammenzucken, bis mich die Fesseln zurückhielten. Scherben flogen zu Boden, und ein Poltern folgte. Ich hob den Kopf an und erkannte einen Backstein, der auf meinem Teppich lag.

War das ihr Ernst? Sie hatten einfach die Scheibe eingeschlagen? Lange konnte ich über diese Dummheit nicht nachdenken. Schritte brachten die Treppe zum Knarren.

»Scheiße. Haut ab.«

»Als ob wir das machen.« Élian landete in meinem Zimmer, direkt nachdem ich meine Warnung beendet hatte.

Gefolgt von Ella, die an ihrem Shirt zog, das an einem Scheibenrest hing.

Im selben Moment ging die Tür auf. Chloé und Louis betraten mein Zimmer. Befanden sich die anderen noch im Untergrund?

»Chloé.« Meine Stimme klang rau. »Bitte.«

Chloé lächelte eine Sekunde, das ein Kopfschütteln ablöste. »Es tut mir leid, Jeanne.« Jeanne. So hatte sie mich lange nicht mehr genannt.

»Was macht ihr mit Jane, seid ihr dumm?« Ella stellte sich den beiden in den Weg.

»Ihr seid doch nicht ganz dicht, wenn ihr denkt, wir lassen unsere beste Freundin im Stich.« Élian schnappte sich eine Glasscherbe vom Boden und lief zu meinen Kabelbindern, um sie zu öffnen.

»Du bist genial, Élian.«

»Dank nicht mir, dank meiner Seriensucht.«

»Ella, pass auf, sie ...« Die Jahre hatten mich geprägt, vor ihnen über Magie zu sprechen, klappte nicht. Etwas in mir blockierte die Worte. »Sie sind verdammt stark.«

»Oh, und ich erst, Jane, und ich erst. Kommt her, ich gehe nicht umsonst jede Woche ins Karatetraining.« Ella überspielte die letzten Jahre immer öfter vor anderen ihre Anspannung mit Witzen. Da sie das nun sogar vor mir tat, ahnte ich, wie es schlimm es in ihr aussah.

Élian gelang das weniger. Er zitterte. Seine Hände bekamen mehr Blessuren als die Kabelbinder ab. Um ihn zu unterstützen, riss ich an ihnen, bis das Bett wackelte, aber es half kaum.

»Ella.« Mein Rufen kam rechtzeitig. Louis schlug dank meiner Warnung ins Nichts.

Dabei leuchtete es innerhalb seiner Faust auf, sodass kleine Lichtstrahlen zwischen den Fingern hervortraten. Indessen eilte Chloé zu Élian, doch Ella warf meinen Schreibtischstuhl neben dem Fenster dazwischen und kickte Louis in die Seite.

Der einzige Vorteil, den Ella hatte, war, dass wir Vivificas selten in Kämpfe verwickelt waren und kaum trainierten. Abgesehen von mir, da ich bisher geglaubt hatte, nur ein Mensch zu sein. Aber wenn ich mit meinem Blick verfolgte, wie meine beste Freundin an ihren Lippen knabberte, ahnte ich sofort, dass ein gewaltiger Sturm in ihr tobte. Sie hatte Angst. Wer konnte ihr das verdenken? Aber sie wollte nicht, dass ich mich um sie sorgte. Ellas Anforderungen an sich selbst, immer stark zu sein, konnte sie jedoch nicht ewig gerecht werden.

»Ja!« Nach Élians Ausruf spürte ich, wie eine Fessel von mir abließ.

»Danke.« Ich nahm Élian die Glasscherbe aus der Hand und befreite mich in Windeseile von den restlichen Fesseln.

Élian fiel in der Ecke meines Zimmers auf den Hintern und erstarrte vor Angst. Vermutlich fühlte er sich an den Tag zurückversetzt, als er gestorben war.

»Überleg dir, was du machst.« Meinte Chloé das ernst? Dachte sie, ich bliebe hier?

»Das habe ich.« Ich kickte ihr auf meinem Bett stehend in die Kehle, woraufhin sie gegen meinen Schrank fiel und röchelte.

Ella wehrte mehr schlecht als recht Louis' Schläge ab, bis er traf und Ella rückwärts gegen Élian flog.

»Das wirst du bereuen.« Meine Wut half mir, über die Zeiten mit Chloé und Louis hinwegzusehen.

Noch jemand trampelte die Treppe herauf.

»Jeanne Sana Amicus.« Mist, meine Mutter.

Ich sprang vor Louis und schaffte es, ihn in Schach zu halten. Chloé gelang es, wieder auf die Beinen zu kommen. Das dauerte zu lange. Gleich bekamen sie Verstärkung. Wir mussten aus dem Fenster steigen.

»Ella, Élian. Raus.«

»Aber …«

»Nein, Élian. Raus. Ich komme nach.«

Louis hielt mich auf Trab, weswegen ich meinen Liebsten vertraute, die sich hinter mir bewegten, und hoffte, sie flohen. Beim nächsten Schlag von Louis wehrte ich ihn wieder ab und stieß ihn daraufhin mit einem Tritt gegen seine Mutter Chloé.

Zwei Sekunden nahm ich mir, um die ungewohnte Magie in mir durch meine Adern pulsieren zu lassen. Einerseits passierte es instinktiv, als nähme meine neu gewonnene Macht mich an die Hand, um mir zu zeigen, wie sie funktionierte, andererseits erinnerte ich mich an die alten Bücher, die ich früher gewälzt hatte. Dort beschrieben die Mitwirkenden, wie unsere Kraft funktionierte und wie wir sie nutzen konnten. Damals hatte ich es immer und immer wieder versucht. Vergeblich. Ich konnte nicht fassen, diese nun Macht zu spüren, die meine Mutter mir mit dem Trank verwehrt hatte.

Aus dem Augenwinkel erkannte ich meine Mutter und Amie. Sofort öffnete ich eine zu Faust geballte Hand, und ein gigantischer Lichtschwall brach heraus. Die Helligkeit glich einem Blitz, und alle außer mir hoben die Arme, um ihre Augen zu schützen. Dank meiner Magie war ich gegen das Licht kaum empfindlich, blickte hindurch. Lange konnte ich das Phänomen jedoch nicht bestaunen. Denn ich musste fliehen.

Und das tat ich. Ich floh nicht nur aus dieser absurden Situation, sondern auch vor meinem alten Leben.

Kapitel 10

Unsere Flucht fand ein Ende, und ohne es abzusprechen, waren wir an einem unserer Lieblingsplätze gelandet. Niemand hatte auf dem Weg auch nur ein Wort geredet. Alles, was wir gehört hatten, waren der Nachtverkehr, unsere konditionslosen, pfeifenden Lungen und unsere Schritte gewesen.

Jetzt lagen wir auf dem Gras des japanischen Gartens, der zum Albert-Kahn-Museum gehörte. Ellas Vater besetzte mehrere hohe Posten in der Pariser Museumsbranche und mischte bei einigen anderen Museen Frankreichs mit. Niemand würde Ella die Hölle heiß machen. Solang wir nichts beschädigten. Reingeschlichen hatten wir uns, um uns nicht erklären zu müssen.

Die Sterne leuchteten zwischen den Ästen des Ginkgobaums, neben uns gluckerte Wasser, das unter der roten, japanischen Brücke neben uns floss, und ich fühlte mich weit weg von meiner Mutter.

Ein paar Kirschblüten tanzten im Nachtwind um uns. Ella holte Luft, und ich ahnte, unsere Freundschaft vollzöge nun eine Hundertachtziggradwende.

Denn wir lagen nicht erst seit ein, zwei Minuten hier. Ich hatte die Chance genutzt und ihnen so gut wie alles über meine magische Herkunft erzählt, dabei in den Himmel gestarrt, anstatt sie anzusehen. Hätte ich nur einen flüchtigen, zweifelnden Schatten über ihre Gesichter huschen sehen, hätte ich wieder gelogen.

»Du kannst also zaubern?« Wie diese Frage von Ella klang. Als befänden wir uns in einem klischeehaften Fantasyfilm.

»Ja, nein, also, ich glaube schon. Seitdem ich diesen Trank nicht mehr zu mir nehme.«

Ella setzte sich auf. Dann Élian. Ich blieb liegen.

»Das kann doch nicht dein Ernst sein.« Élians Skepsis enttäuschte mich, aber was erwartete ich?

Seufzend erhob ich mich. Natürlich standen ihnen Zweifel ins Gesicht geschrieben. Schlug mein Magen sich selbst oder kam mir das nur so vor? Sie anzusehen, fiel mir schwer, weswegen ich das Gras unter mir untersuchte. »Ich weiß, dass das unglaublich klingt.«

»Und du bist jetzt eine Dri..., Dra..., Dor... Was?«

»Draoi«, half ich Ella auf die Sprünge. »Jein. Draoi ist der Überbegriff für magische Wesen. Ich bin eine Sanitatem, also eine von den Guten. Wir werden auch unterteilt, wobei ich zu den Vivifica gehöre.«

Ella ging inzwischen im Kreis und lachte nach beinah jedem dritten Wort höhnisch auf.

»Na ja, so gut wirkt es auf mich nicht, wie deine Mutter dich behandelt hat.« Eins zu null für Élian.

Nervös riss ich Gras aus und überlegte mir meine Worte genau. Wie sollte ich all mein Wissen kurz und präzise verpacken?

»Ja, habe ich auch gedacht. Anscheinend bin ich nicht in einem Zirkel aufgewachsen, der sich zum Schutz von anderen Sanitatem abgekapselt hat, sondern in einer Sekte, deren Mitglieder die Bösen unter den Guten sind. Oder so. Keine Ahnung.« Okay, so machte man das nicht. Lehrerin werden und komplexe Dinge einfach erklären? Nicht meine Berufung.

»Jane, bist du sicher, dass du dich nicht, ja, Pardon, in psychologische Betreuung begeben solltest?« Das sollte ich auf jeden Fall. Nicht aber wegen meiner Kräfte.

»Bist du nicht verstört, weil du in einer Sekte aufgewachsen bist? Mit einem Trank – deswegen durfte ich den bei Übernachtungen nicht probieren? –, der dich irgendwie high macht?« Vermutlich würde ich an Élians Stelle ähnlich denken.

»Und dein Beinahetod?«, warf ich ein.

»Erinnere mich nicht daran.«

»Und dieser Archie?« Dass Ella das Gespräch auf Archie lenkte, brachte mich noch mehr in Erklärungsnot, denn auf umso mehr Fragen ich keine Antwort kannte, desto weniger glaubten sie mir.

»Ich habe gedacht, er sei ein Sanitatem, warum sollten sie ihn sonst wegsperren? Heute habe ich aber selbst erlebt, dass das nichts heißt. Trotzdem denke ich, er ist ein Sanitatem. *Maman* hingegen ist davon überzeugt, dass er zu den Furta Noctra gehört. Ich kann mir das nicht vorstellen und verstehe nicht, warum sie mich hasst. Warum sie sich gegen mich gewendet hat.« Meine innere Unruhe zwang mich, hochzuspringen und mit Ella im Kreis zu gehen. Dass ich sie *Maman* oder Mom nannte, war nun vorbei. Mutter tat es auch.

»Ich fand deine Mutter schon immer komisch.«

»Ich auch. Deshalb haben wir ihr auch nicht geglaubt und auf unserer Begleitungsapp nachgesehen, ob du da bist«, stimmte Ella Élian zu.

»Das hilft mir nicht weiter.« Ich lehnte mich gegen den Kirschblütenbaum und räusperte mich. »Es tut mir leid, euch angelogen zu haben, aber wie sollte ich euch das erzählen?«

»Richtig so. Du hättest uns vertrauen können.« Ella preschte vor und hielt mir ihren Zeigefinger unter die Nase. »Ich habe dir auch Geheimnisse erzählt.«

Ellas Erlebnis in der damaligen Privatschule ploppte in meinen Erinnerungen auf.

»Es tut mir leid«, wiederholte ich mit erstickter Stimme. »Kannst du mir nicht glauben, Ella? Bei all den Fanfictions, die wir geschrieben haben, musst du doch zumindest den Wunsch nach existierender Magie haben.«

»Wie soll ich dir jemals wieder etwas glauben? Und jetzt knüpfst du an irgendwelche Verbindungen zwischen uns an, um mich zu manipulieren, oder was?« Wenn Ella in Rage war, gab es kaum etwas, das sie beruhigte. Dieses Wissen half nicht über meine Enttäuschung hinweg.

»Ella. Es reicht.« Élian stellte sich neben Ella und nahm ihre Hand.

Die beiden begutachteten mich wie ein Zootier, und wieder kamen diese Gedanken, dass ich nicht richtig war, nicht dazu passte, mich niemals jemand lieben konnte. Dieses Mal jedoch schüttelte ich sie ab. Die Jane, die für sich einstand, würde nicht so schnell wieder verschwinden.

»Ich verstehe eure Wut, aber ich liebe euch, und ich werde euch nicht aufgeben. Geht und seid enttäuscht, aber ich werde immer wieder vor eurer Tür stehen, bis ihr mir glaubt.« Während ich sprach, öffnete ich meine Hand und hoffte inständig, mein magisches Bewusstsein spielte mit.

Das tat es. Eine leuchtende Kugel erschien, die gedimmtes, orangefarbenes Licht abgab. »Wenn es eine Chance gibt, dass ihr mir verzeiht, würde ich mich freuen, denn wenn ich euch jemals gebraucht habe, dann jetzt.«

»Wow.« Élian und Ella begutachteten das magische Licht, das eine wohltuende Wärme verströmte, ähnlich wie diese

Knickdinger, die man im Winter verwendete. Die wurden dann fest, bis man sie abkochte und nochmals verwendete.

»Jane, das ist besser als all meine Serien zusammen.« Élians Staunen samt Kompliment brachte mich in Verlegenheit.

»Aber wie machen wir weiter? Deine Mutter wird dich suchen, warum auch immer.« Ella schaffte es, mich wieder auf den Boden der Tatsachen zu zerren.

Die Kugel verpuffte. »Ich weiß es nicht.«

»Wo schläfst du heute?« Élian legte nachdenklich einen Finger an sein Kinn.

»Bei euch nicht. Denkt nicht einmal daran. Eure Familien sind zwar nicht in Gefahr, meiner Mutter ist die Wahrung der Magie heilig, aber ich will eure Unversehrtheit nicht gefährden.«

»Aber Jane.«

»Nein, Élian. Selbst dass ihr hier seid, ist für euch nicht gut. Ich will auch lieber allein sein. Das mit meiner Mutter hat mein ganzes Leben umgeschmissen, und ich muss das verarbeiten.« Zwar meinte ich es ernst, vorm Alleinsein hatte ich jedoch Schiss.

Die Autos, die um das Museum fuhren, füllten die Stille zwischen uns aus. Vermutlich hatten die beiden auch Angst, ihnen könnte etwas zustoßen.

»Mein Kopf brummt noch etwas.« Ella rieb sich den Hinterkopf, und ich dachte an Louis, der Ella zurückgestoßen hatte.

Wenn ihnen etwas passiert wäre, hätte ich mir das niemals verziehen.

»Soll ich versuchen, dich zu heilen?«

»Nein«, kam es etwas zu schnell. Wie Ella zurückwich und mich mit weit aufgerissenen Augen anstarrte, verletzte mich auf vielen Ebenen. »Pardon.«

»Schon okay.«

»Ich liebe dich. Muss das erst verdauen.« Zumindest ruderte Ella zurück.

»Was willst du machen? Ich kann doch nicht schlafen, wenn du gejagt wirst.« Élian kramte in seiner Hose. »Nimm wenigstens mein Handy.«

Stimmt. Meines hatte ich nicht mit.

»Solange ich mich nicht unter einer einsamen Brücke verstecke, werden sie nicht riskieren, mich einzufangen und die Aufmerksamkeit von Menschen auf sich zu ziehen.« Als ich das Wort »Menschen« aussprach, bemerkte ich einen kurzen Blick, den Ella und Élian tauschten.

»Sicher?«, hakte Ella nach.

»Ja.« Nein, eigentlich gab es keine Sicherheiten in meinem Leben mehr. Trotzdem wollte ich ihnen ein gutes Gefühl vermitteln.

Élian kickte einen Stein weg und wedelte mit seinem Handy auf und ab. »Nimm es. Ich habe zu Hause das meiner Eltern.«

Ich griff danach. Bevor ich es erwischte, zog er es wieder zurück. »Moment, muss Verlauf löschen.«

Ella und ich amüsierten uns darüber. Endlich wieder ein wenig Normalität.

»Und bitte, unternehmt nichts gegen meine Mutter. Das ist kein Teenieserien-Spaß, sondern bitterer Ernst.« Angst wollte ich ihnen nicht machen, aber sie sollten auf sich aufpassen.

»Jaja, Vorsicht ist besser als ...«

»Nachtisch«, unterbrachen Élian und ich unsere beste Freundin, der wir diesen Versprecher seit Jahren nachtrugen.

Ella starrte uns böse an. Das verflog allerdings zügig, und sie nahm uns in die Arme. Dieses Gefühl, die beiden bei mir zu wissen und ihnen endlich alles anvertraut zu haben, erleichterte mich ungemein.

Na ja, fast alles.

***

Allein. Stunden später war ich vollkommen allein, hatte mich unter eine Brücke geflüchtet, und absurderweise gab es nur eine Person, die mir durch den Kopf ging: Meine Mutter. Warum sehnte ich mich nach ihrer Umarmung und ihrem Trost, wenn sie schuld an allem war? Ich zog die Knie näher an meinen Körper und umschlang meine Beine. Nie wieder würde ich sie singend in der Küche hören. Nie wieder ihr Nörgeln. Sie hasste mich. Sie wollte, ja, was eigentlich? Meinen Tod?

Wieder kamen die Tränen, bis mich die Trauer irgendwann ausgelaugt in den Schlaf wog.

***

Ein Panda aus Kakaopulver im Milchschaum beäugte mich aus meinem Kaffee heraus. Nein, ich drehte nicht durch, und es gab auch, soweit ich wusste, keine Menschen, die sich in Tiere verwandeln konnten. Der Panda bildete das Erkennungsmerkmal des Cafés *Spoune,* in dem ich mich gerne aufhielt. Nicht nur weil wenige Reisende diesen Geheimtipp besuchten, nein, es galt laut Sanitatemapp auch als Treffpunkt, an dem kaum Sanitatem vorzufinden waren. Der Panda in meinem Kaffee beruhigte meinen Puls. Hierher kam ich oft, um abzuschalten. Holzmöbel, selbst gemachte Bücherregale und Gedichtbände, die sich an den Wänden stapelten, trugen mitsamt den gemütlichen, cremefarbenen Dekoelementen dazu bei, dass ich mich wie in einem Wohnzimmer fühlte. Alte Holztüren, die noch die antiken Türschlösser besaßen, waren zu Tischplatten umfunktioniert worden, und ich mochte die Tatsache, dass der Kellner mir immer einen Extrakeks dazulegte und mir hinter seinen wuscheligen, roten Locken zuzwinkerte, sobald er meinen Café mélange abstellte. Ihn umgab eine Aura der Ruhe und des Friedens, die den Ort perfekt abrundete.

Heute blieb es auch bei einem Kaffee, da ich ihn über eine App auf Élians Handy von seinem Geld bezahlte. Er sollte nicht denken, ich nutzte ihn aus. Außerdem war es unfair, von seinem Bankkonto Geld zu verbrauchen und gleichzeitig seine Nachrichten zu ignorieren.

Ich spielte mit der alten Milchglasflasche, die als Vase fungierte, bis ich ein »Psst« von der Frau am Nebentisch hörte.

»Pardon.« Und während ich dem wütenden Blick der Frau mit den Fältchen um die Lippen und den hochgesteckten, grauen Haaren auswich, entdeckte ich einen zweiten Keks neben ihrem Kaffee.

Tha. Dieser Arsch. Ich lehnte mich auf der Kunstledercouch zurück und verschränkte die Arme. Der schenkte also jeder Person einen zweiten Keks – den seine Kollegin nie vergab – und zwinkerte ihr wahrscheinlich auch noch zu. Empört fragte ich mich, was kam wohl zunächst? Konnte ich niemandem mehr vertrauen? Hintergingen mich alle?

Dieses nichtssagende Ereignis reichte, um mich wieder an meine Mutter denken zu lassen. Bisher hatte ich ihr Bild verdrängt. Nun tauchte es wieder auf, bereitete mir Kopfschmerzen, die weder der Kaffee noch der Lavendel vor mir dämpfen konnte.

Immer wieder beschäftigte mich die Frage, warum sie mir einen Trank verabreicht hatte, der meine Magie unterdrückte, wenn doch gerade das ihr Problem mit mir gewesen war? Mein Körper musste die Magie in mir offenbar erst verarbeiten. Das war auch der Grund, weshalb ich mich krank fühlte. Mittlerweile gelangten die Magie und mein Körper in Einklang. Kaum Schwindel mehr, weniger Müdigkeit, kein Unwohlsein und nicht mehr dieser komische Nebel im Kopf, der manchmal für wenige Sekunden aufgetaucht war.

Was hatte meine Mutter mir gegeben? Gleichzeitig musste ich daran denken, was sie über Archie gesagt hatte. Um die Situation besser zu verstehen, musste ich ihn finden, aber wie?

Ein Typ saß direkt neben dem Durchbruch, der zum vorderen Teil des Cafés und zum Ausgang führte, und packte lautstark einen Laptop aus seiner Unitasche. Unbehagen breitete sich in mir aus. Auf seiner Tasche prangte nämlich das Logo der *Université Paris 8*. Eine Uni, die in Saint-Denis lag und mich wieder an die Nacht meines Geburtstages denken ließ.

Trotzdem half mir das Logo weiter. Nicht nur weil ich mir endlich einprägen musste, mich von dem berüchtigten *Neuf-Trois* fernzuhalten, das sowohl dank der hohen Kriminalität gefährlich sein konnte, als auch aufgrund der hohen Furta-Noctra-Dichte. *Université Paris 8* hatte auch auf einem Hoodie von Archies Bruder geprangt, der ihn in seiner Wohnung präzise über eine stinkende Pyramide aus Pizzaschachteln gelegt hatte.

***

Ich hatte wieder den Vogel abgeschossen. Auf dem Weg zu Jacques' Wohnung überfiel mich nicht mehr nur die Paranoia, von meiner eigenen Mutter und den Vivifica gefangen zu werden. Nein, auch die Furta Noctra setzten bestimmt alles daran, mich zurück in ihren Kerker zu werfen. Fantastisch. Von jeder Person ging potenzielle Gefahr aus.

An einem schattigen Plätzchen hielt ich und suchte auf Google Maps einen besseren Weg zu Jacques' Wohnung. Einen verschlungenen Hinterhof oder Ähnliches. Erschien mir sicherer. Kurz bevor ich Élians Handy sperren wollte, drückte ich auf die Galerie. Bilder von Ella, ihm und mir reihten sich an Screenshots von Pflegeberichten, Animeboys und Rezepten. Wie ich mir diese Normalität zurückwünschte.

Nein, ich durfte mir keinen Moment der Schwäche gönnen. Also folgte ich meinem erwählten Pfad und schlich in Jacques' Wohnhaus, sobald ich mich vergewissert hatte, dass mich niemand beobachtete.

Oben angekommen, erblickte ich das Ausmaß des Einbruchs von damals. Ich hatte zwar gehofft, dass Archie sich versteckt hatte und Jacques die Sache friedlich lösen konnte oder sie die Typen einfach erledigt hatten. Anscheinend war das aber nicht der Fall gewesen. Die Tür war aufgebrochen und den Eintritt verwehrte mir eine Spur aus Glassplittern. Ob das öfter hier passierte? Zum Glück hatte ich mir relativ einfach Zugang zum Wohnhaus verschafft. Dank sei dem Typen, der mit Kopfhören aus dem Gebäude gerannt war und nicht bemerkte, dass ich mich durch die zufallende Tür reingeschlichen hatte. Nur, was war mein nächster Schritt, jetzt, da Jacques nicht mehr aufzufinden war?

Wieder draußen schaffte ich es noch drei Straßen weiter, bis Platzregen auf mich niederprasselte.

»Ernsthaft, Leben? Das auch noch?«

Kopfschüttelnd rutschte ich an der Hausfassade hinter mir entlang nach unten.

Ich rieb meine Augen, stöhnte genervt und dachte an alles, was passiert war, trotzdem schaffte ich es nicht, zu weinen. Warum konnte nicht irgendetwas klappen?

Menschen eilten an mir vorbei und musterten mich abfällig. Diese verdammte Welt hasste mich. Tja, das würde wohl der Titel meiner Biografie werden. Ich strich mir die nassen Haare aus dem Gesicht und beobachtete die dunklen Wolken, die über Paris wie eine böse Vorahnung hingen. Das Grau um mich verstimmte mich noch mehr, aber am meisten brachte mich mein Selbstmitleid auf die Palme.

Ich schlug auf den rissigen Gehsteig ein, bis meine Fäuste vor Schmerzen pulsierten, und schloss die Augen. Die warmen Tropfen spülten den Schweißfilm von meinem Gesicht. Was sollte ich tun? Bitte, liebe Magie, schick Rettung vorbei.

»Prinzessin?«

Ich öffnete die Augen.

»Jacques?«

»Du siehst ja übel aus.« Das hörte ich gerne.

»Danke.«

»Willst du mit raufkommen?«

»Deine Wohnung wurde doch aufgebrochen, oder?« Ich zeigte auf das Gebäude.

»Ah, ne. Darin habe ich mich nur aufgehalten, wenn ich meine Ruhe brauchte. Ich wohne im Haus daneben. Wir müssen nur hoffen, dass die nicht noch mal kommen«, berichtigte Jacques mich und hielt seinen Schirm über mich. »Sie haben heute Regen angesagt, wusstest du das nicht?«

»Offensichtlich nicht.« Warum sahen sich diese Gemeindebauten so verdammt ähnlich?

»Komm, ich geb dir ein Bier aus.« Jacques reichte mir seine Hand. Ich konnte nicht anders und freute mich ehrlich über Hilfe.

Kapitel 11

Wer hätte das gedacht? Wenige Stunden, nachdem Jacques mich gerettet hatte, fand ich mich in einer Windmühle wieder. Wie es dazu gekommen war? Jacques hatte mich nicht in seine Wohnung gebracht, sondern zu Archie.

Wo wir wieder bei der Windmühle waren. Um Montmartre herum ruhten einige Windmühlen, die in Paris zu kleinen Geheimtipps geworden waren. Ehrlicherweise hatte ich sie nie wahrgenommen. Wenn man hier aufwuchs, besaß man eine andere Sicht auf die Stadt. Die Windmühle *Blute-Fin* kannte jedoch sogar ich. Sie war die letzte, die noch in Betrieb war.

Von außen machte sie den Anschein, morsch und heruntergekommen zu sein. Tja, das stimmte auch. Dieser Eindruck bestätigte sich drinnen nämlich.

Archie saß auf einem Kissen, neben ihm Stoffreste von mehreren Shirts, die er umänderte. Ich begutachtete sein weißes Shirt, dem er die Ärmel und den Kragen abgeschnitten hatte, da fing er meinen Blick mit seinen Augen ein und zwinkerte mir zu.

»Wir haben wohl eine weitere Gemeinsamkeit, oder? Niemand will uns.« Für diese zwei Sätze hatte Archie nach meiner Geschichte also zwei Minuten geschwiegen?

Tief einatmend ließ ich mir seine Worte durch den Kopf gehen, stand auf und trat an das winzige Fenster, das mir einen Blick über Paris schenkte. Ich sah hinunter auf Straßen und Menschen, die wie Ameisen herumwuselten. Hörte Klänge von Musizierenden auf der Straße, die die Marktbesuchenden übertönten.

»Was hat sich nur in meinem Leben geändert, als ich dich kennengelernt habe, Archie?«

Ich hörte den knarrenden Boden. Archie näherte sich mir. Er hielt hinter mir. Heißer Atem heizte meinen Nacken auf, und eine Gänsehaut breitete sich auf meinen Armen aus.

»Dank dir bin ich frei. Das hat sich geändert.« Sein Finger gelangte in mein Blickfeld, und mit ihm zeigte er nach draußen. »Ich sehe endlich wieder meine Stadt von oben. Früher habe ich hier oft gesessen und meine Zeit mit Musik von Britn... ähm, diversen Musizierenden verbracht, Denksportaufgaben gemacht oder die Leute beobachtet. Das kann ich endlich wieder. Ich muss nicht mehr ständig nur diese ausgedachte Melodie summen.«

Ich entdeckte Blumensträuße vor bunten Fensterläden, die das Pariser Bild mitsamt der alten Häuser, der Steinböden und der schicken Menschen perfekt abrundeten. Und Archie hatte all das jahrelang nicht bewundern dürfen.

»Warum haben wir uns noch nie gesehen?«

»Kennst du alle Sanitatem in Paris? Vielleicht ist auch die Sekte und die damit einhergehende Abgeschirmtheit ein Grund dafür?«

Oh, stimmt. Daran hatte ich nicht gedacht. Also schon, aber ich wollte die Gewissheit, nicht wieder belogen zu werden.

»Archie, bist du einer von den Furta Noctra?« Die Frage brannte auf meiner Seele, und noch länger konnte ich sie nicht für mich behalten.

Archie versteifte sich. Er schluckte laut.

»N... Nein.«

»Und dein Bruder, warum wohnt er in Saint-Denis? Im Gebiet der Furta Noctra?« Ich wandte mich zu Archie, der sich rückwärts bewegte. Es dauerte nicht lange, da stand er an der Holzwand.

»Er, ähm. Ich habe doch gesagt, das ist seine Geheimwohnung.«

»Geheim, wofür?« Maschinengewehrartig platzten die Fragen aus mir, und mitzuerleben, wie Archie sie abwimmelte, heizte mich nur noch mehr auf.

»Es ist nicht an mir, dir das zu erzählen.« Archie schluckte erneut und steckte die Hände in seine Hosentaschen, wohl um gelassener zu wirken. An seinem Blick, mit dem er alles, bis auf mich, unter die Lupe nahm, erkannte ich jedoch das Gegenteil.

Archie näherte sich mir wieder und zeigte mit dem Finger auf mich. »Warum vertraust du mir nicht?«

Lange überlegte ich, was ich darauf antworten konnte. Bis ich dem erstbesten Gedanken nachgab. »Weil ich niemandem vertraue.«

»Genau, weil du niemandem vertraust. Wie ich.« Archie sprach die Wahrheit, und ich musste einsehen, genauso ein Rätsel für ihn wie er für mich zu sein.

Élians Handy vibrierte in meiner Jogginghose. Es glich einem Reflex, meine Hand darüberzulegen. Kurz vorher stoppte ich mich. Zu spät. Archie hatte es natürlich trotzdem wahrgenommen.

»Lass mich raten, du willst mich nicht mithören lassen? Wirkt verdächtig auf mich.« Archie spielte meine eigenen Karten gegen mich aus.

Ich nickte verlegen, griff in die Hosentasche und drückte eine der Lautstärketasten, damit das Vibrieren aufhörte.

»Können wir uns einfach ablenken von allem?« Ich setzte mich auf den kuschligen, schwarzen Teppich voller Holzspäne und Staub, und Archie fläzte sich in sein übergroßes Kissen. Archie hatte gemeint, die Windmühle befinde sich seit Ewigkeiten im Besitz seiner Familie. Ich hoffte nur, niemand dachte daran, uns hier zu suchen.

»Ich hasse dich nicht.« Archie sagte das, ohne mich anzusehen.

»Okay.« Innerlich strahlte ich wie ein Honigkuchenpferd. Das musste ich Archie aber nicht auf die Nase binden.

»Was machst du sonst, wenn du nicht vor deiner Familie fliehst?« Archie rieb seine Hände aneinander und pustete hinein. Ich merkte die Kälte weniger. Vermutlich hatte mein Körper sich daran gewöhnt.

»Das Übliche. Mit Élian auf dem Klo facetimen. Onlineshopping, bis mein Warenkorb explodiert, um dann doch nichts zu kaufen. Fanfictions mit meiner besten Freundin schreiben. *Teen Wolf* rewatchen. Mich unter einem Fake-Namen bei Vermisstwebsites anmelden, in der Hoffnung, dass mein *Papa* noch lebt. Oh, und manchmal betrinke ich mich und halte meine Hände gegen das Licht, damit ich mir einreden kann, ich hätte Kräfte. Gut, Letzteres brauche ich nicht mehr.« Um das vorzuführen, hob ich eine Hand, bis die Konturen in einem schwachen Licht aufglimmten. Moment. Hatte ich das mit dem Klo ernsthaft erwähnt? O Mann.

»Äh, ja, klar, das Übliche eben.« Archies Mundwinkel bewegten sich leicht nach oben, und ich schnaubte belustigt.

»Sagte ich ja. Und du?« Ich erspähte seine Wasserflasche und starrte sie ein wenig zu gierig an. Archie meinte: »Trink doch oder willst du vor der vollen Flasche verdursten?« Archie schob sie mit dem Fuß in meine Richtung.

»Ich schreibe auch gerne, aber eher Zukunftsszenarien. In meiner Gefangenschaft habe ich mir oft Geschichten ausgedacht, um nicht durchzudrehen. Was-wäre-wenn-Storys.«

Archie zeichnete mit seinem Finger neben seiner Schläfe Kreise in die Luft. »Ich weiß, blöd von mir.«

Hastig trank ich, bis die Flasche laute Geräusche von sich gab.

»Liebe wie gesagt auch Denksportaufgaben und Cardio. Brauchte ich alles, um da unten mental und körperlich fit zu bleiben. Selbstgespräche waren quasi meine Ersatztherapie. Was ich dir auch empfehlen könnte, wäre Meditation. Den Geist abzuschalten und sich auf seine Atmung zu konzentrieren, beruhigt, wenn man am Rad dreht.«

Beim Absetzen der Flasche atmete ich laut ein und aus. Ich hatte sie in einem Rutsch leer getrunken. »Ich dreh nicht am Rad.« Leider klang das außer Puste und im schrillen Ton ganz anders.

Archie hob eine Augenbraue, und der skeptische Ausdruck, der in seinem Gesicht lag, fand sich wohl auch in meinem wieder.

»Okay, okay. Meditieren, check. Ist aufgenommen. Aber ernsthaft: Jedes Mal, wenn ich darüber nachdenke, fällt mir auf, wie schlimm das dort unten gewesen sein muss. Worauf du alles achten musstest, um dich nicht selbst zu verlieren. Ich bewundere dich. Meine Mutter hatte mich für ein paar Stunden gefesselt, und ich bin ein Wrack.«

»Das ist kein Wettbewerb, Jane.« Archie setzte sich vor und nahm meine Hand. »Das Leben ist kein Vergleich, sondern eine Ansammlung von Momenten, die wir alle nicht schätzen, bis wir im Sterbebett bedauern, was wir nicht genossen haben. Aber ich …«

Der Boden der alten Windmühle knarrte. Archie rutschte im Sitzen noch näher zu mir. »Ich will keine Chance verpassen und mich nicht darauf versteifen, was ich verloren habe. Zumindest in den Momenten, in denen meine mentale Gesundheit das zulässt.«

Wann immer ich Archie zuhörte, seine Worte aufsog und mir seine Nachtaugen den Atem raubten, fühlte ich, uns verband mehr als schlichte Sympathie oder ähnliche Erlebnisse. Irgendetwas anderes verknüpfte sich da zwischen uns. Ehe ich mir darüber Gedanken machen konnte, erwischte ich seinen Mund so kurz vor meinem, dass ich die weichen, vollen Lippen schon auf meinen spürte. Den prickelnden Phantomschmerz der Begierde, bevor man sich eigentlich küsste. O Mann. Ich hatte seit Yassin echt zu lange keine Nähe mehr gehabt.

»Jeanne Sana Amicus, ich habe dein, äh, mein Handy geortet. Madame, du kommst sofort aus dieser Windmühle.«

Ich schreckte zurück.

»Hat uns dein Zirkel erwischt?« Archies Augen öffneten sich panisch, und er blickte sich um. Kalkulierte er, wo der beste Fluchtweg lag?

»Nein, schlimmer. Mein bester Freund.«

***

»Du hast komische Freunde, Jane.« Élian stieg über die Pizzaschachteln in Jacques' Wohnung und rümpfte die Nase. »Ich will jetzt keinen auf Ella machen, aber die Bude ist widerlich.«

»Élian, bitte. Sie haben mir das Leben gerettet.« Wie hatte ich nur denken können, mein bester Freund hielte die Füße still?

»Und er ist ein Mensch?«, hörte ich Jacques, der in der Küche mit seinem Bruder sprach.

»Wir hören euch«, brüllte Élian ihnen entgegen.

»Was ist mit Ella?« Nun war die Frage doch aus mir geplatzt. Eigentlich hatte ich mich aus Angst, sie könnte mich aus ihrem Leben verbannen, nicht nach ihr erkundigen wollen.

»Ella wird nichts von der Magie erzählen. Sie realisiert jetzt erst nach und nach, was du uns alles verschwiegen hast. Du kennst Ella. Sie nimmt so was gleich persönlich. Angst hat sie bestimmt auch. Gib ihr Zeit.« Élians Antwort überraschte mich nicht. Einem Kick in den Magen glich sie dennoch.

»Wir können nicht mehr bleiben.« Jacques trat aus der Küche und musterte Élian wie einen Straßenköter, der ein vornehmes Restaurant betreten hatte. Was mehr als ironisch war, schaute ich mir Jacques' Bleibe an.

»Warum? Denkst du, die kommen wieder in deine Wohnung? Und sieh Élian nicht so blöd an, ihr könnt ihm vertrauen.«

Archie hob skeptisch beide Brauen. Seine Gedanken konnte ich förmlich lesen: »Das sagen sie immer alle.«

»Weil du gesucht wirst. Und Archie auch. Ja, irgendwann werden sie auch wieder hierherkommen. Sie wissen, dass Archie mich irgendwann kontaktieren wird.« Während Jacques sprach, stopfte er Klamotten, Schlüssel, Kabel und sein Portemonnaie in einen Rucksack. Élian und ich hatten wohl kein Mitspracherecht. »Nächstes Mal glauben sie mir nicht mehr, keine Ahnung zu haben, wenn Kumpels von mir nachhaken.«

»Was meinst du, Élian?« Ich drehte mich zu meinem besten Freund und erkannte, wie er seinen Kopf schief legte. »Élian?«

»Sag mal, Jacques.« Élian antwortete mir nicht, sondern eilte zu Archies Bruder und untersuchte seinen Oberarm.

»Hey.« Jacques machte zwei Schritte rückwärts und strich sein Shirt glatt. »Was soll das?«

»Dachte ich es mir doch. Ein Sonnentattoo. Du bist doch der Typ, mit dem ich vor drei Tagen geschrieben habe und der mich dann einfach entmatcht hat.« Meinte Élian das ernst?

»Ähm.« Jacques überspielte die für ihn sichtlich unangenehme Situation mit einem unwissenden Schulterzucken. An seinem herumirrenden Blick und seinem Kratzen am Hals erkannte ich, Élian sprach die Wahrheit.

»Deshalb die Geheimwohnung«, flüsterte mir Archie ins Ohr, der sich neben mich geschlichen hatte. »Unser Vater würde das nicht verstehen.«

Oh. Konnte ich das hier mit einer Liebeshöhle vergleichen? Einer ziemlich chaotischen Liebeshöhle. Ob er vorher aufräumte, bevor er Besuch empfing? Oder war er nicht der große Aufreißer?

»Sorry?« Jacques zog die Schultern hoch und hoffte wohl, es sei damit getan.

»Ich hoffe, ich habe dich nicht vor deinem Bruder auffliegen lassen.« Erwachte Élian gerade aus einem tranceähnlichen Zustand? Kopfschüttelnd wandte er sich wieder uns zu.

»Ne, Archie weiß es, alles gut.« Jacques hing sich den Rucksack um. »Und sorry noch mal. Ich hätte dich nicht ghosten sollen. Hab nur zu spät bemerkt, dass du …«

»Was?« Élian stemmte die Hände in die Seiten.

»Dass du klein bist. Hab lieber Typen, die so groß sind wie ich, obwohl du in echt gar nicht so klein wirkst.«

Jacques umrundete Élian wie ein Stück Fleisch.

»Urgh. Ich hasse solche oberflächlichen Kerle wie dich. Wir haben es schwer genug.« Élian stieß Jacques zur Seite und trat neben mich. »Ich sage dir, wie das abläuft: Ich komm mit euch mit. Lasse meine beste Freundin nicht allein mit euch. Dafür behalte ich online für mich, was für ein Arschloch du bist. Sonst sinken deine Vertrauenspunkte, und keiner trifft dich mehr.«

Jacques warf seinem Bruder einen Blick zu, der dem eines Kindes glich, das seine Mutter bat, den streunenden Hund behalten zu dürfen.

»Von mir aus, aber du passt auf ihn auf.« Archie nahm meine Hand und zog mich in Jacques' Zimmer. »Für dich habe ich aber vorher noch etwas.«

Das kam so plötzlich, ich ließ es geschehen. Dank Archies Berührung hatte ich sogar vergessen, Élian zu sagen, dass er definitiv nicht mitkommen würde.

Wir durchquerten Jacques' Zimmer, das nach ungewaschenen Klamotten roch, weshalb er versucht hatte, den Geruch mit Parfüm zu überdecken. Ehe ich michs versah, strich ein vergilbter Wandteppich mit roten Ornamenten über mein Gesicht, den ich dank meines verurteilenden Blicks durch Jacques' Zimmer übersehen hatte. Dahinter standen wir in einem kleinen Raum voller Klamotten.

»Such dir ein paar Klamotten von Jacques aus. Du willst dich bestimmt umziehen. Er hat bestimmt noch ein paar Sachen, die nicht komisch riechen. Kannst auch noch duschen vorher.« Archie zog ein graues Shirt mit einem Totenkopf heraus, aus dem Blumen wuchsen. »Das gefällt dir bestimmt.«

»Als würdest du mich so gut kennen. Das Shirt ist blöd.« Ich liebte das Shirt.

»Wie du meinst, lass dir Zeit.«

***

Selbstverständlich folgte Élian uns, und ich trug das Shirt, das Archie mir vorgeschlagen hatte. Was hatte ich noch mal gesagt: Ich nahm mein Leben jetzt selbst in die Hand? Na ja, wie hieß es? Irgendeine Stadt war auch nicht an einem Tag erbaut worden.

Der Untergrund von Paris war mir nicht fremd. Jacques hinab in die Katakomben zu folgen, bescherte mir deshalb ein Ziehen im Magen. Eben kein gutes, sondern eines, das man hatte, wenn man Sodbrennen bekam. Unter der Stadt der Liebe fand man ein weitverzweigtes magisches Netzwerk, das nichts mehr mit Liebe zu tun hatte. Das hier war eher die unterirdische Stadt der Mystik.

Mit Élian an meiner Seite sollte ich mir sicherer vorkommen, tat ich auch. Dennoch gab es da auch diese Stimme in meinem Kopf, die leise flüsterte, er wäre eine Last.

In der Nähe des Museums *Eugène Delacroix* schlichen wir uns über die Straße und standen schließlich vor einer Mauer vor dem kleinen Museum, das in einem Wohnhaus untergebracht worden war. Ich erinnerte mich daran, wie der Wachmann Joel meine Mutter mit »O Bernadette, du Hübsche« begrüßt hatte. Damals hatte sie gemeint, er wäre ein schwacher Sanitatem, der sie lange verehrt hätte. Mittlerweile glaubte ich ihr gar nichts mehr.

Lieber hätte ich mir zwar den *Place de Furstenberg* um uns genauer angeguckt, der mit seinen Blauglockenbäumen und den faszinierenden, uralten Gebäuden zu einem der romantischsten Orte in Paris gehörte, aber dafür fehlte uns die Zeit.

Archie drehte sich um und wollte mir seine Räuberleiterunterstützung anbieten, damit wir endlich über die Mauer auf das Grundstück des Museums gelangten. Ich winkte ab und hüpfte auf die Anhöhe. Auf der anderen Seite sprang ich hinab.

»Ähm, warte, also, ein wenig Hilfe könnte ich eventuell schon gebrauchen. Meine Füße sind etwas angeknackst von einem sehr männlichen Fußballspiel, und jetzt würde ich ungern wie Jane über die Mauer springen und meine Gelenke noch mehr belasten.« Woher nahm Élian diese spontanen Notlügen?

»Schwing deinen Arsch rüber, Bruder, ich helfe ihm.« Archie folgte Jacques' Anweisung, und kurze Zeit später stand er neben mir.

»Nur fürs Protokoll«, begann Archie flüsternd, und ich musste mich zusammenreißen, nicht bereits beim halben Satz loszuprusten. »Selbst wenn eine Horde Stiere hinter ihm her wäre, wäre Élian nicht über die Mauer gekommen, oder?«

»Exakt.«

Der winzige Garten, der an das Museum angrenzte und in dem sich auch das ehemalige Atelier des Künstlers befand, strahlte eine idyllische Atmosphäre aus. Die weiße Parkbank, die einen der großen Bäume rundherum umschloss, die kleinen Büsche am erdigen Pfad, der durch das satte, grüne Gras führte, und die kleinen Klappstühle entlang der Steinmauer – alles erinnerte mich an die Zeit mit meiner Mutter hier.

Élian erreichte uns. Und wie er das tat. In den Armen von Jacques. Wie Prinzessin Peach, gerettet von Klempner Mario. Oder eher entführt von Bowser.

»Darüber sprechen wir niemals.« Élian wand sich aus Jacques' Armen. Sein ungelenker Sturz auf den Kieselsteinpfad war bestimmt nicht geplant gewesen. Wieder auf den Beinen hielt er uns allen seinen Zeigefinger vors Gesicht. »Verstanden? Niemals.«

Ich nickte schmunzelnd. »Also? Wo geht es in die Katakomben?«, hakte ich nach.

»Da.« Jacques zeigte in Richtung der weißen Parkbank, und ich erkannte den gusseisernen Kanaldeckel darunter, der mit goldenen Ornamenten verziert war.

***

Wenn in Paris die Hitze unerträglich geworden war und selbst Eis keine Abkühlung mehr verschaffte, dann sollte man in die Katakomben von Paris kommen. Hier unten zitterte ich wie verrückt. Von den Zirkeltreffen kannte ich das zwar, dieser Ort übertrumpfte jedoch alles.

Während Élian und ich den beiden Brüdern folgten, bestaunte ich die geschlossenen Stollen mit den uralten Kalksteinen, deren Hintergrundgeschichte faszinierend sein musste.

Bei jedem Meter, den wir gingen, veränderte sich die Beschaffenheit des Gesteins und der Erde. Wundersame Dinge vom Altertum bis in die Neuzeit verbargen sich in der Unterwelt. Würden mich nicht gerade meine eigenen Leute verfolgen, hätte ich dafür mehr übrig. So trottete ich vor mich hin und fühlte mich wie ein wandelnder Zombie.

Gerade umgingen wir einen Stollen, der mit Grundwasser geflutet war, da hörte ich weit weg kratzende Steine, Plätschern und leises Zischen. Ich wollte gar nicht wissen, wer oder vor allem was sich noch mit uns hier unten verbarg. An Élians Mimik, den hochgezogenen Schultern und den hektischen Blicken erkannte ich, wie verängstigt auch er sein musste. Das hier tat er, um mich zu unterstützen. Keine Ahnung, womit ich das verdiente.

»Was, wenn uns jemand findet?« Élian stotterte, und ich hätte ihm am liebsten jede Angst genommen, aber dafür hätte ich eine Kibun-Sanitatem sein müssen, die konnten die Psyche kurzzeitig heilen oder Symptome unterdrücken. Ich jedoch konnte meine Kräfte nicht einmal richtig anwenden.

Der Geruch von Gestein, Erde, abgestandenem Wasser und die Schwüle pressten sich wie eine zweite Haut um meinen Körper. Auch die Angst, dass die Akkus unserer Handys nicht ausreichten und wir in der Dunkelheit starben, machte es mir schwer, meine Anspannung zu unterdrücken.

»Wie in einem Geisterhaus hier unten, nicht wahr?« Archies Witz verfehlte seine Wirkung. Zumindest grinste ich aus Höflichkeit mit. »Alles gut mit euch?«, fügte er hinzu.

»Ja, aber ich frage mich, ob ihr echt wisst, wo wir einen Unterschlupf finden.« Ich nahm die Umgebung unter die Lupe. »Und wenn ja, hoffe ich, es ist nicht hier unten.«

Archie und Jacques wechselten wieder einen ihrer Brüderblicke. Wie ich das hasste. Archie schien das zu bemerken und hielt. Stattdessen bat er jetzt Élian nach vorne zu Jacques und ließ sich zu mir zurückfallen. Ihn neben mir zu wissen, verlieh mir eine Sicherheit und Geborgenheit, die ich zwar nie zugäbe, aber genoss.

»Wir finden für alles eine Lösung, okay?« Archie stupste mit seiner Schulter gegen meine.

»Was willst du hören, Archie? Ein optimistisches *Ja, na klar!*? Das bin ich nicht. Was mache ich nach den Sommerferien? Wo wohne ich? Woher bekomme ich Geld? Werde ich da noch leben? Werde ich wieder gefangen genommen? Will meine Mutter mich umbringen?« Fragen, die meine Gedanken quälten. Endlich ausgesprochen, übten sie ein bisschen weniger Druck auf meinen Kopf aus.

Es nervte mich selbst, nicht abschalten zu können. Meine früheren Trainingseinheiten, in denen meine Psyche auf so etwas hatte vorbereitet werden sollen, waren nutzlos. Nur, wie sollte ich das ändern? Dieser enge Tunnel, der mich von einem Versteck ins nächste führte, und diese Tropfen von der Decke, die mich wie kleine Neckereien, die das Leben mir zusätzlich noch schenkte, reizten, erleichterten mir meine Lage nicht.

»Lass uns erst mal daran arbeiten, am Leben und in Freiheit zu bleiben, ja?« Archie lächelte mir zu. Anscheinend reichte das, um mein schweres Herz leichter zu machen. Nein, es löste nicht meine Probleme, aber es tat gut. Eines nach dem anderen.

»Aua. *Merde.*« Élian stürzte vor, und Jacques fing ihn auf.

Archies Bruder lehnte ihn im Sitzen gegen die Steinwand und leuchtete mit seinem Handylicht auf ihn.

»Élian? Alles gut?« Sofort hockte ich neben meinem besten Freund und erkannte, was passiert war.

»Ja, aber dieser Stein da war im Weg.« Élian deutete nach links, wo ein spitzer Stein hervorragte.

»Ich kann dich, glaube ich, nicht heilen. Bis ich das hinbekomme, bist du verblutet.« Okay, völlig falsch ausgedrückt.

»Was?« Élians Stimme überschlug sich. Er wollte sich an die blutende Stelle fassen. Kurz vorher schreckte er zurück. Seine Lider flatterten. Wurde ihm von seinem eigenen Blut übel? Dabei hatte er bei seinen Eltern keine Probleme damit.

»Nein, das habe ich nicht so gemeint. Ähm, Archie? Kannst du das übernehmen oder Jacques?« Ich wartete auf eine Reaktion, und da ertappte ich sie wieder dabei: beim Brüderblick.

»Warum dieser Blick?«, fragte ich.

»Jane, ich habe genug Serien geguckt, um zu wissen, dass das nichts Gutes bedeutet«, warf nun auch Élian ein, dabei wollte ich ihn nicht beunruhigen.

Ich stand wieder auf und stellte mich vor die beiden. Archie senkte den Kopf, und ich erkannte Schuld in seinen Augen. Jacques hingegen schämte sich weniger. Unbehagen breitete sich um uns aus. Archies Bruder schlenderte hinter mich.

Archie stand nun vor mir und Jacques hinter mir. Élian und ich waren eingekreist wie zwei Tiere, aber ich tat einen Teufel und ließ mich wieder in die Enge treiben. Nicht noch einmal.

»Was geht hier vor?« Ich verlangte nach Antworten, und dieses Mal bekäme ich sie.

»Jane, ich, wir finden einen Weg, Élian zu versorgen. Ich kann nicht heilen, meine Kräfte ... und so. Jacques hat ... Er ist …« Wenn ich Archies Gestammel hörte, drehte sich in mir alles.

Archie wagte es noch immer nicht, mich anzusehen. Jacques im Rücken zu wissen, verhalf mir auch nicht zu einem besseren Gefühl. Vermutlich passte Élian auf ihn auf und behielt ihm im Blick, somit konnte ich den anderen Bruder fixieren. Die Enge der Katakomben schnürte mir die Luft ab. Doch den Triumph, mich eingeschüchtert zu haben, überließ ich den beiden nicht.

»Mensch, wir sind keine Sanitatem, Mädchen.« Ich drehte meinen Oberkörper zu Jacques um, der die Arme ausstreckte, bis seine Hände die Tunnelwände berührten und er sich daran abstützen konnte. »Du weißt es doch längst, nicht?«

»Jane, das ist nicht gut, oder? Oder?« Élians panisches Fiepen im Ohr brachte meinen Puls noch mehr zum Rasen. Mittlerweile stand ich seitlich im Tunnel, damit ich sowohl Jacques als auch Archie und Élian, der nun bei mir stand, im Blick hatte.

»Wir sind Seelenklauer, Mitternachtsdiebe, Mondlichtgauner. Wie ihr uns nennt.« Jacques' süffisantes Grinsen verschlimmerte nur alles.

Archies Bruder löste seinen Dutt, und die rotorange Mähne fiel ihm wie ein Vorhang um das markante Gesicht. Seine Augen begannen, zu leuchten, und ich fragte mich, wie ich so dumm hatte sein können, all die Anzeichen zu ignorieren. Es nicht wahrhaben zu wollen, war eine Sache. Es aber so weit kommen zu lassen, Élian in Gefahr zu bringen, schürte meine Wut auf mich noch mehr.

»Das kann nicht sein. Sag, dass es nicht stimmt.« Meine von der Luftfeuchtigkeit gewellten Haare peitschten mir gegen die Nase, weil ich mich schnell zu Archie wandte. »Archie?«

»Wir sind von den Furta Noctra.« Nachdem Archie es ausgesprochen hatte, gab es kein Zurück mehr.

Die Brücke zwischen Archie und mir war nicht hochgezogen, nicht durchbrochen, sondern verbrannt worden. All die Stimmen von Chloé und Co schrien mir im Kopf die schlimmsten Dinge über die Furta Noctra zu, die ich gelernt hatte.

»Warum hast du nichts gesagt?« Meine Stimme klang rau.

Mein Schädel klingelte. Wie hatte ich so ein naives Kind sein können? Élian hievte sich an der Steinwand hoch.

»Hättest du ihn dann befreit?« Jacques sagte die Wahrheit.

Alles Berechnung, genauso wie ich es eigentlich von den Seelendieben hätte erwarten müssen.

Belustigt schnaubte ich und schüttelte den Kopf. Was sollte ich denn sonst machen? Über meine eigene Dummheit lachen? Klang nicht so verkehrt. Verdrängung und Humor waren schon immer meine liebsten Bewältigungsstrategien gegen meine Probleme.

»Du bist nichts weiter als ein Mittel zum Zweck.« Jacques' Worte hallten im Tunnel wider. Oder nur in meinem Kopf?

»Jacques, halt den Mund.« Archie sauste zu seinem Bruder, und da fiel auch sein Mantel der Beherrschung. Dunkelgelbe Ringe erschienen um seine Iriden.

»Deine Augen«, stieß ich erstickt aus und wich zurück.

Archie erkannte meine Bestürzung und rieb sich die Augen. Nach mehrmaligem Blinzeln verschwand die Farbe. Dieser kurze Moment hatte jedoch trotzdem gereicht, um meiner Seele eine neue, dauerhafte Narbe des Misstrauens zuzufügen. Gedanklich ritzte ich eine weitere Kerbe in den Pfosten meiner Enttäuschungen.

»Stimmt es eigentlich, was Archie gesagt hat? Du bist eine Vivifica? Und die Tochter von Bernadette?« Worauf wollte Jacques hinaus?

»Jacques, nein.« Archies Mimik schlug in Panik um.

»Jane?« Élian ignorierend, bewegte sich mein Körper wie von selbst, bis ich Jacques direkt in die leuchtenden Augen starrte.

Meine Lippen lösten sich voneinander. Kein Wort brachte ich heraus. Mit einem Nicken beantwortete ich stattdessen seine Frage.

Ich spürte Archies Hand auf meiner Schulter, als er sich an mir vorbeischob. »Jacques, lass es. Das ist der falsche Zeitpunkt.«

»Dann bist du uns etwas schuldig.« Jacques reagierte nicht auf Archies Warnung. Der packte seinen Bruder am Kragen und drückte ihn gegen die Steinwand. Jacques hatte nur Augen für mich. Er fixierte meine Kehle. Nur, warum sollte ich ihnen etwas schuldig sein? Weil sie mir in der Wohnung geholfen hatten?

»Archie hat einen Teil seiner Seele verloren, und du könntest uns helfen, du Vivifica.« Voller Abscheu spuckte Jacques das Wort »Vivifica« aus. »Rate, wie er sie wiederbekommen könnte? Na? Mit der Kraft einer Wiederbeleberin.« Jacques' dunkle Aura glomm auf, und er unterdrückte seine Magie nicht mehr. Deshalb spürte ich auch jetzt erst seine Mitternachtsaura.

»Ihr werdet Jane niemals bekommen.« Élian humpelte neben mich. »Aua.« Er knickte mit dem Fuß weg und hielt sich an mir fest.

Das Gesagte zu verarbeiten, gelang mir kaum. Seele verloren. Wiederbeleberin. Wortfetzen, die vor mir tanzten wie Leuchtreklametafeln. Bevor ich reagieren konnte, öffnete sich in mir eine Schleuse. Sie führte in ein neues Netzwerk der Magie in mir. Aus heiterem Himmel erhielt ich ein völlig neues Verständnis für meine Fähigkeiten. Ehe ich michs versah, strömten helle Lichtpunkte aus meinen Poren. Zunächst langsam, wie fallender Schnee. Nach und nach verlor ich die Kontrolle, bis die Punkte zu einem reißenden Blizzard verschmolzen.

Dass ich in dieser Helligkeit sehen konnte, schenkte mir die Möglichkeit, Archie und seinen Bruder zu beobachten, wie sie sich schützend die Arme vor das Gesicht hielten. Wieder hatte ich mich in jemandem getäuscht. Wieder hatte mich jemand für seine Zwecke benutzt. Dem setzte ich ein für alle Mal ein Ende.

Mit meiner Faust schlug ich gegen die Steinwand, und ein lautes Rumoren zog sich durch die Unterwelt. Knacken und Krachen erfüllte den Tunnel. Ein gefährliches Geräusch ging durch die Decke über uns.

»Was macht die?« Jacques schubste Archie von sich und kniff weiterhin die Augen zu.

Als sich der erste Stein von der Decke löste und auf den Boden fiel, beschloss ich, diese Jane, die sich von allen an der Nase herumführen ließ, in den Katakomben von Paris zu begraben.

Kapitel 12

Élian und ich stolperten aus dem Untergrund und hielten. Völlig ausgepowert trugen meine Beine mich kaum noch. Was ich nicht erwartet hatte: dass der Ausgang, den wir bei unserer Flucht gewählt hatten, uns mitten in die Siedlung von Menschen ohne ein Dach über dem Kopf bringen würde. Na ja, zumindest kein Hausdach.

»Wo sind wir?« Élians Bein hatte sich dank meinem Schein geheilt, was eine echt entgegenkommende Geste meiner Kraft gewesen war.

»Das ist einer der stillgelegten Tunnel der kleinen Ringbahn«, antwortete ich ihm außer Atem.

»Die Barackensiedlung bei *Petite Ceinture?*«

»Élian. Kannst du das auch etwas anders ausdrücken?«, sagte ich flüsternd. Menschen musterten uns wie Eindringlinge, die wir ja auch waren.

Immer mehr Menschen kamen aus den kurzen Seitengassen zwischen den Hütten, die links und rechts neben den Mauern erbaut worden waren. In der Mitte führte das alte Gleis hindurch. Winzige Buden, zusammengeschustert aus Kartonteilen, Hölzern, Plastiksäcken, Planen, die als Dächer dienten, und Einkaufswägen vor Haustüren, reihten sich aneinander. Aus allen Hütten kamen Leute. Unvorstellbar, dass sie allesamt hier hausten. Sofort verfestigte sich mein Mitleid ihnen gegenüber zu einem Kloß in meinem Hals. Mitleid, das ihnen nichts brachte.

Katzen und Hunde kreuzten unseren Weg, und das »Hey«, auf das ich gewartet hatte, kam.

»Pardon, wir haben uns verirrt.« Ich hob beschwichtigend die Arme und lächelte ihnen freundlich und gespielt ruhig zu.

»Das ist aber der ganz falsche Platz, um sich zu verirren.« Endlich bekam ich ein Gesicht zur Stimme.

Ein kleinerer Mann, muskelbepackt, mit gebräunter Haut und einer grauen Mütze, die bis über die Ohren reichte. Er bleckte die überraschend schönen Zähne und baute sich vor uns auf.

»Lass sie in Ruhe, Etienne, du alter Stinkstiefel.« Eine groß gewachsene Frau mit Kleiderschürze schritt auf ihn zu und wuschelte sich durch die dunkelblonden Locken. »Ich bin gar nicht auf Besuch gefasst gewesen.«

»Bitte bringen Sie uns nicht um.« Élian hob die Hände und legte sie flehend aneinander, passend zur weinerlichen Stimme.

»Élian«, zischte ich ihm zu. »Hör auf.«

In rostigen Einkaufswägen brannte Feuer. Stille kehrte ein, und das Knistern der Flammen und ihre Schatten an den Mauern, die wie gierige Zungen nach uns zu greifen schienen, trugen zur unheimlichen Stimmung bei.

Lachen durchschnitt die unangenehme Ruhe. Zahnloses Gelächter aus schmutzigen Gesichtern folgte. Kinder, die in den Armen ihrer Mütter ausgelassen losprusteten und auf und ab wippten.

»Haha. Ha?« Kam es von Élian neben mir. »Lach mit.« Er knuffte mir mit seinem Ellbogen in die Seite. »Los.«

Ich kicherte verhalten, bis Etienne stoppte und alle es ihm nachmachten. Dankbar hörte ich auch auf, zu lachen.

»Kinder, tut mir leid. Wie unhöflich. Ich bin Louna, und er hier«, sie deutete auf Etienne, »spielt sich als Alpha auf. Kümmert euch nicht um den kleinen Arsch.«

»Wir sind vor Typen geflüchtet«, begann ich, da unterbrach mich Louna.

»Seid ihr solche Spinner, die sich Urban Explorer nennen?« Louna rümpfte ihre schiefe Nase. Mehrmals gebrochen schien sie auch zu sein, wenn ich mir den Höcker ansah.

»Ja, genau.« Dankbar nahm ich ihre Ausrede an. Hoffentlich taten sie uns einfach als herumstreunende Teenager ab und schickten uns weg.

»Nein, meine Freundin ist eine Sanitatem und bringt euch um, wenn ihr uns nicht durchlasst.« Élian machte einen Schritt vor mich und hob die Fäuste. »Ja, habt Angst.«

»Élian. Drehst du am Rad? Was machst du?« Ich zog ihn zurück.

»Ach, du bist eine Sanitatem? Sag das doch gleich. Unsere Siedlung besteht aus Sanitatem und Furta Noctra.« Etiennes wettergegerbte Gesichtszüge erweichten sich. Er bedeutete uns, mitzukommen.

Moment, wie bitte? Sie waren Sanitatem und Furta Noctra? Alle zusammen in einer Siedlung? Niemals hätte ich erwartet, solche Draoi zu treffen. Vorurteile ahoi.

Von den Siedlungen, die sich in den Tunneln der kleinen Ringbahn befanden, die im neunzehnten Jahrhundert um Paris gefahren war, hörte man nur Schlechtes. Die Strecke verband die Endbahnhöfe um die Stadtgrenze, war aber seit Ewigkeiten außer Betrieb, weswegen sich Menschen mit Pech im Leben oftmals hier eine Existenz aufbauten.

»Wie könnt ihr hier alle zusammenleben?«, wollte ich wissen, bevor ich ihnen folgte.

»Wir wurden ausgestoßen. In unserer Jugend, vor zwanzig, dreißig Jahren sind wir beim Versuch, gegen diese Sanitatem-Furta-Noctra-Grenzen zu rebellieren, gescheitert. Außerdem wollten wir nicht mehr hinnehmen, im Geheimen zu leben, und der Menschheit von uns erzählen. Tja, wenn man sagt, man kann zaubern oder hat Ufos gesehen, wird man schneller enteignet, als man Lichtqualle sagen kann, und endet hier. Aber unsere Freiheit ist es uns wert.« Apropos Lichtquallen, die fand ich hier nicht. Sollten wir nicht belogen werden und diese Gemeinschaft existierte, musste doch irgendwo ihre magische Begleitung versteckt sein. Besser, ich behielt das im Hinterkopf. Konnte das denn überhaupt alles möglich sein? Oder träumte ich? Eine Siedlung voller ausgestoßener Heilenden und Mitternachtsleute? Wobei Zweiteres mir den Schweiß auf die Stirn trieb.

»Schau, wie blöd die aus der Wäsche glotzt.« Louna zog Etienne neben sich und hakte sich bei ihm ein. »Hättest du wohl nicht erwartet, was?«

»Warum hört man davon nichts?«

Etienne übernahm das Wort, was seiner Frau nicht zu gefallen schien. »Schätzchen, die Sanitatem erzählen dir, was du hören sollst, und mit ihrer Angstmacherei versuchen sie das Gleiche wie die Medien: Sie wollen dich kontrollieren. Sie haben sogar unsere Lichtquallen und Schattenerdmännchen getötet.«

Die anderen um uns nickten ihm bestätigend zu.

»So überrascht? Wo bist du denn aufgewachsen, dass du gar nicht Bescheid weißt?« Lounas Ton war nicht mehr harsch.

»Ich bin bei den Vivifica groß geworden.«

Geschocktes Lufteinziehen aus allen Ecken.

»Bei Bernadette?«

»Ja, Louna. Sie ist meine Mutter.« Élian zog an meinem Shirt. Jaja. Besser, ich hätte das nicht erwähnt.

»Das hättest du für dich behalten sollen«, sagte Etienne.

***

Das Wort merkwürdig traf es nicht. Eher: erschütternd. Diese Leute hassten meine Mutter. Gut, dass sie kein Engel war, hatte ich verstanden, aber bisher hatte ich in dem Glauben gelebt, meine Mutter stellte eine Art Heilige dar, die jeder ehrfürchtig betrachtete. Aber bei Louna und Etienne war das Gegenteil der Fall. Fehlten noch die Anti-Bernadette-Schilder und das obligatorische Ich-weiß-gar-nicht-warum-ich-demonstriere-Banner.

Wenn ich mich in Lounas – es fühlte sich falsch an, es Haus zu nennen – Zuhause umsah, zeigten mir Graffitisprüche wie *Vivificas = Merde,* dass nicht mehr viel zu diesen Schildern fehlte.

»Nehmt sie. Nicht mich.« Élian haute diesen Spruch einfach so raus.

»Élian. Sie haben doch gar nicht gesagt, sie bringen uns um.« Ich schlug ihm gegen die Schulter. »Und: Hey.«

»Aua.« Élian rieb sich die Stelle. »Pardon. Ich drehe gerade durch.«

Louna und Etienne standen neben der, ähm, Dusche? Es handelte sich um einen orangefarbenen Schlauch, der durch das gewellte Blech in die Bleibe reichte und an einer Vorrichtung hing. Oben befand sich eine reingedrehte Plastikflasche, und in das Ende waren Löcher gestochen worden. Ein Quasiduschkopf. Etwas tropfte daraus auf die zusammengestückelte Badewanne, die wie ein Mosaikkunstwerk wirkte.

»Woher sollen wir wissen, dass ihr nicht für Bernadette spioniert?« Etienne strafte mich mit einem bösen Blick.

Ja, woher sollten sie das wissen?

»Nehmt sie.«

»Élian. Es reicht jetzt.« Einen Hieb gegen seine Schulter später verstummte er mit einem gemurmelten »Pardon«. »Hätte ich dann gesagt, ich bin ihre Tochter?«

»Na ja, schon, du sagst oft Blödsinn, ohne nachzudenken.« Élian schlug sich die Hand vor den Mund. Merkte er, dass wir ihn alle irritiert ansahen? »Es tut mir so leid. Das kommt einfach so aus mir raus.«

»Ist das dein Ernst, Élian?« Der nächste Hieb auf die Schulter folgte.

Das Skurrile daran: Élian nahm die Lage nicht zu gelassen. Er reagierte in solchen Situationen oft so. Wohl ein Schutzmechanismus aus der Zeit, in der die Krankheiten seiner Eltern begonnen hatten. Da hatte er vieles mit einem dummen Spruch abgetan, um sich der Realität zu verschließen.

»Ich versichere euch, wir sind keine Spione. Hab euch doch erzählt, wie wir hier gelandet sind. Stellt euch vor, ihr wärt in unserer Lage, was würdet ihr sagen, damit wir euch glauben?« Innerlich klopfte ich mir für dieses tolle Argument auf die Schulter, denn normalerweise kamen die mir erst Stunden nach Diskussionen, und dann brachten sie mir nichts mehr.

»Ich glaube, sie sind Spione.« Etienne spuckte in einen verrosteten Krug wie Verbrecher in diesen alten Cowboyfilmen.

»Etienne Durand, wenn du noch einmal in unser Haus spuckst, werfe ich dich hinaus.« Louna wickelte sich straff das Geschirrtuch um die Faust, und ich begriff sofort, wer die Hosen anhatte. »Zu euch: Ich glaube euch. Niemand torkelt so unbedarft mitten unter uns. Wenn doch, dann seid ihr ausgebufft.«

»Heißt das, wir sind nicht ausgebufft? Wer sagt überhaupt noch ausgebufft?« Fragend legte Élian einen Finger an sein Kinn und schweifte mit seinem Blick ab.

»Élian.« Bald würde der Arm meines besten Freundes abfallen.

»Das sind keine Spione.« Etienne nickte sich selbst zu, und irgendwie fühlte ich mich nun entwürdigt, auch wenn wir uns freuen sollten.

»Danke. Dann, ähm …«, Élian stand auf und zeigte Richtung Tür, »gehen wir mal. Is' spät und so.«

Ich stand auf. Der Metallstuhl, der bestimmt Rostflecken auf mir hinterlassen hatte, quietschte, und ich stieß unabsichtlich gegen die löchrige, japanische Trennwand, die den Schlafbereich vom Rest der Hütte abgrenzte.

»So schnell können wir euch nicht gehen lassen.« Nach Lounas Satz versteinerte ich auf der Stelle.

»Genau. Was wär ich denn für ein Gastgeber, wenn ich euch gehen ließe, ohne euch etwas zu essen anzubieten?« Etienne stieß ein tiefes Lachen aus. »Liebe diese verschreckte Generation.« Danach folgte ein kräftiger Hieb auf meinen Rücken, der mir einen Hustenanfall bescherte.

»Essen?« Élian sah sich um, und ich konnte seine Gedanken lesen.

Ja, es war gemein und voreingenommen, aber ich hatte auch Angst um meine Gesundheit, wenn ich daran dachte, hier etwas zu essen. Dennoch hielt ich es für unklug, ihre Einladung auszuschlagen, deshalb kam ich Élian zuvor. »Selbstverständlich. Wir freuen uns.«

»Sehr gut, dann trommeln wir die wilde Sanitatem- und Furta-Noctra-Horde zusammen.« Louna jubelte, aber mir wurde speiübel.

Ein Partyessen mit den Furta Noctra? Oder eher das letzte Abendmahl?

***

Wieder bemerkte ich die Privilegien, die ich genoss, und von denen ich stets überzeugt war, sie zu kennen. Dabei wusste ich gar nichts.

Ich hatte mich um das Essen gesorgt. Und jetzt? Jetzt saß ich mit Élian an einer langen Tafel, die aus unterschiedlich hohen Tischen in verschiedenen Farben bestand, die die Bewohner auf dem Weg zwischen den beiden Hüttenreihen aneinandergestellt hatten. Alle, die hier lebten, hatten angepackt. Bis auf Élian und mich. Nicht aus Faulheit. Sie ließen uns nicht helfen. Tja, und was nun das Essen anbelangte? Für meine Voreingenommenheit schämte ich mich. Sie kochten fabelhaftes Essen aus Zutaten, die sie erst vor Kurzem gerettet hatten. Ehrlich gesagt, hatte ich schon in Luxusrestaurants gegessen, die sich auf ihrem Ruhm ausruhten und schlechte Speisen aufgetischt hatten. Dagegen verströmte es um mich nun einen Duft von Eintöpfen, gegrilltem Gemüse und Soßen, die mir den Mund wässrig machten. Vorhin hatte ich erst mitbekommen, wie jemand über die Feuerstelle gescherzt hatte, die nicht schmutziger als das Fünfsternerestaurant seines ehemaligen Arbeitsgebers war.

Natürlich, warum auch nicht? Diese Leute hatten sich aufgrund ihrer magischen Ansichten zurückgezogen, nicht weil sie faul waren. Ich hasste mich dafür, dass ich meist dachte, unvoreingenommen zu sein, obwohl ich genau das war: voreingenommen.

»Ich weiß, was du denkst. Sei nicht zu streng mit dir. Wenigstens siehst du es ein.« Louna tauchte neben mir auf.

Es gelang mir nur mit Mühe, nicht zurückzuschrecken.

»Können wir nicht helfen?« Ich schämte mich zu sehr, um etwas auf ihre Feststellung zu erwidern.

»Das würde mich beleidigen.« Louna deutete mit ein paar Mehlflecken an der Wange und Soße am Finger in die Richtung eines Zugwaggons, der als Küche diente. »Unterhalte dich mit den Leuten, wie dein Freund. Gleich ist das Essen fertig.«

Dort erkannte ich Élian. Unglaublich. Er flirtete mit dem Koch und leckte ihm die Soße vom Kochlöffel. Einem Furta Noctra. Aber vorher verzog er noch angewidert den Mund über den schmutzigen Flickenteppich, der als Tischtuch diente.

»Danke, Louna. Glaub mir bitte, wenn ich dir sage, ich bin kein Stück wie meine Mutter.«

»Danke, Liebes. Bist du dir da sicher? Kein Stück?« Mit einem Zwinkern verabschiedete sich Louna und half den anderen Männern und Frauen beim Tischdecken.

Was meinte sie damit?

Zunächst stand ich scheu da, schob mich wenige Sekunden später zwischen zwei Hütten in die Enge und beobachtete das Gewusel um mich herum. Ein Sammelsurium – das beschrieb dieses öffentlich bekannte Versteck ziemlich gut. Und mittendrin: Furta Noctra.

Vorhin hatte ich noch Panik bekommen, als ich auf die ersten Furta Noctra getroffen war. All die Dinge, die mir meine Mutter eingetrichtert hatte und die im Kerker geschehen waren, prasselten auf mich ein. Etienne packte mich daraufhin und leerte mir ein wenig eiskaltes Wasser in den Nacken, das nach Dreck schmeckte. Eventuell berechtigte ihn dazu aber auch mein aufgelöstes Geschreie. »Sie haben uns!«, hatte ich gebrüllt.

So sehr Louna und Etienne mir auch versichert hatten, dass die Furta Noctra hier derselben Ansicht wie sie waren, sich wie Aussteiger zurückgezogen hatten und niemandem mehr schadeten, behielt ich schlechte Erfahrungen mit ihnen im Kopf. Nicht nur durch Archie oder die Beeinflussung meiner Mutter. Nein, auch wegen all der Gräueltaten, die sie Menschen antaten, wenn sie ihnen die Seele zerstörten, den Verstand raubten oder sie in Depressionen stürzten. Außerdem beherrschten sie furchtbare schwarze Magie, mit der sie dunkle Energiebälle und Blitze der Finsternis erschaffen konnten.

Aber ich hatte auch gelernt, meine Meinungen zu überdenken, und deshalb: Reiß dich zusammen, Jane.

Ich schritt unter den bunten Lichterketten hindurch und streifte einen Stromgenerator, als ich spielenden Kindern auswich, die mit notdürftig zusammengehaltenen Radios herumliefen, aus denen uralte französische Klänge ertönten. Dahinter erblickte ich eine Frau in einem Rollstuhl, der zwei unterschiedliche Reifen besaß. Beim besten Willen konnte ich nicht sagen, woher diese Ahnung kam, aber die Art, wie sie mich ansah, sagte mir, sie hatte auf mich gewartet.

Die pausbäckige Frau starrte mich an, auch wenn ihre milchigen Augen sie kaum noch sehen lassen konnten. Wie hypnotisiert beschleunigte ich meine Schritte, bis ich vor ihr stand. Sie strich ihr altrosa Leinenkleid zurecht und warf sie sich die langen, grauen Flechtzöpfe, aus denen senfgelbe Bänder ragten, hinter die Schultern.

»Jeanne. Erhellend, dich zu treffen.« Stand hinter dem brennenden Eisenfass eine Fremde, die sie synchronisierte? Oder klang die echt so jung?

»Ähm. Kennen wir uns?« Dieses Zusammentreffen erfüllte mich mit Unbehagen.

»Nein.« Wie ich es hasste, wenn ich solche Antworten bekam. Eine Ergänzung wäre noch schön.

»Okay, anders: Woher kennen Sie meinen Namen? Warum sehen Sie mich an, als hätten sie auf mich gewartet, und falls Sie das haben: Warum?« Erst nachdem ich die Fragen runtergerattert hatte, bemerkte ich mein Herzrasen. Wenn ich nicht bald ein Ventil fand, um meine Angespanntheit loszuwerden, starb ich nicht durch die Hand meiner Mutter, sondern aufgrund eines Herz-Kreislauf-Stillstands.

»Mein Name ist Aveline, und ich kenne dich. Bei deiner Geburt habe ich gespürt, wir sehen uns eines Tages.«

Zuerst tat ich ihr Geschwafel damit ab, dass sie dement sei. Bevor ich mich damit abfand, klingelte jedoch etwas ganz weit hinten in meinem Gedächtnis. Ein winziges Glöckchen, das beständig lauter wurde und mich zwang, ihm in mein tiefstes Unterbewusstsein zu folgen. Ein Gedanke schwappte hoch, wie kaltes Meerwasser, hinterließ Erinnerungsfetzen wie die salzige Flüssigkeit schaumige Ornamente auf Sand. Nach und nach setzte ich sie zusammen.

»Du bist eine Sanitatem Voyant, oder?«

Ein Lächeln mit vielen Zahnlücken, braunen Stummeln und schwarzen Stellen breitete sich auf ihrem faltigen Gesicht aus. »Exakt.«

Log sie? Nein. Oder? In einem alten Skript meiner Mutter lautete es, es gebe sie nicht. In einige Sagen hieß es, das seien eher Märchenfiguren für Kinder. Heilerinnen, die so vielen Menschen das Leben gerettet hatten, dass die Magie ihnen die Macht darüber geschenkt hatte, in die Zukunft zu blicken.

»Warum kennt dich niemand? Du müsstest in Paris eine große Nummer sein. Wir müssen dich rausschaffen und …«

»Mein Kind.« Damit unterbrach Aveline mich. »Hier rausschaffen? Ich lebe freiwillig und gerne in dieser Siedlung der Freiheit. Freie Gedanken, Seelen und offene Geister.«

Verflucht. Ich tat es schon wieder. Ich nahm an, jeder würde gerne von hier wegkommen. Sollte ich diese Phase meines Lebens überstehen, musste ich mich dringend um mein Mindset kümmern.

»Selbstverständlich. Tut mir leid. Aber warum haben Sie ausgerechnet mich gesehen? Ich weiß selbst nicht, wer ich bin. Außer dass ich falsch bin, alle in Gefahr bringe und keine Ahnung habe, was ich machen soll.« Seufzend setzte ich mich auf eine hoffentlich leere Gasflasche neben Aveline und bettete meinen Kopf in die Hände. Mir fiel auf, dass selbst um Aveline keine Lichtqualle schwirrte. »Wo sind eigentlich die magischen Wesen, die euch begleiten müssten? Oh, und haben Sie gesehen, ob ich überleben werde?«

»Damals fand im Untergrund eine Art, na ja, Krieg statt.« Aveline schloss die Augen, als riefe sie sich die Geister der Vergangenheit ins Gedächtnis. »Wir waren in der Unterzahl und hatten uns hitzköpfig ohne Strategie ins Gefecht gestürzt. Dank weiser Verhandlungen überlebten wir. Der Preis dafür? Sie drängten uns an den Rand der Gesellschaft und nahmen uns unsere, wie du sie nennst, magischen Wesen.«

All diese Informationen standen in keinem meiner Sanitatembücher niedergeschrieben. Als wollte man die Geschichte verschweigen. Zu baff für eine Antwort blieb ich sprachlos neben Aveline sitzen, obwohl ich zu gern mehr erfahren hätte.

»Warum ich dich gesehen habe? Weil du ein entscheidender Faktor für die Zukunft der Draoi bist. Deine Handlungen wirken sich unmittelbar auf die magische Gesellschaft aus. Zu deiner letzten Frage. Die Zukunft ist schwammig und verändert sich unentwegt. Je nachdem, wie wir …«

»Jaja, ich weiß. Ich schaue *Doctor Who.*«

»*Doctor Who,* wer ist das?«

»Ganz genau.«

Aveline legte den Kopf schief.

»Egal.« Meine Entscheidungen sollten sich auf die Zukunft der Draoi auswirken? Na, toll. Das setzte mich natürlich überhaupt nicht unter Druck.

»Mein Kind. Jeanne. Jane. Wie du auch genannt werden willst. Ich habe dich gesehen, weil du eine Veränderung bringen wirst. Ein einschneidendes Erlebnis im Universum, das nicht austauschbar ist. Du wirst die magische Welt in eine andere Richtung bewegen, aber in welche, das liegt an dir.« Nach diesem Satz kicherte sie hinter ihrer vorgehaltenen Hand, die übersät mit geschichtsträchtigen Altersflecken war. »Ach, du liebe Güte. Ich bin steinalt, oder? Wie ich rede. Das mag dich überfordern und dein Herz quälen, aber lass dir eines gesagt sein: Du bist nicht falsch, nur um Sanitatems willen, erweitere deinen Horizont, und glaub an dich.«

Unzählige Fragen schwirrten in meinem Kopf. Die Unruhe in mir toste und schlug gigantische Wellen, die gegen die Felswände meines Geistes schlugen. Einzig Avelines letzte Worte legten einen beruhigenden Schleier aus warmem Honig darüber.

»Kann ich …«

»Jane. Kommst du? Wir wollen essen, und Etienne hat etwas zu sagen. Ich glaube, sie wollen uns doch töten«, brüllte Élian über den gesamten Abschnitt und unterbrach mich damit.

***

Louna und Etienne hatten uns nicht umgebracht. Das fantastische Essen mit all seinen würzigen Soßen, auf den Punkt gegarten Gemüseeintöpfen und Crêpes mit Pistaziencreme verlieh mir neue Kraft. Das Lächeln, das mir geschenkt wurde, die aufbauenden Gespräche und ihre Gastfreundschaft ließen mich an das Gute in Lebewesen glauben.

»Falls ihr Hilfe braucht …«, begann Etienne.

»Wissen wir, wo eure Hütte wohnt«, beendete Élian seinen Satz.

»Danke.« In diesem Wort schwang meine aufrichtige Freude über ihre zuvorkommende Art mit.

Louna und Etienne hatten mich genau zur passenden Zeit aufgebaut, mir einen Schwung Mut verliehen, den ich für meine bevorstehende Reise brauchte. Leider hatte ich Aveline nicht mehr gefunden. Sie tat das wohl mit Absicht. Ich musste meinen Weg allein finden, ohne gelenkt zu werden.

Als Élian und ich uns endlich zum Gehen durchgerungen hatten, fasste ich einen Entschluss, den ich Élian auch hinter der nächsten Ecke mitteilte.

Ein kalter Wind schwang über die Straße, und ich schlang die Arme um meinen Körper. Vielleicht war es auch das Schaudern darüber, was ich gleich ausspräche.

»Du musst gehen. Ich werde allein weitersuchen.« Wonach überhaupt? Keine Ahnung.

»Spinnst du? Du willst einsam durch Paris laufen?«

»Élian, das ist kein Spaß mehr. Geh nach Hause. Ich bin eine Gefahr. Ich hätte dich einmal fast verloren, und wenn du bei mir bleibst, dann …«

Klatsch.

Élian hatte mir eine Ohrfeige verpasst. Nein, nicht diese freundschaftliche Komm-zu-dir-Ohrfeige. Sein Schlag brachte mein Ohr zum Piepen, Blut schoss in meine Wange und meine Gesichtshälfte pulsierte.

Alles drehte sich, und ich griff um mich, um zu sehen, ob ich auf der Straße lag oder noch stand. Ich stand.

»Hör auf damit. Hör auf, dich runterzumachen, Jane. Glaubst du, ich bin dumm und erkenne nicht, wie ernst die Lage ist? Denkst du, weil ich keine magischen Kräfte habe, bin ich zu blöd, eigene Entscheidungen zu treffen? Denkst du, nur du sorgst dich um mich? Ich sorge mich auch um dich. Ich entschiede, ob ich bleibe oder nicht. Ich bin es, der mit den Konsequenzen lebt, na ja, oder stirbt. Aber hör auf, so zu tun, als wärst du die Arme, die alle in Gefahr bringt. Ich bin aus freien Stücken bei dir.« All diese Sachen platzten aus Élian. Dieser unausgesprochene Konflikt schwoll wohl seit Ewigkeiten unter seiner Brust an.

Meine Hand lag an meiner heißen Wange. »Es tut mir leid. Ich will dich nicht bevormunden. Ich will nur nichts falsch machen und kein schlechtes Gewissen mit mir herumschleppen.«

Élians Arme klatschten an die Seiten seines Körper. Er lachte verbittert auf. »Und mein schlechtes Gewissen? Wenn ich in meinem Bett liege und überlege, ob du noch lebst? Während ich was mache? Den Geburtstag von Archie herausfinden, um zu gucken, ob eure Aszendenten zusammenpassen?«

Nach Élians Rede stand ich gegen die Backsteinmauer gelehnt, rieb meine Schläfen und grummelte vor mich hin. Er hatte mich erwischt. Ich schmückte mich gerne mit meiner Empathie, doch wo war die geblieben? Mir würde es doch genauso gehen wie ihm.

»Ich treffe nur falsche Entscheidungen, oder?« Das klang zwar ein wenig nach Selbstmitleid, aber ich merkte, wie sich Élians Blick erweichte.

»Nein, du hast viel um die Ohren.« Élian nahm mich in die Arme.

Manchmal brauchte man genau das: Halt. Halt in einer Welt, die uns jeden Morgen aufs Neue den Boden unter den Füßen wegzog. So fühlte ich mich seit Längerem. Als bestünde mein Leben aus einem einzigen schwarzen Loch, ohne Stütze. Nicht nur, dass ich im Strudel des Erwachsenwerdens steckte, mit Social Media und Leuten, die mit siebzehn schon millionenschwere Unternehmen besaßen sowie perfekte Gesichter und auf Weltreise gingen. Nein. Auf meinen Schultern lastete auch noch die Bürde der Magie. Ratet mal: Ja, genau. Ich versagte in beiden Welten.

»Triff eine Entscheidung, Jane. Was willst du machen?« Élian suchte nach einer Antwort in meinen Augen. Ich dachte darüber nach, wie viel leichter es wäre, wenn ich Eltern hätte, die mir helfen würden. Durch diesen Gedanken kam mir ein anderer Einfall.

»Ich habe eine Idee, aber sie ist eben nur das: eine Idee. Ich muss dich trotzdem bitten, zu gehen.«

Élian wollte mir gerade widersprechen, als ich ihn stoppte. An seiner Wange entdeckte ich noch Lounas Tomatensoße.

»Ich weiß, was du gesagt hast. Vertrau mir, okay? Um meine Idee in die Tat umzusetzen, muss ich euch in Sicherheit wissen, sonst kann ich mich nicht konzentrieren.«

Noch immer mit meinem Finger an den Lippen nickte Élian. »Du stinkst nach Senf.«

»Du hast Tomatensoße an der Wange.«

Erschrocken hüpfte Élian zurück und säuberte sich wie eine Katze. Schmunzelnd bat ich mein Gehirn, in den Hochleistungsmodus zu wechseln, denn bei dem, was kam, durfte ich kein Detail außen vor lassen.

»Du gehst zu deinen Eltern, und was ich dir jetzt sage, musst du auch Ella weitergeben: Bleibt zu Hause, so gut es geht. Verhaltet euch unauffällig. Redet nicht zu viel über das hier.« Ich breitete meine Arme um mich aus. »Niemand wird euch etwas tun. Keiner will die Magie auffliegen lassen. Aber es ist sicherer, sich nachts von verlassenen Gassen fernzuhalten, in denen irgendetwas passieren könnte, das wie ein Unfall aussähe. Trinkt oder esst nichts außerhalb. Wartet, bis ich mich melde.« Ich hoffte, ich hatte nichts vergessen.

Als ich weitersprechen wollte, schepperte neben mir eine Mülltonne, aus der einige Straßenkatzen sprangen.

Élian erschrak und suchte nach seinem Puls. »War's das mit den Anweisungen?«

»Ja.« Hatte ohnehin vergessen, was ich sagen wollte.

»Was hast du vor, Jane?« Nebenbei untersuchte Élian, ob noch mehr Tierchen zwischen den Mülltonnen standen. Die Schreckhaftigkeit meines besten Freundes kannte ich von unseren Horrorfilmnächten, auch wenn er abstritt, ein Schisser zu sein.

Während ich Élian beobachtete, wie er Kussgeräusche nachahmte, um weitere Katzen aus der Reserve zu locken, entdeckte ich ein Straßenschild über uns. Eine Verbindung knüpfte sich in meinem Gehirn. Gleich danach fiel mir ein, wer mir helfen könnte.

Kapitel 13

Rue des Azalées, gegenüber vom Friedhof *Gennevilliers.* Natürlich musste mich meine Suche direkt zu einem Friedhof führen. Wohin auch sonst? Dabei hatte ich gedacht, die letzte Nacht in der Windmühle, in der ich Archie besucht hatte, wäre schlimm gewesen. Ja, mich dort aufzuhalten, brachte mich in Gefahr, aber nachdem ich keinen Schlafplatz gefunden hatte, war ich verzweifelt gewesen. Abgesehen davon hieß es in diesem einen Krimi, den ich mal gelesen hatte: Die wenigsten dachten daran, jemanden dort zu suchen, wo er sich am offensichtlichsten verstecken konnte.

Ich betrachtete die Straße mit den weißen Reihenhäusern, die alle das gleiche graue, eiserne Garagentor besaßen. An den Fenstern waren braune Schiebeläden angebracht worden, die vor der Sonne schützten. Das einzig Bunte? Die gelben Deckel der Mülltonnen, die grünen Briefkästen, und ab und zu fand man einen Baum vorm Haus. Typische Alltagsreihenhäuser, in denen wahrscheinlich die gutbürgerlichsten Menschen Paris' lebten.

Mehr als diesen Ort hatte ich mir aber leider nicht von der Akte meines Vaters gemerkt, die ich unter der Kommode meiner Mutter gefunden hatte. Was sollte ich machen? Überall anklopfen und mich vorstellen mit: »Hey, ich bin Jane, ich suche meinen Vater. Lebt der noch? Hier vielleicht? Sind Sie es?«

Hinter mir befand sich das Gebüsch, das den Einwohnenden einen winzigen Sichtschutz davor gab, wo sie selbst irgendwann endeten, vor mir Eintönigkeit. Null Anhaltspunkte.

Eine alte Frau schob sich aus ihrer Haustür, ging vorbei an einem zartgrünen Auto und steuerte auf die Mülltonnen zu.

Nun. Das wäre ein Anfang. Entweder ich verpasste ihr mit meiner Frage einen Schock, der mich ein Menschenleben auf dem Gewissen haben ließ, oder sie konnte mir helfen. In diesen Vermisstserien fragten sie ja meist die ältere Generation, weil die die Straßen kannte.

»*Bon soir,* Madame.« Gebückt näherte ich mich ihr, winkte ihr mit meinem liebreizendsten Lächeln zu, das ich auf Lager hatte – also Level böse Vampirin, die mit Reißzähnen grinste – und hoffte, sie half mir.

»Guten Abend? Was soll an diesem Abend gut sein? Oder an dem Leben?« Ihre krächzende Raucherstimme passte gar nicht zu ihrem Äußeren, das an eine liebe Omi aus einem alten Film erinnerte. »Ich bin siebzig und allein.«

»Okay, okay.« Komischerweise hätte ihre Antwort von meinem siebzigjährigen Ich kommen können. »Tut mir leid, Sie zu stören, darf ich Sie trotzdem etwas fragen?«

Unsicher zupfte sie an ihrem purpurnen Pullover, der ihre Kurven betonte und ultraflauschig wirkte. »Ich habe kein Interesse an Zeitungen oder Staubsaugern. Und nein, ich habe auch keine Enkel, die in einen Unfall verwickelt worden sein und denen ich Geld auf ihr Konto überweisen könnte.«

Ich runzelte die Stirn und blinzelte verwundert. Hätte ich einen schwierigeren Start für meine Suche wählen können? Nein.

»Ich möchte Ihnen nichts verkaufen oder so. Ich will nur ... mh. Kann ich ... ähm.« Ich seufzte, da sie mir gar nicht mehr zuhörte, sondern ihre Mülltonne packte und sie laut ratternd (ein Rad war abgebrochen) zum offenen Garagentor schob.

»Kennen Sie Hugo Girard?«, platzte es aus mir.

Sie blieb stehen, nein, sie erstarrte. Urplötzlich ließ sie die Mülltonne los. Die Tonne kippte in den Stand zurück. Danach wischte sie sich die Hände an ihrer schwarzen Jogginghose ab. »Woher ... Warum suchst du ihn?« Sie würdigte mich keines Blickes.

»Das ist der Name meines Vaters.«

***

Es war egal, wie viele Fotografien oder Alben sie noch auspackte, neben mir saß meine Oma. Niemals hätte ich geglaubt, sie zu treffen. Passierte das alles wirklich?

»Hier ist mein Hugo mit seinem ersten Auto. Herrje, dieser Schnauzer und die langen Haare. Skandalös.« Blanche – Oma klang zu abwegig – lachte, wobei es sich mit Raucherhusten abwechselte, und sah mich von der Seite an.

»Die Ähnlichkeit hätte ich sofort erkennen müssen. Tut mir leid, Jane. Ein ungewöhnlicher Name, Hugo war nie ein Fan von England.« O Mann, war mein Vater ein fanatischer Patriot oder so gewesen?

Ich sah mich in ihrem Wohnzimmer mit der olivgrünen Schnörkeltapete, dem ausgeblichenen Teppichboden und den braunen Möbeln um und beschloss, ihr meinen ursprünglichen Namen zu verraten.

»Ich heiße eigentlich Jeanne. Aber in Fanfictionforen habe ich mich Jane genannt und das beibehalten. Ist irgendwie eindrucksvoller.«

»Fan... Fic... Was?«

»Irrelevant.« Ich winkte ab. »Nenn mich, wie du magst.«

»Jeanne«, sagte Blanche ehrfürchtig und richtete sich die goldene Brille, die mit einer Kette an ihr hing.

»Weißt du über ...«

»Die Zaubersachen Bescheid? Ja.« Blanches Falten links und rechts neben ihrem Mund zogen sich schon bis zum Kinn. Dadurch wirkte sie wie eine böse alte Frau. Jetzt brachte sie ihre Mundwinkel nach unten, und die Falten wirkten noch tiefer.

Offenbar nicht ihr Lieblingsthema. Aber ich hatte keine Zeit, auf ihre Befindlichkeit zu achten. So lieb sie auch mit mir sprach, die Atmosphäre in dem kleinen Zimmer drückte gegen meinen Magen. Stocksteif saßen wir beide da.

»Warum hast du mich nie besucht? Was ist mit meinem Vater passiert? Wusstest du von mir?« Ich brauchte alle Antworten sofort und konnte mich nicht entscheiden, was ich zuerst fragen sollte, also kam alles gesammelt aus mir heraus.

Ich krallte mich an der braunen Couch fest, deren gerippter Stoff einige Krümel gesammelt hatte. Sekunden verstrichen, die wie Stunden wirkten, und der raue grau-grüne Teppich fühlte sich sogar durch meine Socken hart und ausgewaschen an.

»Natürlich wusste ich von dir. Würde es dich nicht geben, lebte mein kleiner Liebling noch.« Blanche sog die Luft ein. »Das habe ich nicht so gemeint. Es ist, ähm.«

»Schon klar, du kennst mich nicht. Natürlich wäre es dir lieber, dein Sohn säße hier statt mir.«

»Lieber wäre es mir, ihr wärt beide hier.« Eine Welle der Traurigkeit schwang aus dem Klang von Blanches Stimme, und ihre versteinerte Miene verstärkte mein Mitleid ihr gegenüber. »Deine Mutter hat ihn getötet.«

Ich sackte in mich zusammen und ließ mich gegen die Couchlehne hinter mir fallen. Langsam öffnete sich mein Mund. Ich atmete wellenartig ein. Es kam mir vor, als erhielte ich durch die Nase nicht genügend Sauerstoff.

»Wenn rausgekommen wäre, sie hat ein Kind mit einem Menschen gezeugt. Stell dir das vor. Hätte ihren ach so wichtigen Ruf ruiniert. Als ich davon erzählt habe – oh, und das habe ich. Der Polizei, allen, aber sie hielten mich für bekloppt –, hat sie mich erpresst. Deine Mutter meinte, wenn ich mich nicht zurückziehe, bringt sie auch mich um.« All das strömte wie ein Wasserfall aus ihr. Danach wirkte sie beinah freudig, es endlich jemandem erzählt zu haben, der ihr glaubte, und packte meine Hand.

Ein kräftiger Händedruck. Nicht nur kräftig. Voller Hoffnung und vor allem voller Drang, nicht aufzugeben, bevor meine Mutter ihre Strafe bekommen hatte.

»Es tut mir leid, was du durchgemacht hast. Für mich ist meine Mutter ...« All die bunten Erinnerungen an meine Kindheit zogen an mir vorbei und erhielten einen Schatten. Ein wahrgewordener Albtraum, den ich nicht realisiert hatte. Jedes Bild betrachtete ich aus einer neuen Perspektive, die mir eine Vergangenheit zeigte, die alle Farbe verloren hatte und voller Lügen steckte. »Ich habe nichts geahnt.«

»Deine Mutter ist die Königin der Manipulation. Sie hätte Hugo sogar beinah selbst dazu gebracht, sich das Leben zu nehmen, um dir die Schande eines Menschenvaters zu ersparen.« Jetzt war es Blanche, die zitterte, jegliche Farbe im Gesicht verlor und nach Luft schnappte.

Blanches Tränen kamen jedoch langsam, als wären allmählich alle in ihr versiegt.

An einer Stelle verfärbte sich der Couchbezug dunkler. Tränen, die unbemerkt von meiner Kieferpartie getropft waren.

»Aber ich rede nur von mir.« Blanche drückte meine Hand. »Warum hast du vorhin gesagt, du hast keinen Kontakt mehr zu deiner Mutter?«

Da Blanche über Magie im Bilde war, konnte ich ihr die Wahrheit erzählen. Vermutlich schockierten sie meine Erzählungen gar nicht.

Bevor ich startete, trank ich einen Schluck von dem Tausendgüldenkrauttee, der sich wie Honig um meinen verstimmten Magen legte. Seit Tagen brannte meine Speiseröhre vom Sodbrennen, das meine ständige Angst heraufbeschwor wie einen fiesen Flaschengeist. Dann begann ich meine Geschichte.

»Mutter hat mir mein ganzes Leben eingeredet, ich wäre eine Schande, weil ich keine magischen Kräfte besäße. Sie meinte, ich hätte eine unheilbare Krankheit – welche Ironie, sind wir doch heilende Sanitatem – und mein Körper würde meine Magie abstoßen. Deshalb habe ich bis vor Kurzem einen Trank genommen, der die Krankheit aufhalten sollte, dabei hat dieser nur meine Magie unterdrückt. Und ich frage mich: Warum? Wenn sie doch ständig wegen meiner antimagischen Gene enttäuscht war.«

»Oh, Liebes. Ich kann dir verraten, warum.«

***

»Archie will mich entführen und umbringen.« Das nächste Blütenblatt der orangefarbenen Rose flog auf den Rollrasen im Garten meiner Oma. »Archie ist kein böser Mitternachtsdieb, exakt wie die in der Siedlung bei *Petite Ceinture.*« Das nächste Rosenblatt tanzte mit dem Wind, bis es auf einem Grashalm landete.

»Was mache ich hier eigentlich?« Genervt von mir selbst rollte ich die Augen, zerknüllte die Rose und schmiss sie auf den Boden. Dieses abgewandelte Er-liebt-mich-er-liebt-mich-nicht-Spiel brachte doch rein gar nichts.

Es dauerte zwei Seufzer, bis ich mich zurückfallen ließ, auf dem kaum noch feuchten Rasen landete und liegen blieb. Sofort griff ich nach dem Rentnerinnenhandy meiner Oma, das sie trotz der extra einfachen Anfertigung nicht verstand, und prüfte, wie lange ich bereits eine Trainingspause einlegte.

Zwanzig Minuten. Bald musste ich weitermachen. Mein Handy wegzuschmeißen und zu vernichten, ja in dieser Reihenfolge, da ich es wiedergeholt und noch mal weggeschmissen hatte, war die richtige Entscheidung gewesen. Ella und Élian sollten sich nicht auf die Suche nach mir machen. Nun hieß es: auf eigenen Beinen stehen.

Half alles nichts. Ich musste das Training auch ohne Motivation fortsetzen und meine Magie beherrschen lernen, bevor ich entdeckt würde. Ich sprang vom Boden hoch, landete auf meinen Beinen und fokussierte den riesigen Kirschbaum, der fast den gesamten Garten einnahm.

Um meine Gedanken zu sortieren und meine Akkus aufzuladen, verbrachte ich inzwischen schon fünf Tage bei meiner Oma. Meine Dankbarkeit für ihren Mut, mich hierzubehalten, stieg ins Unermessliche. Vor allem aber war ich hiergeblieben, um mein Kampftraining aufzufrischen und meine magischen Fähigkeiten besser kontrollieren zu können. Zwar hatte das auch bedeutet, mehrmalige Ohnmachtsattacken zu überstehen, verbrannte Fingerkuppen und heftige Migräneattacken hinzunehmen, aber hey, wenigstens konnte ich nun ein kleines Licht erschaffen, wann ich wollte. Oh. Und ich konnte einen Lichtschock mit meinem Zeigefinger freisetzen, der ungefähr so wehtat wie der Schlag eines Babys. Yay.

Ich zog die vollgeschwitzten Dreiviertelshorts runter, die an meinen Beinen klebten, sowie das neonpinke Sporttop. Beides hatte die Pflegehelferin meiner Oma, die dreimal am Tag nach ihr sah, mitgebracht, nachdem ich sie darum gebeten hatte. Leider etwas zu klein, aber es gab Schlimmeres. Zum Beispiel in den Katakomben von Paris von zwei Mitternachtsdieben verarscht zu werden.

Und trotzdem ging mir Archie nicht aus dem Kop... Stopp.

Meine widersprüchlichen Gedanken Archie gegenüber nutzte ich und projizierte sein Gesicht an den Baumstamm, trainierte meine Kampfsporttritte an ihm.

Machte ich Fortschritte? Ja. Aber mein Körper rebellierte, das musste ich mir eingestehen. Selbst nach der zwanzigminütigen Pause spürte ich die Krämpfe in meinen Waden. Aber nicht nur die. Kleine Blitze zuckten durch meine Adern und lösten Nervenschmerzen aus, die zwar nicht schlimmer als Mückenstiche, aber nervig waren. Wohl etwas wie ein, keine Ahnung, Magiekrampf?

Ein letzter Fausthieb auf Archies Nase, äh, den Baumstamm. Danach gab ich mich für heute geschlagen. Ich hatte die letzten Tage durchtrainiert. Da wunderte es mich nicht, wenn alles in mir streikte.

»Jeanne? Kommst du? Das Essen ist fertig.« Meine Oma – ja, ich hatte mich nach einigen Protesten von ihr dazu durchgerungen, sie Oma zu nennen – hielt die Hintertür mit dem Mosaikglas in der Hand.

In den letzten Tagen blühte sie regelrecht auf. Mehr Farbe im Gesicht. Benutzte kaum noch ihre Gehhilfe. Das Sprechen gelang ihr flüssiger. Als wäre der Umstand, ihre Enkelin bei sich zu haben, eine Hilfe, wieder gesünder zu werden.

Langsam fühlte ich mich wieder wie ein Kind und spürte ein bisschen Unbeschwertheit in meinem Herzen. Zumindest in den Sekunden, in denen es mir gelang, zu verdrängen, was geschehen war.

Ohne auf ihre Frage zu antworten, war ich aufgesprungen und zu ihr geeilt. »Du musst nicht für mich kochen.«

»Jeanne, glaube mir, wenn ich sage, ich mache das mehr für mich.« Sie kicherte. »Weißt du, wie oft ich davon geträumt habe, wie die Großmütter in meinen Familienromanen meine Enkelin zu bekochen?«

Puh, was war das? Kündigten sich da etwa Tränen der Rührung an? Ich wandte mich ab und blinzelte sie weg.

»Danke, Oma.«

Wir setzten uns an den Holztisch, der wirkte, als hätte sie ihn aus einer Bauernhofdoku gestohlen. Der Geruch, der mich dabei erreichte, ließ mich laut die Luft einziehen.

»Ist das Kürbis?«

»Dein Lieblingsessen oder habe ich das falsch verstanden?« Oma fummelte an ihrem Hörgerät herum. »Hokkaidokürbis mit einer Panade aus Hafermilch, Mehl, Sojasoße, Salz, Pfeffer, Paprikapulver, Knoblauch, Curry, Kumin sowie Paniermehl, Haferflocken und Sesam.«

Unglaublich, wie sie das Rezept gebetähnlich aufsagte. Hatte sie sich das alles gemerkt?

»Oh, und die vegane Sour Cream samt Reis fehlt natürlich auch nicht.« Vermutlich erkannte sie meinen verdutzten Gesichtsausdruck, weil sie hinzufügte: »Ich bin früher Schiffsköchin gewesen.«

»Das ist perfekt. Einfach perfekt.« Okay, es fehlten ein paar Spritzer Chilisoße, aber das würde ich niemals erwähnen.

»Ich Dummerchen.« Meine Oma eilte so schnell wie nie zur Küchenzeile, fischte eine Flasche hervor, kam zu mir und fuchtelte damit vor meinem Gesicht umher. »Die Chilisoße. Unglaublich, dass Jolie alles bekommen hat.«

Dass Jolie ein wahres Goldstück war, hatte ich mitbekommen, aber dass Omas Pflegerin sogar solche Sonderwünsche erfüllte, freute mich.

»Dankeschön. Das wäre nicht ...« Nein, ich sollte das Essen einfach annehmen. Sie hatte doch gemeint, sie machte das auch für sich selbst. »Egal. Danke.«

»Kann mir zwar nicht vorstellen, wie vegane Sour Cream schmeckt, aber ich lasse mich gerne auf Neues ein.« Sie setzte sich und nahm das Besteck in die Hand. »Na, was ist? Probier mal, Jeanne.«

Was hätte ich dafür getan, sie bereits in meiner Kindheit an meiner Seite gehabt zu haben. Konnte ich nicht für den Rest meines Lebens hierbleiben? Nein. Irgendwann würden sie mich finden, und meine Oma wäre in Gefahr.

»Für wen ist der dritte Teller?« Ich schnitt das erste Stück Kürbis an.

Noch bevor meine Oma antworten konnte, hörte ich die Vordertür.

»*Salut,* Jolie.« Meine Oma bestätigte meine Vermutung.

Ich linste auf die Uhr. War es schon Zeit für Jolies Nachmittagsbetreuung?

»*Coucou.*« Jolie linste durch die Durchreiche der Küche ins Esszimmer und winkte uns zu. Ihr fröhliches Hallöchen liebte ich. Ich erkannte, wie sie Tüten abstellte und Medikamente rausholte.

Ihr dunkelblonder Bob wackelte, und jeweils eine fächerartige Faltenreihe breitete sich beim Lächeln an den Außenseiten ihrer grünen Augen aus.

»Das Essen. Habe ich auch nichts vergessen?« Jolie, penibel wie jeden Tag, säuberte mit dem Fusselroller ihre weiße Arbeitskleidung. Nachdem sie ihn abgelegt hatte, setzte sie sich zu uns.

»Nein, du hast alles richtig eingekauft. Das ist großartig. Danke«, sagte ich, bevor meine Oma mir zuvorkam.

»Sehr gut.« Jolie lachte und zeigte ihre gemachten Zähne, die einen Touch zu unecht aussahen, und legte sich die Serviette um. »Konnte kaum schlafen, weil ich Angst hatte, etwas vergessen zu haben.«

Meine Oma und Jolie plauderten über Nachbarinnen, die ich nicht kannte, während ich meinen Kürbis aß. Himmlisch.

Es schmeckte, wie Ella oft sagte: typisch Oma, mit dieser Prise Liebe, die man nicht nachkochen konnte.

Wieder wurde mein Herz schwer bei dem Gedanken daran, wie viel Zeit meine Mutter uns gestohlen hatte. Was wir alles hätten erleben können, wenn meine Mutter sich nicht für die Verbindung mit einem Menschen geschämt hätte. Wie meine Oma mir bei meiner Ankunft erzählt hatte, war meine Mutter sogar eifersüchtig auf mich gewesen. Auf mich.

Deshalb auch der Trank. Ich stocherte in dem Reis, der leicht salzig und buttrig schmeckte. Meine Mutter war neidisch auf mich gewesen. Das klang absurd in meinem Kopf. Und das, weil sie früh gemerkt hatte, meine Magie übertrumpfe bald ihre. Meine Mutter leitete nicht nur eine Sekte, sondern verkörperte die manipulativste Narzisstin, die ich kannte.

Dieser Gedankenstrudel hielt mich lange verschlungen. Fragen um Fragen stapelten sich im Licht meines Kopfkinos auf. Bis ich mich davon befreit hatte, dauerte es. Danach erst merkte ich, alle hatten bereits aufgegessen.

»Werde gleich mal abräumen.« Jolie erhob sich. Meine Oma stoppte sie mit einer Handbewegung.

»Das mache ich. Den Teller meiner Enkelin abräumen: Etwas, das ich nun mehrfach auf meiner Oma-To-do-Liste abhaken kann.« Sie war ein Traum.

Ich staunte nicht schlecht. Rasch stapelte meine Oma die drei Teller übereinander. Das Geschirr schepperte beim Gang in die Küche, und ich blieb mit Jolie zurück.

Im Hintergrund lief der uralte Plattenspieler, der französische Diven zum Leben erweckte. Wie sagte meine Oma: Sie habe sich oft gewünscht, den Schneid dieser selbstbewussten Ladys gehabt zu haben. Ob sie damit meinte, dass sie meiner Mutter gerne mehr die Stirn geboten hätte?

»Sag, Jeanne. Macht sich deine Mutter nicht Sorgen, wenn du so lange hier bist?« Jolie wusste selbstverständlich nicht über Magie Bescheid und fragte jeden Tag nach meiner Mutter.

Da ich nun da war, hatten wir ihr lediglich erzählt, es gebe eine Meinungsverschiedenheit, und ich sei zufällig auf die Adresse meiner Oma gestoßen.

»Ich denke nicht. Wir sind noch zerstritten.«

»Vielleicht könnt ihr das heute Abend endlich klären.« Jolie erhob sich, und der Stuhl rutschte über den Teppichboden, in den er über die Jahrzehnte Abdrücke hinterlassen hatte. »Willst du auch einen Kaffee?«

Ich nahm ihre Frage nebenbei wahr. Was meinte sie damit, wir könnten doch heute Abend darüber reden?

»Heute Abend?« Mit hundertprozentiger Sicherheit konnte ich sagen, diese knappe Frage klang nicht so lässig, wie sie sollte.

Ich klammerte mich an das Plastiktischtuch und spürte meine zusammengebissenen Kiefer.

»Ja, deine Oma und sie haben doch telefoniert. Habe ich heute Morgen mitbekommen. Sie haben wohl abgemacht, sich heute zu treffen. Hätte nicht gedacht, die beiden jemals an einem Tisch zu sehen. Du? Die letzten Jahre hat Blanche nicht sehr freundlich über deine Mutter gesprochen.« Jolies Erzählung nahm kein Ende, aber ich hörte ohnehin nicht mehr zu.

Mir wurde schwindelig. Schwankte der ganze Raum, oder wieso fühlten sich meine Beine beim Aufstehen so komisch an?

»Jolie.« Ich mobilisierte meine gesamten Kräfte, um normal zu wirken. »Kann ich heute die Physioübungen mit Oma machen, damit wir uns näherkommen? Allein?«

Ich starrte an ihr vorbei.

»Ähm, ja, natürlich. Ich sage noch …«

»Ich habe das mit Oma abgesprochen. Kannst du gehen, bitte?«

»N… Na klar. Ich würde nie … Normalerweise dränge ich mich nie auf.« Jolie tat mir leid. Dabei wollte ich nicht, dass sie sich schlecht fühlte.

»Du bist großartig, Jolie. Danke für alles.« Ich rang mir ein Lächeln ab.

Keine Ahnung, wie viel Zeit vergangen war, bis meine Oma zurückkehrte.

»Ich hasse diese modernen Spülmaschinen. Mit der Hand wäre alles einfacher. Dieses … Oh.« Meine Oma fand nur mich auf dem Stuhl neben dem Plattspieler vor. »Habe ich mich doch nicht verhört und die Tür vorhin wahrgenommen. Hat Jolie etwas vergessen?«

Ich verneinte. »Ich habe sie weggeschickt.«

»Wieso das?«

»Weiß nicht, warum hast du mit meiner Mutter telefoniert?«

Das Gesicht meiner Oma verfiel. Die Falten schienen tiefer zu werden. All ihre Farbe, die sie dazugewonnen hatte, verschwand. Allein diese Reaktion, die sie nicht schaffte, vor mir zu verheimlichen, sprach Bände. Ich lag richtig mit meiner Vermutung. Die Enttäuschung darüber entlockte mir ein ungläubiges Schnauben.

Es fiel mir schwer, an mich zu halten, also stand ich auf und preschte zu ihr. Sie zuckte und klammerte sich an ihre Kette, die über ihrer beigefarbenen Bluse hing.

»Du hast mich verraten.« Wie jeder Mensch. Alle verrieten mich. Niemand wollte mich. Und immer war ich das Problem.

Verbittert lachte ich auf. »Du hast die liebe Omi nur gemimt, oder?« Mit meinem Zeigefinger deutete ich auf sie. »Sag es.«

»Jeanne. Nein, die Tage mit dir waren wundervoll, um nicht zu sagen fabelhaft.« Meine Oma verhaspelte sich, ließ die Kette los und drückte an ihrem Geschirrtuch herum.

Irgendwie tat sie mir leid, und ich wollte nicht schuld sein, falls sie einen Herzinfarkt bekam.

»Und warum dann das alles?«

»Deine Mutter. Sie, sie kann doch verstorbene wiederbeleben, und ich habe gedacht, ich habe gedacht ... wenn ich dich ihr zurückbringe, dann bringt sie mir mein Kind zurück und ...« Blanche knickten die Beine weg, und ein lautes Rumsen ging durch das Esszimmer. Mit dem Hintern landete sie am Boden.

Sie stieß mit dem Rücken gegen den Schrank mit dem guten Geschirr. Darin klimperte es, als bräche alles zusammen. Aus dem offenen Mittelteil des Schranks fielen kleine Schiffsfiguren von Spitzendeckchen zu Boden. Einige filigrane Mäste brachen dabei ab.

Ich unterdrückte den Impuls, ihr aufzuhelfen.

»Ich habe vor ein paar Tagen ihre Nummer herausgefunden und sie heute Morgen angerufen. Bernadette ist nett gewesen. Vielleicht finden wir für uns alle eine Lösung, ja?« Blanches Brustkorb hob und senkte sich rasend schnell.

Ich schnaubte belustigt. »Meine Mutter hat dich genauso manipuliert wie mich. Keine Magie der Welt ist stark genug, um jemanden wiederzubeleben, der seit Jahrzehnten tot ist. Das geht ausschließlich kurze Zeit nach dem Ableben eines Menschen und selbst dann meistens nicht.« Die Worte sprudelten aus mir, und etwas veränderte sich tief in mir.

»Was?« Blanches Gesichtszüge entglitten ihr, und sie blickte hinter mich. Nein, dieses Mal empfand ich kein Mitleid und keine Schuld, denn das alles war nicht mein Fehler. Mit der flachen Hand schlug ich auf den Tisch. Die Holzbeine krachten laut. Blanche zuckte zusammen und beäugte nun wieder mich.

»Wir hätten uns gegenseitig Halt schenken können. Du aber hast alles zerstört.« Die verbitterten Worte quälten sich aus meinem Mund.

»Ich? Du. Du hast alles zerstört. Mit deiner Entstehung. Mit deinem Leben. Allein dein Auftauchen hat unzählige alte Wunden aufgerissen.« Giftige Blicke trafen mich, von denen ich die letzten Tage niemals gedacht hätte, sie von ihr zu ernten.

»Schade, dass du das so siehst.« Meine Antwort klang nüchtern. Leider blieb mein Körper weniger kühl. Im Gegenteil. Alles in mir verkrampfte sich, mir wurde schlecht, Säure stieß meine Speiseröhre hoch. Warum ließ ich mir all diese Sachen gefallen?

»Weißt du, was meine Mutter machen wird, wenn sie ankommt, aber ich nicht hier bin?«

Blanche riss die Augen auf. Anscheinend setzte die Erkenntnis ein. Sie ließ ihren Blick durch das Esszimmer schweifen. Wonach suchte sie? Nach einer Waffe? Ich betrachtete sie eine Weile, in der sie stumm vor sich hin starrte, ehe ich beschloss, zu gehen.

Es dauerte noch mal zehn Minuten, bis ich es über das Herz brachte, sie ihrem Schicksal zu überlassen. Bevor ich durch die Hintertür verschwand, linste ich in das Esszimmer und erkannte Blanche, wie sie ihre Arme hin- und herwiegte, als läge ein Baby darin. »Es wird alles gut, Hugo.«

Kapitel 14

In meinen Ohren tönten noch immer die Sirenen der Feuerwehr. Frustriert ließ ich mich zwischen die Blätter fallen. Den hügeligen Park *Buttes Chaumont* mitten in Paris liebte ich zwar, aber ablenken konnte selbst er mich kaum. Ich mochte diesen Park nicht nur, weil er riesig war, sondern auch, weil er voller Hügel, Steine, kleiner Waldstücke und Wege war, wodurch man sich gut verstecken konnte – vorausgesetzt, man hüpfte über die Absperrungen und suchte sich zwischen den Bäumen einen ruhigen Platz für sich allein.

Über mir zogen rasch die Wolken vorbei. Wer drückte da bitte die Vorspultaste auf der Fernbedienung meines Lebens? Meine Existenz, so wie ich sie kannte, zerfiel zu Staub und rieselte wie die Zeit durch meine Finger.

Jedoch brachte es mir nichts, mich mit der Natur abzulenken, wenn ich immer noch die Flammen vor meinem inneren Auge sah. Es hatte nicht lange gedauert, bis ich aus der Ferne die Feuerbrunst wahrnahm und das Haus von Blanche, das lichterloh gebrannt hatte. Blanche, die ich nie wieder Oma nennen würde, war mittlerweile bestimmt tot und meine Mutter nun außer sich vor Wut. Hoffentlich kam Jolie darüber hinweg und betreute genug andere Patienten und Patientinnen, um keine finanziellen Einbußen zu erleiden.

Blanches Worte schmerzten. Dieses Mal gab ich mir jedoch nicht die Schuld für all das. Erst die letzte Zeit zeigte mir meine seelischen Blessuren, Selbstzweifel, People-Pleasing-Attitüden und die falschen Denkweisen auf, die ich an den Tag legte. Und warum das alles? Weil meine manipulative, narzisstische Mutter sie mir all die Jahre antrainiert hatte. Aber verdammt noch mal, ich war nicht schuld an alledem. Zwar würde ich noch einige Rückschläge erleiden, bis sich dieses Wissen auch in meinem Verstand gefestigt hatte, aber nun konnte ich endlich daran arbeiten. Musste nur noch meine Denkmechanismen umprogrammieren in: Ich bin weder schuld noch falsch.

»Weißt du, wie oft ich schon hierherkomme?«

Binnen zwei Sekunden stand ich. »Ella?«

Ella hielt sich die Haare zurück, um am Boden keine Hindernisse zu übersehen. Über den Weg rutschte sie zu mir herunter. Dadurch übersah sie allerdings einige Zweige, die ihr ins Gesicht schlugen, bis sie wahrhaftig vor mir stand. Ella wischte sich einige Blätterreste vom senfgelben Hosenanzug mit den lila Blüten darauf und sah mich an. »Endlich.« Rasch veränderte sich ihr Blick von freudig zu ernst. »Ausgerechnet heute bist du da, wenn ich meinen teuren Hosenanzug trage.« Kurz danach schmunzelte sie, und ich tat es ihr nach.

»Es tut mir leid, nicht für dich da gewesen zu sein.« Und das von Ella, die Entschuldigungen hasste.

Eigentlich würde ich sie sogar als Drama Queen bezeichnen, die es liebte, ihr Leben wie eine Soap zu sehen, in der sie die Hauptfigur war, die ständig das missverstandene Opfer darstellte. Aber auf eine liebenswürdige Art und Weise, und wenn es drauf ankam, beschützte sie ihre engsten Menschen wie eine Löwin.

»Kein Aber?«

»Nein, kein Aber. Ich hätte für dich da sein müssen. Kann mir gar nicht vorstellen, wie du dich fühlen musst. Du hast Magie in dir. Das ist verrücktunglaublichabgefahrenmegatastisch. Hoch zwei.« Ellas beruhigende Augen, mit denen sie mich anblickte und die mir sagten: »Alles wird gut«, waren genau, was ich gebraucht hatte.

Die Umarmung, die darauf folgte, dauerte Minuten, wenn nicht sogar Jahrzehnte an. Okay, ich übertrieb. Und auch das hatte ich gebraucht. Durch Ellas »Shhht« entspannte ich mich.

»Wir kriegen das alles hin.« Ella drückte mich von sich weg und holte ein Taschentuch aus ihrem BH.

»Danke. Wie hast du mich überhaupt gefunden?« Ella wischte mir die Tränen weg. Dadurch fühlte ich mich noch mehr wie ein Kind. Trotzdem gestand ich mir ein, es zu genießen, umsorgt zu werden. Bei Ella musste ich nie bangen, ob sie mich hinterginge.

»Du hast mir beim Fanfictionschreiben oft gesagt, du kommst zum Nachdenken her. Und als Élian und ich dich nicht mehr erreicht haben, bin ich jeden Tag in den Park gekommen.« Das Taschentuch verstaute Ella wieder. Ihr Mut machendes Grinsen folgte darauf.

»Und ich bin ihr jeden Tag gefolgt.« Nein, lass diese Stimme nicht zu ihm gehören.

Ella erschrak, und wie befürchtet, hatte ich mich nicht geirrt. Archie sprang vom Baum über uns. Ein Wink mit seiner Hand, vorbei an Ellas Gesicht reichte, und sie fiel ohnmächtig in meine Arme.

»Habe ich dich endlich gefunden, Jane.«

***

Alle paar Sekunden sah ich nach Ella. Stück für Stück verschwand sie aber aus meinem Blickfeld. Ich rutschte den kleinen, nicht allzu steilen Abhang des Parks seitwärts hinunter. Kaum noch Bäume, die mir als Schutz dienten. Bald erreichte ich den grasbewachsenen Hügel, auf dem Menschen auf Decken lagen und den Tag genossen. Ich durfte Archie nicht dorthin treiben. Wer wusste schon, wozu er fähig war.

»Wenn Ella tot ist, werde ich ...« Ja, was?

»Wie oft noch? Sie wird nicht sterben. Ich habe ihr nur etwas Energie geraubt. Verdammt, bleib doch endlich stehen.« Archie folgte mir. Das begleitende Rascheln der Blätter unter unseren Füßen, die knackenden Äste, der Geruch von Erde und Grün in der Nase. Das alles prasselte mit all der Angst vor Archie auf mich ein, und ich fand keinen Ausweg.

»Du hast mich verarscht. Jetzt soll ich mich von dir einfangen lassen?« Hörte der sich eigentlich selbst zu?

»Ich ... Was? Ich will dich nicht einfangen. Ich will mit dir reden, mich entschuldigen.« Seine dunkelblauen, fast mitternachtsschwarzen Augen, die wie Kleckse aus Nachttinte strahlten, fraßen sich in meine Seele, und alles in mir brüllte, nein, flehte: »Glaub ihm.«

»Einen Scheiß willst du.« Wieder sah ich Archies Bruder Jacques vor mir, wie er sagte: »Archie hat einen Teil seiner Seele verloren, und du könntest uns helfen, du Vivifica. Rate, wie er sie wiederbekommen könnte? Na? Mit der Kraft einer Wiederbeleberin.«

»Alles, was man über euch ...« Ich sprach nicht weiter. Nein, die Furta Noctra, die ich in der Barackensiedlung kennengelernt hatte, waren nicht so. Ich durfte sie nicht über einen Kamm scheren. »Nicht alle. Aber du bist ein Monster.«

»Das bin ich nicht.« Archies Augen glühten, und mit einer Geschwindigkeit, die ich trotz der Magie in mir kaum wahrnehmen konnte, stand er nun vor mir. Die Zähne gebleckt und der Atem stoßweise. »Ich bin kein Monster. Niemand hat mich gefragt, ob ich mit dieser Krankheit geboren werden will.«

Mein Herz setzte einen Moment aus. Ging es Archie vielleicht wie mir? Wie er auf das Wort Monster reagierte. Das klang doch ganz nach mir.

»Du willst mich einlullen. Dein Bruder hat selbst gesagt, du brauchst eine Vivifica, um ...« Archie unterbrach mich.

»Jacques ist ein Arsch, der redet, ohne zu denken, und liebt es, Leute zu verängstigen, als wäre er ein gruseliger Vampir aus einem Neunziger-Jahre-Streifen.« Archie nahe bei mir zu wissen, machte mich unruhig, aber ich konnte schwer einordnen, auf welche Weise.

»Hör auf, dich wie der Good Guy aufzuspielen.« Ich wandte mich ab und tapste nach unten.

»Ich bin weit entfernt davon, der Good Guy zu sein. Aber ich kann das nicht auf mir sitzen lassen. Ich will dir nicht schaden. Glaub mir bitte. Du hast mich doch aus diesem Gefängnis rausgeboxt.« Hinter mir hörte ich keine Schritte mehr, also musste Archie stehen geblieben sein.

»Darum geht es dir also?« Ein enttäuschtes Lachen entwischte mir. »Du willst nur deine Schuld begleichen? Quitt sein?«

Vor mir erblickte ich die Absperrung und den Weg dahinter. Ein Pärchen wanderte vorbei, ohne uns zu bemerken, die Hände ineinander verschlungen und einen verliebten, schmachtenden Ausdruck im Gesicht, den ich seit Yassin nicht mehr gezeigt hatte.

Neben mir entdeckte ich Archies Hand, die in meine Richtung schnellte. Er hielt vor meiner Hand. Vermutlich um zu checken, ob es okay war, nach ihr zu greifen.

Ich machte keine Anstalten, sie wegzuziehen, ließ mich von ihm umdrehen.

»Ich wollte dich auch wiedersehen.« Wie ich seinen verschmitzten Gesichtsausdruck hasste. Er glaubte wohl, wenn er wie ein frecher Junge grinste, war alles wieder in Ordnung.

Nicht freuen, Jane. Nicht freuen.

»Wie soll ich dir vertrauen können? Du lügst, du verschweigst, und du bist ständig unnötig mysteriös. Du gibst mir keinen Anlass, dir zu glauben. Ehrlich gesagt, habe ich auch keine Kraft mehr, zu vertrauen.« Blanche blitzte in meinem Kopf auf. Sofort verdrängte ich sie und konzentrierte mich auf Archie.

»Jaja. Aber mir fällt es selbst schwer, zu vertrauen, nach allem, was ich erlebt habe. Meine eigene Familie hat mich jahrelang weggesperrt. Denkst du, ich will dir so etwas antun?«

»Es wäre ein Anfang, mir zu sagen, warum sie das getan haben.« In Archies Gesicht erkannte ich den Schock über diesen Einwurf.

Mit zur Schleife geformten Armen vor der Brust stand ich da und ließ nicht locker.

»Weil ich zu mächtig bin. Zu mächtig für meinen Vater, dem Anführer der Furta Noctra.« Kleinlaut schlichen die Worte aus Archies Mund.

»Was für ein Blödsinn, dann wäre dein Vater Mathieu …«

Archie schnitt mir das Wort ab. »Mathieu Lucae. Und ich bin Andre-Claude Malus Lucae.«

Nicht nur, dass ich gerade vor einem Furta Noctra stand, nein, es handelte sich um den Sohn des Anführers. Was machte ich eigentlich noch hier? Ich musste abhauen.

Ohne es verhindern zu können, begann mein Körper, zu zittern, und ich machte, ohne zu überlegen, auf der Stelle kehrt und lief los. Mist. Vor mir befand sich bereits die Absperrung. Gerade noch so stoppte ich. Nur stand ich nun außerhalb des Baumschutzes, direkt neben dem Gehweg. Archie lief mir hinterher und packte mich am Arm.

»Hey, Arschloch.« Zwei junge Frauen waren auf uns aufmerksam geworden. Die Zwillinge mit den abrasierten Haaren und dem Gesicht voller Sommersprossen eilten zu mir. »Belästigt der Typ dich?«

Reflexartig wollte ich das bestätigen, aber die jahrelangen Ermahnungen, die Magie nicht zu offenbaren, wirkten wie ineinandergreifende Mechanismen in meinem Gehirn, die mir sagten: »Beantwortest du das mit Ja, kommt die Polizei. Die nehmen Fingerabdrücke von Archie. Vielleicht machen sie einen Drogentest. Es wird Ungereimtheiten bezüglich Archie geben, und was, wenn er den Menschen dann wehtut, um die Mitternachtsdiebe zu schützen?«

»Er …« Ich zeigte hinter mich. »Das ist, ähm. Wir …«

Ein Schulterblick zeigte mir Archies Augenbrauen, die flehend hochgezogen waren. Ich seufzte in mich hinein, zog Archie zu mir, legte meine Arme um ihn und küsste ihn. Mein gesamter Körper verwandelte sich in einen stromgeladenen Generator. Ihn so nahe bei mir zu spüren, lud meine Kräfte wieder auf. Verbotenerweise genoss ich seine Haut auf meiner. Wie zwei Verdurstende schmiegten wir uns aneinander, drückten unsere Körper noch mehr zusammen, um jedes bisschen des nervenden Abstands zu verringern. Blitze züngelten um unsere Lippen. Wenige Sekunden später ließ ich von ihm ab und blinzelte mich zurück in die Realität.

»Nein, alles gut. Wir haben uns nur ein ruhiges Plätzchen gesucht.« Sein Kuss lag auf meinen Lippen wie eine verblassende, prickelnde Erinnerung, die mich beinah atemlos zurückließ.

»Oh«, sagte der Zwilling mit dem roten Lippenpiercing und dem weißen Sommerkleid. »Alles klar, sorry für das *Arschloch.*«

»Ja, man weiß nie«, sagte die andere im *Genshin-Impact*-Shirt.

»Kein Ding, besser einmal zu viel nachgefragt als einmal zu wenig«, kam es von Archie.

Sie nickten uns im Einklang zu und schritten dann weiter. Ihr Kichern hörte ich noch länger. Archie und ich sprachen kein Wort.

»Du hast mich geküsst«, platzte es dann plötzlich aus Archie. Er lachte los und griff sich an den Bauch. »Wusste ich es doch, du stehst auf mich.«

Mein Kiefer klappte nach unten. Dieser Arsch.

»Ist das dein Ernst?« Einatmen, ausatmen. »Ich habe dich geschützt, damit sie nicht die Polizei rufen.«

»Is' klar.« Archie verschränkte die Arme hinterm Kopf und grinste dämlich vor sich hin. »Würd ich auch sagen.«

Eben hatte Archie mich noch von sich überzeugen wollen, und jetzt schlenderte er seelenruhig zurück zwischen die Bäume.

»Jetzt haust du ab, oder wie?«

»Wolltest du denn deine Freundin liegen lassen?«

Scham schoss mir mit voller Wucht in die Wangen. Scheiße. Ich hatte Ella völlig vergessen. Mein ausgeklügelter Plan hatte allerdings beinhaltet, ihn wegzulocken und sie dann zu holen. Diese Version redete ich mir nun so lange ein, bis ich sie selbst glaubte, und würde sie bis zu meinem Tod auch Ella so berichten. Ansonsten würde sie mich ewig damit aufziehen, sie liegen gelassen zu haben, um einen Deppen zu küssen.

»Hey, warte.« Ich rannte los, zwei Schritte später hielt ich wieder.

Lief ich Archie ernsthaft nach? War das ein Psychotrick? Legte er mich rein? Bekam er, was er wollte? Mein Blick hing zwei Sekunden zu lang an seinem Hintern fest. Na toll. Das machte mich nur noch wütender auf mich selbst. Notiz an mich: Bring deine Hormone unter Kontrolle, es geht um Leben und Tod, blöde Kuh. »Nur damit das klar ist. Ich folge dir, weil ich Ella vor dir beschütze.«

»Mhm.«

Wieder bei Ella schnappte ich mir ihre Hand und schloss die Augen. Mittlerweile, auch dank des Trainings bei Blanche, schaffte ich es, meine Magiereserven besser anzuzapfen. Mein Geist durchbrach eine Art Lichtschranke in mir, verließ alles Menschliche und drang in meinen magischen Blutkreislauf ein. Er sauste durch die glitzernden Sanitatemadern in die Tiefen meiner Heilkräfte und verschmolz damit.

Warme Strahlen, wie Sonnenlicht an einem heißen Augustmorgen, erhellten die Umgebung. Als ich die Augen öffnete, wachte Ella auf. »Was ist passiert?«

»Er ist passiert.« Ich deutete zu Archie.

Ella schreckte hoch und stand nun vor mir. »Ich kann Karate. Élian hat mir alles über dich erzählt.« Ellas Kampfsportfähigkeiten waren grandios, aber gerade fuchtelte sie mit den Händen vor ihrem Gesicht herum, als hätte sie null Ahnung davon.

»Und ich kann dir mit einem Handgriff den Verstand so verkorksen, dass du so lange mit dem Kopf voraus gegen diesen Baumstamm«, Archie deutete neben sich, »rennst, bis du tot bist.«

Ella und ich schluckten gleichzeitig.

»Also …« Ella kratzte sich am Nacken. »Ist ja auch eure Sache, nicht wahr?« Ein Blick zu mir. Erwartete sie Zustimmung? »Du sagst immer, ich solle mich nicht überall einmischen.« Mit diesen Worten schlich Ella hinter mich, und nur noch ihr Rosenparfüm erinnerte an ihre Präsenz.

»Na schönen Dank auch für deine Hilfe, Ella.«

»Apropos Hilfe. Wir sollten nicht mehr ewig herumstehen. Ich habe Jacques zu Élian geschickt.« Archie ließ diese Info so beiläufig fallen, dass ich am liebsten seinen Kopf gegen den Baumstamm geschlagen hätte.

Archie näherte sich mir, und ich hörte hinter mir ausgetrocknete Blätter zerbröseln. Ella brachte also noch mehr Abstand zwischen sich und den Furta Noctra.

»Das hättest du auch am Anfang deines Auftauchens erwähnen können.« Mein bissiger Unterton klang hoffentlich so gefährlich wie erhofft.

»Und deinen Kuss verpassen?«

»Ich ... Das ... Du bist peinlich.«

»Außerdem hättest du mir auch einfach direkt zuhören können.« Archie abermals so nah vor mir zu wissen, tat mir nicht gut. Genauso wenig wie die Tatsache, dass er recht hatte.

»Tut mir leid, dass ich Besseres zu tun hatte, nachdem du meine beste Freundin ausgeknockt hast.« Wo war Ella überhaupt? Hatte die sich ...

»Ahhh«, schrie Ella auf.

Archie drehte sich hektisch um, und ich linste seitlich an ihm vorbei. Sofort erkannte ich Ellas zornverzerrtes Gesicht. Ihre Hände zu einer großen Faust verbunden. Diese hatte sie gehoben und sich an Archie geschlichen. Nun schlug sie Archie gegen den Kopf.

Die Mitternachtsaugen von Archie verdrehten sich, bis seine Beine wegknickten und er umfiel.

»Gern geschehen.« Ella klatschte und rieb sich zufrieden die Hände. »So stark seid ihr magischen Wesen auch nicht.«

»Wow.« Ich hockte mich vor Archie und drückte meinen Zeigefinger in seine Wange.

Er musste seine Schutzschilde weit heruntergefahren haben, wenn Ella ihn ohnmächtig schlagen konnte. Sah er gar keine Gefahr von uns ausgehen? Überaus schmeichelhaft. Ich trat noch mal nach. Nur um, na ja, sicherzugehen.

»Wir sollten zu Élian«, sagte ich, meinen verurteilenden Blick an Ella gewandt.

»Du hast ihn geküsst?«

»Ella, nein, das ist nicht so gewesen.« Abwehrend hob ich die Arme, aber sie ließ mir keine Zeit.

»Aber du hast?«

»Ich. Ja, nur ...«

»Du erzählst mir hier eines vom Baguette, wie ernst die Lage ist, und küsst dann den Feind?« Diesen Baguettespruch brachte Ella noch immer? Dabei hatte er für ein Parodie-TikTok verwendet werden sollen, darüber, was Touristinnen und Touristen über Menschen in Paris dachten.

»Das war nur zum Schutz der Magie.«

»Müssen Élian und ich wieder eine Intervention planen, wie damals, als du dachtest, dir würden platinblonde Haare stehen?« Wie nervig, dass Ella dieses Kapitel meines Lebens immer wieder hervorkramte.

»Können wir bitte damit aufhören und zu Élian gehen?«

»Und was machen wir mit ...«, Ella trat ebenfalls nach Archie, »... ihm?«

»Liegen lassen?« Etwas Besseres fiel mir nicht ein.

»Von mir aus. Nur, Jane?«

»Ja?«

»Wir brauchen keine Wattpad-Romance, okay? Du darfst dich nicht in dieses Arschloch verlieben. Er benutzt dich.«

»Ich weiß.« Wusste ich das wirklich? Denn alles, woran ich gerade dachte, war, wie friedlich und gar nicht böse Archie aussah, wenn er ohnmächtig dalag. Ganz ohne diese Fassade des bösen Jungen, der seine schlimme Vergangenheit verdrängte. Ich könnte ihn jeden Tag ohnmächtig schlagen und anstarren. Okay, das wäre vermutlich die oberste Stufe einer toxischen Beziehung. Aber gut, jeder hatte seine Bewältigungsstrategien. Er ging mit seinen Traumata um, indem er einen auf Romanbösewicht machte, und ich machte mich über mich selbst lustig.

»Gehen wir?« Ella reichte mir ihre Hand. »Élian bringt uns um, wenn wir ihn sterben lassen.«

Schmunzelnd nahm ich Ellas Hand und machte mich darauf gefasst, mit Jacques kämpfen zu müssen. Hoffentlich hatte er Élian nichts angetan. Ich konnte ihn nicht verlieren. Nicht noch einmal.

»Gemeinsam schaffen wir das, okay?« Ella schien immer zu verstehen, was in mir vorging, auch ohne dass ich mich ihr anvertraute.

»Ja, komm. Gehen wir und retten Élian.«

»Wer soll uns auch sonst nerven?«

Kapitel 15

Élian, ist alles okay?

Colettes Nachricht ploppte in der Webversion von WhatsApp in Élians Laptop auf. Seine Eltern hatten den Krach in seinem Zimmer also mitbekommen.

»Also hat er dir nichts angetan?«, wiederholte Ella, die neben mir an der Türschwelle zu Élians Zimmer stand.

»Nein, er hat mich nur festgebunden – apropos, könnte mich endlich jemand befreien? – und gesagt, wir warten auf Archie.« Während Élian an den Kabelbindern rüttelte, mit denen er an seinem Schreibtischstuhl hing, rollte er ein paar Zentimeter nach links, dann wieder nach rechts.

»Archie hat gesagt, ich darf ihm kein Haar krümmen.« Jacques verzog schmollend den Mund. »Also habe ich nichts getan. Wo ist überhaupt mein Bruder?«

»Ähm, das ist eine ausgesprochen gute Frage«, begann ich, und Ella schrieb einstweilen Colette zurück.

Élian hatte sich nicht kampflos ergeben, was ich an den Kratzern an Jacques' Hals erkannte und an der Wand. Denn Élian hatte sein Zimmer mit CDs und ästhetischen Zeitungsartikeln tapeziert. Einige davon hingen schief oder lagen am braunen Boden mit Fischgrätmuster.

»Vielleicht ist er noch im Park.« Das klang doch neutral und nicht, als hätten wir ihn niedergeschlagen.

»Vielleicht?« Jacques hüpfte von Élians extra breiter Fensterbank. Im Winter saßen wir oft gemeinsam darauf, sahen aus den hohen Fenstern und schlürften viel zu süßen Kakao.

»Wir haben gedacht, er will uns töten.« Eigentlich stimmte das nicht. Wenn ich ehrlich war, spürte ich in meinem Herzen, dass Archie uns kein Haar krümmen wollte. Nur hätte Ella mir das niemals geglaubt und wäre bei dem Vorschlag, ihn mitzunehmen, panisch geworden. Eventuell irrte ich mich ja wirklich und wollte zwanghaft etwas Gutes in Archie sehen. Deshalb war ich vorhin auch einigermaßen ruhig geblieben. Tief in mir hatte die Gewissheit gesteckt, Archie schickte Jacques nicht aus Bosheit zu Élian. Dabei dürfte ich keinen Gedanken daran verschwenden, Archie zu vertrauen.

»Danke.« Élian rieb sich die Handgelenke, nachdem Ella ihn befreit hatte.

»Weißt du, es gibt da ein TikTok, wie man sich aus Kabelbinder befreien kann und …«

»Ja, ich habe aber nicht den ganzen Tag Zeit dafür, TikToks zu gucken, ich pflege meine Eltern.« Élian fuhr Ella in letzter Zeit öfter an, was er früher nie getan hatte.

»Stimmt, entschuldige.« Geknickt dackelte Ella wieder zu mir.

»Außerdem musste ich ihn schnell stoppen, um meine Eltern nicht noch mehr aufzuregen. Das hätte nämlich wieder eine lange Nacht für mich bedeutet, um ihren Blutdruck in den Griff zu bekommen.« Élian wandte sich zu Jacques. »Also danke, dass du *nur* ungefähr vierzigmal gegen die Tür geschlagen hast.« Das Nur setzte Élian in Anführungszeichen mit seinen Fingern.

»Gern geschehen.« Jacques gähnte mit weit geöffnetem Mund.

»Du hättest ruhig vorsichtiger sein können«, warf ich ein, auch die Furta Noctra unterlagen der Verpflichtung, Magie geheim zu halten.

»Jaja, *Maman.*« Viel zu gelassen schwang sich Jacques auf Élians Bett und inspizierte sein knalloranges Nachtkästchen vom Siebziger-Jahre-Flohmarkt. »Interessant. Mal sehen, was du so in deinem Kästchen hast. Vielleicht ein paar Spielzeuge, von denen du in der App geschrieben hast.«

»Hey.« Élian trat die Lade wieder zu. »Kannst du ihn bitte umbringen? Bitte, Jane.«

»Hier bringt niemand irgendjemanden um.« Archies Stimme drang aus dem Flur hinter mir zu uns, doch seine gefährliche Aura, die er ausstrahlte, eilte ihm voraus.

***

Élian und Ella standen in Jacques' winziger Küche. Die Muscheln in der Weißweinsoße, die sie nun zubereiteten, dufteten bis ins Wohnzimmer, und ich hörte das knusprige Knacken der gebratene Brotstücke, die Ella für den Salat schnitt. Archie und ich sprachen kaum miteinander. Ständig starrte er auf die Uhr. Sein Bruder würde bestimmt bald kommen. Wenigstens hatten wir uns darauf geeinigt, die Wohnung zu wechseln, nachdem Archie zu uns gestoßen war. Wir durften Élians Eltern nicht gefährden, und ertappt konnten wir schließlich überall werden.

Während ich über Jacques' Verbleib nachdachte, begutachtete ich meine Haare in einem runden Spiegel über der Kommode. Vor meinem Geburtstag hatte ich sie erst geschnitten, sodass sie kaum meine Schultern berührt hatten. Mittlerweile waren sie nachgewachsen. Bestimmt kam das von der erwachten Magie. Chloé hatte oft gejammert, dass die Heilkräfte ihre Haare rasch wachsen ließen.

Ich konnte mir kaum vorstellen, wie es bei Furta-Noctra-Versammlungen zuging. Es musste furchtbar sein. Ein dreckiges, heruntergekommenes, stillgelegtes Gefängnis. Überall hingen Ketten, und Käfer gaben sich die Klinke in die Hand. Überall wurde in kleinen Kreisen gekämpft. Irgendwo sprach jemand die wichtigsten Punkte des Treffens an und wurde dieser nicht verprügelt, nahmen die anderen sie an. Ich hoffte für Jacques, es lief nicht so ab und dass er bald zurückkam.

»Denkst du, sie glauben Jacques, dass er nicht über dich Bescheid weiß?«

Laut einatmend zuckte er zusammen. Mit meiner Frage hatte ich Archie wohl aus einer Art Trance gerissen. Er rutschte in dem braunen Sessel ein paarmal nervös vor und zurück. Staub wirbelte aus dem Kissen darauf auf.

»Es gibt zwei Möglichkeiten. Sie haben ihn einberufen, weil sie alles wissen und ihn umbringen möchten.« Archie blinzelte diese Vorstellung weg.

»Oder?« Möge die Alternative friedlicher klingen.

»Oder sie glauben, Jacques ist auf ihrer Seite.«

»Aber denken die nicht, er könnte sie belügen? Und sie ausspionieren?« Wie er es ja auch gerade machte.

»Wie du vielleicht bemerkt hast, ist Jacques sehr aufbrausend. Es ist schwer, ihn unter Kontrolle zu bringen. Das wissen sie. Vor allem mein Vater. Wenn ich Jacques nicht den Kopf gewaschen hätte, wäre er sofort losgerannt, nachdem er das mit mir erfahren hat. Dann wäre die Hälfte der Furta Noctra jetzt tot.« Ein scheues Grinsen entkam Archie. Vermutlich machte es ihn stolz, einen Bruder zu haben, der sich für ihn einsetzte.

Unweigerlich spürte ich ein Ziehen in der Magengegend. Ich fand es schade, niemanden zu haben, der das Gleiche für mich tat. Moment, nein, das stimmte nicht. Ich ließ meinen Blick zu Ella und Élian in der Küche wandern, die in einem stinkigen Apartment essen kochten. Sie kämpften für mich, selbst ohne Magie. Dass Blut dicker als Wasser war, las ich oft genug in den sozialen Medien, wenn ich beispielsweise Beiträge von Familien entdeckte, die ihre Kinder wegen ihrer Sexualitäten verstießen. Blut war dicker als Wasser? Möglich. Aber Liebe würde immer dicker als Blut sein.

»Tut mir leid, dich Monster genannt zu haben.« Ich legte meine Hand auf Archies Oberschenkel. Es half wohl, ihn zu beruhigen, da er damit endlich aufhörte, auf dem Stuhl hin und her zu rutschen.

»Schon okay. Es tut mir leid, dass ich dir so vieles verschwiegen habe.« Archies Grübchen vertieften sich beim Grinsen. Seine Ausstrahlung, wenn sich seine Miene erhellte, wärmte mich von innen heraus. Puh, warum wurde es denn jetzt so heiß hier? »Brennt die Küche oder so?«

»Nein, warum?« Élian wischte sich mit dem Geschirrtuch über die Stirn und nahm einen Schluck aus der Wasserflasche vor mir, bevor er wieder zurückeilte. Wieder bewunderte ich seine Kochkünste, die er sich für seine Eltern hatte aneignen müssen. Manchmal wirkte Élian so unreif. Dabei half es ihm vermutlich, sich seine kindliche Art zu bewahren, um mit alldem fertig zu werden.

»Nur so.«

»Pflegt er seine Eltern schon lange?«

Ich nickte. »Kenne Colette und Timío gar nicht anders. Sie sind herzliche Menschen, aber ans Bett gefesselt.« Ich dachte an die Streitigkeiten, die wir hatten, wenn ich ihn fragte, warum er kein Pflegeheim für sie suchte. Er antwortete stets, seine Adoption habe einer Rettung geglichen. Er wolle nun auch für sie da sein. Dabei hatte Colette mich oft gebeten, ihm das auszureden. »Élian versorgt ihre offenen Stellen, kümmert sich um die Medikamenteneinnahme, den Transport zu Untersuchungen, wäscht sie, macht ihnen das Essen beziehungsweise spritzt er seinem Vater einen Vitaminbrei über eine Magensonde und was weiß ich noch alles. Er redet nicht viel drüber. Nimmt kaum Hilfe an, bis auf einen Dienst während der Schulzeit. Es wundert mich, dass er die beste Freundin von Colette nun öfter um Hilfe bittet.«

»Unvorstellbar, was dieser kleine Kerl leistet. Warum er auf einmal Hilfe annimmt, kannst du dir doch denken.« Was meinte Archie damit?

Ich zog meine Augenbrauen tiefer in mein Gesicht. Vermutlich erkannte er an meiner Mimik, was in mir vorging. Er rutschte näher zu mir.

»Für dich, Jane. Er will für dich da sein. Nur deshalb nimmt der Kleine die Hilfe für seine Eltern an.«

»Nenn ihn nicht Kleiner.«

Archie schmunzelte. »Okay, okay.« Er hob abwehrend die Hände und stand auf.

»Du hast wohl recht.« Ich beobachtete Élian dabei, wie er mitgebrachte Kräuter in den Topf streute und nebenbei Ella anwies, wie sie die Zwiebel schneiden sollte. Er tat das nur für mich.

Ich spähte über Ellas Schulter und begutachtete den Salat, den Élian nun würzte. »Sieht lecker aus.«

»Ist ja auch von mir.« Stolz klopfte Élian sich auf die Schulter und hob einen Holzlöffel, mit dem er den Salat umrührte, als hätte er soeben Excalibur aus dem Stein gezogen. »Und was ich koche, wird immer phänomenal.«

Ella tunkte den kleinen Finger in das Dressing und beehrte uns mit einer »Mhhhhh«-Arie. »Das Rezept musst du dem Koch meiner Eltern geben.«

»Okay. Schön, dass ihr euch den leisten könnt.« Wieder ein Seitenhieb von Élian.

Schlagartig wurde die Luft in der winzigen Küche dicker. Die beiden versteinerten nebeneinander, und ich merkte, wie irgendwo ein winziger Geduldsfaden riss, der seit Monaten zum Zerreißen gespannt gewesen war.

»Okay, es reicht, Élian.« Ella schnappte Élian den Pfeffer aus der Hand und stellte ihn lautstark auf die braun gemusterte Arbeitsplatte. »Lange habe ich nichts gesagt. Was ist dein Scheißproblem in letzter Zeit? Ich habe Geld, seitdem wir uns kennen, und jetzt passt dir das nicht?«

»Deine Eltern haben das Geld, nicht du.« Élian sah sie nicht an, und ich zog mich ein paar Schritte zurück.

»Ja, und ich behaupte nie etwas anderes. Du weißt, wie unendlich dankbar ich für meine Privilegien bin. Vor allem Jane und du solltet mich nicht dafür verurteilen. Ich biete an, zu bezahlen – jedes Mal. Auch ohne zu fragen, übernehme ich oft genug die Rechnungen.« Ella sprach zwar die Wahrheit, aber manchmal fühlte sogar ich mich schlecht dabei, dass sie stets diesen Drang besaß, alles zu bezahlen.

»Du checkst es nicht, oder?« Ein verbittertes Lachen kam von Élian. »Als wir vor ein paar Wochen in dieser Cocktailbar waren und ich gehen musste, weil meine Mutter mir geschrieben hat, es gebe untenrum einen Notfall bei meinem Vater. Weißt du noch, was deine Antwort war?« Ich erkannte, wie Élians Hand sich um die Salatschüssel verkrampfte und sein Unterkiefer zitterte.

»Nein.« Ella lehnte sich seitlich gegen die Küchenzeile und schaute zu Élian. »Ich hatte etwas zu viel getrunken «, gab sie nuschelnd zu.

»Du hast gesagt, ich soll sie doch endlich in ein Pflegeheim geben und etwas leben. Dass ich mich doch eh nicht um sie kümmern kann. Und dass du es ja sogar bezahlen würdest, damit ich etwas Freizeit habe und sie nicht jedes zweite Mal stören, wenn wir etwas unternehmen.« Élians Stimme brach, und ich erkannte, ihm hatte das auf dem Herzen gelegen. Nach und nach erschienen die kleinen Spitzen der letzten

Zeit, die er auf Ellas Kosten gemacht hatte, in meinen Gedanken. »Ich weiß, ich werde das nicht für immer aushalten. Aber noch bin ich dazu nicht bereit, okay?«

»Élian, ich, äh. Das ist nicht so …« Sichtlich nervös stoppte Ella, als Élian sie unterbrach.

»Gemeint gewesen? Doch, das ist es. Und es war sauüberheblich und selbstgefällig und megagönnerhaft. Man kann nicht alles im Leben mit Geld regeln. Und ich kümmre mich sehr wohl gut um meine Eltern. Die letzten Jahre habe ich unzählige Kurse besucht, und jeder soziale Dienst, der kommt, bestaunt meine Arbeit.« Am liebsten hätte ich Élian umarmt. Nein. Ich durfte mich weder einmischen noch Partei ergreifen. Ella und Élian mussten ihren Konflikt allein bestreiten.

Deshalb beschloss ich, die beiden in Ruhe zu lassen, und gesellte mich zu Archie.

»Scheint heftig zu sein.« Mich wunderte es, dass der Boden unter Archie vom im Kreis gehen noch keine Spuren von ihm trug.

»Ach, die vertragen sich bestimmt wieder.« Ich nahm die Lampe von der Kommode, an der Archie immer gefährlich nahe vorbeiging.

»Es ist besser, zu streiten, als Sachen für sich zu behalten und runterzuschlucken.« Archies Worte sollte ich mir auch zu Herzen nehmen.

»Mhm.«

»Apropos schlucken. Wie würdest du unseren Kuss auf einer Skala von …« Mit einem Kick unterbrach ich Archie.

»Schnauze.« Ich trat nach. Archie wich wieder aus und kicherte.

Mit dem nächsten Tritt traf ich Archie zwar, aber er verhinderte das meiste, da er nach meiner Wade griff und sie festhielt.

»Hey.« Ich kippte vor, bis er losließ und mich fing.

»Lässt du jemals jemanden an dich heran?« Archies Hände um mich zu wissen, löste einen Funken in meinem Herzen aus, den ich nicht wieder spüren wollte. Schnell trat meine innere Jane auf den imaginären Funken.

Mehrmals blinzelte ich das Bild vor meinen Augen weg. Dennoch wechselte sich Yassins Gesicht mit Archies ab. Ich wandte mich aus seinem Griff.

»Sorry, bin ich zu weit gegangen?« Archie legte seine Hand an meinen Rücken.

»Nein, es ist nur.« Mit den Fingern strich ich über die Kommode vor mir und zog die Spur der Lampe nach, die sie inmitten des Staubes hinterlassen hatte. »Weißt du, ich hatte mal einen Freund, Yassin.« Seinen Namen auszusprechen, schmerzte. Es war ein Schmerz, der nicht geheilt werden konnte. Denn Yassin lebte nicht mehr. Es gab keine klärenden Gespräche, keine Entschuldigungen und keine Verabschiedungen mehr. Es blieb nur eine Leere und inmitten von ihr dieser Schmerz.

»Hast du ihn genervt, und er ist abgehauen?« Archie knuffte mir in die Seite und schob ein kleines, raues Lachen hinterher.

Ich schnaubte belustigt. »Schön wär's.«

Archie legte den Kopf schief und setzte sich auf einen Stapel Zeitungen, Magazine und Rechnungen. Er sah zu mir hoch und zog an meinem Shirt, das ich mir von Élian geliehen hatte. »Du musst nicht darüber reden.«

»Er ist gestorben.« Ich schnappte mir ein Kissen, warf es vor Archie auf den Boden und setzte mich. »Weißt du, wie lange ich vor seinem Bett im Krankenhaus stand und vergeblich versucht habe, ihn wiederzubeleben? Es ist so furchtbar peinlich. Ich bekomme vor Scham Gänsehaut.« Tränen kündigten sich an, obwohl ich mir geschworen hatte, Yassins

Tränen zu Ende geweint zu haben. Weshalb ich auch mehrmals schluckte und meine Zunge gegen den Gaumen drückte, um sie ja für mich zu behalten. »Ich habe geschrien, mit den Händen krampfhaft über seinem Körper auf und ab gewedelt, mich gekratzt, geschlagen, um irgendwie die Magie in mir zu aktivieren und ihn zu heilen. Weißt du, wie das war? Ihn sterben zu sehen, obwohl ich zu diesen wenigen Prozent auf der Welt gehören sollte, die Wiederbelebungsmagie in sich tragen. Ich habe mir ewig die Schuld gegeben. Und jetzt? Jetzt erfahre ich, ich hätte es gekonnt. Ich hätte Yassin zurückholen können, hätte meine Mutter mir nicht diesen Trank verabreicht, von dem ich dir erzählt habe.« Ein Schluchzen kämpfte sich aus meiner trockenen Kehle, und ich strich meine Haare zurück. Langsam atmete ich aus und zählte dabei bis acht. Ich durfte nicht mehr weinen.

Kopfschüttelnd drückte ich mir die Handballen gegen meine Augen. »Egal, verzeih. Ist Jahre her.« Ich schniefte und setzte ein falsches Lächeln auf.

»Es ist nicht egal.« Archie hob mein Kinn an. »Das muss dir nicht peinlich sein. Du hast leidenschaftlich geliebt, Jane, das ist alles andere als peinlich. Yassin muss ein glücklicher Kerl gewesen sein.«

Ich kämpfte mit mir, biss mir auf die Lippen, aber die Tränen kündigten sich wieder an. »Er war großartig.«

»Das glaube ich auch. Manchmal wünschte ich ...« Jacques trat die Tür ein, womit er Archie unterbrach. Blutüberströmt stand er vor uns.

»Ich glaube, wir haben da ein kleines Problem.«

»Jacques.« Archies eilte zu seinem Bruder, und seine strenge Stimme überschlug sich. »Was hast du getan?«

»Eventuell bin ich bei der Versammlung ausgerastet und habe ein paar unserer Leutchen gekillt.« Eine blutige Strähne von Jacques' roten Haaren flog vor und blieb an seiner

Wange kleben, wo sie einen Blutstreifen hinterließ. »Und womöglich habe ich gesagt, ich würde alle töten.«

»Verflucht. Wo sind sie? Hast du sie abgehängt? Sag mir, du hast sie abgehängt.« Mein Einwurf blieb unbeantwortet. Von unten nahm ich einen lauten Knall wahr. Gefolgt von einem:

»Schnappt sie euch.«

Kapitel 16

Das Feuer loderte hoch und lechzte mit seinen Flammenzungen nach dem Nachthimmel, peitschte wild in der kühlen Brise umher. Die Flucht aus der Wohnung hatte uns beinah sämtliche Kraftreserven sowie Nerven gekostet. Denn neben der Verfolgung mussten Jacques, Archie und ich auch noch auf Élian sowie Ella achten. Wir waren so oft kurz davor gewesen, erwischt zu werden, dass wir wohl allesamt kaum glauben konnten, davongekommen zu sein. Gerettet hatte uns nur eine Gruppe amerikanischer Studierender, die betrunken umhergewandert waren und die Furta Noctra gezwungen hatten, ihre Angriffe zu beenden, um nicht aufzufliegen. Danach war es uns leichter gefallen, in den verzweigten Straßen unterzutauchen.

Ella hielt nun am Lagerfeuer meine rechte, Élian meine linke Hand. Ich drückte beide fest. Eigentlich müssten sie vom gebildeten Schweiß aus meinem Griff flutschten. Meine Augen brannten vom Feuer. Dennoch verlor ich mich in dem Orange und Rot. Meine Füße schmerzen noch vom Weglaufen. Jacques, der sich tausendmal für seine ausufernde Art entschuldigt hatte, traf keine Schuld. Seit er uns erzählt hatte, was er in der Versammlung der Furta Noctra gehört hatte, verstand ich seinen Zorn. Glücklicherweise hatten wir es ja auch geschafft, zu entkommen. Zwar hatten die Brüder öfter gehalten, um die Furta Noctra, die uns verfolgt hatten, mit ihren Schatten abzuhalten, aber wir waren alle heil geblieben.

Meine Wut über die Punkte, die in der Versammlung besprochen worden waren, hatte sich noch nicht entfacht. Dafür fehlte der letzte Funke von Aggressivität, der im Moment noch von meiner ungläubigen Fassungslosigkeit ausgebremst wurde. Ich blinzelte die Hitze der Flammen weg. Das genügte, damit ich wieder so weit anwesend war, um zu Archie zu linsen, der seine Finger ins Gras krallte. Er stierte ebenfalls ins Feuer und hoffte wohl, dort eine Lösung für unsere Misere zu finden.

»Ich kann es nicht fassen. Mathieu und Bernadette haben sich zusammengeschlossen.« Jacques sagte diesen Satz bestimmt zum zwanzigsten Mal. »Furta Noctra und Sanitatem schließen einen Pakt, um euch zu finden? Das ist ... Keine Ahnung, was das ist.«

»Aber warum? Was ist – Pardon, ihr wisst, wie ich das meine – so besonders an euch?« Auf Élians Frage hätte ich gerne selbst eine Antwort.

»Das geht zu weit. Nur, weil ihr angeblich zu mächtig seid?« Ella sprach die Wahrheit. Ich verstand es auch nicht.

»Meine Mutter hasst die Furta Noctra, besonders Mathieu. Dass ausgerechnet die beiden sich zusammentun, ist absurd.« Da mich alle anstarrten, musste ich meine Stimme wiedergefunden und das nicht nur gedacht haben.

Ich rutschte ein wenig von der Feuerstelle zurück und spürte Grashalme an meiner Wade.

»Warum hassen sich die Dings von Jacques und Archie und deine Leute überhaupt so?« Berechtigte Frage, aber wie sollte ich das Élian erklären?

»Wir sind Draoi, also Lebewesen, die Magie in sich tragen. Die Sanitatem sind da, um die Menschen zu heilen, ihnen zu helfen.« Jacques unterbrach meine Erklärung mit einem krächzenden Lachen.

»Was?«

»Nix, nix.« Jacques überschlug die Beine und hielt sich die Hand vor den Mund. Die nach oben gerichteten Mundwinkel erkannte ich noch immer.

»Wir werden unterteilt in verschiedene Gruppen. Mache können nur Wunden heilen, andere nehmen dir Schmerzen, ein paar kümmern sich um die Psyche von Menschen. Es gibt aber auch Allesheilende. Sanitatem Remedien, zu denen auch Wiederbelebende wie meine Mutter gehören. Wiederbeleben können jedoch nur wenige Sanitatem, und das funktioniert ausschließlich unmittelbar nach dem Tod. Viele haben die Fähigkeit, mit heilendem, warmem Licht Strahlen oder Energiebälle zum Kampf einzusetzen. Eines können einige Furta Noctra sowie einige Sanitatem und zwar sich Schmerzen zufügen und weiterleiten. Die Furta Noctra sind das Gegenteil von uns und ...«

»Woah, woah, woah.« Archie platzte in meine Erklärung und hob belehrend den Finger. »Also das Gegenteil klingt etwas voreingenommen, oder? Die Sanitatem sind es doch, die uns verdrängt haben, damit wir weltweit am Rande der Gesellschaft leben.«

»Ach, und wie beschreibst du es sonst, Menschen krank, statt gesund zu machen?« Oje. Hörte ich da meine Mutter aus mir sprechen?

»Das tun einige wenige. Also. Ein paar Leute machen das, ähm. Eine kleine Gruppe, nicht erwähnenswert. Okay, na ja, vielleicht ein paar mehr.« Archie redete sich um Kopf und Kragen. »Schön. Viele von uns haben eine kriminelle Ader. Jedoch nur, weil uns nichts anders übrig bleibt. Erstens verhindert ihr in beinah jeder Stadt, dass wir am normalen Leben teilnehmen können, und zweitens ist unsere Magie ein Fluch …«

»Archie.« Jacques' Zischen ließ die Flammen hochschnellen, und eine kühle Aura breitete sich von ihm bis zu uns aus.

Hatte Archie etwas gesagt, das wir nicht hören sollten?

»Wie meinst du das? Ein Fluch?«, hakte Élian nach.

»Keine Geheimnisse mehr.« Hoffentlich half meine Erinnerung.

»Komm schon, Jacques.« Archie sah seinen Bruder mit einem Dackelblick an, dem selbst jeder Hundewelpe verfallen wäre.

»Wie du meinst.« Jacques mochte es offensichtlich nicht, dass sein Bruder uns ihre Geheimnisse verraten wollte. Konnte ich nachvollziehen. Mir fiel es auch noch schwer, die Vorurteile und Regeln meiner Mutter abzustellen. Er rutschte von Archie weg und blickte in die Weite, wo Lichter der Autobahn hin und her sausten wie Glühwürmchen. Die leer stehende Halle außerhalb von Saint-Denis strahlte etwas Böses aus und erinnerte mich an meinen Geburtstag, aber hier konnten wir verschnaufen.

»Unsere Magie ist kein Segen. Egal ob es sich um diejenigen unter uns handelt, die den Verstand der Menschen kontrollieren, töten, verändern oder spalten können. Es ist wie ein Fluch, dem wir uns nicht entziehen können. Unsere Magie nicht anzuwenden, fällt uns schwer. Sie stürzt uns schnell selbst in Depressionen oder in den Wahnsinn.« Von dieser Schwachstelle, von der Archie berichtete, hatte ich nichts geahnt.

»Aber wie erwähnt, sind wir nicht alle böse. Viele von uns bewältigen ihren magischen Druck mit magischen Schießübungen oder indem sie Menschen kurz kontrollieren. Will zum Beispiel jemand in die Bahn einsteigen, berühren wir ihn flüchtig und zwingen ihn, einzusteigen. Die Person merkt es gar nicht, weil sie ja ohnehin vorhatte, diese Bahn zu nehmen.« Diese Geheimnisse auszuplaudern, nahm Archie sichtlich mit. Ich erinnerte mich an meine teilweise harten Trainingseinheiten von früher. Denn auch wir Sanitatem mussten von Anfang an lernen, unsere Geheimnisse für uns zu behalten. Noch in den Kinderschuhen wurden wir gequält, damit wir lernten, Folterungen auszuhalten. Somit konnten alle sichergehen, niemand verriet Sanitatemgeheimnisse im Falle einer Entführung. Bei den Furta Noctra stellte ich mir das noch brutaler vor.

»Vielleicht sind wir Furta Noctra über die Jahrzehnte schroffer geworden. Wenn man aber ständig verdrängt wird und in irgendwelchen kriminellen Gegenden aufwächst, lernt man mit der Tatsache zu leben, ohnehin falsch zu sein, was man auch macht.« Aus Jacques sprach eine tiefe Verbitterung. Das merkte ich erst, als er sich wieder uns zuwandte und das Feuer in seinen Augen glänzte.

»Also wie ich das sehe, sind eure Probleme denen der Normalos ähnlich. Nur dass ihr noch eure kleinen Zaubertricks habt.« Ellas Einwurf überrumpelte mich. Archie, Jacques und ich glotzten uns gegenseitig an. So hatten wir das wohl alle noch nicht betrachtet.

Eigentlich hatte Ella recht. Sanitatem hatten das Gut sein nicht gepachtet. Allein die Sekte meiner Mutter bewies das zur Genüge.

»Ist irrelevant, weshalb Sanitatem und Dings sich streiten. Wichtiger ist: Was machen wir jetzt?« Für das »Dings« erntete Élian einen bösen Blick von Jacques, worauf Élian nur mit einem Schulterzucken antwortete.

»Keine Ahnung.« Archie ließ sich zurückfallen, und Ella tat es ihm mit einem lauten »Na toll« nach.

»Übrigens habe ich noch etwas für dich.« Jacques kratzte sich am Hinterkopf, und ich sah etwas Verlegenheit in seinem Gesicht. Mit einem leisen Husten schaute er von seinem Bruder weg. »Hab es noch schnell aus der Lade neben der Eingangstür gefischt, bevor wir geflohen sind.«

»Was meinst du?« Archie erhob sich, schaute zu mir. Als ob ich wüsste, was er meinte.

»Eventuell habe ich es aufbewahrt.« Aus einer Hosentasche holte Jacques etwas hervor, stoppte jedoch einen Moment, als wollte er es nicht hergeben. Dann zog er es raus und hielt es Archie hin.

»Das ist …«

»Parfüm?«, ergänzte ich und schaute zwischen den Brüdern hin und her.

»Ja. Mein Lieblingsduft.« Archie nahm die Flasche in seine Hände, zog den Deckel ab, der wie ein kleiner Kristall wirkte, und roch daran. Sofort erhellte sich seine Miene.

»Manchmal habe ich daran gerochen, wenn ich dich …« Jacques wischte sich die Hände an seiner Hose ab, als wollte er die Sentimentalität, die in der Luft hing, loswerden. »Nicht so wichtig. Ist halt deines.«

»Danke. Ich habe im Kerker dort unten immer gedacht, du hättest mich aufgegeben oder wärst auch der Meinung, ich gehöre weggesperrt.« Sobald Archie von dieser Zeit sprach, wurde mir schwer ums Herz. Niemals könnte ich verstehen, wie es sein musste, jahrelang in Gefangenschaft zu leben. Diese Zeit bekam er nie wieder zurück.

»Niemals.« Jacques sah seinem Bruder direkt in die Augen, was er bisher vermieden hatte. Seine Lippen bewegten sich. Jacques schien Archie so viel sagen zu wollen, was ihm wohl zu peinlich war, auszusprechen. Einen Moment schloss er die Augen, ehe er weitersprach. »Ich habe dich niemals vergessen.«

»Das bedeutet mir sehr viel, Jacques.« Archie und Jacques wirkten, als würden sie gleich losweinen.

Stille breitete sich aus.

»Wollt ihr noch etwas essen?« Élian sprang hoch. Insgeheim ahnte ich, dass mein bester Freund nur vorhatte, die Stimmung zu heben. Er wollte wohl zu Jacques' Rucksack eilen, in dem sie in der Eile zwar nicht Élians Salat oder die Muscheln mitgenommen hatten, aber dafür ein paar Chips, Fertigcroissants und Wasserflaschen. »Wo ist der Rucksack?«

»Oh. Den habe ich neben den Baum gelehnt.« Jacques stand auch auf und lief zum einzigen kahlen Baum in unserer Nähe. Wieder irgendwo im Furta-Noctra-Gebiet zu sitzen, machte mich nervös. Leider stellten Sanitatembereiche keine bessere Alternative mehr da. Die Halle neben uns trug ein Graffitikleid, und beinah jedes Fenster war zertrümmert. Die löchrige Fassade zeigte uns die Backsteinmauer darunter. Doch auch der Blick in die Ferne zu den Autobahnen und Straßen mitsamt der Lichter war nur bedingt besser. Denn in diesen Autos saßen Menschen mit normalen Leben. Wie gerne würde ich mit ihnen tauschen. Um mich nicht noch trauriger zu machen, sah ich wieder zu Élian. Er beobachtete Jacques beim Rucksack holen. Da bemerkte ich, wie er sich auf die Zehenspitzen stellte, die Brust rausstreckte und die Schultern zurückzog.

»Was machst du?« Mein Flüstern erreichte hoffentlich ausschließlich Élian, der unweit von mir wartete. »Machst du dich jetzt größer, weil Jacques gesagt hat, er mag keine kleinen Typen?«

»Shht.« Élian hielt sich panisch den Zeigefinger vor den Mund. »Und nein. Ich, ähm.« Sichtlich ertappt, kippte er wieder zurück auf seine Sohlen. »Ich habe Dehnübungen gemacht.«

Jacques strich sich die roten Haare zurück und schwang den Rucksack über die Schulter. Wie er sich uns näherte, mit dem Schein des Feuer auf einer Seite, sah er wirklich nicht schlecht aus. Ich widmete mich dennoch Élian, der sich wieder größer gemacht hatte. Sofort warf ich ihm einen Dein-Ernst-Blick zu.

»Hier, der Rucksack.« Jacques und Élian standen sich ziemlich nahe. Meinen Blick zu Ella erwiderte sie mit einem wilden Augenbrauentanz. Sie dachte das Gleiche wie ich.

»Danke.« Élian nahm den Rucksack. Jacques' Augen wanderten über Élians Körper, bis er nach einer Weile auf die Füße schaute. Sofort stellte sich Élian wieder normal hin. »Ich mache Dehnübungen. Mensch.« Schnell lief er in Richtung Ella. »Würden euch auch nicht schaden.«

»Danke, dass du dich bei der Versammlung für uns in Gefahr begeben hast, Jacques«, sagte ich. Tja, manchmal bekam man Hilfe von Leuten, von denen man sie am wenigsten erwartet hätte. Moment. Da kam mir eine Idee.

»Leute. Ich weiß, was wir machen können.« Sofort lag die Aufmerksamkeit aller auf mir.

***

»Pass auf dich auf, ja?« Ellas Umarmung erfüllte mich mit der Energie, die ich für all das brauchte, was uns noch bevorstand.

»Ich finde das nicht gut.« Élian schloss sich unserer Umarmung an, und zu dritt standen wir da, wie wir es immer taten, schmiegten unsere Köpfe aneinander. »Aber ich vertraue dir.«

»Danke, dass ihr den ganzen Mist mit mir durchmacht.« Beide außer Gefahr zu wissen, favorisierte ich im Moment, dennoch würde ich sie vermissen.

Noch ein letztes Mal saugte ich den Duft von Élians Duschgel ein, mit dem er, seit ich ihn kannte, nach Pfirsich roch und das bei ihm zu Hause in einer Zwei-Liter-Flasche im Badezimmer stand. Und von Ella, die durch ihr Luxusparfüm, von dem sie ständig etwas in einer kleinen Flasche in der Hosentasche hatte, wie eine reiche Lady duftete. Ich fühlte ihre Wärme und genoss diese letzten Augenblicke mit ihnen. Bei ihnen zu sein, erfüllte mich mit Glück, und das machte mir Angst. Denn wann war ich denn verwundbarer als jetzt, wenn das Leben mir Ella und Élian jede Sekunde nehmen konnte? Glück war so ein zerbrechliches Pflänzchen.

Die Zeit verrann, und wir lösten uns voneinander. »Und du passt auf Élian auf, ja?«

Jacques nickte, und ich wandte mich an Ella, die mir verschwörerisch zuzwinkerte. Unser Plan, Jacques und Élian in eine Wohnung zu bringen, war aufgegangen.

»Und du kommst allein klar, Ella?« Darüber machte ich mir die meisten Sorgen. Sie spielte oft die taffe Frau, die sie auch war. Sie umgab eine Aura voller Stärke und Ehrgeiz, die wie Leuchtfeuer ihre mit dem Kopf-durch-die-Wand-Mentalität unterstrich. Trotzdem besaß sie auch noch diesen weichen Kern, der selten durch die harte Schale drang, um zu sagen: »Ich brauche Hilfe.«

»Habe ich nicht auch Archie ausgeknockt? Ich schaffe das, und ich werde versuchen, Zeit bei Élian zu verbringen.« Ella hakte sich bei Élian ein. Mir wäre lieber gewesen, sie würde die ganze Zeit über bei Élian und Jacques bleiben, aber sie wollte auch nicht, dass sich ihre Eltern sorgten.

»Wir werden uns wiedersehen, oder?« Élians Augen glitzerten von seinen Tränen, und das langsam erlöschende Feuer schimmerte in seinen schwarzen Augen. Seine cremige gelbe Aura flatterte eingeschüchtert neben Ellas. Was nicht bedeutete, dass in ihm kein Kampfwille steckte. Er hatte nur bereits zu viele Kämpfe in seinem Leben verloren und zu viele Niederlagen eingesteckt, um ihn zu reaktivieren. Die Auren konnte ich schon immer erahnen. Seitdem meine

Kräfte nicht mehr unterdrückt wurden, leuchteten sie jedoch kräftig auf, sobald ich mich auf sie konzentrierte. Zum Glück konnte ich sie dank der Sanitatemlehrmappen auch deuten.

»Werden wir.« Ich küsste Élian auf die Stirn. Früher hatte er öfter erwähnt, seine Mutter habe ihn damit beruhigt. »Werden wir.«

***

Der Morgen brach an. Archie und ich legten die letzten Meter bis zu unserem Ziel zurück. Wir hatten nur wenige Stunden geschlafen. Da die Zeit leider gegen uns spielte, und das auch noch in doppelter Geschwindigkeit, war uns keine andere Wahl geblieben. Die Zeit hierher nutzten wir, um uns besser kennenzulernen. Wobei wir auch oft einfach die Morgenruhe genossen. Ich erwischte Archie sogar dabei, wie er die Natur, die Tiere und die Weite auf sich wirken ließ. Doch desto näher unser angepeilter Ort gekommen war, desto mehr war auch unsere Anspannung angewachsen.

»Verrückt, ist echt wie einc Geisterstadt. Ich meine, klar, man kennt *Goussainville,* aber dass es echt wie ausgestorben ist, hätte ich nicht gedacht.« Archie schien sich jedes verfallene Gebäude um uns einzuprägen.

Goussainville war für mich Kindheit. Das Geisterdorf im Norden von Paris verfiel mehr und mehr, seitdem der Flughafen in der Nähe erbaut worden war. Die Leute waren nach einem Unglück und wegen des Lärms weggezogen. Gut für uns Sanitatem. Hier fanden oft Treffen weltweiter Sanitatembewegungen statt. Die letzten Menschen im Ort waren nur noch Sanitatem, also kümmerte sich niemand darum, was wir uns im Untergrund aufgebaut hatten.

»Du weißt, sie dürften mich umbringen, weil ich dir diesen Platz zeige. Wobei ich erwähnen will, dass ich es nicht berauschend finde, dass du mitgekommen bist.« Lieber wäre ich allein hier, um alles zu regeln. Niemand sollte sich der Gefahr aussetzen, die von mir ausging.

Die winzige Seitengasse, durch die wir schlichen, erdrückte mich ein wenig. Seit der Gefangennahme kam ich nicht mehr auf Enge klar. Ständig glaubte ich, aus den Augenwinkeln Mauern zu erkennen, die sich zusammenzogen.

»Ich bleibe bei dir. Dad und Bernadette haben sich zusammengetan, um *uns* aufzuhalten. Es geht nicht nur um dich. Wir stehen das gemeinsam durch.« Durch die schmale Gasse war Archie dazu gezwungen, Schulter an Schulter neben mir zu gehen, und um ehrlich zu sein, genoss ich seine Nähe. Die Berührungen kamen einem Anker gleich, der mir Halt schenkte und meinen Horrorgedanken Einhalt gebot.

»Stimmt. Hast du auch einen Plan, wie wir das hinbekommen?«

»Das soll sich Zukunfts-Archie überlegen, wenn es so weit ist.« Seine Gelassenheit hätte ich gerne.

Büsche, Efeuranken und ganze Bäume wuchsen aus den verfallenen Häusern, aus Fenstern oder bohrten sich ihren Weg durch die Fassade. Neben uns setzte sich ein Vogel auf eine Mauer, und Sandstein bröckelte ab.

»Unfassbar. Ihr habt ein Dorf für euch eingenommen. Aber Hauptsache, ihr behauptet, die Furtas wären anmaßend.« Auch wenn Archie gerne mal vor sich hin plapperte, sprach er die Wahrheit.

Eine der wenigen Bewohnerinnen öffnete ihren hellblauen Fensterladen, und ich nahm Archies Hand, um ihn rascher vorzudrängen. Niemand sollte uns erkennen, keine Ahnung, wen meine Mutter auf ihrer Seite wusste.

Bis wir das verlassene Château erreichten, das einer Bruchbude glich, sprachen wir kein Wort mehr miteinander. Unsere gesamte Aufmerksamkeit galt unserer Deckung.

Direkt vor dem eingezäunten Herrenhaus begutachtete ich das eingestürzte Dach, die von stürmischen Regenschauern verdreckte Fassade und die Pflanzen, die aus den zerstörten Fenstern wuchsen. Dennoch konnte ich mir vorstellen, wie wunderschön es einst ausgesehen haben musste. Ein wahres Postkartenmotiv.

»Und was machen wir hier?« Archie tapste unruhig hin und her.

»Es geht mehr darum, was darunter ist.« Ja, ich schlug meinen mysteriösen Tonfall bewusst an.

Mit Anlauf schaffte ich es glücklicherweise über die Absperrung und musste mich nicht vor Archie blamieren. Gerade musste meine menschliche Kraft reichen. Meine Sanitatemmagie lag bleiern in meinen Adern und machte sich heute kaum bemerkbar. Dass er es ohne Mühe schaffte, kratzte an meinem Ego.

Wir schlugen das hohe Gras mit unseren Händen zur Seite und stiegen die zerteilten Steinstufen zum eingetretenen Tor hoch.

Drinnen angekommen, durchflutete die Sonne den Eingangsbereich. Durch sämtliche eingefallene Decken der Stockwerke drang Licht herein.

»Irgendwie wirkt es magisch, oder?« Wie wahr. Archie strich über die Kletterpflanze, die sich um die vertäfelten Wände schlängelte, zwischen den Fensterrahmen hervorkroch und bis zum Dach hochwuchs.

Überall mussten wir Trümmern ausweichen und uns vor raschelnden Pflanzen in Acht nehmen. Wir hatten schließlich keine Ahnung, ob hier nicht bereits jemand auf uns wartete. An einem der Trümmerstücke rutschte ich aus und suchte panisch nach Halt.

»Ahh.« Mein Schrei drohte, zu versiegen. Im letzten Moment gelang es Archie, mich aufzufangen.

»D…Danke.« Zügig schloss ich den Mund wieder. Wollte Archie nicht mein pochendes Herz hören lassen, das unter seiner Berührung beinah aus meiner Brust sprang.

»Du rückst einem ja ständig auf die Pelle. Gleich küsst du mich wieder, oder?« Archie zeigte beim Grinsen seine Zähne. Doch nicht lange, da er sofort nach seinem Spruch einen Schubs von mir erhielt. Ein wenig ruderte er mit den Armen in der Luft, dann landete er auf dem Hintern.

»Blöder Spruch, blöde Antwort.« Ich half ihm sofort danach auf und setzte meinen Weg zur Kellertür fort.

Dort angekommen, entdeckte ich eine Marmorscheibe mit mehreren Heilsteinen darauf. Amethyste, Citrine, Malachiten, Rosenquarze, Opale und Turmaline bildeten einen glitzernden Handabdruck in Lila, Gelb, Grün, Schwarz sowie Rosa.

»Normalerweise hat meine Mutter das gemacht. Na ja, wird schon schiefgehen.« Ich massierte meine Finger in der Hoffnung, meine Magie darin zu erwecken.

»Was meinst du?«

Statt Archie zu antworten, zeigte ich es ihm und legte meine Hand an die Steine. Mit geschlossenen Augen knüpfte ich wieder eine Verbindung mit der Magie in mir. Ich brauchte dafür nicht mehr so viel Zeit. Das Licht quoll wie Zahnpasta aus der Tube aus meiner Hand.

Der Handabdruck aus Heilsteinen schimmerte. Ein Pfad aus Licht schlängelte sich von ihm ausgehend um den Türrahmen. Die Kellertür veränderte sich, sah urplötzlich wie neu aus und öffnete sich für uns.

»Nicht schlecht.« Archie nickte anerkennend, und ich genoss es, mit meiner Magie zu beeindrucken.

»Bist du bereit?« Ich verfolgte mit meinem Blick die blaue Wendeltreppe aus Achat, die nach unten führte. »Wünsch Zukunfts-Archie Glück.«

»Viel Glück, Zukunfts-Archie.«

***

Je weiter wir voranschritten, desto prunkvoller wurde das Tunnelsystem. Die Steine, die für die Wände, Decken und den Boden verwendet worden waren, luxuriöser. Graue Steine wechselten sich mit Marmor ab. Historische Gemälde von bekannten Sanitatem – wie etwa Hermine Scofield, die in Schottland 1592 Hunderte von Seuchenopfern geheilt hatte – zierten die Gänge. Daraufhin hatten dieselben Menschen sie der Hexerei bezichtigt und verbrannt.

Langsam wurden die uralten Heilrunen in den Mauern rarer, und wir erreichten eine Glastür, die sich automatisch öffnete. Lautes Lachen, Getratsche und Diskussionen stoppten auf der Stelle. Das einzige wahrnehmbare Geräusch war das des gigantischen Springbrunnens in der Mitte des kreisrunden Platzes. Er glich einem unterirdischen Park. Lichtquallen schwebten umher wie Glitzer, der in der Luft hing. Einige schienen durch die Stille aus ihrem Schlaf zu erwachen und stiegen von weinroten Büschen empor zur Höhlendecke.

»Wer seid ihr?« Niemand bewegte seinen Mund, ich erkannte nicht, woher die Stimme kam.

»Ich bin Jeanne Sana Amicus, die Tochter von Bernadette, und ich bitte euch um Hilfe.«

»Ich bin Archie. Ähm, ich helfe ihr bereits, und sie hat mich geküsst, also muss ich das gut machen.«

Ach, du ... Beschämt rieb ich mit meinem Zeigefinger und Daumen die Stelle zwischen meinen Augen.

»Du kommst ausgerechnet zu uns?« Eine junge Frau, die viel kleiner als ich war, schritt zwischen den Leuten zu uns. Lange platinblonde Haare fielen wie Seide um ihr kindlich wirkendes Gesicht, und ihr eierschalenfarbenes Kleid schliff am Boden entlang.

»Ich weiß, ihr mögt meine Mutter nicht. Sie hat viele Sanitatem verstoßen, weil sie denkt, wir ... sie und die anderen

Vivificas seien die wahren Sanitatem. Ihr würdet sicher nicht mit ihr kooperieren.« Bitte, meine Mutter durfte sie nicht infiltriert haben.

»Wahre Worte. Du denkst nicht so?« Die Frau, die wohl die Anführerin hier unten war, musterte uns beide, und hinter ihr erkannte ich mindestens zwanzig weitere Frauen und Männer, die wie Statuen in ihren Positionen verharrten.

»Wäre ich sonst hier?«

»Sie bittet euch um Hilfe. Was kann sie für den Verrat ihrer Mutter?« Archie trat einen Babyschritt vor. Trotzdem stand er nun wenige Zentimeter vor mir.

»Wir brauchen keinen Streit und wollen nicht in euren Konflikt hineingezogen werden.« Sie hob die Arme, die weit über ihre Finger hinweg mit breiten Ärmeln bedeckt waren, woraufhin der Stoff zurückrutschte. »Wir wollen in Frieden leben.«

»Tja, Madame, manchmal muss man aber etwas tun. Manchmal muss man Partei ergreifen. Man kann nicht immer rückratlos im Abseits stehen und sagen, ich bin nicht das Problem, ich mische mich nicht ein. Genau das macht euch zum Teil des Problems.« Archie sprach oft Müll, und mit seiner superfrechen Art raubte er mir oft den Atem. Manchmal fand er aber auch die perfekten Worte zur richtigen Zeit.

Ein Raunen eilte durch die Sanitatem.

»Kommt mit mir. Ich bin übrigens Albertine.« Sie sagte das mehr an Archie gewandt. »Und wenn ihr euch nächstes Mal wieder anschleichen wollt, nehmt einen besseren Weg. Die Heilsteine, die die Tür geöffnet haben, haben in meinem Büro euer Kommen angekündigt.«

Wie Kleinkinder trotteten wir hinter Albertine her. Eigentlich hätte ich mir das auch denken können.

»Wir wollten uns ja gar nicht anschleichen«, verteidigte ich mich.

»Dann hoffe ich für euch, auf unsere Hilfe zu setzen, war nicht die falsche Entscheidung.«

***

Sobald wir in ihrem Büro angekommen waren, hatte sich eine Art Lichtbarriere hinter uns geschlossen. Unsere Verwirrung hatte Albertine ausgenutzt und uns angegriffen.

So zierlich und feenhaft Albertine auch wirkte, ihre Fähigkeiten beeindruckten mich. Mein Staunen brachte mich allerdings fast in Schwierigkeiten, als ich einem hauchdünnen Lichtstrahl aus ihrem kleinen Finger auswich, der ihr Bücherregal wie eine messerscharfe Rasierklinge entzweischnitt.

»Holy Shit. Die armen Bücher.« Mein Brustkorb bewegte sich rasch auf und ab. Fühlte sich wie ein Bienenschwarm an, der aus mir ausbrechen wollte.

Ich stellte mir schon vor, wie meine Mutter von meinem Tod erfuhr und die Sektkorken knallen ließ. Vermutlich würde sie wie viele Sektenanführerinnen in Filmen danach eine Blutorgie feiern.

»Hey, hier spielt die Musik.« Archie schubste mich aus meinen Gedanken, und ich stieß gegen ein Metallregal. Mehrere Globen in verschiedenen Farben und Größen purzelten lautstark auf den Boden. Einige klappten auf und gaben einen verwirrenden Geruch von Lavendel und Minze frei.

Ich musste mich zusammenreißen. Ihren blendenden Augen trotzte ich und hechtete auf sie zu. Was sie wie alle nicht erwartete: meine Kampfsportfähigkeiten. Vermutlich überlegte sie, mit welcher Sanitatemkraft ich sie attackieren könnte, und entwickelte eine Strategie – schließlich kannte ich Albertine von früher. Sie zählte zu den mächtigsten Sanitatem, die andere ausbildeten. Anscheinend hatte sie sich nicht meiner Mutter unterworfen.

Jedoch vergaß sie etwas: Ich agierte nicht wie andere Sanitatem. Mit voller Wucht rammte ich ihr also meine Faust in den Magen. Ein ersticktes »Uh« drang aus ihr. Wir stürzten gemeinsam zu Boden. Ich setzte mich auf sie, drückte ihre Arme runter und quetschte auch diese unter meine Beine. Danach konzentrierte ich mich auf meine Lichtmagie. Ein Kribbeln startete in meinen Füßen, wanderte hoch bis in meine Fingerspitzen. Die Wärme darin zu spüren, gab mir neuen Mut, und ich platzierte beide Hände auf ihrem Gesicht.

Ohne Umschweife schrie Albertine auf. Haarsträhnen versengten und gaben mit dem Geruch von verbrannter Haut einen unerträglichen Gestank ab. Die schalldichte Lichtbarriere sollte sie bevorteilen? Großer Fehler, sich darauf zu verlassen. So erhielt auch sie keinerlei Hilfe von außen.

»Du schaffst das, super, Jane.« Archie feuerte mich im Hintergrund an, was mich leider eine Sekunde ablenkte.

Albertine entfesselte einen gewaltigen Energieschild, der sich wie eine Kuppel um sie ausbreitete und mich von ihr wegdrückte. Sofort spürte ich Schmerzen. Zu spät ließ ich von ihr ab. Die Wucht ihrer Kraft schleuderte mich zurück. Glücklicherweise fing Archie mich auf. Knurrend sauste er vor mich. Gerade noch so erwischte ich sein graues NASA-Shirt von Ella und zog ihn zurück.

»Archie. Du darfst deine Kräfte nicht anwenden.« Meine geflüsterte Erinnerung musste reichen. Schließlich hoffte ich, niemand erkannte seine Herkunft und Macht. Keine Ahnung, wie sie darauf reagierten, falls sie es nicht ohnehin schon ahnten.

Albertine war wieder auf den Beinen. Das Gesicht geheilt und die Haare perfekt. So sah sie uns an, wirkte wie ein unschuldiger Engel.

»Wieso glaubst du uns nicht, dass wir deine Hilfe wollen?« Ihr Energieschild, der neongelb in der Luft flirrte und knisterte, breitete sich im Raum aus. Meine Frage beeindruckte sie wohl nicht im Geringsten.

Die Macht drückte den Schreibtisch weg, ließ die Töpfe der Pflanzen platzen und versengte den orientalischen Teppich, als wäre er niemals da gewesen.

Ich erschuf mehrere Lichtkugeln, die nun über meiner Hand pendelten. Ohne zu warten, warf ich sie auf den Schild. Wie ich es vermutet hatte, verpufften sie leider darauf wie Wassertropfen auf einer heißen Herdplatte.

»*Merde.*« Ohne mich von dieser Niederlage runterziehen zu lassen, schüttelte ich meine Hände und eilte vor.

Bei Albertine angekommen, konzentrierte ich mich wieder auf meine Magie, die sich von meinen Fingern bis zu meinen Armen ausbreitete. Mit dieser neuen Möglichkeit drückte ich mich gegen die Energiekuppel.

»Ahhrrgg.« Ein Biss auf die Unterlippe, und ich schaffte es, meine Schmerzen für mich zu behalten.

»Jane.«

»Bleib dort, Archie. Schaffe das.« Meine Worte klangen gequält.

Albertine drängte mich mit ihrer Magie zurück. Es trieb mir die Schweißperlen auf die Stirn, ihre Macht zurückzuzwingen. Mit jedem Schritt klappte es jedoch besser. Ich kämpfte für mich. Meine Freiheit. Gerechtigkeit. Aber vor allem: für meine neue Wahrheit. Denn:

»Das alles ist nicht *meine* Schuld.« Angestrengt streckte ich meine Arme durch, und der Lichtschild zersplitterte.

Überrascht kippte ich vornüber und stürzte auf den hellen Boden mit den langen Brettern. Einen Augenaufschlag später saß Albertine auf mir, und ich spürte sofort die Energiekugel, die sie über meinem Rücken schweben ließ.

»Schachmatt.« Mehr sagte Albertine nicht.

Die Windspiele und Traumfänger, die um ihre Tür hingen, stießen aneinander. Was für eine unglaubliche Energie diese Frau verströmte. Bei dem Versuch gestorben, Hilfe zu bekommen. Welch Weltironie.

»Lass sie in Ruhe. Lass sie in Ruhe.« Archies Lautstärke nahm zu, und ich hörte mit einem Ohr am Boden, wie er näher kam. Die Möbel und Gegenstände begannen, zu zittern. Wie bei einem Erdbeben wackelten sie von ihren Plätzen.

»Archie …« Mehr brachte ich nicht hervor.

Absolute, alles verschlingende Dunkelheit hüllte den Raum ein. Eine Welle aus Mitternachtsmagie überschwemmte mich. Schemenhaft nahm ich Archie wahr, dann hörte nur noch Albertine flüstern: »Wusste ich es doch.« Gleich darauf knockte mich die Dunkelheit aus.

Kapitel 17

Die letzten drei Tage waren wie im Flug vergangen. Die Sanitatem von *Goussainville,* die mich mittlerweile wie Hippies mit offenen Armen empfingen, beäugten Archie kritisch. Nach seinem Magieausbruch, mit dem er mich gerettet hatte, konnte er seine Mitternachtsaura nicht mehr unterdrücken, alle hatten sein Wesen erkannt. Wir konnten ihnen das mangelnde Vertrauen nicht verübeln. Trotzdem hatte ich die Zeit hier genutzt, um zu trainieren, mit Albertine meine Energiekanäle zu öffnen, die noch nicht völlig erwacht waren, und Kontrolle über sie zu gewinnen. Hier unten nahm ich Tag und Nacht weniger wahr, weswegen ich mich nur auf die Steigerung meiner Kraft konzentriert hatte. Schlaf oder Essen hatte ich dabei vernachlässigt. Nicht jedoch Archie, mit dem ich jede Pause verbracht hatte. Sonst war nichts Aufregendes passiert. Sie hatten für mich einen strengen Plan mit Meditation, Dehnübungen, Krafttraining und Kämpfen ausgearbeitet.

Heute saßen wir allerdings auf zig Teppichen, die einander überlappten, auch die Wände und die Decke zierten, und aßen verschiedenste Variationen von Baba Ghanoush, Hummus, Quiches und Cassoulet-Eintöpfen. Alles verteilt in bunte Schalen. Überall saßen Sanitatem um Wasserpfeifen, eingekesselt von Hängelaternen mit Mosaikmuster, deren Kerzenlicht bunte Strahlen auf die Teppiche warf. Und direkt in der Mitte: ein alter Plattenspieler, der französische Chansons abspielte und mich an die Nacht erinnerte, in der ich Archie befreit hatte. Diese ausgeglichene Ruhe genoss ich in vollen Zügen, wodurch ich aber erst merkte, wie erschöpft ich eigentlich war.

Ich machte es mir mit Archie abseits auf einem riesigen Kissen gemütlich. Wir trugen beide weiße Shirts und cremefarbene Cordhosen. Alle anderen plapperten völlig bunt gekleidet vor sich hin.

Zwischen all den Sanitatem erkannte ich auch Albertine. Ihre Warnung, ihr nichts mehr zu verheimlichen, hing wie ein Schild um sie. Noch einmal wollte ich den Kampf im Büro nicht austragen. Einmal hatte mir gereicht. Ein Test, ob wir Archies Herkunft verschleierten, und wir fielen durch. Doch so erzürnt sie auch gewesen sein mag. Sie war es auch, die in all dem Trubel um Archies Identität dafür gekämpft hatte, ihn hier zu dulden. Solang er sich benahm.

Ich blickte zu Archie hoch und merkte, wie meine Gefühle für ihn wuchsen. Wie er sich für mich eingesetzt hatte, beeindruckte mich. Auch die letzten drei Tage, in denen Albertine versucht hatte, mit Meditationen meine Kräfte zum Vorschein zu bringen, hatte er mich unterstützt und aufgefangen, wenn ich frustriert gegen Gegenstände getreten hatte. Nach und nach trug Albertines Hartnäckigkeit Früchte, sie kitzelte mir meine Macht aus den Venen.

»Was? Habe ich Hummus an der Wange?« Archie wischte sich genervt über das Gesicht. Ganz ehrlich, wie konnte er so selten seinen Mund beim Essen treffen? Ich kannte sonst keinen Menschen, der ständig die Hälfte vom Bissen im Gesicht hatte und egal wie oft man ihm sagte, wo er schmutzig war, es nicht schaffte, die Reste wegzuwischen.

»Nein. Nichts.« Einen Moment länger, und ich hätte mich bei ihm bedankt, vielleicht zu viel gesagt, mich verwundbar gemacht. Das konnte ich mir leider nicht leisten. Eventuell nie wieder.

»Du bist mir ein Rätsel, Jeanne.«

»Und du vielleicht die Lösung dafür, Andre-Claude.« Hatte ich das ausgesprochen?

Archie ließ mir keine Pause nach meinem Satz, sondern griff blitzschnell in meinen Nacken und küsste mich. Bevor ich verstand, was vor sich ging, spürte ich das Kissen unter meinem Rücken und Archie auf mir.

Außer Atem ließ Archie von mir ab. Seine Haare kitzelten mein Gesicht, und seine Augen strahlten wieder diese Magie aus, die mich wie Fesseln an ihn band.

»Willst du das auch?«

Ich schnaubte belustigt. »Ist das ein Scherz?«

Dieses Mal zog ich ihn zu mir und küsste ihn. Unsere Lippen passten perfekt aufeinander, dass es sich wunderbar neu, aber gleichzeitig vertraut und bekannt anfühlte.

Benebelt von den Shishadüften und den Gewürzen um mich herum vergaß ich beinah die anderen um uns. Unauffällig spähte Archie um sich. Er spürte die verurteilenden Blicke auch. Irgendwoher kam ein bissiger Kommentar: »Widerlich.«

Sanitatem und Furta Noctra – das ging doch nicht. Oder? Albertine warf uns einen Blick zu, der mir sagte, dass sie nichts machen könne.

Élian kam mir in den Sinn. Erstmals verstand ich seine Bedenken, einen Mann in der Öffentlichkeit zu küssen. Darüber hatte ich mir bisher nie Gedanken gemacht, doch jetzt fühlte ich es.

Memo an mich: Élian ganz fest an mich drücken, auch wenn ihm das nichts bringt.

»Wir sollten vielleicht aufs Zimmer gehen?«, schlug Archie vor. Er wandte sich mit aufgerissenen Augen an mich.

»Also nicht um … O Mann. Ich meine, weil wir hier wohl unerwünscht sind. Nicht um, äh. *Merde.*«

Es fiel mir schwer, mein Schmunzeln zu unterdrücken, wenn ich miterlebte, wie Archie sich um Kopf und Kragen redete.

»Ich weiß. Ja, gehen wir.«

Wir schlängelten uns zwischen den Sanitatem hindurch. Der schlichte hölzerne Flur draußen wirkte wieder wie aus einer völlig anderen Welt.

»Ach, Archie?«

»Ja?«

»Sieht aus, als hättest du mich nun geküsst.«

Archie öffnete den Mund, schloss ihn aber wieder, ehe er sagte: »Sieht so aus. Aber ich bereue nichts.«

»Ich auch nicht.«

***

Das uns überlassene Zimmer, von dem niemand zugab, dass es nur eine Abstellkammer war, platzte mit den zwei hineingepferchten Klappbetten aus allen Nähten. Dort angekommen, zogen wir uns noch angenehmere Klamotten an, und dann dauerte es keine fünf Minuten, und wir lagen wieder aufeinander.

»Warte, ich …« Mit wellenartigen Bewegungen suchte ich eine gemütlichere Lage.

»Pardon. Ich wollte dich nicht drängen. Der erste Kuss ist ja von dir gekommen und …«

»Archie.« Ich küsste ihn. »Laber nicht. Habe mich nur bequemer hingelegt.«

»Ach, du willst mir sagen, du bist eigentlich nicht so eine, oder was?« Archie wackelte mit den Augenbrauen.

»Bin ich auch nicht. Nicht immer.« Ich hustete. »Außerdem gibt es kein: Nicht so eine sein. Wenn ich Spaß haben will, habe ich Spaß. Wir sind nicht in den Neunzigern. Ich wollte nur wissen, ob du zufällig ein Kondom dabeihast.«

»Ja.«

»Das kommt aber selbstbewusst daher.«

Archie hüpfte von mir herab und legte sich auf das andere Klappbett mit dem Rücken an die Wand gelehnt. »Jacques hat es mir am ersten Tag nach unserer Flucht gegeben. Er meint, ich soll mich austoben.«

»Hm, na ja. Kann ich verstehen. Du hast Sex sicher vermisst.«

»Das kann man nicht unbedingt sagen. Weißt du, ich bin, ähm, lange eingesperrt gewesen.«

»Soll das heißen, du bist noch Jungfrau?« Wow.

»Was nicht heißt, ich habe keine Erfahrung, immerhin hatte ich im Kerker Zeit mit mir und ...«

Das Lachen schüttelte mich nun so durch, ich konnte nicht mehr an mich halten.

»Warte. Ich habe das nicht *so* gemeint. Ich meinte, in meinem Kopf und ... Ach, egal.« Archie lachte selbst, und es tat gut, jemanden zu haben, mit dem ich neben all dem Chaos, das abging, trotzdem noch Spaß haben konnte.

In irgendeiner Kriegsdoku hieß es, Lachen helfe den Leuten, ihre Lage einigermaßen zu überstehen.

Nach einer Weile verklang das Lachen, und wir lagen seitlich, einander zugewandt, sahen uns in die Augen. Das dumpfe, weiße Licht der Neonröhre flackerte nicht mehr nur, es erlosch beinah. Ich streckte meine Hand zu Archie, und er tat es mir nach. Wir schafften es nicht, uns zu berühren, und rutschten näher an die Ränder. Die Klappbetten quietschten unter unseren Bewegungen. Endlich erreichten sich unsere Fingerspitzen. Ein sanfter Stromstoß jagte durch meine magischen Adern.

»Spürst du es auch?« Archies Stimme klang leise und sanft.

Ich nickte. »Denkst du, es musste so sein? Also, dass wir uns begegnet sind. Du weißt schon. Schicksal und der ganze Kitsch.«

»Ich mag nicht an Schicksal glauben. Stell dir mal vor, alles, was mir passiert ist, sollte so sein. Wie schlimm wäre das denn?« Archie rutschte zur Wand und lehnte sich an.

Normalerweise war ich kein Fan davon, den ersten Schritt zu machen. Zumindest nicht seit der Sache mit Yassin. Trotzdem stand ich auf und setzte mich auf Archie.

Ob ich merkte, wie sich seine Augen weiteten, ehe er völlig gelassen tat? Ja. Fand ich das niedlich? Ja.

Ich strich Archies Haare zurück und fuhr danach über seine stoppeligen Wangen. Meine Finger wanderten über sein Kinn zu seinem Hals. Er strahlte so eine Wärme aus, dass ich meinen Kopf am liebsten in die Mulde zwischen seinem Hals und der Schulter vergraben, seinen Duft aufgesogen und die Zeit angehalten hätte. Allerdings wollte ich für meine folgenden Worte Archie direkt ansehen.

»Ich will auch nicht daran glauben. Weißt du aber, woran ich glauben möchte?«

Archie schüttelte den Kopf.

»Dass wir an alldem nicht schuld sind und alles gut wird.« Dabei musste ich an diese TikToks denken, die Ella machte, in denen sie töpferte und dabei mit einem Voiceover irgendwelche platten Self-Care-Sprüche aufsagte. »Wenn wir nicht fest von einem guten Ausgang überzeugt sind, wer dann?«

Archie nickte und wirkte unruhig. »Ja, du hast recht.« Mein verlegenes Kichern erfüllte den Raum.

»Archie, du trägst nur graue Sweatpants, denkst du, ich spüre es nicht längst?«

Was ich im Licht der kaum noch funktionierenden Neonröhre wahrnahm: wie Blut in seine Wangen schoss und sich seine dünne Haut verfärbte. Um die Situation für ihn angenehmer zu gestalten, küsste ich Archie. Vergrub seine Unterlippe zwischen meinen Lippen.

»Nur um das klarzustellen: Ich finde dich noch immer blöd.« Ich lehnte meine Stirn an Archies.

»Natürlich.«

Gemeinsam verloren wir uns in unseren Küssen, bis sich Archies Hände unter mein Shirt schlichen. Langsam, wie ein schüchternes Tapsen, krabbelten seine Finger meinen Rücken hoch.

Jedes Mal, wenn er meinen Körper berührte, kam es einem Gewitter gleich. Einem sanften Schock, dessen Intensität mich überwältigte. Eine Hitzewelle nach der nächsten überrollte mich, bis ich es kaum noch aushielt und mir mein Shirt auszog.

»Tz, tz. Wie vor ein paar Tagen im Park. Da hast du mich auch überfallen. Du hältst es ja gar nicht ohne mich aus.« Archies breites Grinsen unterstrich seine glühenden Mitternachtsaugen, die mir komischerweise gar keine Furcht einjagten, nein im Gegenteil, sie machten mich so scharf wie seit Langem nicht. Verbotene Früchte waren noch immer die besten. Ich erspähte Archie ebenfalls oberkörperfrei vor mir und ließ scheu meine Hände über seiner Brust schweben, bis ich mich traute, sie aufzulegen.

Ein sanftes Seufzen entwich mir, unmöglich, es zu unterdrücken. Verblasste Narben, manche mit Tattoos bedeckt, deren Pfade ich mit meinem Zeigefinger verfolgte, führten zur Stelle über seinem rasenden Herzen. »Wer auch immer dir das angetan hat, wir werden sie dafür bezahlen lassen.«

»Wir?«

»Ja, wir. Keine Ahnung, was dein Vater und meine Mutter uns noch verschwiegen haben. Irgendetwas verbindet uns, weshalb sie uns beide aufhalten wollen. Aber weißt du, womit sie niemals rechnen?«

»Womit?« Archie wickelte eine meiner Strähnen um seinen Finger.

»Dass wir ihren Manipulationen trotzen und sie aufhalten werden.« Nach meiner Antwort griff ich unter Archies Kinn. Mein Daumen an seiner einen Wange, die restlichen Finger an der anderen Wange. »Und jetzt zeig mir, was du dir in deinem Gefängnis vorgestellt hast.«

Archie und ich verloren uns erneut in einer ganz eigenen Dimension, in der es nur uns gab. Zügig verteilten wir unsere Klamotten im Raum. Ich klammerte meine Beine um Archie, und er knallte meinen Rücken gegen die Tür. Es trieb mir die Luft aus den Lungen, und ich freute mich, dass mein Körper durch die Magie schmerzresistenter war.

Im nächsten Moment stießen wir bereits gegen eines der Regale auf dem Putzmittel, Eimer und anderes Zeug gelagert wurden. Vieles davon schepperte zu Boden, doch es kümmerte uns nicht. Auch nicht der Geruch des aufgeplatzten Desinfektionsmittels, der in der Luft lag. Wie in einem Rausch verschmolzen die Sekunden mit den Minuten, und ich nahm nur noch Archies Wärme wahr.

Nach und nach überzeugte mich der Nebel in meinem Kopf von der toxischen Wirkung, die die Vereinigung von Furta Noctra und Sanitatem zur Folge hatte. Wie erklärte ich mir sonst mein fieberhaftes Verhalten? Ich wischte Archie, der meine Mitte zum Glühen brachte, eine schwitzige Strähnen aus dem Gesicht. Diese brennende Begierde, die er in mir erweckte, verlangte nach ihm. Ich wollte nichts weiter, als mit Archie zu verschmelzen, ihm näher als jemals zuvor zu sein.

Diese alles verzehrende Leidenschaft schlug in Schmerzen um. Ich hielt es kaum noch aus, ohne Archie zu sein.

Die Gleiche nicht nur animalische, sondern auch liebevolle Lust entdeckte ich auch in Archies Gesicht. Wir tauschten in einer geschmeidigen Bewegung die Plätze.

Als es endlich an der Zeit war, mit Archie das Finale einzuläuten, ging eine Welle der Erleichterung durch mich, und ich wollte, dass es niemals endete. Über ihm klatschte ich meine Hände gegen die Wand, sein Kopf dazwischen, und wünschte mir, niemals aus diesem Augenblick zu entkommen.

***

Einige der Hippie-Sanitatem beäugten Archie und mich manchmal noch komisch. Vermutlich war unsere Liebesnacht nicht so privat geblieben, wie wir es gehofft hatten. Viele der Sanitatem hier gehörten zu den stärksten rundum Paris und kümmerten sich präzise um die Einhaltung unserer Regeln. Auch darum, dass wir in Frieden lebten, ohne dass Furta Noctra Probleme machten.

»Schaffst du das?« Archie hielt vor der Glassäule mitten in dem großen Raum, der wie ein Theatersaal wirkte. Die Bühne fand in der Mitte Platz, und die dunkelroten Klappstühle mit grünen und gelben Sternen auf dem Stoff waren darum herum aufgestellt worden.

»Wenn wir ihre Hilfe wollen, habe ich sowieso keine Wahl.« Ohne mich nach ihm umzudrehen, schritt ich die drei Holzstufen zur Bühne hoch. »Ich muss mitmachen.«

Um die Bühne führte eine Eisenstange entlang, die an zwei Säulen befestigt war, die einander gegenüberstanden. Neben ihnen hingen die Vorhänge der Kreisbühne. Jeder Schritt auf dem Holzboden knarrte, und die wenigen Sanitatem samt ihrer Lichtquallen, die gekommen waren, saßen mit skeptischer Miene da und beobachteten mich.

Mein Herz pochte. Alle Ängste in mir boxten mir gegen den Magen. Nach dem Wunsch, wegzulaufen, war der zweite, mich zu übergeben. Einzig Archie, der sich auf den Klappstuhl vor mir setzte, beruhigte mich. Na ja, ein wenig.

Archie war meteoritengleich in mein Leben eingeschlagen und zerstörte alles, was mir bekannt war, um an meiner Seite eine neue Realität aufzubauen. Ja, Archie war mein Dilemma, meine Misere und meine Krux, aber er war auch meine neue Freiheit.

»Bist du bereit für diese Prüfung?« Sofort zuckte ich zusammen und legte vor Schock meine Hand an mein Brustbein. Wann war Albertina hinter mir aufgetaucht?

»Ähm. Ist das notwendig? Wir hätten nur gern eure Hilfe, um gegen meine Mutter zu bestehen. Sie tyrannisiert euch schließlich ebenfalls und ...«

»Jeanne.« Warum unterbrach Albertine mich ständig?

»Wer?«

»Dein Name ist doch Jeanne, oder?« Albertine legte den Kopf fragend zur Seite.

»Ah, natürlich. Jeanne. Die meisten nennen mich Jane, weil ...« Archie machte mit der Hand eine schneidende Bewegung vor seinem Hals. »Ach, egal. Bin nervös.«

»Die Statuten besagen, jede und jeder Sanitatem muss diese Prüfung ablegen. Nur so können sie hierbleiben. Sie zeigt, ob auch du würdig bist, bei uns zu sein.«

»Also muss man würdig sein, Hilfe zu bekommen? Was unterscheidet euch dann von meiner Mutter, die glaubt, entscheiden zu dürfen, wer es wert ist, wiederbelebt zu werden?«

Aufgebrachtes Getuschel hallte durch den Saal. Ich hörte immer wieder Beschimpfungen wie »Mitternachtssympathisantin« oder ein einfallsloses »Schlampe«.

»Ruhe.« Albertines Stimme schien überall zu sein. »Du darfst deine Zweifel an uns hegen wie wir sie an dir. Es steht dir aber auch frei, zu gehen und allein einen Weg zu finden. Bei dieser Prüfung geht es einzig und allein darum, zu sehen, ob du eine Sanitatem mit einem reinen Herzen bist, die uns nicht hintergeht.«

»Ach so.« Ich schlug mir mit dem Handballen gegen die Stirn. »Ich Dummerchen. Ihr habt mich durchschaut. Selbstverständlich verarsche ich euch. Eigentlich arbeite ich mit meiner Mutter zusammen und sehne meinen Tod durch ihre Hand herbei.«

»Jeanne. Jane. Wie auch immer. Bist du dann fertig mit deinen Spielchen?« Konnte Albertine ihre unbeeindruckte Miene noch übertrumpfen?

»Na schön. Fangen wir an.« Ich überkreuzte meine Arme vor der Brust und wartete, was auf mich zukam.

Ich kam mir vor wie ein unreifes Mädchen. Ich hatte erstens keine Geduld mehr – Hallo? Meine Mutter, ihre Anhängerschaft und die Furta Noctra suchten nach mir – und zweitens fehlte mir die Kraft, weitere Zweifel zu ertragen.

Albertine schnippte mit den Fingern, und zwei Frauen mit langen, roten Haaren, die schwarze Trainingsanzüge trugen, schleppten die Glassäule auf die Bühne.

»Du steigst hinein, und wir fluten dich mit Sanitatemlicht. Erlischt es, bedeutet es, dass du keine guten Absichten uns gegenüber hast.« Albertine öffnete die Luke, die hineinführte. Ihre Ansprache verunsicherte mich in Bezug auf mein Anliegen.

Bat ich die Sanitatem denn wirklich ohne Hintergedanken um Hilfe? Natürlich hoffte ich auf Ablenkungsmanöver. In dieser Zeit könnten Archie und ich unsere Elternteile angreifen. War es deshalb falsch von mir, sie um Hilfe zu bitten?

Egal. Es gab kein Zurück mehr, also stieg ich in die Glassäule. Archie hielt seine gedrückten Daumen hoch. Sein ermutigendes Lächeln wirkte verkrampft.

Mir blieb nicht viel Zeit, um mich vorzubereiten, denn ohne Umschweife erhoben sich die Sanitatem und reckten mir ihre Finger entgegen. Lichtkugeln waberten vor ihnen. Ihre Lichtquallen verbanden sich mit ihnen. Gleich danach schossen helle Strahlen auf mich ein. Ich duckte mich weg und schlug gegen die Glasscheibe hinter mir. Es gab kein Entkommen mehr.

Die Helligkeit füllte die Glassäule wie Wasser auf, und ich glaubte, in dem Licht zu ertrinken. Es fühlte sich an wie brennheißer Orangensaft und gab mir keinen Raum mehr, zu atmen. Hektisch bewegte ich Arme sowie Beine, strampelte um mich. Die Panik schlug gegen alle Alarmglocken in meinem Kopf, und die Versagensangst bescherte mir Magenkrämpfe.

Meine Frage, wie lange das noch dauern sollte, lag mir auf der Zunge. Energie überrumpelte mich. Sie strömte unaufhaltsam aus mir. Wut gepaart mit Sorge verband sich mit meiner Magie, trieb sie aus meinen Poren und brachte sie zum Explodieren.

Das Lichtmeer floss ab und Glasscherben regneten um mich. Die Strahlenflut schwemmte mich aus der Säule, und ich landete auf dem Holzboden der Bühne. Hustend wollte ich die Flüssigkeit von mir wischen, bis ich bemerkte, dass ich völlig trocken war.

»Scheint, als hätte meine Kleine das gepackt.« Archie jubelte, doch noch bevor ich zu ihm sah, entdeckte ich Albertine, die mich ausnahmsweise nicht mit einer gelangweilten Miene betrachtete.

Der Schock stand ihr ins Gesicht geschrieben, und dann fiel sie vor mir auf die Knie. Huch? Hatte ich etwas verpasst? War ich in eine andere Galaxie gesogen worden?

»Albertine?« Jemand aus dem Publikum erhob sich, was ich an dem raunenden Klappstuhl erkannte, und eilte auf die Bühne.

Türkise Strähnen ihres kurzen Bobs fielen um sie, als sie sich zu Albertine kniete, aber die nahm sie kaum wahr.

»Sie ist die neue Regina Curantis.« Albertines Stimme klang ausgetrocknet.

Regina Curantis? Die Königin der Heilenden? Aber so nannte man doch meine Mutter hinter vorgehaltener Hand.

Kapitel 18

Vermutlich wäre es angebracht, nicht in meinem Abstellkämmerchen Schrägstrich Zimmer zu sitzen und zu heulen, nachdem ich die Sanitatemprüfung mit Auszeichnung bestanden hatte. Auszeichnung mit Sternchen. Tja, leider tat ich genau das. Mein Schluchzen hallte mir selbst in den Ohren, und mein Brustkorb hob und senkte sich in einem Tempo, das ich nicht mehr für gesund hielt. Direkt nachdem Albertine mich als Regina Curantis bezeichnet hatte, war ich geflohen, um mich umzuziehen und in mich selbst zu verkriechen. Meine Mutter wieder so präsent in meinem Kopf zu haben, die ich bisher verdrängt hatte – mal mehr, mal weniger erfolgreich –, nahm mir die Luft zum Atmen.

Bisher hatte ich es geschafft, den Gräueltaten meiner Mutter auf der Wutschiene zu begegnen. Nun gelang mir das nicht mehr. Mich überkamen all die schönen Erinnerungen, in denen ihre Mutterinstinkte sie überwältigt hatten – oder keine Ahnung, was da im Spiel gewesen war. Vielleicht eine Persönlichkeitsstörung, die damit einherging, dass sie doch auch eine Mutterseite in sich trug? Was es auch war, es gab sie. Die weich gezeichneten Kindheitsschätze, die ich in meinen Gedanken mit mir trug.

Wie konnte sie mir das antun? Wie konnte meine Mutter mich verraten?

Wann immer ich ihren Duft roch und die damit verbundene Umarmung spürte, wusste mein Kopf nicht mehr damit umzugehen. Sobald ich nur leicht den Geruch einer Zigarette in der Nase hatte, schimmerte das Bild meiner Mutter in meinem Sichtfeld auf. Bis vor Kurzem hatte ich in diesen sorglosen Gedanken geschwelgt, nun konnte ich nur noch daran denken, dass mein ganzes Leben einer einzigen Manipulation glich.

Ich umschlang mich selbst – denn so verliefe doch mein weiteres Leben, oder? Allein. Ich musste mich allein stützen und festhalten. Mit angezogenen Knien saß ich da und fragte mich, wie ich das alles ertragen sollte.

Seufzend legte ich den Kopf in den Nacken und biss mir auf die Unterlippe. Den Schmerz hielt ich aus. Er lenkte mich von dem Leid tief in meiner Brust ab. Warum tat es so unendlich weh? Tränen tropften in meine Ohren. Ich setzte mich wieder aufrecht hin und streckte die Beine durch. Dieser Verrat würde mich Tausende Euro für Therapien kosten, sollte ich überleben. Wobei ich meine Mutter für den folgenden Gedanken umso mehr hasste: Wollte ich das? Überleben? Ohne Perspektive, dafür mit einer zerstörten Psyche, die stets dafür sorgte, dass niemand meine Entscheidungen verstand, der nichts Ähnliches durchgemacht hatte? Die Schutzmauer, die ich hochgezogen hatte, um all das durchzustehen, bröckelte. Wofür tat ich all das?

»Jane?« Das Klopfen folgte, aber Archie hatte die Tür längst geöffnet. »Jane.«

Archie kniete sich vor mich.

Die Zeit nutzte ich und wischte mir die Tränen weg. »Alles gut.«

»Das ist lächerlich. Dein Gesicht ist gerötet, deine Augen ebenfalls, und ich habe deine Tränen gesehen.« Archie sah sich um. »Außerdem habe ich dich Schluchzen gehört. Weißt du, wie hellhörig es hier ist? Kein Wunder, dass sie uns alle anstarren.«

Mein Auflachen kam eher einem Reflex gleich. Klar hatte er mich gehört. Ertappt schnappte ich mir ein Taschentuch und putzte mir die Nase. »Ein Augenblick der Schwäche. Mehr nicht.«

»Jane, du hast viel zu verarbeiten. Weißt du, wie viele Wochen ich damals geheult habe, bis ich auch nur daran denken konnte, wieder zu lachen? Wenn du über etwas reden willst, schäme dich nicht dafür.« Stimmt, Archie verstand meine Gefühle, weshalb ich beschloss, mich zu öffnen.

»Du hast recht. Mir wächst einfach alles über den Kopf. Ich kann kaum noch schlafen. Oft wache ich nachts schreiend auf. Meine Hände und Füße kribbeln, und ich denke mir: Jetzt ist es so weit, der Herzinfarkt kommt. Manchmal zucke ich nachts auf, weil ich geträumt habe, meine Mutter habe mich gefunden und getötet. Dann ist mein Gesicht nass von Tränen.«

»Ich weiß. Hab ich mitbekommen.« Archie wischte über meine Wange. »Wir kennen uns noch nicht lange. Doch diese Umstände schweißen uns zusammen. Mehr, als es monatelanges Daten jemals könnte.«

Ich nickte, woraufhin Archie meine Hände nahm und mit mir gemeinsam aufstand. »Außerdem hast du einen trauuuuumhaften Body.«

Ein ehrliches Lachen kam samt Huster aus mir. »Deiner ist auch nicht schlecht.«

»Nicht schlecht?« Einen kleinen Knuff später hatte ich meine Antwort. Wofür ich weiterleben sollte? Für Archie. Für Élian. Für Ella. Für mich.

»Nicht schlecht, ja?«, wiederholte Archie. »Vielleicht muss ich ihn dir noch einmal zeigen.« Archies Worte verloren sich in seinen Küssen an meinem Nacken.

Ich strich meine Haare nach hinten und schloss die Augen. Nähe. Genau das brauchte ich. Ein paar Minuten für uns, in denen ...

Ein Knall riss uns beide aus unserer Hingabe. Schreie hallten von draußen bis zu uns. Verdammt, hier hörte man echt alles.

Schritte. Nur noch wenige Meter von unserem Zimmer entfernt. Ein Rütteln an der Türklinke.

Lass es bitte nur ein heftiges Training sein, zu dem wir gerufen werden, und nicht ... Mein Gedanke wurde unterbrochen.

Albertine riss die Tür auf. »Deine Mutter.«

Zum zweiten Mal entdeckte ich in Albertines Gesicht eine andere Regung als die sonstige Gleichgültigkeit. Ihr Äußeres hatte sich ihrer Aufgebrachtheit angepasst. Die Haare zerzaust. Ihre weiße Kleidung schmutzig und an der Schulter aufgerissen. An der Wange ein blutiger Kratzer.

»Habt ihr uns verraten?« Ich musste diese Frage stellen.

»Nein.« Ich glaubte Albertine. »Deine Mutter muss seit Längerem jemanden eingeschleust haben, der uns ausspioniert.«

Jap, das klang nach meiner Mutter. Warum hatte ich nicht daran gedacht? Mein inneres Kind wollte nicht wahrhaben, wie übergriffig meine Mutter war.

»Nimm das.« Albertine ließ die Tür los und stolperte zu mir. »Nimm es, schnell.« Mehrmals zuckte ihr Blick zum Ausgang. Unter ihrem hochgeschlossenen Kleid mit dem Spitzenkragen holte sie schließlich eine runde, längliche Prismaperle hervor. Die hauchdünne Goldkette, an der sie hing, wollte sich nicht lösen, so sehr sie auch daran herumfummelte.

Archie umfasste die Perle und riss sie Albertine vom Hals. »Sorry, das dauerte zu lange.«

Albertine beäugte verwirrt Archies Hand, dann sein Gesicht. »Wie kannst du die Perle berü…«

Eine erneuter Knall ließ uns alle verstummen. Albertine schüttelte den Kopf. »Geht.«

»Was? Nein. Wir müssen euch helfen. Wir, ihr, ich, äh.« Meine Worte stolperten über meine Zunge, und meine Kehle schnürte sich zu.

Albertine schob uns bereits aus dem Zimmer. »Wir regeln das. Irgendetwas geht vor sich, und ich denke, wenn sie euch erwischen, passiert etwas Schlimmes. Geht den Gang hinunter und in das letzte Zimmer.«

Das ging mir alles zu rasch. Was meinte sie?

»Ist das nicht dein Zimmer?« Woher hatte Archie die Info, wo ihr Zimmer war?

»Geht hinein, schiebt den Schrank zur Seite und folgt dem Fluchtweg. Nehmt am Ende das Motorrad.« Albertine sprach in einer für sie ungewöhnlichen Geschwindigkeit. Mein Gehirn tat sich zunächst schwer, mitzukommen.

»Den Schrank mit den Kräutern oder …«

»Ja.« Nachdem Albertine ihn unterbrochen hatte, drängte sie uns nach draußen.

»Danke, Albertine, dass du uns hilfst und uns Zeit verschaffst.« Ich umarmte sie.

»Für alles. Danke.« Archie und Albertine sahen sich an. Steckte mehr hinter Archies Worten?

Eine Staubwolke schleuderte um die Ecke und steuerte wie eine giftige Schlange auf uns zu. Albertine brauchte nichts mehr zu sagen. Archie schnappte meine Hand und riss mich mit sich.

***

Sanft streichelte das Wasser des *Le Petit Rosne* meine Füße. Hinter uns lag das Motorrad, von dem Albertine gesprochen hatte, im hohen Gras. Ich spürte den aufgeheizten Auspuff bis zu mir. Archie krempelte gerade noch seine schwarze Hose hoch, dann stöhnte auch er erleichtert auf, als seine Füße durch die Wasserdecke brachen. Irgendwo in der Nähe von *Sarcelles,* einem Ort vor Paris, waren Archie und ich ins Schleudern gekommen. Diese Unaufmerksamkeit hatte uns gezeigt, dass wir etwas Ruhe brauchten, bevor wir uns noch selbst aus dem Weg räumten. Diese Zwangspause nutzten wir, um unsere Gemüter abzukühlen. Diese überstürzte Flucht aus *Goussainville* hatte uns beide aus dem Konzept gebracht. Nicht nur dass Archie fünftausend Jahre gebraucht hatte, das Motorrad in Bewegung zu setzen, nein, wir wären auch mindestens zehnmal beinah von der Straße abgekommen oder in Unfälle verwickelt worden. Das lag nicht nur an Archies und meinen schlechten Fahrkünsten. Es war auch unser Gehirn, das sagte: bis hierhin und nicht weiter.

»Jane?«

»Ja?«

»Passiert das alles gerade wirklich?«

Bevor ich antwortete, kniff ich mir in den Handrücken. »Ja, das tut es.«

Stille breitete sich aus. Nur das sanfte Plätschern des Flusses war zu hören, und ich merkte, wie mein Inneres inmitten dieser Ruheoase stürmte. Mein gesamter Körper bebte bei der Anstrengung, all das Erlebte zu verarbeiten. Die Bilder der letzten Tage wegzublinzeln, kostete mich Kraft.

»Wir können nicht lange lieben bleiben. Wir müssen weiter.« Jede Sekunde, die ich nicht nutzte, um unser Elend zu beenden, fühlte sich verloren an. Außerdem kam es mir völlig unlogisch vor, mich zu erholen. Ella und Élian schwebten in Gefahr, und unsere Gegner waren dadurch im Vorteil.

»Ich weiß. Ich kann nur nicht mehr.« Archie klang außer Puste.

War es fair, zu pausieren, während Albertine für uns kämpfte? Apropos Albertine:

»Hast du dich mit Albertine in ihrem Schlafzimmer getroffen?« Ich rückte weiter nach rechts und nahm Archies Hand. Gras kitzelte an meiner Haut, und eine Pusteblume neben mir schickte ihre Pollen in die Luft.

»Ich war bei ihr, bevor ich zu dir ins Zimmer kam und dich beim Weinen erwischt habe. Wir haben aber auch davor schon mal über die Prismaperle gesprochen. Albertine wollte, dass ich sie dir gebe. Aber ich habe sie darum gebeten, dass sie das übernimmt, sobald sie die Perle ein wenig modelliert hat.« Archie brauchte einige Verschnaufpausen, bis er zu Ende erklärt hatte.

»Modelliert?«

»Ich habe ihr einen Teil meiner Furta-Noctra-Macht gegeben. Vermutlich kann ich die Perle deshalb berühren. Keine Ahnung. Damit du insoweit immun dagegen bist, dass dir niemand mehr Wahnvorstellungen verpassen oder deine Energie völlig aussaugen kann. Ich halte das bei mir schon aus. Nur gegen Schattenkugeln oder dunkle Blitze bist du nicht geschützt.« Archies Einfall überraschte mich. Trotzdem vergaß ich nicht die liebevolle Geste dahinter. »Die Prismaperle kennst du ja vielleicht von Sanitatemaufzeichnungen. Jedenfalls verstärkt sie deine Kräfte und erweitert dein Verständnis für die Magie in dir. Damit bist du ohne noch mehr Training nun viel weiter mit deinen Kräften.«

Ich setzte mich auf und zog Archie hoch zu mir. »Das hast du für mich getan?«

»Ja, also, ähm, natürlich nur, damit du mir nicht mehr so eine große Last bist.« Archie hustete und rieb sich Gras vom Hinterkopf.

»Alles klar.« Ich stieß ihn zurück ins Gras und setzte mich auf ihn. Schemenhaft nahm ich jemanden wahr. Sofort sprang ich hoch und stand, Archie zwischen meinen Beinen. »Wer bist du?«

Erst nachdem ich meine Kampfsporthaltung eingenommen hatte, erkannte ich eine ältere Frau mit rotem Sonnenhut, die auf einem Fahrrad saß. »Es tut mir leid, mein Kind. Ich wollte euch nicht stören.« Ihre Kinnlade klappte herunter.

»Entschuldigung. Ich bin, äh, sehr schreckhaft. Können wir Ihnen weiterhelfen?« Wie peinlich.

»Ihr seht erledigt aus. Ich habe euer Motorrad gesehen und musste an die Urlaube mit meinem Mann denken. Wir sind überall damit hingefahren. Monaco, Bern, Liechtenstein, Verona, Siena. Herrlich. Leider lebt er nicht mehr. Pardon.« Trauer huschte über ihr Gesicht. »Ich habe mich gar nicht vorgestellt, wie unhöflich. Ich bin Desiree.«

Archie rutschte zwischen meinen Beinen hervor, was mir vor der vornehmen Madame unangenehm war, und erhob sich. Er deutete eine Verbeugung an, was noch merkwürdiger war. »Sie stören nicht. Tut mir leid wegen Ihres Mannes. Ich hoffe, ich kann mit ...« Archie nahm meine Hand und fuhr verlegen fort: »Mit meiner Freundin auch eines Tages so viel reisen.«

Bumm. Babumm. Bumm. Babumm. Bumm. Blut rauschte in meinen Ohren, und es fiel mir schwer, gelassen zu lächeln. Denn eigentlich wollte ich alles umarmen. Den Fluss – ja, den Fluss –, Desiree und die gesamte Welt. Archie hatte mich seine Freundin genannt. Er war also mein Freund. Ich war in einer Beziehung. O mein Gott.

»Ich auch«, sagte ich lächelnd, während ich innerlich schrie: »Haben Sie das gehört? Ich bin jemandes Freundin, muahaha.« Aber das schien mir nicht meinem Alter angemessen. Was mich komischerweise sonst nicht kümmerte.

»Bestimmt werdet ihr das. Wollt ihr vielleicht diesen Korb Erdbeeren? Das sind die Reste meines Marktstandes, die ich nicht verkauft habe, und ich kann diese Dinger gar nicht mehr sehen.« Desiree hielt uns den Flechtkorb entgegen. »Ihr würdet mir die Zeit und den Platz ersparen, sie einzufrieren.« Desirees elegante Zuvorkommenheit passte zu ihrer blassrosa Aura.

»Das können wir doch nicht annehmen.« Wie auf Kommando knurrte Archies Magen.

»Das solltet ihr sogar.« Desiree streckte uns den Korb hin, und da sie sicher nicht nachgäbe, nahm ich ihn an.

»Dankeschön.« Was machte ich denn da? Jetzt verbeugte ich mich auch leicht vor ihr. Herrje, ich war echt durch den Wind.

Desiree fuhr los mit ihrem Rad und winkte uns noch. »Denkt an mich, wenn ihr Siena besucht.« Gleich danach verschwand sie hinter der nächsten Ecke.

Wir verabschiedeten uns lauthals und setzten uns wieder ins Gras. Mit gespreizten Beinen saßen wir Fußsohlen an Fußsohlen gegenüber voneinander. Ich stellte den Korb mittig zwischen uns.

»Zählt das als Date? Ein Erdbeerpicknick am Fluss?« Archie nahm die erste sattrote Erdbeere hervor, roch daran. »Ich habe eine leichte Erdbeerallergie, meine Lippen schwellen davon an. Komisch, oder? Vielleicht habe ich sie auch nicht mehr. Habe seit Jahren keine mehr gegessen.«

»Noch nie davon gehört, du wundersamer Mensch. Zählt das als Date? Ich finde: Ja.« Nun hieß es, Ruhe bewahren und nicht ausflippen. Jackpot, Jane. Oh, das wäre ein guter Name, falls ich vorhatte, Stripperin oder so zu werden.

Archie steckte sich die Erdbeere in den Mund und bedeutete mir mit dem Finger, näher zu kommen.

Ich biss in die Erdbeere bei Archie. Statt das süße Fruchtfleisch zu schmecken, stießen meine Zähne aufeinander. Archie hatte die Erdbeere einfach selbst in den Mund gesogen und gefuttert.

»Hey.«

»Pff, ich teile doch nicht mein Essen, nur weil du meine Freundin bist.« Archie lachte. Gleichzeitig warf ich ihm eine Erdbeere ins Gesicht und klaubte sie wieder auf.

So schön der Moment sich anfühlte, ich spürte auch die Schatten aufziehen, die mich fragen ließen: War das unser letztes gemeinsames Date? Bevor ich weiter darüber nachdenken konnte, drückte Archie mir eine Erdbeere ins Gesicht, bis sie matschig an meiner Lippe hing.

»Das hast du nicht getan.« Ich leckte mir mit der Zunge rund um den Mund, bis ich so viel wie möglich von der Beere erwischt hatte. »Na warte.«

»*Merde.*« Archie sprang hoch und lief weg. »Es ist zu verführerisch gewesen. Du warst so in Gedanken versunken.«

Das ließ ich ihm bestimmt nicht durchgehen. Das Lachen verginge Archie bald. Ohne Umwege folgte ich ihm, doch es fiel mehr schwer, mit Archies Laufgeschwindigkeit mitzuhalten. Was nicht bedeutete, dass ich ihn nicht aufhalten konnte. Ich sprang auf die andere Seite des Flusses, dort über eine Abzweigung und überrumpelte ihn.

Archie stürzte mit mir ins Wasser. Mit dem Kopf voraus tauchte er ein, und ich landete direkt auf ihm. Blasen gluckerten hoch. Da er mit den Armen ruderte, wirbelte er Wasser auf. Alles an mir bespritzte er damit. Ich rubbelte ihm noch über die Haare, dann hüpfte ich von ihm.

»Spinnst du?« Diese Reaktion hätte ich nicht von Archie erwartet. Wieder im Stehen wischte er sich mehrfach über das Gesicht, spuckte aus und hielt sich ein Nasenloch zu, um aus dem anderen Wasser zu schnauben. »Denkst du, das ist witzig?«

Archie näherte sich mir und schubste mich zurück. »Unter Wasser getunkt zu sein?«

»Übertreibst du nicht etwas? Das waren zwei Sekunden.« Ich wollte seine Hand nehmen.

Sofort zog Archie sie weg und strich sich die Haare damit zurück. »Ich übertreibe also? So wie du, als du beim Training mit Albertine ständig gejammert hast, weil dir die Beine wehtaten vom Meditieren? Anstatt dich zusammenzureißen, wenn sie dir schon zu mehr Macht verhelfen will?«

»Hä? Hörst du dir eigentlich zu? Und warum kommst du jetzt damit um die Ecke?« Das durfte doch nicht wahr sein.

»Weil du es ja nicht verträgst, kritisiert zu werden. Dich muss man mit Samthandschuhen anfassen, damit du nicht überfordert bist.« Archie riss sich das Shirt vom Leib und wrang es aus. Wasser tropfte auf Grashalme.

»Vergiss nicht, du wolltest mich begleiten. Wäre ich allein bei Albertine gewesen, wärst du mir gar nicht auf die Nerven gegangen.« Was machte ich da eigentlich? Wir puschten uns gegenseitig hoch.

»Ich habe dich genervt? Weißt du, wie es nervt, dich ständig überzeugen zu müssen, dass ich nicht der böse Furta Noctra – Pardon – Mitternachtsdieb bin? Nur wegen deiner Vorurteile? Vielleicht solltest du mich eher überzeugen, dass du keine voreingenommene Sanitatemgöre bist, die mir nach dem Leben trachtet.« Archies Stimme wurde immer lauter, und durch das, gepaart mit seinen Vorwürfen, konnte auch ich nicht mehr an mich halten. Was erlaubte sich dieser Arsch eigentlich?

»Du müsstest mich von nichts überzeugen, wärst du nicht so ein mysteriöser Penner. Ich kann nichts dafür, dass du eingesperrt und gefoltert wurdest.« Nach meinem letzten Satz kniff ich die Lider zusammen. »Archie ich …«

»Vergiss es. Du bist es, die wie all die anderen ist.« Kopfschüttelnd zog sich Archie das Shirt wieder an. »Keine Sorge, ich nerve dich nicht mehr. Pass auf, dass dich das Erdbeerfuttern nicht überfordert.« Dann hüpfte er auf das Motorrad und fuhr davon.

***

Erst die hektische Flucht von Albertine, dann der Streit mit Archie, und jetzt hatten uns auch noch Günstlinge meiner Mutter in Paris erwischt, nachdem wir es endlich in die Stadt geschafft hatten. Archie hatte nicht umgedreht, und wir waren auch nicht frisch versöhnt nach Paris zurückgekehrt, stattdessen war ich kurz nach der Stadtgrenze auf ihn gestoßen. Brigitte und Gilbert hatten uns mitten in der Diskussion, die von vorne losgegangen war, überrascht. Wie töricht von uns, die Deckung wegen eines Streits zu vernachlässigen. Vermutlich waren sie uns unauffällig gefolgt, seitdem wir Paris betreten hatten.

Beim Ausweichen stieß ich die junge Sanitatem, die sich Brigitte nannte, zur Seite. Ihr brünetter Zopf löste sich, und ihre giftgrünen Augen fingen mich ein. Sie war eine Brivido und kämpfte mit ihrem Freund Gilbert, den ich von früher durch die Sanitatemapp kannte, indem er sich selbst verletzte. Brigitte nahm ihm daraufhin den Schmerz und leitete ihn an ihre Gegner weiter, in diesem Fall an uns. Mehr würden sie jedoch nicht hinbekommen. Gilbert selbst konnte als Vulnus ausschließlich Wunden heilen und Licht erzeugen, besaß, wenn überhaupt, nur schwache Kampfmagie.

Die beiden schienen nebeneinander wie ein Ehepaar aus den Fünfzigern, vermutlich waren das irgendwelche Rockabilly-Vintage-Fetischisten. Gilbert drückte sich die dunkelbraune Helmfrisur zurecht und half Brigitte auf.

Ich stellte mich weit von Archie weg, der mich noch immer am Allerwertesten lecken konnte. Ihn hier anzutreffen, war keine große Überraschung gewesen. Wir hatten vorab geplant, über welche Straße wir die Stadtgrenze passieren wollten, und trotz unserer Differenzen hatte sich Archie daran gehalten. Meine Laune hatte sich aufgrund einer Taxifahrt mit einer Astrologietante, die mehr auf ihr Pendel als auf die Fahrbahn achtete, noch mehr verschlechtert. Zum Glück hatte ich in unserem Zimmerchen bei Albertine hinter den Putzmitteln etwas Geld gefunden und eingesteckt.

Gilbert und Brigitte bauten sich vor uns auf. Fliehen konnten wir nicht mehr, sonst würden sie nur allen von unserem Aufenthaltsort berichten oder uns folgen. Deshalb mussten Archie und ich zusammenarbeiten.

»Wir haben keine Zeit mehr, wir müssen sie ausschalten. Mutter und ihre Gefolgsleute werden bald da sein.« Die letzten Worte spuckte ich förmlich aus, da zog Gilbert ein Klappmesser hervor.

»Ihr seid aber überheblich. So leicht machen wir es euch nicht.« Brigittes Stimme klang rau und gefährlich. Um in der Gunst meiner Mutter zu stehen, täte sie bestimmt alles.

»Ach, was. Denkst du auch noch, ich wäre ein Depp? Das weiß ich auch.« Diesen Streit im Kampf fortzuführen, fehlte noch.

Brigitte entzog Gilbert die Schmerzen noch im selben Moment, in dem er sie sich zufügte, und verzog das Gesicht. Jetzt noch loszulaufen und sie zu attackieren, wäre dumm, also wartete ich, bis …

»Du blöder Hund.« Mein Rufen hallte in der Seitengasse von den Wänden wider.

Archie rannte in sein Verderben. Brigitte trat Gilbert mit voller Wucht weg, bis er gegen die barocke Fassade des Wohnhauses torkelte. Dort rutschte er zu Boden und atmete laut. Nachdem sie ihm die Schmerzen genommen hatte, brauchte Gilbert ein paar Sekunden, um wieder bei Kräften zu sein. Archie erreichte einstweilen Brigitte, die ihm die Hände entgegenstreckte, um die Schmerzen auf ihn zu übertragen.

»Kümmere dich um den anderen Kerl, falls man dir das zumuten kann«, meinte Archie.

Ein Team waren wir auf keinen Fall mehr. Mit zu Fäusten geballten Händen nahm ich mir den Typen vor, der gerade dabei war, seine Wunden zu heilen.

Vor Gilbert angekommen, schnappte ich mir seine braune Krawatte und wickelte sie um meine Faust, bis er vor mir stand.

»Versuch, diesen Schmerz wegzuzaubern«, flüsterte ich Gilbert zu und schlug mit meiner Stirn gegen sein Nasenbein, so heftig ich konnte.

Ein stechender Schmerz ging durch meinen Kopf, der eine Migräne ankündigte. Gleichzeitig hörte ich mit dem Aufschrei von Gilbert nach seiner knackenden Nase auch Archie brüllen. Und wieder überkamen mich Ängste, die ich zuvor nicht gekannt hatte, die Mauern der engen Seitengasse schienen sich zusammenzuziehen.

Archies Worte »... falls man dir das zumuten kann« waberten durch meine Gedanken, und ich schüttelte die Panik ab.

»Gilbert«, rief Brigitte.

»Nicht so schnell, Brünett Bardot.« Archie hielt sie zurück und nahm sie sich weiter vor.

Ich schnappte mir Gilberts Kopf. »Ich stell mir einfach vor, du bist der Mitternachtsarsch da drüben.«

»Heilerschlampe«, feuerte Archie mit Brigitte ihm Schwitzkasten zurück.

»Schattentyp«, keifte ich, da mir nichts Besseres mehr einfiel.

Gilbert schaute mit schmerzverzerrtem Gesicht an der anschwellenden Nase vorbei zu mir. Sein Blick war eine Mischung aus Leid und einem Fragezeichen.

Sofort riss ich die Augen auf und ließ ein helles Licht aus ihnen erstrahlen. Bevor ich wieder etwas anderes als ausnahmsloses Weiß wahrnahm, hörte ich erneut seine klingelnden Schreie. Langsam nahm ich wieder Konturen und Farben wahr, Gilbert lag vor meinen Füßen. Wow, diese Prismaperle verstärkte meine Magie tatsächlich. Albertine hatte Archie nicht belogen.

Archie ließ Brigitte vor sich auf den Boden fallen, die er ebenfalls k. o. geschlagen hatte. »Na, sieh mal einer an. Bist du auch nicht überfordert nach dem Kampf? Brauchst du erst mal einen Kräutertee und Klangschalenmusik?«

Ich hatte für Archies dumme Sprüche nur ein verächtliches Schnauben übrig, ehe ich erwiderte: »Sagt der, der die Hosen voll hat, wenn er einen Thriller liest.«

»Tz. Das ist peinlich, was du abziehst.« Archie erschuf einen schwarzen Tentakel aus seinem Finger, den er vor mich auf den Boden schnalzte.

»Das sagt der Richtige.« Auch ich wehrte mich gegen Archie mit einem Schild aus purem Licht.

»Du würdest einen Kampf gegen meinen Vater und deine Mutter niemals bestehen, die nehmen nämlich keine Rücksicht.« Wieder ein Hieb mit seiner Tentakelpeitsche, die hinter mir an die Mauer schlug.

Ich duckte mich weg und lief mit meinem Lichtschild auf ihn zu. Zuerst sprang er zur Seite. Archie unterschätzte mich, und das hatten sie bisher alle bereut. Ich stieß mich von der Steinfassade hinter ihm ab, zog mein Lichtschild vor und rammte ihn damit. Überrascht stürzte Archie zu Boden.

Dass er es gewagt hatte, meine Mutter zu erwähnen. Mein Lichtschild schmolz zu einem Klumpen und verwandelte sich dann in eine Kugel. Ich warf sie in meiner Hand wie einen Baseball hoch und fing sie auf.

Ein »Steht ihr auf Sadomaso oder was ist mit euch los?« unterbrach unseren Kampf.

Sofort sprang ich von Archie weg und ging in meine Kampfsporthaltung über.

Es dauerte, bis ich erkannte, woher die Stimme kam. Archie war mir da voraus, und ich hörte sein: »Haha. Witzig, Jacques.«

»Woher wusstest du, wo wir sind?«, fragte ich nach.

»Er kann als mein Bruder meine Kraft orten. Wenn ich es zulasse und nicht abgeschirmt werde oder zu weit weg bin.« Ruhig schlenderte Archie zu Jacques. »Was gibt's?«

»Sie haben Noir.«

Noch nie hatte ich derartigen Schock in Archies Gesicht bemerkt. »Noir? Ich dachte, sie sei tot.«

»Nein, wir haben einen Hinweis bekommen. Könnte auch eine Falle sein.« Jacques' Züge erweichten sich, und er klopfte Archie auf die Schulter. »Es tut mir leid.«

»Hinweis? Von wem?« Archie ging im Kreis.

Wer war diese Noir? Und warum hasste ich sie? Ach, pff, wie auch immer. Sollte Archie doch einer Noir nachweinen.

Jacques musterte mich. »Von Janes Lichtqualle.«

Bitte, was?

***

Die Sonne heizte die Dachterrasse von Ellas Familie auf, zu der uns Jacques geführt hatte. Normalerweise war dies hier ein Aufenthaltsort für Ellas afrikanische Familienmitglieder. Aber da ihre Mutter einen Putzfimmel hatte, ertrug sie kaum Gäste. Die Wohnung, die Ella uns sonst nie betreten ließ, verstörte mich allerdings weniger. Die fliegende Qualle, die um meine Schultern tanzte, war es, die mich an meinem Verstand zweifeln ließ. Regenbogenfarben glitzerten auf ihrem beinahe transparenten, milchigen Körper.

»Das ist hundertprozentig eine Falle«, wiederholte Ella.

»Es tut mir leid, dann gehe ich allein. Noir braucht meine Hilfe.« Mittlerweile hasste ich Noir nicht mehr. Dabei handelte es sich nämlich um Archies Schattenerdmännchen. Quasi das tierische Pendant zur Sanitatemqualle. Wenngleich es mich nicht kümmerte, was Archie vorhatte. Vielleicht ein bisschen.

Archie wanderte einen imaginären Kreis auf der Dachterrasse entlang. Ella lief neben ihm her und schob gigantische Vasen weg, die teurer waren, als es meine beiden Nieren auf einem Schwarzmarkt wären. »Bitte, ähm, Archie? Kannst du ...« Ella griff nach einem massiven Aschenbecher, von dem ich gar nicht wissen wollte, wie wertvoll er war. »... bisschen aufpassen, wo du langläufst?«

»Es tut mir leid. Ich habe dir gesagt, hätte es nur das kleinste Gerücht über Noir gegeben ...« Jacques wollte Archie am Handgelenk erwischen. Da sein Bruder den Arm wegzog, folgte Jacques ihm weiterhin.

»Dann hättest du besser nachforschen sollen. Nur weil du nicht auf deinen Partner aufpassen konntest, musst du nicht dafür sorgen, dass alle anderen ihren auch verlieren.« Archies weiße Sneakers kratzten über den Steinboden.

»Das meinst du nicht ernst«, sagte Jacques erstickt.

Archie schwieg, und die Atmosphäre spannte sich an. Jacques, der gekränkt den Blick senkte, tat mir leid. »Du weißt genau, dass ich nichts dafürkann, dass Jax von den Sanitatem«, Jacques sah mich unverhohlen an, »umgebracht wurde.«

Ich fühlte mich schuldig, dass die beiden stritten und Archie von unserer Auseinandersetzung noch aufgeheizt war. »Vielleicht könntet ihr …« Archies tödlicher Blick zwang mich, zu stoppen.

»Wie du meinst.« Jacques rannte kopfschüttelnd in die Wohnung hinein.

»Das haben wir gebraucht. Eine Familienfehde. Sehr gut.« Élian rempelte Archie beim Vorbeilaufen an und folgte Jacques. »Kümmere dich verdammt noch mal um ihn«, zischte Élian mir noch zu, bevor er in der Wohnung verschwand.

»Das war unnötig.« Mir doch egal, ob Archie das hören wollte oder nicht.

»Du machst dir gar keine Gedanken, wo deine Qualle bis heute gewesen ist?« Archie nickte zu ihr, und ein Stich wanderte durch meinen Körper.

»Ich … ich habe doch nichts von meiner Lichtqualle gewusst.« Ich blickte sie an.

Sie wandte sich zu mir, und ich hatte das Gefühl, sie zöge skeptisch eine Augenbraue hoch – hätte sie welche gehabt.

»Sie wurde mit dir geboren. Ich schätze, deine Mutter hat sie weggesperrt, bis sie deine Kräfte mit dem Trank in dir verschlossen hatte. Daraufhin wird deine Lichtqualle sich von selbst aufgelöst haben. Unsere magische Begleitung ist ja mit unserer eigenen Magie verknüpft. Nachdem sie in dir entfesselt wurde, wird deine Lichtqualle auch wiedererweckt worden sein.« Ein Blick zu meiner Lichtqualle zeigte mir, dass sie Archie zustimmte. Was für ein trauriges Schicksal.

»Ich brauche einen Namen für dich, oder?«

»Das ist kein Haustier, Jane. Typisch verzogene Sanitatem. Sie hat einen Namen.« Neben mir stand nun Archie, der den Finger ausstreckte, damit die Lichtqualle darauf Platz nahm.

»Sag ihr, wie du heißt«, wisperte Archie.

Ella näherte sich uns langsam mit skeptischem Blick. Die Lichtqualle streckte einen Tentakel aus, mit dem sie meine Schläfe berührte. Zunächst kniff ich die Lider zusammen, aus Angst vor brennenden Schmerzen. Sie blieben aus. In meinem Kopf sprach auch keine Stimme zu mir. Sie schrieb ihren Namen in meine Gedanken. In weißer Schnörkelschrift umrandet von einem neonorangem Glühen stand auf schwarzem Hintergrund:

»Céline.«

»Das ist unglaublich.« Ella bestaunte Céline wie einen Pokal. »Also, Céline, komm mit mir. Die beiden Hitzköpfe müssen etwas klären.« Céline folgte Ella, und ich stand mit Archie allein da.

Zunächst schwiegen wir uns nur an, was weniger förderlich für die Streitschlichtung war. Irgendwie mussten wir diese Diskussion beschleunigen, damit wir unsere Mission fortsetzen konnten. Was, wenn wir wirklich nicht zusammenpassten? Eine Sanitatem und ein Furta Noctra, durfte das sein? Sollte es einfach nicht sein?

»Na, bist du dir zu schade, um dich zu entschuldigen?« Damit setzte Archie dem Ganzen die Krone auf.

»Du solltest dich wohl eher bei mir entschuldigen, oder?«

»Leute.« Ella pfiff mit ihren Fingern, was eher wie ein Furzgeräusch klang. »Ich bitte euch.«

Archie und ich schnaubten gleichzeitig. Offizielle Ankündigung: Wir benahmen uns echt wie Kinder.

Archie öffnete mehrfach den Mund und schloss ihn wieder. Irgendwann seufzte er und räusperte sich anschließend, bis er doch startete: »Ich habe übertrieben. Als du mich unabsichtlich in den Fluss getaucht hast, na ja, da sind Erinnerungen hochgekommen. Sie haben mich im Kerker auch mit Wasser gefoltert. Das hat mir einen üblen Flashback verpasst.« Die störrische Fassade bröckelte von Archie, und er nahm die wütende Maske ab. Dahinter erkannte ich nur noch einen gebeutelten Mann.

Merde. Ich war so dumm gewesen. Rasch griff ich nach seiner Hand und würde sie dieses Mal nicht wieder freigeben.

»Ich bin echt eine Sanitatemschlampe. Tut mir leid. Ich habe nicht geahnt, dass du einen Flashback davon bekommen hast. Dann ist natürlich alles klar, ich bin so eine dumme Nuss. Du hast nicht übertrieben, wenn dein Trauma hochgekommen ist. Du nervst mich nicht, und ich werde da mehr Rücksicht nehmen. Das war echt unsensibel von mir. Verzeih mir.«

»Ich hätte es dir einfach sagen sollen. Mir ist es nur peinlich gewesen.« Archie kratzte sich verlegen am Nacken.

»Nein, ja, nein. In Zukunft passen wir da beide besser auf, ja?«, schlug ich vor.

»Einverstanden. Danke, dass du das so aufnimmst. Andere Frauen hätten wohl lieber den starken Typen, der nicht so drauf ist wie ich.« Archies Sorgen über seine Männlichkeit waren völlig unbegründet, was ich ihm mit einem Kuss bewies.

»Du bist stark.«

»Du auch, Jane. Du lernst so schnell. Ich hätte das alles nicht sagen dürfen.«

»Uähh«, unterbrach Ella uns. »Widerlich. Da bleib ich lieber Single. Ihr seid beide Schlappschwänze.«

Élian zog Jacques wieder auf die Dachterrasse, der widerwillig folgte.

»Hey.« Archie machte eine Kopfbewegung zu Jacques, und dieser erwiderte sie.

So einfach klärte sich der Streit? Na gut. Élian stellte sich in der Runde neben mich. Céline schwebte in der Mitte und zauberte uns noch mal die Koordinaten in die Luft.

»Du hast dein Shirt verkehrt rum an«, flüsterte ich Élian ins Ohr.

»*Merde.*« Élian linste an sich hinab und zog bereits einen Arm in sein Shirt, um es umzudrehen. »He. Das stimmt nicht.«

»Tja, aber zumindest weiß ich, dass mein Verdacht in Bezug auf Jacques und dich stimmt.« Ein Grinsen unterdrückend, konzentrierte ich mich wieder auf die Koordinaten und nahm nebenbei das aufgebrachte Schnauben von Élian wahr. »Wo führen diese Koordinaten hin?«

»Eine verlassene Lagerhalle bei *Gennevilliers.*« Ella wedelte mit ihrem Handy vor uns herum. »Wofür diese zwei verschlungenen Pfeile stehen, weiß ich aber nicht.«

Wenn jemand eine Smartphone-Queen war, dann Ella. Aber warum dort? Bei einem der größten Binnenhäfen Frankreichs? Damit wir neben einem der bekanntesten Zeitschriftenverlage des Landes für Aufsehen sorgten und die Presse alles abdrucken konnte? Meine Mutter würde dem doch nie zustimmen.

»Wir denken das Gleiche, oder?« Jacques meinte seinen Bruder und mich. Wir beide nickten ihm zu.

»Schon ziemlich auffällig dort, oder?«, sprach ich meinen Gedanken aus.

»Dachte ich mir auch.« Archie untersuchte die Koordinaten genauer.

»Du willst hin, oder?« Ich brauchte gar keine Antwort auf meine Frage, aber Archie bejahte dennoch. »Dann brauchen wir einen Plan.«

***

Unzählige elektrische Kerzen leuchteten gleichzeitig auf, als Ella den Stecker in die Kabelverlängerung drückte. Durch die Einmachgläser, in denen sie sich befanden und die überall auf der Dachterrasse hingen, verbreiteten sie einen noch schöneren Schein. Doch so wundervoll die Szenerie auch war, blieb das schlechte Gewissen, Élians Geburtstag vergessen zu haben.

Zum Glück hatte Ella daran gedacht, und da wir für unseren Plan ohnehin den morgigen Vormittag abwarten mussten, gönnten wir uns diese eine Nacht zum Verschnaufen. Élian brauchte diese Party. Mit eingezogenem Kopf schritt ich unter den leuchtenden Einmachgläsern hindurch, die an dem mit Kletterpflanzen bewachsenen Holzgitter hingen, das als Dach diente und bis zur Hälfte der Terrasse reichte.

»Wenn ihr Langweiler nichts trinkt, bleibt mehr für mich. Und ich brauche das, o ja, und wie.« Ella schwenkte den roten Becher in ihrer Hand, wobei der Inhalt darin gefährlich nah am Rand hin und her schwappte. »Macht auf Pärchen, und ich bin der einzige ... Was wollte ich sagen?« Ella machte einen weiten Ausfallschritt nach vorne. »Single. Genau.«

»Ihr wisst es alle?« Élian verschränkte beleidigt die Arme vor der Brust.

»Dass Élian dir zu klein ist, hielt nicht lange«, witzelte Archie und boxte seinem Bruder mit dem Ellbogen in die Seite.

»Halt die Klappe, Archie.« Jacques schnappte sich den puren Wodka in der Glasflasche. Dabei klirrten die Eiswürfel in dem silbernen Kübel. »Wir sind kein Pärchen.«

»Genau. Sind wir nicht.« Élian stimmte ihm zu. So toll fand er Jacques' Widerspruch bestimmt nicht. Zumindest las ich das aus seinem geknickt wirkendem Gesicht. Er ließ die Schultern hängen und wandte sich ab. Ich musste ihn wieder aufheitern.

»Wie dem auch sei. Auf Élian«, warf ich rasch ein und hob meinen Becher.

»Auf Élian«, stimmten alle anderen – ja, auch Élian selbst – mit ein.

Ella zog an einer Schnur, und pinkfarbenes Glitzer explodierte aus einer Discokugel über uns. »Ich wusste, ich würde die noch brauchen. Gut, dass meine Cousine Malia ihre Fake-schwangerschaft aufgedeckt hat, bevor wir ihre Babyparty gefeiert haben.«

Archie sah mich verwirrt an.

»Das erzähle ich dir irgendwann anders.« Daraufhin drehte ich mich von ihm weg und eilte zu Élian. Ich legte meinen Arm um ihn und riss ihn mit mir mit. »Hey.«

»Denkst du, wir kommen über die Tatsache, dass du meinen Geburtstag vergessen hast, so schnell hinweg wie Archie und Jacques bei ihrem Bruderzwist vorhin?« Élian schob seine Unterlippe, soweit es ging, vor, damit ich merkte, wie beleidigt er war.

»Öhm. Ja? Nein. Pardon. Es ist viel los und … Keine Ahnung.« Miserabel war gar kein Ausdruck dafür, wie ich mich fühlte. »Es tut mir leid. Wenn wir das alles überleben, kommt das nicht mehr vor.«

»Ach, schon gut. Du hast genug um die Ohren, und wir feiern ihn ja jetzt.« Élians Lächeln, das ihn immer um so viel jünger aussehen ließ, erwärmte mein Herz.

»Ich hab gar kein Geschenk für dich.«

»Ist das dein Ernst? Du hast mir Jacques gebracht. Der ist zwar völlig verstört, auch wenn er auf lässiger *Seht mich an, ich habe lange rote Haare und bin so gelassen wie ein Inselaussteiger* macht. Aber: Er ist auch superlieb, wenn wir allein sind.«

»Élian. *Ruffian.*«

»Strolch? Das ist altbacken, Jane. Fallen dir keine besseren Reime mehr ein? Aber, ja.« Élian blickte um sich. »Gut im Bett ist er schon.«

»Danke.« Jacques' Rufen gefolgt von einem ausladenden Winken brachte Élian dazu, sich sein dünnes Hemd mit den Palmwedeln darauf über das Gesicht zu ziehen. »Habt ihr etwa auch ein besseres Gehör, oder wie?«

»Ja.« Archies Bestätigung von der anderen Seite, wo er sich mit Ella gegen das Geländer lehnte, reichte.

»Igitt. Ich bin froh, eine glückliche Single-Lady zu sein.« Ella drehte die Musik mit ihrem Smartphone lauter auf und begann, eine Palme in einem riesigen Tontopf anzutanzen.

»Wenn du es noch ein-, zweimal betonst, glaubt es dir keiner mehr«, sagte Archie neben ihr, woraufhin er einen von Ellas bösen Blicken erntete.

Der Abend wurde lauer, aber ich liebte es, wie nahe wir den Sternen waren. Immer wieder blitzten Bilder meiner Mutter oder von anderen Ratsmitgliedern wie Chloé vor meinem inneren Auge auf. Sogar Blanche verschaffte sich einen Platz in meinem Gehirn. Doch ich schaffte es, dank meiner Liebsten, die Dämoninnen der Vergangenheit zu vertreiben. Fürs Erste. Ich fragte mich, ob wir das Richtigc taten. Zu feiern, wenn um uns alles zerbrach. Dann dachte ich wieder an Archie am Fluss und daran, wie erledigt er gewesen war. Wir mussten uns erholen. Nicht nur unsere Körper, auch unser Geist brauchte eine Pause. Hier waren wir sicher. Die Wohnung gehörte offiziell Ellas Oma, und weder meine Mutter noch sonst jemand würde uns hier vermuten.

Deshalb stimmte ich zu, unsere Gedanken zu verjagen. Mit Fotos, die wir mit einer Sofortbildkamera schossen, und Trinkspielen, bei denen wir jedes Mal tranken, sobald jemand nicht über Ellas Witze lachte – also sehr oft. Die Sterne glitzerten über uns, und wir tanzten darunter zu den Klängen von Alexz Johnson, Ava Max, Naps, Måneskin und vielen weiteren Künstlern und Künstlerinnen. Dabei merkte ich auch, wie sehr ich dieses Beisammensein genoss. Es mussten keine vollgestopften In-Clubs sein. Das Wer zählte, nicht das Wo. Umgeben von den Liebsten erlebte ich die schönste Zeit.

Keine Ahnung, wie viel Uhr es war. Irgendwann fielen Archie und ich erschöpft auf die wolkengleiche Terrasseninsel. Lange lagen wir nur da. Archie in meinen Armen.

»Archie?«

»Ja?«

»Was hat Jacques damals gemeint, als er sagte, du brauchst eine Wiederbeleberin, um deine Seele wiederzubekommen?« Bisher hatte ich mich nicht getraut, es anzusprechen, und ehrlicherweise hatte ich es für einen blöden Spaß gehalten, um uns Angst einzujagen.

Für einen Witz saugte Archie zu tief und lange Luft ein. Erstarrt lag er neben mir. Ich richtete mich halb auf und sah ihn an. »Archie?«

Seufzend schwang Archie seine Beine von der gepolsterten Liegefläche. Ich blieb hinter ihm sitzen und legte meine Hand auf seine rechte Schulter.

»Mein Vater hat einen Teil meiner Seele gestohlen und sie weggesperrt.«

Mein Mund trocknete aus, und mein Herz klopfte so stark, dass ich es in meinem Hals spürte. Übergab ich mich gleich? »Warum?«

»Er hält mich für eine Gefahr. Du weißt nicht, wie unkontrollierbar ich vor meiner Gefangennahme war. Meine Macht ... Bchhh.« Archie deutete mit seinen Händen eine Explosion an. »Ohne anzugeben: Sie ist enorm gewesen. Und ich? Ich bin zu viel gewesen.«

Stille, die ich ausnutzte, um vorzurutschen und mit Archies Hand in meiner aufzustehen. Ich nahm ihn mit mir zum Geländer der Dachterrasse.

Unter uns breitete sich Paris aus wie ein Teppich aus orangefarbenen und weißen Lichtern, die manchmal von Blaulicht abgelöst wurden. Autos, Motorräder und Menschen erzeugten die Melodie unserer Großstadt. Mittendrin waren wir mit all unseren Problemen, von denen wir uns wünschten, irgendjemand da draußen würde uns samt ihnen lieben. Lieben und nicht wegen ihnen fallen lassen, weil uns das Internet zeigte, dass es irgendwo jemand Besseren, Einfacheren geben musste.

»Du wirst mir niemals zu viel werden, Archie.«

»Sag das nicht, wenn du es nicht meinst.« Er zappelte hin und her.

»Dann würde ich es auch nicht sagen.« Ich behielt seine Hand in meiner.

»Wir sagen oft Dinge, die wir nicht meinen, um andere nicht zu verletzen oder uns besser dastehen zu lassen. Oder damit jemand aufhört, ein mühsames Drama zu veranstalten.« Archie bettete sein Kinn auf das Eisengeländer, und beim Ausatmen beschlug es.

»Nein.« Einen Ruck später stand Archie wieder aufrecht, und ich drehte seinen Kopf so, dass er Paris überblickte, wie ich es tat. »Siehst du, wie schön Paris ist? Siehst du, wie schön die Welt ist? Vielleicht bist du deinem Vater zu viel, aber nicht mir. Niemals. Verstanden?«

Archie schien sich in der Stadt der Mysterien und der Liebe zu verlieren. Das Strahlen der Nacht spiegelte sich in Archies Augen, und seine schwarzen Wuschelhaare wippten im Wind.

»Sag. Die Spaltung einer Furta-Noctra-Seele ist deinem Vater doch auch verboten, oder?«, hakte ich nach.

»Mein Vater ist der Anführer. Was soll jemand machen? Du weißt doch selbst, was Machthunger mit einem anstellt.«

Das faltige Gesicht meiner Mutter erschien verschwommen über Paris. Und wie ich das kannte. Ich stellte mir vor, wie ich das Gesicht meiner Mutter über den Nachthimmel verteilte, und ließ sie verpuffen.

»Wie geht Jacques mit der Gesamtsituation um?«

»Er packt das, und mit seiner neuen Schwärmerei gelingt ihm das noch besser. Spreche aus Erfahrung.« Nach Archies Erklärung warfen wir einen Blick über unsere Schultern zu Jacques und Élian, die gemeinsam in einem Hängesessel saßen und sich küssten. Élian wirkte so glücklich wie schon lange nicht mehr.

»Welche Erfahrung?« Ein warmes Gefühl tauchte in mir auf.

»Das wüsstest du gerne, oder?« Ich hörte Archies belustigten Unterton. Erst wollte ich weiter nachhaken, bis ich plötzlich an den Streit zwischen Ella und Élian denken musste.

»Weißt du, es hat mal ordentlich geknallt zwischen Ella und Élian. Er hat uns wegen Dates oft kurzfristig abgesagt oder uns tagelang nicht mehr geantwortet und uns den Grund nicht einmal genannt. Da ist es zu Missverständnissen gekommen, und Ella hat ihn darauf angesprochen.«

»Und wie hat er reagiert?« Archie neigte seinen Oberkörper näher zu mir. Tief einatmend, rief ich mir Élians Ansprache in Erinnerung.

»Élian hat sich in Rage geredet und erwähnt, dass er oft nachts date, weil er tagsüber den Pfleger seiner Eltern spiele. Die Nächte gehören ihm. Dann fühle er sich frei, legt alles ab und kann der Élian sein, der er gerade sein will.«

»Der kleine Kerl mutet sich da echt viel zu.« Das konnte Archie laut sagen.

»Ich weiß. Er bestimmt auch. Deswegen erfüllt es mich mit Freude, Élian mit jemandem wie Jacques zu sehen, der das mit seinen Eltern weiß, trotzdem bei ihm bleibt und dafür sorgt, dass Élian abschalten kann. Das Daten hat ihm nämlich nicht immer so gutgetan, wie er dachte. Einige Typen waren ziemlich oberflächlich. Ein-, zweimal steckt man das vielleicht noch weg. Irgendwann kratzt es aber am Ego.«

»Bestimmt.« Archie wirkte, als wollte er etwas erzählen, haderte aber sichtlich mit sich. »Jacques tut es auch gut. Die Furta Noctra sind nicht unbedingt tolerant. Dem haben so geheime Treffen auch geholfen.«

Jacques schien mit seinen Dates Ähnliches kompensiert zu haben wie Élian. Die beiden ergänzten sich bestimmt perfekt.

Ella tanzte durch das zuckersüße Bild mit zwei Sektflaschen in den Händen. »Tja, da staunt ihr, was? Ich habe sogar zwei Kerle. In jeder Hand einen.«

»Die beiden mögen dich, Archie. Ella verliert sonst nie so schnell ihre Reiche-Lady-Contenance.«

»Meinst du? Das wär großartig. Ich mag Élian und Ella. Menschen in meinem Leben zu haben, wäre schön.« Archie schämte sich sichtlich für seine Worte.

»Das meine ich nicht nur, das weiß ich. Hey, wenn dein Vater und meine Mutter sich zusammenschließen, um uns umzubringen, suchen wir uns eben eine neue Familie.« Und das meinte ich auch so.

»Eine Familie.« Archie blickte wieder über Paris hinweg. »Das klingt toll.«

Kapitel 19

Die Party hatte sich dem Ende zugeneigt. Wir hatten sogar noch etwas geschlafen, uns frisch gemacht und gegessen, bevor wir zur verlassenen Lagerhalle bei *Gennevilliers* aufgebrochen waren. Archie und ich lauschten noch einer Sekunde dem Rauschen der Seine im Hintergrund. Ewig rauszögern durften wir den Angriff nicht, also gab ich Archie das Go. Gleich danach huschten wir aus unserem Versteck hinter dem Busch zu dem nahe gelegenen Vordach des Lagerhauses. Die Prismaperle erfüllte mich nicht nur mit mehr Kraft, sondern auch mit dem nötigen Selbstvertrauen, den Sprung hoch zur Regenrinne zu schaffen und mich raufzuziehen. Oben angekommen, streckte Archie eine Schattenzunge aus und fing die beiden Typen ein, die vor einem riesigen, gläsernen Dachfenster auf dem Lagerhaus patrouillierten. Schnell kletterten wir die Feuerleiter hoch zum Flachdach, das mit Kies aufgefüllt war.

Der eine Kerl mit der Militäruniform bemerkte seine Bewegungsunfähigkeit und wollte gerade den Mund öffnen, da kam ich ihm zuvor. Mit einer Hand umfasste ich die Prismaperle, woraufhin ein Lichtball aus mir strömte, der die zwei wie Kegel wegschoss. Ohnmächtig landeten sie vor dem Dachfenster.

»Hoffe, von drinnen hat man das Licht nicht bemerkt.« Ich schätzte die Vormittagssonne ab und wie ihr Strahlen sich von meinem Lichtball eben unterschied.

»Sie wissen, wir kommen.« Archie legte sich auf den Bauch und rutschte zum Fenster. »Wir haben den Vorteil, dass sie den Zeitpunkt nicht kennen.«

Ich zögerte, Archie zu folgen. Noch immer störte mich etwas. Mir ging das alles zu schnell. Wie bei einem Puzzleteil, das man zwanghaft versuchte, in die falsche Stelle zu drücken. Wenige Schritte legte ich zurück und hockte mich hin, um mich auch auf dem Bauch zu Archie zu krabbeln. Die Koordinaten sowie die Karte von Paris erschienen wieder in meinen Gedanken. Warum sollte meine Mutter zustimmen, eine Falle in einem Gebiet aufzubauen, das außerhalb ihres Wirkungskreises lag? Zudem war es leicht einsehbar, sodass wir schnell ertappt werden könnten. Auf meiner gedanklichen Karte färbte ich die Straße von Blanche und die meiner Mutter rot ein. Da fiel es mir erst auf. Diese Lagerhalle, Blanches und dann Mutters Haus. Sie lagen fast auf einer Linie.

Was war das noch mal, was Ella erwähnt hatte? Wofür standen die zwei verschlungenen Pfeile? Die Koordinaten der Lagerhalle sollten wir eher umgekehrt betrachten. Ich dachte an die Retoure-Karte dieses Gesellschaftsspiels. Meine Mutter meinte nicht die Lagerhalle, sondern ihr Haus, das ebenfalls nahe der Seine stand.

»Archie.« Meine gewisperte Warnung kam zu spät.

Das Glas des Dachfensters zerbrach, und eine schwarze Gestalt sprang hervor. Sie landete neben Archie auf dem Dach und umschlang ihn mit schwarzen Tentakeln, die aus ihren Armen flossen. Es handelte sich um dieselbe Frau, die Archie und mir nach unserer Flucht den Weg versperrt hatte.

»So sieht man sich wieder.« Ihr schwarzes Kleid schwang um sie, obwohl kein Lüftchen wehte.

»Lass sie gehen, Rochelle.« Archies Stimme klang eingedrückt von den Tentakeln um ihn.

»Du wirst uns beide gehen lassen.« Schätzungsweise hörte sich meine Forderung weniger furchteinflößend an als gedacht.

»Was? Glaubst du, sie ist deine Freundin, oder was? Eine Heilerin und ein Furta Noctra?« Rochelle lachte auf und strich sich die Haare zurück.

Die rostbraune Tür, die ins Gebäude führte, platzte auf, und mehr und mehr Mitternachtsdiebe stürmten das Dach.

»Jane, geh. Flieh.«

»Ich ...«

»Wenn sie uns beide haben, kann uns niemand retten.« Das war so unfair von Archie. Diese Entscheidung riss mir den Boden unter den Füßen weg.

»Schnappt sie euch«, befahl Rochelle, und alle stürmten auf mich zu.

Ich schluckte meine Trauer hinunter und hoffte, Archie verstand mein Versprechen. »Ich rette dich«, flüsterte ich.

Am Rand des Daches angekommen, schoss Céline hoch, und ich packte ihre Tentakel. Es erstrahlte ein Licht aus uns und blendete alle Anwesenden. Erst danach, als ich registrierte, wie Rochelle mit Archie verschwand, ließ ich mich rückwärts vom Dach fallen, um Archie noch so lange wie möglich im Blick zu behalten.

***

»Das kann doch nicht wahr sein.« Jacques wollte nach der Vase auf der Dachterrasse treten, da rutschte Ella in ihren Pantoffeln vor und rettete das teure Stück.

»Sorry. Ich verstehe deinen Frust, aber nein«, meinte sie streng.

»Es ist nicht deine Schuld.« Élian streichelte meinen Rücken und wartete wohl auf meine Tränen. Sie kamen nicht. Ich konnte nicht weinen.

»Ich hätte es sehen müssen.« Wie oft hatte ich das gesagt? Führte jemand eine Strichliste?

Die Kletterpflanzen über uns malten mit ihren Schatten Muster auf uns und den Boden. Trotz ihres Schutzes vor der Sonne lag die Hitze wie eine zweite Haut auf mir.

»Aber was wollte deine Mutter uns mit diesem verdrehten Hinweis sagen?« Ella stellte die Vase weit von Jacques weg.

»Keine Ahnung. Dass sie krank ist?« Vermutlich ein blöder Scherz von ihr, damit ich mich noch mehr ärgerte, sobald ich dahinterkam.

Céline schwirrte um mich herum, und es nervte mich mittlerweile.

»Ja, Céline. Danke für deine Hilfe. Ich kann mir denken, du bist froh, frei zu sein. Ich will aber nicht spielen.« Mit einer Wischbewegung verscheuchte ich Céline.

»Was machen wir jetzt? Ohne Archie sind wir geschwächt.« Jacques brachte es auf den Punkt. »Aber wir müssen ihn retten. Hört ihr? Wir müssen. Noch mal verzeihe ich es mir nicht, wenn er ewig in einem Kerker hockt.«

»Werden wir, Jacques.« Élian wechselte von mir zu Jacques und nahm ihn in den Arm. »Werden wir.«

»Aber wie? Es sind alle infiltriert. Selbst bei Albertine hat euch jemand verraten, und das ist ja eine eingeschworene Gemeinschaft. Die Furta Noctra spuren sowieso alle, sobald mein Alter etwas anordnet. Klar, hassen ihn dort auch einige. Diese zu finden, ist aber unmöglich.« Da hatte Jacques nicht unrecht.

»Was ist mit anderen Ländern? Wir suchen Leute, die sich anschließen. Vielleicht können wir zu anderen Furta Noctra reisen, um sie zu überzeugen, falls sie uns über das Internet nicht glauben. Ich buche uns Flüge.« Ellas Idee wäre brillant, wäre es nur nicht verpönt, sich in magische Angelegenheiten im Ausland einzumischen. Niemand wollte Probleme.

»Außerhalb Frankreichs wird unser Konflikt niemanden interessieren«, sagte ich und nahm einen großen Schluck aus der Wasserflasche.

»Stell dir vor, man kann nicht alles mit Geld regeln.« Ein wenig Ärger über Ella steckte noch in Élian.

»Was hat das mit Geld zu tun? Das war nur ein Vorschlag. Mehr nicht. Warum sollen wir uns keine Hilfe suchen?« Ellas Kiefermuskeln spannten sich an, und ich bemerkte, dass sie versuchte, nicht zu wütend zu klingen.

»Ja, ein Vorschlag, der nur von jemandem kommen kann, der sich keine Gedanken darüber machen muss, wie teuer Flugtickets für uns alle wären.« Élians Worte trafen sogar mich. Warum reagierte er bei diesem Thema so empfindlich?

»Ich finde das nicht witzig, Élian. Wir haben uns ausgesprochen, und ich habe mich entschuldigt. Was du machst, ist nicht besser. Weißt du, wie es mir damit geht, sorg- und problemlos dargestellt zu werden? Nur, weil meine Eltern Geld haben. Kannst du dir vorstellen, wie es ist, wenn deine Eltern sich null für dich interessieren, weil sie selbst denken: Egal, wie dumm unsere Tochter ist, wir können sie in jedes Unternehmen reinkaufen? Wenn ich mit dem Geld, das sie mir geben, damit ich sie nicht nerve, helfen kann, fühle ich mich wenigstens nicht so nutzlos.« Jetzt war es Ella, die die Vase hochriss und am Boden aufschlagen ließ. »Wir können es uns ja leisten.« Ella schnaubte. »Mir ist klar, wie furchtbar lächerlich alles ist, was ich sage. Wie lächerlich selbst meine Probleme sind, sodass ich sie nie aussprechen darf. Sind euch meine Wecker aufgefallen? Sie haben jedes Mal geklingelt, wenn ich Rückmeldung zu Studienplätzen erhalten sollte, für die ich mich beworben habe. Ich bin überall abgelehnt worden. Sieht aus, als müsste Daddy das wieder regeln.«

Ellas Nerven gingen mit ihr durch, und ich verstand es. Nicht nur, dass sie im Moment mit den gleichen Ängsten wie wir alle lebte. Nein, sie hatte auch ständig das Gefühl, sich uns nicht anvertrauen zu können. Deshalb war es nun an uns, Ella mit einer Gruppenumarmung milde zu stimmen.

»Komm her, du Hornochse.« Élian zerrte Jacques zu sich und zwang ihn, mitzumachen.

»Ieh, ihr schwitzt alle.« Ella schnaubte genervt. Dabei kannte ich sie. Sie genoss es.

»Wir lieben dich«, sagte ich.

»Mhm«, stimmte Élian mit ein. »Es tut mir leid. Du kannst dich uns jederzeit anvertrauen. Die Leute von den Unis sind einfach nur dumm. Ich war so unfair zu dir. Zukünftig müssen wir es uns sofort sagen, wenn uns etwas stört, damit sich nichts mehr so aufstaut.«

»Genau. Jeder Mensch lebt in seiner Realität, und jeder hat in dieser Probleme. Wenn sie dich bedrücken, sind sie es wert, gehört und gelöst zu werden. Tut mir leid, wenn wir dir ein anderes Gefühl vermittelt haben.« Mit diesen Worten drückte ich sie noch fester an mich.

»Danke. Tut gut, das zu hören.« Ella duckte sich und schlüpfte aus unseren Fängen heraus. »Schluss jetzt mit der Gefühlsduselei. Hasse so was. Retten wir lieber Archie.«

»Gemeinsam gelingt uns das.« Élian nahm Ellas Hand und drehte sich mit ihr zu Jacques und mir. »Und auch, wenn wir nur Menschen sind, helfen wir mit.«

»Hey, ich bin kein Mensch, ich bin eine Kampfsportmaschine.« Ella kickte in die Luft, wobei ihr Rücken laut knackte. Sie riss die Augen auf und machte ein paar Kniebeugen, um sich selbst zu bestätigen, sich nicht die Wirbelsäule gebrochen zu haben.

»Tolle Vorstellung.« Élian warf mir ein Croissant zu. »Iss etwas.«

Ich schickte Élian ein geflüstertes »Danke« und biss in das Croissant mit Erdbeer-Kokos-Füllung.

»Ähm, Jane?« Warum klang Jacques skeptisch?

»Hm?« Ich drehte mich zu ihm.

»Ist das nicht ein Gefühlskristall an Céline?« Tatsächlich, Jacques erkannte das richtig.

Ich ließ das Croissant fallen und wandte mich sofort zu Élian und Ella. »Es tut mir leid. Ich hätte Céline mehr Beachtung schenken sollen.«

***

»Dieser Gefühlskristall ist ein Peilsender?« Wie ich es vorgeschlagen hatte, machte Ella mit in die Hüften gestemmten Händen Atemübungen, um sich selbst zu beruhigen. »*Merde.*«

»So was in der Art, ja. Wir verwenden ihn, um unsere Leute, die wir gerade geheilt oder wiederbelebt haben, zu überwachen. Irgendwer muss ihn an Céline angebracht haben, als sie auf ihren Einsatz gewartet hat«, erklärte ich Élian und wandte mich dann an meine Tierfreundin. »Es tut mir leid. Das wolltest du mir die ganze Zeit mitteilen, nicht wahr?«

Céline machte eine Bewegung, die einem Nicken ähnlich war.

»Wir müssen weg«, kam es von Ella, die die unnötigsten Dinge in einen Rucksack stopfte. Einen Aschenbecher, ein Croissant, die Reservelampe einer Lichterkette und eine Brille, die Gläser in Wolkenform hatte.

»Das brauchen wir nicht mehr.« So stumpf, wie Jacques das von sich gab, ahnte ich, worauf er hinauswollte.

Wir liefen zu ihm an das Geländer. Rundum das Gebäude eilten Menschen aus den einzelnen Gassen. Bestimmt Furta Noctra und Sanitatem meiner Mutter.

»Wir sind umzingelt.«

»Ach, echt? Danke, Élian.« Ella wedelte sich mit der Hand Luft zu und begann, zu hyperventilieren.

»Jane, du musst abhauen, und wir lenken sie ab.« Jacques steckte mir ein Handy zu und zog einen Dolch aus seinem Stiefel hervor, den er mir auch unterjubelte.

»Was? Nein! Ich lasse euch nicht allein.«

»Ich seh das wie Jacques. Du bist die Mächtigste von uns. Was hat Archie gesagt? Wenn wir alle gefangen sind, rettet uns niemand mehr.« Élian nahm meine Hände und zwang mich, ihn anzusehen. »Ich vertraue dir mein Leben an, Jeanne Sana Amicus.«

»Sie töten euch.« Die geflüsterten Worte schockierten mich selbst, sodass ich die Augen aufriss.

»Nein. Sie wissen, dann hast du keinen Grund mehr, zu ihnen zu kommen. Sie wollen Archie und dich.« Jacques bedeutete mir mit weit aufgerissenen Augen, zu verschwinden.

»Du lügst.« Leise stolperte der Satz aus mir, und meine Kehle schnürte sich weiter zu.

»Und wenn nicht?« Ella riss sich mehr schlecht als recht zusammen und formte die Hände zu Fäusten. »Fangen sie uns alle zusammen, sterben wir samt Archie sofort bei unserer Ankunft.«

»Ella.«

»Zur Not überwältige ich sie mit meinen Kampfkünsten oder erschlage sie mit einer Socke voll Geld.« Ella fasste nach Élians Hand.

»Und ich quassle sie zu Tode.« Élian lächelte mir zu.

»Bitte sterbt nicht.« Mein Flehen kam eher einem Winseln gleich.

»Werden wir nicht.« Ella gab mir noch etwas Geld aus ihrer Hosentasche. »Aber wehe, du holst uns da nicht raus.«

»Ich schwöre es euch. Und Jacques?«

»Ja?«

»Bitte, bitte, pass auf die beiden auf, und sag Archie, ich rette euch.«

»Er wird nichts anderes von dir erwarten.« Jacques schenkte mir ein letztes Lächeln. »Und jetzt geh.«

Zum zweiten Mal an diesem Tag sprang ich von einem Gebäude. Direkt in die Arme einer Person.

Kapitel 20

Auf der leisesten Stufe hörte ich *Hush now* von Maia Hirasawa aus dem Handy, das Jacques mir überreicht hatte, und drehte seinen Dolch in meiner Hand. Das Lied vermischte sich mit dem Plätschern des Wassers aus der *Fontaine Médicis* im Luxemburggarten. Das Mondlicht breitete sich nicht nur vor dem lang gezogenen Brunnenbereich aus, sondern schimmerte auch auf Jacques' Dolch mit dem bronzefarbenen Griff, der sich ein wenig heiß in meiner Hand anfühlte.

All die Menschen, die mir wichtig waren, hatte man entführt, und ich saß hier und hörte Musik. Nur, was sollte ich machen? Wie paralysiert drückte ich mich gegen eine der Parkbanken, die rundum den länglichen Springbrunnen standen. Zugegeben, obwohl ich in Paris aufgewachsen war, hatte mich noch nichts hierhergetrieben. Umso mehr beeindruckte mich der handgemachte Steinbrunnen, umgeben von Statuen. Deutlich nahm ich die italienischen Renaissance-Vibes wahr. Mein Vorteil war es, dass ich allein in Paris schwerer zu finden war und Sanitatem sowie Furta Noctra noch immer darauf achten mussten, die Magie zu bewahren. Wobei meine Mutter und Archies Vater wohl langsam ungeduldig wurden, weil sie uns noch nicht gefangen genommen hatten. Anders konnte ich mir nicht erklären, warum sie uns auf Ellas Dachterrasse überrascht hatten. Diese lag zwar auf einem hohen Gebäude und war nicht leicht einzusehen, dennoch fand ich es nachlässig. Deshalb durfte ich mich auch nicht zu sicher fühlen. Die Angst saß mir im Nacken und verfolgte mich wie mein Schatten.

Noch einmal nahm ich das Bild meiner Umgebung auf. Wasser floss die Stufen aus der Quelle hinab in das Auffangbecken, und immer wieder trug der sanfte Wind Blätter auf die Wasseroberfläche. Wie lange war ich bereits festgewurzelt hier?

»Genauso lange, wie Ella, Élian und Jacques wegen dir die Gefangenschaft genossen«, wisperte eine Stimme in meinem Kopf. »Von Archie ganz zu schweigen.«

Reflexartig wischte ich mir Tränen aus dem Gesicht, obwohl da gar keine mehr waren. Nur noch die salzigen, eingetrockneten Spuren auf meinen Wangen erinnerten daran, dass ich wie ein Häufchen Elend vor mich hin geheult hatte.

»Jane?« Mein Name riss mich aus meiner Trance, und ich hüpfte hoch.

»Ja?«

»Willst du nicht endlich mitkommen?« Yeliz schenkte mir ein mitleidiges Lächeln, und auch sie erwischte das Mondlicht, das ihre haselnussbraunen Augen erleuchtete.

Eingehüllt im silbrigen Schein, der auch auf ihrem Nasenring tanzte, nahm sie meine Hände. »Wir alle haben Menschen verloren, aber du hast die Möglichkeit, sie noch zu retten.«

»Okay, gehen wir.« Ein Blatt legte sich auf ihre braunen Haare, die bis zu ihrem Hintern reichten, ehe sie losging.

Yeliz drängte mich nicht, aber je öfter sie zu mir nach hinten sah, bemerkte ich, dass ich genauso langsam voranschritt, wie es mir vorkam. Die Gedanken an Archie und die anderen vermischten sich mit der Wirklichkeit. Bruchstückhaft bekam ich mit, wie Yeliz die weiß gestrichene Tür seitlich vom Brunnen öffnete, wir hineingingen und sie mit einem Heilstein einen magischen Geheimgang öffnete, der mich abermals in die Katakomben von Paris führte.

Niemals würde ich wieder aus diesem Labyrinth finden. Ich schaffte es nicht, mir auch nur die ersten beiden Abzweigungen zu merken, also ließ ich mich mitziehen. Es war unfair, aufzugeben, wenn meine Liebsten auf mich zählten und ich das Glück gehabt hatte, nach meinem Sprung von der Dachterrasse auf Yeliz zu treffen. Yeliz, in deren Augen Mut und Kampfeslust steckte. Yeliz, die niemals aufgab. Yeliz, von der ich in der Sanitatemapp oft gelesen hatte. Sie nahm weltweit an Protesten teil. Organisierte sie und leitete die Kampagne, in der es darum ging, Magie zu normalisieren. Die Menschen sollten sich an sie gewöhnen, und wir Magiebegabten sollten uns dafür nicht in einzelne Gruppierungen aufteilen.

Endlich kamen wir in dem Untergrundversteck an, in dem noch sechs oder sieben andere Sanitatem hausten, die Angriffe meiner Mutter oder Archies Vater überlebt hatten. Viele andere waren aus Paris geflüchtet, hatten sich versteckt oder sich ihnen angeschlossen.

Konnte mir endlich jemand sagen, warum es wichtig war, Archie und mich einzufangen? Das blieb mir bis heute ein Rätsel. Mittlerweile berichtete sogar die Presse von merkwürdigen Einbrüchen und Gangkämpfen in Paris.

Zitternd setzte ich mich an die Feuerstelle. Eine Decke schwang um mich, und ich entdeckte Yeliz wieder.

Hinter ihr tauchte Faris auf, der bei meiner Rettungsaktion dabei gewesen war. Sein freundliches Gesicht, das breite Grinsen und die geschorenen Haare erinnerten mich an Élian – okay, nicht die Haare, aber die herzliche Aura. Schwungvoll überreichte er mir einen verbogenen Blechbecher, in den er Wasser aus einer Glasflasche eingeschenkt hatte. Um ihn schwirrte seine Lichtqualle, die er vorhin Michiru genannt hatte. Das kalte Quellwasser schmeckte komisch. Aber ich merkte, wie ausgetrocknet mein Hals war und wie mein Körper sich über die Flüssigkeit freute. Selbst meine pochenden Kopfschmerzen verbesserten sich.

»Willst du dich nicht hinlegen?« Yeliz hob meinen Becher hoch, damit ich noch mehr trank. »Stay hydrated.«

Ich schüttelte den Kopf.

Faris nickte Yeliz zu, und sie ging. Er setzte sich neben mich. Ich fixierte mich auf die Flammen vor mir und nahm alles nur schemenhaft wahr. Das Feuer knackte, Funken tanzten in der Luft, und der Rauch waberte hoch in ein Rohr, das nach draußen führte.

»Du bist nicht gesprächig, was?« Faris strich sich das purpurfarbene Hemd glatt, das bis zu seinen Knien reichte. »Soll ich dir etwas erzählen?«

Eigentlich wollte ich das nicht, aber wenigstens musste ich dann nicht reden. Also schenkte ich ihm ein: »Mhm.«

»Du fragst dich bestimmt, wie wir dich gefunden haben, oder?«

»Nein.« Es interessierte mich. Wäre da nicht die Erschöpfung, die mich fest im Griff hatte und mir immer mehr Energie raubte.

»Oh. Na ja, ich erzähle es dir trotzdem. Unsere Lichtquallen können miteinander kommunizieren, und als deine genug Magie entwickelt hat – nachdem sie wiedererwacht ist und fliehen konnte –, haben unsere sie aufgespürt.« Schön. Faris' Erinnerung an Célines erneute Gefangenschaft brauchte ich gerade noch. Schlimm genug, dass ich nicht einmal sie von Ellas Dachterrasse hatte retten können. »Das mit dir und dem Mitternachtsdieb hat ganz schön die Runde gemacht. Genauso wie die Sache, dass Bernadette und Mathieu ihre eigenen Kinder verfolgen.«

»Sein Name ist Archie.« Ich warf eins der Holzscheite in das Feuer, die aufgereiht in einem Korb neben mir lagen.

»Genau. Ich habe da auch nichts dagegen, es nur angesprochen, weil darauf meine Geschichte beruht. Kennst du denn die Geschichte von Ankou?« Faris richtete das Holzscheit im Feuer.

»Nein, sagt mir nichts.« Eine Gutenachtgeschichte, das fehlte mir jetzt noch.

»Aber Sequena, die Heilgöttin und erste Sanitatem, sowie Balor, der erste Furta Noctra, sind dir bekannt, oder?« Wollte Faris mich verarschen? Jedes Kind kannte ihre Geschichte.

»Mhm«, murrte ich, woraufhin Faris seine Lichtmagie nutzte und mit seinem Finger wie mit einem Stift Figuren in die Luft malte.

Faris' Lichtqualle Michiru schwebte über seiner entstehenden Zeichnung und hob sie mit ihrem Leuchten noch mehr hervor.

»Sequena und Balor sind nicht die ersten ihrer Art gewesen. Wie du sicher weißt, haben die beiden Jahrhunderte vor Christus die Magie der Sonne und der Nacht genutzt. Jeder Mensch besitzt schließlich in seinem Körper einen Fluss für Energien, den früher viele kontrollieren konnten. Durch die Evolution haben viele diese Gabe verloren. Wir brauchten sie nicht mehr. Hatten stattdessen erst Heilkräuter, jetzt die Medizin. Sequena hat sich für ihre Mitmenschen eingesetzt und alles für sie getan. Sie soll sich sogar nur von Sonnenlicht ernährt haben, weil ihr ihre Mutter eingeredet hat, es würde sie stärker machen.« Faris überlegte kurz. »Das sind aber nur Erzählungen. Ähm, wo war ich? Ah! Auch von Balor erzählen wir uns seit Ewigkeiten. Von seiner Ernährung, die wiederum aus reinem Mondlicht bestanden haben soll, da er glaubte, Mondlicht sei magischer als Sonnenlicht. Von seinen ewig bösen Taten. Deswegen ist er ein Furta Noctra und sie eine Sanitatem geworden.«

»Ich weiß das alles.« Gereizt wischte ich seine Zeichnungen weg.

»Warte ab.« Faris fuhr geduldig fort und malte die Geschichte wieder in die Luft. »Sequena und Balor wurden an entgegengesetzten Orten vergraben.«

»Das ist zu hell«, beschwerte sich ein Typ mit schlaftrunkener Stimme hinter uns. Faris dimmte daraufhin sein Licht.

»Pardon. Also. Sequena ist begraben bei der Quelle der Seine, die man ja auch Sequana nennt, bei *Bourgogne-Franche-Comté.* Und Balor bei *Le Havre,* wo die Seine in den Ärmelkanal mündet. Aber hast du gewusst, dass die beiden nicht nur ihre Magie weitergegeben haben – wodurch wir später die ganzen Hexenverbrennungen und so weiter hatten –, sondern sie auch eine Liebschaft verband?«

Jetzt sah ich Faris direkt an, wandte mich von seinen Malereien ab, die die beiden beim Liebesakt zeigten.

»Was?« Das war mir neu.

»Exakt. Ihre Verbindung bestand sogar noch nach ihrem Tod, zog sich durch die Erde, wodurch der Legende zufolge die Seine entstand. Aber Sequena und Balor sind nicht Gut und Böse gewesen. Sequena hat nicht nur Menschen geheilt und Balor sie getötet. Das wollen uns Leute wie deine Mutter mit falschen, manipulierten Geschichtsbüchern weismachen, um uns noch mehr gegeneinander aufzuhetzen.« Das nahm stets absurdere Ausmaße an. Dennoch glaubte ich Faris.

Faris deutete auf seine Lichtzeichnungen, und ich verfolgte Sequena und Balor wieder. Die Figuren tanzten miteinander, bis sie sich trennen mussten. Die Menschen kamen ihnen in die Quere – wie immer. Sie lehnten sich gegen Balor auf. Sequena hingegen sollte bekannter werden, heilen und dafür jungfräulich dargestellt werden, wodurch Balor verbitterte.

»Aber was hat das mit Ankou zu tun?« Ich wischte zwischen die Zeichnungen, und sie verpufften im Rauch der

Flammen. Faris blieb ruhig, obwohl ich mich selbst nervte, weil ich ihn so ruppig behandelte.

»Ankou war die erste Sanitatem und die erste Furta Noctra, die es je gegeben hat, in einem. Nicht nur das. Sie war die Mutter von Sequena. Irgendwer hat Sequena ja das Wissen über die Sonnenenergie lehren müssen.«

All die Geschichtsstunden mit Chloé und meiner Mutter eilten in Höchstgeschwindigkeit durch meinen Kopf. »Wieso hört man nichts von ihr?«

»Wie sollten all die führenden Sanitatem und Furta Noctra weltweit ihre Stellungen halten, erführe ihre Anhängerschaft vom wahren Ursprung der Magie? Dass wir also nicht unterschiedlich, sondern nur mit anderen Gaben gesegnet sind.« Faris sprach eindringlich mit mir. Ihm war es wichtig, dass ich ihm glaubte. »Ich zeige dir morgen gerne die ersten Schriftrollen dazu.«

Das würde allerdings alles ändern.

»Wie kann in Ankou beides gesteckt haben?«, fragte ich nach.

»Ankou wird oft als Personifizierung des Todes in der bretonischen Mythologie und Folklore bezeichnet.« Faris begann wieder, zu malen, und der sanfte Schein wirkte beruhigend. Ich ließ mich darauf ein, und umso mehr ich Faris' Stimme lauschte, desto mehr spürte ich, dass sich meine inneren Krämpfe ein wenig lösten.

»Sie wird auch Friedhofsbewacherin und Seelensammlerin genannt. Gab es früher in einem Jahr mehr Todesfälle als üblich, sagte man, Ankou hat zugeschlagen. Die Wahrheit aber ist: Jahrhunderte vor Christus hatte Ankou eine Affäre mit einem vergebenen Mann. Dieser hat einen Sohn mit einer weiteren Frau gezeugt: Balor. Daraufhin ist Ankou derart wütend geworden, dass sie es als erste Sanitatem Vivifica geschafft hat, jemanden wiederzubeleben – nachdem sie ihn getötet hatte.« Faris zeichnete ein wenig zu genau, wie Ankou ihren ehemaligen Liebhaber erdolchte. »Ankou hat ihn so oft wiederbelebt und getötet, bis ihre Seele völlig verkommen war. Diese dunkle Seele hat sie neue Magie erschaffen lassen. Es wird darüber gestritten, ob Ankou nicht sogar Balors Lehrerin war, weil sie ein schlechtes Gewissen hatte. Schließlich starb sein Vater wegen ihr. Zumindest gibt es Erzählungen darüber, dass Ankou nachts öfter bei Balor gewesen sei. Sonst hätte es auch kaum jemanden gegeben, der ihm etwas über seine Kräfte hätte beibringen können. Andere glauben eher an die Idee, Balors Großvater habe Ankou ausspioniert und Balor nachts alles beigebracht, was Ankou ihrer Tochter bei Tag gelehrt hat – nur eben mit Mondlicht.«

»Die Mitternachtsmagie der Furta Noctra«, schloss ich daraus, und Faris nickte zustimmend.

»All unsere Kräfte haben sich aus Ankous Wut, ihrer Verzweiflung, aber auch dem anfänglichen Wunsch, den Menschen zu helfen, entwickelt. Deshalb gibt es bei den Furta Noctra die Urso, die den Verstand rauben, dir Wahnvorstellungen einpflanzen können, die Animamortem, die deine Aura auslöschen, die Mutatio, die deinen Gemütszustand ändern, oder die Anima Scissra, die deine Seele, deinen Verstand aufteilen und wegsperren können.« Bei Letzteren schoss mir Archies Dad in den Kopf. »Alles nur, weil Ankou bei dem Gedanken, ihren Geliebten an eine andere Frau zu verlieren, ausgerastet ist. Wobei der Typ ebenso eifersüchtig und das alles schon toxisch war, als Ankou mit einem anderen Mann Sequena gezeugt hat.«

»Und was ist mit dem ganzen Regina-Curantis-Quatsch?« Eventuell hatte Faris dafür auch eine andere Geschichte.

»Sie ist die mächtigste Heilerin einer Generation.« Faris linste wissend zu mir.

»Von Animamortem hast du gehört, oder?« Worauf wollte Faris hinaus? Er rutschte mit seinem Kissen näher zu mir. Kurz blickte er zurück, wohl um zu prüfen, ob auch niemand zuhörte.

»Ja. Sie waren zu stark, daher gibt es keine mehr. Konnten Menschen die Seele, die Aura und den Verstand aussagen, sprich sie töten. Viele mit dieser Macht sind bereits im Babyalter gestorben.« Ich hoffte, mein Flüstern war leise genug.

»Genau. Denn die Mitternachtsmagie fügt ihnen Wunden auf der Seele zu. Sie fühlen sich schlecht, haben psychische Probleme, werden aggressiver oder paranoid. Ihre überdimensionale Stärke, die sich nicht nur durch diese Mächte zeigt, hat ihren Preis. Aber wie ich dir gesagt habe, ist vieles, was wir zu wissen glauben, gelogen.« Faris hob meinen Becher wieder hoch, damit ich trank, was ich auch tat.

»Soll das heißen, es gibt noch Animamortem? Ist Jacques einer?«

»Nein, der ist ein Urso, aber Archies Bruder ist generell eine Ausnahme. Sein Vater soll für ihn ein extremes Trainingsprogramm entwickelt haben. Deshalb ist er überaus stark und hat sich viele verschiedene Kräfte angeeignet. Wir alle wären wohl zu mehr in der Lage, kümmerten wir uns intensiver um unsere Magie.« Faris musterte mich mit seinem Blick. »Jane, du weißt, auf wen ich anspielen will.«

Archie. Archie sollte ein Animamortem sein? Irgendwie ergab es Sinn. Seine Stärke, die sein Vater fürchtete, und die Macht in ihm, vor der Archie sich ja selbst fürchtete. Ich konnte seinen Namen aber nicht mehr aussprechen, da ich schwächer und schwächer wurde. Nein, nicht müde. Eine bleierne Schwere überkam mich, als würde mir jemand eine Rüstung anziehen, meine Beine einbetonieren und mich in ein schwarzes Loch werfen. Bevor ich das Bewusstsein verlor, hörte ich Yeliz noch wispern:

»Hast du es ihr endlich vollständig eingeflößt?«

Danach verschluckte mich der Schlaf des Gifts.

***

Jacques' Dolch wog schwer in meiner Hand, während ich ihn an Faris' hielt und ihm damit das Schlucken erschwerte. Doch ich hatte keine Skrupel mehr. Nicht, nachdem er und Yeliz mir etwas eingeflößt hatten, damit ich einschlief. Wenige Sekunden nach meinem Aufwachen war mir alles wieder eingefallen, und ich hatte mich auf Faris gestürzt.

»Jane.« Yeliz machte zu viele Schritte auf einmal auf mich zu. Sofort drückte ich den Dolch tiefer in Faris' Haut.

»Bleib stehen oder ich bringe ihn um.« Ob ich meine Drohung wahr machte, ahnte ich selbst noch nicht.

Yeliz hielt, stand aber nur noch wenige Meter von mir entfernt.

»Bitte, Jane. Faris und ich wollten dich nicht vergiften. Ich habe etwas von meiner Heilmagie in das Wasser gegeben, um deine Wunden zu versorgen.« Yeliz war also eine Brivido, die Schmerzen nahm und sie übertrug. Passte irgendwie zu ihr. »Anscheinend hat es dir an Schlaf gemangelt. Deswegen hat dich das Wasser müde gemacht.«

»G...G...G...Genau.« Wieder schluckte Faris schwer. »Und ich habe vielleicht auch noch deine Psyche etwas beruhigt.« Faris war demnach ein Kibun.

»Und warum sollte ich euch glauben?«, hakte ich nach.

Entweder die Kühle in den Katakomben von Paris oder die überraschende Kälte in meinem Herzen bescherte mir eine Ganzkörpergänsehaut. Denn tatsächlich merkte ich, dass ich in diesem Moment gar keinen Skrupel fühlte, Faris die Kehle aufzuschlitzen.

»Wir haben dich gerettet.« Da Brividos auch Wärmeenergie beherrschten, um Unterkühlungen entgegenzuwirken, registrierte ich, wie Yeliz näher zu mir schlich.

»Oder entführt?« Ich streckte meinen Arm hinter mich. »Bleib stehen.«

»Wir hätten dich auch fesseln können.« Die Wärme blieb gleich, und ich hörte kein kratzendes Geräusch von Steinchen mehr am Boden. Yeliz war also stehen geblieben.

»Ihr wollt mich glauben lassen, ich wäre eine Verbündete.« Ich schob mein rechtes Bein zwischen Faris' Beine, bis ich mit dem Knie die Tunnelwand berührte. »Denk nicht daran«, flüsterte ich Faris ins Ohr. Seine aufsteigende Kühlmagie, mit der Kibuns aufgebrachte Leute oder Verbrennungen beruhigten, konnte er sich bei mir sparen.

Yeliz hinter mir seufzte, und ich warf einen schnellen Blick über meine rechte Schulter. Sie setzte sich auf einen umgedrehten Eimer. »Ich bin zu müde für den Mist. Die anderen sind aufgebrochen, um Mitternachtsdiebe und übergelaufene Sanitatem zu observieren. Meine Schwester Aleyna ist dabei, und ich habe große Angst um sie. Es dreht sich nicht alles um dich.«

Minutenlanges Schweigen herrschte, und ich haderte mit mir. Was sollte ich machen? Was, wenn es eine Falle war? Aber Yeliz tat seit Jahren Gutes.

Nach einem langen Kampf mit mir selbst ließ ich seufzend von Faris ab. Er brauchte keine Sekunde, bis er sich hustend in eine Ecke zurückzog.

»Ich dachte, ich sterbe.« Faris wusch sich das Gesicht.

Jetzt tat er mir doch noch leid. Mein »Pardon« quittierte er mit einem giftigen Blick.

Ich setzte mich vor die Einkerbung des Untergrundtunnels, in dem wir uns aufhielten, und ließ meine nackten Füße in das winzige Wasserrinnsal hängen. Es beruhigte meine Nerven und half mir, mich zu erden. Was hätte ich da beinahe getan?

»Es tut mir leid. Ich will nicht auf armes Mädchen machen. Aber in letzter Zeit habe ich zu oft den falschen Menschen vertraut. Meiner Mutter, meiner Großmutter und der ganzen ekelhaften Sekte, in der ich aufgewachsen bin. Das Leben zwingt mich quasi dazu, Misstrauen mit Löffeln zu fressen.«

»Ich verstehe dich gut, glaub mir. Das ist auch alles Müll. Aber denk lieber an die Male, die es sich gelohnt hat, zu vertrauen.« Yeliz schien für jede Lage den richtigen Spruch auf Lager zu haben. Sie war bestimmt Meisterin darin, die Meute bei ihren organisierten Protesten in Schach zu halten.

»Sagt mal, ihr seid eine Brivido und ein Kibun. Könntet ihr mit mir etwas trainieren? Besser gesagt, mir helfen, Schmerzen besser auszuhalten?« Mein Vorschlag klang ausgesprochen noch merkwürdiger.

»Meinst du, wir sollen dich foltern?« Faris kniete sich mit einem Baguette neben mich und stopfte sich ein Stück in den Mund.

»Foltern nicht unbedingt. Muss widerstandsfähiger werden, wenn ich gegen meine Mutter und Archies Dad ankommen will.« Ich brach mir ebenfalls ein Stück Baguette ab.

»Wenn du das unbedingt willst, aber ...« Faris schluckte das Baguette hinunter. »Lass bitte den Dolch außen vor.«

***

Eineinhalb Tage. Mehr Zeit hatte das Leben mir nicht gegönnt, um zu trainieren.

»Aleyna. Aleyna!« Yeliz' Schreie füllten sich mehr und mehr mit Verzweiflung.

Es handelte sich um dieses Brüllen, das wahrscheinlich alle kannten. Dieses panische Rufen, das sofort deutlich machte, dass etwas Schlimmes passiert war.

Aleynas rotbraune Augen weiteten sich vor mir. Sie sprang hoch und eilte rasch Richtung Yeliz. Sie lief mit voller Wucht gegen den Kessel, in dem wir Knoblauchsuppe kochten. Er schwankte gefährlich hin und her. Zum Glück hinderte die Mauer dahinter ihn daran, umzukippen. Als hätte sie es gar nicht bemerkt, lief sie weiter.

Ich stand auf, blieb aber wie festgewurzelt stehen. Ich hatte keine Ahnung, was ich machen sollte.

Ich stieß ein kehliges, krächzendes, schmerzverzerrtes »Nein« aus, das durch den Untergrund hallte. Das gleiche Nein, das ich bei Élians Tod in den Pariser Nachthimmel geschickt hatte.

Auf meiner Brust erkannte ich noch die roten Handabdrücke von Aleyna. Sie hatte mir im Zuge unseres Trainings Wärmeenergie durch den Körper gejagt.

»Jane. Jane.« Immer wieder fiel verzweifelt laut mein Name, bis ich realisierte, Aleyna meinte mich. »Jane.«

Sofort streifte ich mein Shirt über und rannte in ihre Richtung. Wasser spritzte unter meinen Schritten gegen die Wand und hinterließ dunkle, feuchte Flecken auf der trockenen Mauer. Mein Magen drehte sich um, obwohl ich noch keine Ahnung hatte, was geschehen war.

Direkt um die nächstgelegene Ecke entdeckte ich Aleyna und Yeliz. Sie standen vor Faris, der reglos im seichten Wasserrinnsal lag. Blut vermischte sich mit der klaren Flüssigkeit.

»Er ist tot, Jane. Er ist tot.« Ich ahnte sofort, was Yeliz von mir wollte. Das lag nicht in meiner Macht. »Ein Furta Noctra und eine Sanitatem haben uns überrascht. Faris hat mich beschützt und eine Schattenzunge abgefangen. Mit seinen Schmerzen konnte ich die beiden in die Flucht schlagen, aber er ... Er hat es nicht überlebt.« Yeliz versuchte, ihr Schluchzen zu unterdrücken, was ihr nicht lange gelang.

»Ich … ich kann das nicht, Yeliz. Es tut …«

»Nein, du kannst das.« Yeliz hechtete zu mir, benetzte mich mit rotem Wasser. Sie erschrak bei dem Anblick des Blutes. Dennoch legte sie ihre Hände an meine Wangen. »Bitte, bitte, ich flehe dich an.« Ihre Stimme verwandelte sich in ein Flüstern. »Bitte, belebe ihn wieder.«

Hatte ich zugestimmt? Musste ich, da Yeliz nickend zur Seite ging und ihre Schwester zu sich rief. Zweimal blinzeln, und Faris verschwand. Vor mir lag Yassin.

Yassin mit seinem Bart, der mich beim Küssen gepikt hatte. Yassin, der dieses breite Lächeln besaß, das einen so in den Bann zog, dass man ihm jeden vergessenen Termin verzieh. Yassin mit diesen lockigen Haaren, die er extra stundenlang im Bad zurechtgezupft hatte, um seine beginnenden Geheimratsecken zu kaschieren. Ich blinzelte erneut und erkannte wieder Faris.

»Bitte, Jane.« Aleyna zog an meiner Hand.

Mein Körper bebte, und die Nervosität brachte mich ins Wanken. Nach einiger Zeit gelang es mir, meine Selbstzweifel kurz verstummen zu lassen, und ich kniete mich neben Faris.

Wieder spielte mein Kopf mir einen Streich, und ich erblickte Élian vor mir. Bei ihm hatte es doch funktioniert. Ich konnte das schaffen.

»Bei einem von dreien gelingt es mir. So ist das Leben«, hörte ich meine Mutter flüstern. Diesen Satz hatte ich unzählige Male gehört, wenn sie wieder mit einem Schulterzucken auf einen Tod reagiert hatte.

Yassin. Élian. Faris. Bei einem von dreien gelang es bei meiner Mutter.

Faris' Shirt riss ich mit einem Ruck auf. Dem Anblick standzuhalten, war nicht einfach. Die Schattenzunge hatte seine Haut versengt und sich in seine Brust gebohrt. Um die

Eintrittsstelle fand ich seinen Oberkörper eingerissen vor. Das Blut war gestockt. Vielleicht vom Schock der kalten Schattenzunge. Keine Ahnung. Meine Hände legten sich widerwillig auf Brust und Bauch von Faris, die so sanft behaart waren, dass man den Flaum kaum wahrnahm. Er roch nach Kamille und Eisen.

Aleynas und Yeliz' Schluchzen machte es mir nicht leicht, meine Magie mit geschlossenen Augen hervorzurufen. Es benötigte meine volle Konzentration, in die Tiefen meiner Magie einzutauchen. Die Wiederbelebungsmagie steckte im hintersten Winkel meiner Seele. Ich tauchte tief, noch tiefer, bis es mir die Luft abschnitt und ich den Drang hatte, aufzugeben.

Ein »Du schaffst das, Jane« drang in meine Ohren.

Die kleine, feenhafte Jane in mir tauchte durch dickes, magisches Wasser, das in den Augen brannte. Irgendwo weit entfernt nahm sie ein Licht wahr. Nur noch ein paar Meter brauchte die Jane in mir, um zum tiefsten Punkt vorzudringen. Ihre Lungen brannten, der Körper zitterte, und sie atmete vergeblich ins Nichts. Die winzigen Finger streckten sich nach dem Lebenslicht.

Kapitel 21

Ich atmete tief die Pariser Luft ein. In der alten Windmühle, in der Archie präsenter denn je schien, erinnerte ich mich an die letzten Momente.

Mit Faris war auch seine Lichtqualle Michiru gestorben. Sie hatte ausgetrocknet auf seinem Oberkörper gelegen, genau an der Stelle über seinem Herzen. Dort glitzerte sie wie ein zu Staub zerfallener Diamant. Yeliz hatte neben ihm gesessen und seinen Kopf umschlungen.

»Es tut mir leid«, hörte ich mein Vergangenheits-Ich sagen.

»Du hast dein Bestes gegeben.« Vor meinem inneren Auge sah ich, wie Aleyna meine Hand nahm. Das hielt nicht lange. Ihre Schwester sprang auf und fuhr mich an.

»Bestes? Das war dein Bestes?« Yeliz' verquollene Augen sprachen Bände. »Du hast ihn sterben lassen.«

Einer von dreien. Meine Mutter hatte recht behalten.

»Du hast Faris geliebt, oder?« Yeliz stockte, und ihre Wut über meine Frage verpuffte.

Danach hatte ich es dort nicht mehr ausgehalten. Yeliz hatte mir zwar verziehen. Meine Schuld hatte trotzdem in der Luft gelegen. Abzuhauen gehörte nicht zu den besten Entscheidungen, die ich in meinem Leben bisher getroffen hatte. Doch die Schuld, die ich mir selbst mit meinem Scheitern auferlegt hatte, wog schwer. Die Enttäuschung in Yeliz' Augen, die Enttäuschung über mich selbst und die alten Wunden, die Yassins Bild aufgerissen hatte. Das alles hatte mich erdrückt. Nun wieder in der Windmühle zu sein, aus deren Fenster ich ein wenig Normalität beobachten konnte, half mir, mich zu beruhigen, bevor ich wieder zu ihnen zurückkehrte.

»Jane?«

Das konnte unmöglich wahr sein. Ich zog den Dolch und rutschte in die Ecke. Staub wirbelte auf und tanzte im Kegel des Sonnenlichts. Da stand er wie eine Märchenfigur in einem Rahmen aus Holz, umgeben von hellen Strahlen und grauen Tupfen, die um ihn kreisten.

»Archie?«

»Ich bin es.«

Er war es.

Bevor ich ihm um den Hals fiel, bremste ich mich und inspizierte ihn genau. Archies Augen, die mich in ihren Bann zogen. Mich erschaudern ließen und mich gleichzeitig in den Arm nahmen. Die Grübchen, die verwuschelten Haare. Wie konnte das sein? Gab es einen Doppelgängerzauber? Vielleicht ein Spielchen eines Ursos, der meine Psyche verändert hatte? Aber ich trug doch meine Prismaperle.

»Das ist kein Streich, Jane.«

»Beweise es.«

»Du liebst Lichterketten und facetimest mit Élian sogar auf der Toilette. Ich liebe deinen komischen Grungelook. Du tanzt allein, wenn niemand zusieht. Du shoppst stundenlang online, ohne etwas zu kaufen, weil du geizig bist.« Archie umfasste meine Wange. »Du präsentierst nicht gerne, worauf du stolz bist, weil du Angst hast, jemand feiert es nicht so wie du, und das ist dir peinlich.« Tränen sammelten sich in meinen Augen. Archie strich meine Haare hinters Ohr.

»Archie, du ...« Archie stoppte mich, indem er einen Finger an meine Lippen legte.

»Du liebst Alexz Johnson und hast dich zu ihren Liedern früher oft betrunken, weil du dir dann eingebildet hast, du siehst das Licht deiner Heilmagie. Wie peinlich es dir auch ist, du stehst so ekelhaft sehr auf Gestaltwandler, weswegen du erotische Fantasyromane mit Werwölfen liest und Animal Crossing liebst.« Nachdem ich mehrmals nach Luft geschnappt hatte, überrumpelte ich ihn mit einer Umarmung. Wir kippten gemeinsam nach hinten. So lagen wir da. Ich auf ihm und er auf dem Holzboden der Windmühle.

»Ich werde dich trotzdem töten müssen, da du dir das alles von mir gemerkt hast«, flüsterte ich.

Endlich küssten wir uns. Noch nie hatte es für mich weniger eine Rolle gespielt, wie ich aussah, roch oder mich bewegte. Es zählte nur, Archie bei mir zu wissen. Gleichzeitig schmerzte es, dass Yeliz und Faris nie mehr die Chance dazu bekämen.

Dummerweise mussten wir auch irgendwann Luft holen, was ich nutzte und fragte: »Wie kann es sein, dass du hier bist?«

»Ich bin entkommen. Dieses Gefängnis in der Lagerhalle ist nicht ausgeklügelt. Sie haben uns jeden Tag kurz aus den Zellen geholt, um uns auszuhorchen, wo du sein könntest. Heute habe ich sie belogen. Der Typ wollte wohl jemanden holen, um meinen Hinweis weiterzugeben. Da hat er einfach die Tür offen gelassen.« Archies Flucht klang komisch, aber gut, warum nicht? Auch magische Wesen machten Fehler, und es musste nicht immer hollywoodreif sein.

»Und die anderen?«

»Es tut mir leid. Ich hatte keine Zeit, nach ihnen zu sehen, da der Typ nicht weit weg gegangen ist.« Archie wagte es nicht mehr, mir in die Augen zu sehen. »Die Windmühle ist meine erste Idee gewesen, wo du sein könntest, und deshalb bin ich auf direktem Weg hierhergekommen.«

Ich konnte nichts sagen. Viel zu sehr lähmte mich der Gedanke, dass Élian und Ella gequält wurden, um mich zu fassen.

»Es tut mir leid, Jane.«

»Nein, o Mann, nein, Archie. Du kannst nichts dafür.« Mein Magen übte wohl für den Karatekurs, so wie er gegen meine Bauchwand schlug und es mir schwer machte, mich zu konzentrieren. Jede Minute kam etwas Neues hinzu. Mein Körper konnte nicht runterkommen, war ständig in Alarmbereitschaft, weil ich mit dem Schlimmsten rechnete. Jede. Einzelne. Sekunde.

Ich stand von Archie auf und ließ mich neben ihm gegen das Holz der Windmühle fallen. Holzsplitterchen wirbelten auf. Erst jetzt bemerkte ich meine zu rasche, flache Atmung. »Du sollst dich nicht schuldig fühlen. Du bist da, du bist entkommen. Ich freue mich. Es zeigt, Hoffnung lohnt sich. Kann es nur schwer zeigen gerade.«

Erschöpft bettete ich meine Stirn auf meine Knie und verdunkelte meine Welt. Archie sagte nichts mehr. Hatte ich ihn verjagt? Nein. Ich hörte ihn atmen und wie er zu mir rutschte. Seine Energie neben mir zu spüren, ließ die Müdigkeit in meinen Gelenken schwinden. Scheu wartete er wohl auf eine Ablehnung. Sie kam nicht. Archie legte seinen Arm um mich.

So saßen wir da. Schweigend, gemeinsam einsam. Abgeschottet von der Welt, die uns suchte und entfernen wollte. Archies Nähe und seine Berührungen an meinem Körper glichen einem sich schließenden Kreis. Nur so stellten wir ein Ganzes dar. Soweit ich mich zurückerinnerte, fühlte ich mich meist schwach, schwindelig, schummrig im Kopf. War ich ständig leicht benebelt oder plagten mich Mangelerscheinungen? Seit ich den Trank aufgegeben und die Magie zu mir gefunden hatte, fühlte ich mich stärker und klarer. Die Magie in mir hatte einen verspannten Knoten gelöst. Dennoch blieb ein Rest dieses dumpfen Gefühls in meinem Kopf, das mich erschöpft zurückließ, und auch, wenn ich es bisher nicht wahrgenommen hatte: Sobald Archie mich berührte, füllte sich der letzte Mangel in mir auf, und ich fühlte mich gesund.

»Wenn wir das alles geschafft haben, gucken wir *Once Upon a Time* zu Ende, ja?«

»Habe ich dir doch versprochen.« Hoffentlich konnte ich dieses Versprechen halten.

***

»Denkst du, sie werden mich akzeptieren?« Die Furcht vor Ablehnung steckte wohl tief in Archie verankert.

Nachvollziehen konnte ich seinen Unmut darüber, dass wir uns ausgerechnet auf den Weg zu Yeliz gemacht hatten, schon. Schließlich würde vor allem Yeliz nicht gut auf Archie zu sprechen sein. Sie hatte Faris verloren, und das bei einem Kampf gegen einen Furta Noctra. Zwar waren wohl auch Sanitatem anwesend gewesen, aber umgebracht hatte ihn die Schattenzunge eines Furta Noctras. Wegen eines Kampfes, den es nur durch uns gab. Gut, die Hintergründe waren komplexer, und alles ging auf unsere Eltern zurück. Doch so offenherzig Yeliz auch war, auch ich fürchtete mich, dass es zu früh war, Archie zu ihr zu bringen. Allerdings wollte ich sie nicht im Stich lassen.

Gemeinsam schlichen wir uns so unauffällig wie möglich die Straßen entlang. Wir hielten unsere Köpfe gesenkt, wollten aber auch nicht zu geheimnisvoll wirken. Deshalb wechselten wir zwischen belebten Gassen und kleinen Durchgängen.

Endlich bogen wir in den Luxemburggarten ein. Sofort erkannte ich den *Fontaine Médicis* und merkte dabei, dass mein Herz raste. Mein Magen kündigte an, sich bald zu überschlagen. Wie konnte ich Yeliz und ihrer Schwester wieder unter die Augen treten? Was, wenn sie uns verstießen? Oder Archie? Würden sie uns verpfeifen, um sich einen Vorteil zu verschaffen?

Es hatte ein paar Minuten gedauert, bis wir in den Geheimgang nach unten hatten treten können, ohne unter Beobachtung zu stehen. Je näher ich nun mit Archie dem Platz kam, an dem Faris verstorben war, desto lauter wurde das Pochen in meinen Ohren.

Ich erkannte Licht. Sie waren also noch da. Unsere hallenden Schritte kündigten uns an, sodass Yeliz und ihre Schwester uns empfingen, noch bevor ich halten und mir meine Worte überlegen konnte.

»Jane?« Aleynas Miene erhellte sich, als sie mich erkannte. Sie war entweder froh, mich zu sehen, oder erleichtert, dass es sich um mich und nicht um einen Feind handelte. Ein lautes Platschen ging durch den Untergrund, als sie den ersten Schritt nach vorn in eine Pfütze machte, um zu mir zu eilen, da hielt ihre Schwester sie auf.

»Nein.« Mit kalter Miene hob Yeliz ihre andere Hand und deutete zu Archie. »Wie kommt er hierher?«

»Er konnte entkommen und ...« Sofort schnitt sie mir das Wort ab.

»Nein. Was, wenn er zu ihnen übergelaufen ist, und du treibst ihn zu uns?« Yeliz drückte ihre Schwester hinter sich. »Haut ab.« Ihre eingefallenen Augen zeigten mir, dass sie lange geweint haben musste. Sie drehte sich um und zog Aleyna zurück in das Versteck.

Ich folgte ihnen, Archie nahm ich hinter mir wahr.

»Hört mir zu.« Wie sollte ich sie überzeugen?

»Ich vertraue weder dir noch ihm. Er kommt einfach so frei? Von Bernadette und Mathieu? Vielleicht steckt ihr beide unter einer Decke, und du hast Faris absichtlich sterben lassen.« Das konnte Yeliz unmöglich erst meinen. Hatte dieser Streit zwischen Furta Noctra und Sanitatem sie so verbittern lassen?

»Sag das nie wieder.« Archie preschte vor. Mit dem ausgestreckten Arm hielt ich ihn, so gut es ging, davon ab, sich auf Yeliz zu stürzen. Ich hatte ihm von meinem Fehlversuch, Faris zu heilen, und was das mit mir gemacht hatte, erzählt. »Wie kannst du es wagen, Jane zu unterstellen, sie hätte ihn absichtlich nicht wiederbelebt?«

»Mir egal. Für Faris spielt es keine Rolle mehr. Wann hat es mir jemals etwas gebracht, zu debattieren und mich für jemanden einzusetzen?« Langsam liefen Tränen über Yeliz' Wangen, und sie wischte sich hart mit dem Ärmel über die gerötete Nase.

»Yeliz.« Aleyna streichelte ihr über die Schulter.

Ständig rüttelte Archie an mir oder drängte sich vor. Noch immer hielt ich ihn zurück. Es ehrte ihn, dass er mich verteidigen wollte, aber das änderte nichts. Yeliz war zu verletzt, und seinen Worten glaubte sie ohnehin nicht.

»Archie ist geflohen. Er weiß, wo genau meine Leute sind, und ich werde ihn nicht wegschicken. Allein finde ich mich in der Lagerhalle nicht zurecht und werde entdeckt, bevor ich jemanden gefunden habe. Zudem ist er auch für euch von Nutzen. Ihr wollt euch an meiner Mutter und seinem Dad rächen, wie wollt ihr das machen, ganz ohne Hinweise?« Wenn Yeliz und Aleyna mir nicht glauben wollten, dann brachte es vielleicht etwas, die »Ihr braucht ihn auch«-Schiene zu fahren. Eventuell schaffte ich es auch allein, meine Liebsten zu finden, aber das mussten die beiden nicht wissen, und ich wollte Archie bei mir haben.

Wie sagte meine Mutter oft: »Gib den Leuten das Gefühl, die gönnerhaften Siegenden zu sein, dann bekommst du eher, was du willst.«

Zum ersten Mal, seitdem ich mit Archie wieder in den Untergrund zu den beiden gekommen war, horchten sie auf. Yeliz löste ihre verschränkten Arme, und auch Aleyna sah interessiert aus.

»Faris und die anderen, die dort draußen gestorben sind, werden nie ihre Rache erhalten, wenn ihr diese Chance ausschlagt.« Mir fehlte die Zeit, es anders zu lösen, also hoffte ich, sie so aus der Reserve zu locken.

Zwei verhärtete Fronten unterhalb von Paris, auf der einen Seite standen Yeliz und Aleyna, auf der anderen Archie und ich. Wenn sie nicht nachgaben, konnte ich nichts machen. Ich war hergekommen, um sie um Hilfe zu bitten.

»Du stehst hier mit deinem Lover und ich? Ich werde Faris nie wieder vor jemandem verteidigen können.« Tränen füllten Yeliz' Augen wie eine dicke Mauer, die beim nächsten Blinzeln aufbrechen würde.

Darum ging es ihr, hatte ich es mir doch gedacht. Sie liebte Faris.

Bevor ich antwortete, schluckte ich das unangenehme Gefühl hinunter, weil Yeliz' Archie meinen *Lover* genannt hatte. »Ich weiß, wie du dich fühlst, und es tut mir unglaublich leid, dass ich Faris nicht wiederbeleben konnte. Glaub mir, hätte ich es gekonnt, hätte ich es getan.«

In ihrem tiefsten Inneren glaubte mir Yeliz bestimmt, schließlich kannte sie die Story mit meinem Ex-Freund mittlerweile. Trotzdem verstand ich, dass es ihr schwerfiel, mich zu entlasten, schließlich wollten wir doch alle eine Schuldige oder einen Schuldigen für unsere Probleme finden. Etwas, woran wir uns abreagieren konnten.

»Und er kann uns helfen?« Aleyna, die aufgrund ihrer zurückhaltenden Art, passend zu ihrer kleinen Statur und dem Körper, der jeden Moment zu zerbrechen schien, nur selten sprach, baute sich vor ihrer Schwester auf.

»Ja.« Dieses Mal sprach Archie für sich selbst. »Und ich kann dir auch sagen, wer Faris getötet hat.«

»Wer?« Yeliz' Augen weiteten sich.

»Das weiß ich, wenn ich Faris' Leiche sehe. Sie müsste noch eine Spur der Furta-Noctra-Magie an sich tragen.« Ich hoffte, dass das stimmte und Archie das nicht sagte, um sie zu besänftigen.

»Er kann bleiben.« Ohne Archie einen Blick zu schenken, eilte Yeliz an uns vorbei, gefolgt von Aleyna, die uns ein schüchternes »Danke, das würde Yeliz viel bedeuten« zuwarf.

Sobald ich ihre Schritte nicht mehr wahrnahm, bröckelte die unsichtbare Rüstung von mir ab, die ich mir angelegt hatte, um stark zu bleiben. Ich wandte mich zu Archie. Sein Gesicht wirkte fahl. Durch das Leben im Kerker überraschte mich seine ungesunde Blässe nicht, die mittlerweile ein paar rote Flecken von der Sonne bekommen hatte. Dennoch legte ich meine Hand an seine Wange, die kalt und schwitzig signalisierte, dass etwas nicht stimmte.

»Archie, geht es dir gut?«

»Komisch, ein wenig. Ich glaube, diese erneute Gefangenschaft hat mich nicht nur wegen der Folterung und des Mangels an Essen und Wasser fertiggemacht. Es war wie damals.«

Mein Finger landete an seinen Lippen, und ich stoppte Archie mit einem: »Shht.«

Selbst Archies Haare waren feucht, und ich führte ihn zu einem Holzstamm, auf dem er Platz nehmen konnte. Er brauchte nicht weiterzusprechen. Ich verstand, was er meinte. Dort wieder eingesperrt zu sein, hatte ihm die jahrelange Kerkerzeit in Erinnerung gerufen. Da fiel mir ein, was er mir einmal erzählt hatte. Er könne nie wieder Thriller lesen, weil ihn all diese Geschichten in Panik versetzten. Ja, manchmal waren wir Lebewesen so gebrochen von einem Ereignis, und anstatt es zu verarbeiten, kämpften wir vielmehr damit, es uns nicht ansehen zu lassen, damit die Welt uns nicht aufs Abstellgleis schob.

»Komm.« Ich reichte Archie meine Hand. »Ich habe eine Idee.«

»Ich bin erledigt, Jane.« Ein Blick in Archies Gesicht zeigte mir seine halb geöffneten Augen und die hängenden Mundwinkel.

»Du findest doch eh keinen Schlaf, lass mich dich ablenken. Ist nicht weit.« Meine Hand hing allein in der Luft, bis Archie seine darauflegte.

An den sanften elektrischen Schlag bei Archies Berührung gewöhnte ich mich mittlerweile. Ich zog ihn hoch, schnappte mir ein paar der Kerzen, die in einem Karton lagen – manche unbenutzt, aber die meisten fast komplett oder bis zur Hälfte abgebrannt –, und stapelte sie bei Archie auf. Flink holte ich noch eine Glasflasche, in der sich Wasser befand, und eines von Faris' Baguettes, die er in großen Massen besorgt hatte, damit uns das Essen nicht ausging.

Ohne auf Archie zu warten, lief ich aus der Einbuchtung im Tunnel. Ich hörte seine Schritte im Wasser hinter mir. Der Untergrund wurde dunkler und die Luft dünner.

»Falls du mich umbringen willst, mach es bitte gleich. Bin zu müde.«

»Dann würde ich einfach Yeliz auf dich loslassen.«

»Clever, Jane, clever.«

Nur wenige Minuten später gelangten wir zu einer Kurve, die in einer Sackgasse mündete. Vor uns lag eine abgerundete Wand, die wie eine Säule nach oben führte. Keine Ahnung, wie hoch es ging. Das Ende verlor sich in Schwärze.

»Was machen wir hier?«, fragte Archie, dem ich gerade die Kerzen abnahm.

»Warte es ab«, entgegnete ich kichernd und platzierte die Kerzen am Boden und überall dort, wo ich einen freien Platz entdeckte. Das Licht der Fackeln, die Yeliz angebracht hatte, reichte nur noch schwach bis hierher.

»Soll ich meinen Nachtblick einsetzen?« Nach seiner Frage gähnte Archie lauf auf, was bis nach oben hallte.

»Nein. Dann geht die gesamte Überraschung flöten.«

»Jetzt will ich es erst recht.«

»Unterstehe dich, Andre-Claude.«

»Irgendwie scharf, wenn du meinen eigentlichen Namen aussprichst.« Archie näherte sich, als ich eine Kerze abstellte. Und genau in dem Moment, als ich mich wieder aufrichtete, schlug ich mit dem Hinterkopf gegen sein Kinn. Er hatte wohl gerade meinen Nacken küssen wollen.

Die übrig gebliebenen Kerzen polterten auf den Boden, bevor Archies »Fuck« durch die Tunnel hallte.

»Archie.« Rasch drehte ich mich zu ihm und inspizierte sein Kinn.

»Was guckst du da? Du siehst doch nichts.« Archie rieb sich die schmerzende Stelle und wich zurück.

»Es tut …« Ich musste mir ein Auflachen verkneifen. »Mir leid.«

»Das höre ich.« Als ich bemerkte, wie angepisst Archie deswegen war, musste ich noch mehr loskichern.

Tja, kleine Sünden bestrafte die Magie sofort. Ein hervorstehender Felsen blockierte meinen Weg, und ich stieß mit meinem Schienbein dagegen. »Verfluchte Scheiße.«

»Was?«

»Ich habe mich gestoßen.«

Nun war es Archie, der in der dumpfen Dunkelheit auflachte.

»Wie wollen wir bitte Paris retten, wenn mein Kopf und ein Stein uns so fertigmachen?«

Wir hielten eine Sekunde inne, ehe wir gleichzeitig losprusteten.

»Die Welt ist dem Untergang geweiht«, sagte Archie zwischen zwei Lachern.

»Und wie.«

»Aber solang ich mit dir untergehe, ist das okay.« Archie nahm mich in den Arm.

»Klingt verlockend, aber das wird nichts. Wir müssen noch ein Serienende bingewatchen.« Ich zwängte mich aus seiner Umarmung und beendete endlich mein Vorhaben, in dem ich die Kerzen mit meiner Wärmeenergie entzündete, die ich durch Aleyna zu beherrschen gelernt hatte.

»Wow, seit wann kannst ...« Archie unterbrach sich. Die Flammen offenbarten ihm, was ich ihm zeigen wollte. »Okay, wow, ja, ähm. Das ist eine Überraschung.«

Vor uns erstreckte sich eine Mauer aus Totenköpfen. Fein säuberlich hatte jemand hoch, bis die Schatten die Mauer verschluckten, Reihen in die Wand eingehämmert. Darin standen eingemauerte Totenköpfe, die Gravuren und Zeichnungen auf sich zeigten.

»Du bist die einzige Frau, nein, der einzige Mensch, den ich kenne, der Totenköpfe romantisch findet.«

Schmunzelnd deutete ich nach oben. »Sind sie. Denk doch nach, sie verbringen hier Jahrzehnte, Jahrhunderte nebeneinander. Sie bestehen nicht nur, na ja, woraus Knochen eben bestehen, sondern auch aus Geschichten.« Hoffentlich merkte Archie nicht, dass ich keine Ahnung von Biologie hatte. »Vielleicht liegen hier zwei Liebende nebeneinander, auf ewig verbunden. Ich finde diesen Gedanken faszinierend.«

Archie nahm meine Hand und streichelte mit seinem Daumen über meinen Handrücken. »Du bist faszinierend, und wenn ich das so betrachte, ist es nur noch zu achtundneunzig Prozent gruselig.«

Ich rollte mit den Augen und lachte. »Dummkopf.«

»Hier halten wir also unser Totenkopf-Wasser-Baguette-Date ab? Und das nach unserem Erdbeerdate?« Archie sah sich um. »Etwas unbequem, oder?«

»Mist, ich habe die Kissen vergessen. Ich hole sie und dann ...« Archie unterbrach mich, indem er seine Hose auszog.

»Ähm, und, und, ähm, können wir sitzen, holen, Kissen gehen.« Was wollte ich machen?

»Jane, du sagst irgendwelche Worte auf.« Schwups, auch das Shirt flog weg.

Ich räusperte mich. »Pardon. Was machst du da?«

»Wir setzen uns auf unsere Klamotten, fertig.« Archie breitete seine Hose und das Shirt auf dem Boden aus. Er trug nur noch die weißen Shorts, die sich um seinen P... ähm, an ihn schmiegten.

Gleich danach setzte er sich und deutete auf den freien Platz neben sich. Er öffnete die Glasflasche im Schein einer Kerze und brach das Baguette entzwei.

»Einen Augenblick. Wenn du deine Hose weiter ausbreitest, reicht der Platz für uns beide.«

»So wäre es aber gemütlicher. Mit mehr Stoff am Boden.«

»Okay, aber ich mache das nur, weil ich dich ablenken will.«

»Selbstverständlich.«

Dann zog ich mich aus.

Kapitel 22

»Bitte, nicht schon wieder. Nicht die Stacheln.« Archie stöhnte die Worte im Schlaf.

Das waren nicht die ersten flehenden Ausrufe in dieser Nacht. Ich fürchtete mich davor, zu erfahren, was er alles durchgemacht hatte. Er wand sich in dem Schlafsack, und all meine beruhigenden, geflüsterten Worte brachten nichts. Wie sollte denn auch ein bisschen Gequassel über ein Trauma hinweghelfen, das sich über viele Jahre entwickelt hatte? Dennoch hasste ich diese Hilflosigkeit.

»Soll ich ihm die Schmerzen nehmen?« Yeliz, die ebenfalls nicht schlafen konnte und eine Suppe kochte, sprach wieder mit mir.

»Würde es dir etwas ausmachen?«

»Nein, ich hab das nur noch nie bei so jemandem gemacht. Ich meine, bei einem von den Furta Noctra.« Yeliz klopfte den Kochlöffel ab, legte ihn hin und kam zu mir.

»Er hat viel durchgemacht.« Ach, was versuchte ich da? Yeliz würde sich nicht von Archie überzeugen lassen. Sie stand zwar für Gleichberechtigung, aber der Sohn des Anführers der Furta Noctra gehörte für sie wohl eher zum Teil des Problems.

Vor Archies Stirn glühte Yeliz' Hand auf. Gleich würde es Archie besser gehen.

»Geht weg von ihm.« Aleyna raste auf uns zu, ihre Worte hallten ihr voraus.

Yeliz hörte auf. Ich schreckte instinktiv zurück. Archie wälzte sich zur Seite, wachte aber nicht auf. Völlig verwirrt erhoben wir uns beide und erwarteten ihre Schwester.

»Aleyna, was ist los?« Yeliz empfing Aleyna, die völlig außer Puste war.

»Da.« Mehr brachte Aleyna nicht hervor. Sie reichte mir ein Polaroid.

Noch bevor Yeliz es unter die Lupe nehmen konnte, riss ich es ihrer Schwester aus der Hand. Alles in mir begann, zu zittern, und Kälte überfuhr meinen Körper wie ein Schnellzug.

Das Foto zeigte Archie in den Armen einer Frau. Nicht irgendeiner. Es handelte sich um die Frau, die sich uns damals in den Katakomben in den Weg gestellt hatte und auch zuletzt auf dem Dach der Lagerhalle Archie entführt hatte. Das Bild war etwas schmutzig und eingerissen. Eine schlechte Kopie, dic etwas zu dunkel geraten war. Dennoch erkannte ich die beiden. Was hatte das alles zu bedeuten?

»Wo hast du das her?« Als ich darüberstrich, zitterte meine Hand. »Ist das eine Fotomontage?«

Ein lang gezogenes Seufzen drang von Aleyna an mein Ohr. Das bedeutete nie etwas Gutes.

»Es tut mir leid, Jane. Ich bin während meiner Patrouille auf einen Typen gestoßen, der sich Pietro genannt hat. Ein Sanitatem aus Bologna, der zu Besuch hier ist. Er wohnt bei seinen Bekannten und unterstützt sie.« Aleyna verhaspelte sich beim Sprechen, und ihre Worte eilten sturzbachartig aus ihr. Oder fühlte es sich für mich nur so an?

»Komm zum Punkt.« Gereizt drückte ich das Polaroid in meiner Hand zusammen.

»Ähm.« Aleyna richtete sich ihre spitz zulaufende Brille und schloss die Augen. Sie überlegte bestimmt, wie sie alles zusammenfassen sollte. »Seine Bekannten haben Fotos gesammelt von den wichtigsten Feinden, vor denen er sich in Acht nehmen muss. Er hatte sie dabei, weil er natürlich mit den Pariser Furta Noctra nichts anfangen kann.«

»Und ihr kennt die Frau?«

Nun schaltete sich auch Yeliz wieder ein, die sich bisher zurückgehalten hatte. Sie gab ihrer Schwester mehr Freiraum, um sich ihren eigenen Kämpfen zu stellen. Anfangs hatte sie Aleyna wie eine Löwin beschützt.

»Wir nennen sie *Mariée de minuit.* Oder nur: Marie.«

»Mitternachtsbraut?« Ich verstand gar nichts mehr. Warum hatte ich noch nie etwas von Marie gehört?

Entschlossen, die Wahrheit von Archie zu erfahren, holte ich meine Prismaperle, die ich abgelegt hatte, um mich in der Zinkwanne zu waschen.

»Es tut mir leid. Es ist schwer, herauszufinden, wem wir vertrauen dürfen.« Yeliz wandte sich zu mir, und ihre Schwester tat es ihr nach.

Zwischen uns wölbte sich das Feuer hoch. Sie standen mit dem Rücken zu Archie, unweit von mir. Für mich grub dieses Foto jedoch einen tiefen Graben zwischen Archie und meiner Person.

»Und euch darf ich vertrauen?« Ich schnaubte bitter und schüttelte den Kopf, was mir das Anlegen der Kette erschwerte. »Ich weiß nicht mehr, was noch ein lieb gemeinter Rat ist und was eine Manipulation, dabei habe ich bisher gehofft, nicht ganz so dumm zu sein.«

»Denkst du, mir geht es anders? Weißt du, wie lange ich Faris misstraut habe? Genau. Bis er gestorben ist. Was willst du machen? Nie wieder vertrauen? Vertrauensbrüche sind jedes Mal enttäuschend, und wenn sie gehäuft kommen, dann ist das scheiße. Aber es gibt sie noch. Die Lebewesen, denen wir vertrauen dürfen. Das müssen wir uns bewahren. Dieser Typ ...«, Yeliz deutete hinter sich zu Archie, »hat dich vielleicht verarscht, aber du hast Faris' Story gehört. Furta Noctra und Sanitatem stammen aus demselben Holz.«

Selbst nach Faris' Tod hielt Yeliz daran fest. Oder genau deshalb tat sie es.

Ich massierte meine Schläfen und legte den Kopf in den Nacken. Obwohl ich mich eben erst gewaschen hatte, klebte mein Körper, und ich fühlte mich schmutzig. »Ich kann Archie nicht ...« Im Sprechen kippte ich meinen Kopf wieder vor, und was ich dann entdeckte, ließ mich meinen Satz unterbrechen.

Archie stand hinter Yeliz und Aleyna. Seine Augen weit aufgerissen, und die Iriden glühten knallrot. Er bleckte die Zähne und starrte mich an.

»Yeliz.« Mein Rufen erstickte. Ich erkannte Archies Hände an Yeliz' und Aleynas Hinterkopf. Schwarze Adern plusterten sich unter seiner Haut an den Armen auf und pumpten etwas durch seinen Körper. Ich konnte regelrecht mitverfolgen, wie es sich durch seine Halsadern hoch in seinen Kopf schlängelte und sich die feinen Verzweigungen in seinen Augen schwarz färbten. Die Iriden nahmen ein gefährliches Rot an.

»Archie.« Sein Name war ein Hauchen.

Ich fror fest, auch wenn alle Alarmglocken in mir schrien, wegzulaufen. Für Yeliz und Aleyna konnte ich nichts anderes machen, als ihnen beim Sterben in die Augen zu schauen.

Wie eine Drohung, der ich mehr Beachtung hätte schenken sollen, nahm ich Archies damalige Worte wahr: »Weil ich zu mächtig bin. Zu mächtig für meinen Vater, dem Anführer der Furta Noctra.«

Yeliz und Aleyna waren ab dem Zeitpunkt verloren gewesen, als Archie sie berührt hatte. Faris hatte mich vorgewarnt. Archie war ein Animamortem, ein Seelen-, Verstands-

oder auch Aurentöter. Überall nannte man sie anders. Wie man sie aber auch nannte, ich wollte es nicht wahrhaben.

Die beiden Schwestern klebten an Archies Händen. Die Magie zog sie wie Magneten an. Deshalb verloren sie auch nicht ihren Stand, als ihre Haut erst grau wurde und sich dann an ihre Knochen saugte. Die Wangen fielen ein, die Augen drückten sich aus ihren Höhlen, und bald hingen die Körper wie zwei Laken mit aufgerissenen Mündern herab. Erst jetzt brachte mein Würgereflex mich dazu, mich von der Szenerie abzuwenden. Ich übergab mich auf das Lagerfeuer und stemmte die Hände auf meine Oberschenkeln. Die leeren Hüllen schlugen auf den Boden auf.

»Jane.« Archie eilte zwischen den Schwestern hindurch.

Ich wischte mir den Mund ab, spuckte aus und richtete mich auf, bereit, Archie in die Augen zu sehen. Komischerweise erkannte ich dort nicht mehr das Monster. Nur noch Archie. Archie mit besorgtem Blick. Suchte er ernsthaft nach einem Grund für meine Verfassung?

»Bring mich einfach um. Ich bin es leid.« Mit einem Schulterzucken unterstrich ich mein Aufgeben.

»Was redest du da für einen Mist?« Archie umfasste meine Oberarme und suchte meinen Blick.

»Fass mich nicht an, du Monster.«

Archie wich zurück. »Sag das nicht. Wieso sagst du das?«

»Wieso ich das sage?« Diese Frage brachte mich endgültig zum Austicken. »Wieso ich das sage?«

Meine Konturen sendeten ein Glimmen ab, das mich wieder auffrischte und mich meine eigene Stärke spüren ließ. Ich eilte zu Archie, krallte meine Hände samt Fingernägel in seine Oberarme und riss ihn zur Seite, sodass er den leblosen Fetzen, die mal Yeliz' und Aleynas Körper gewesen waren, direkt gegenüberstand.

»Was ... was ist mit ihnen passiert?« Archie machte einen großen Schritt und hielt. Natürlich tat er das. Er als Furta Noctra kannte diesen Anblick. »Wer?«

Archie schüttelte den Kopf. Zuerst sanft, dann heftiger. Er fasste sich an den Mund und wandte sich zu mir. »Bin das ich gewesen?«

»Nein, du kommst mir nicht mit der *Ich kann mich nicht daran erinnern*-Nummer.« Sofort unterband ich das Theater und winkte ab.

Keine Verteidigung erreichte mich, stattdessen verfolgte ich Archie dabei, wie er auf die Knie fiel und auf den Boden einschlug. Er hämmerte fest auf das Gestein ein, bis eine schwarze Aura ihn umgab. Sie sah wie eine dunkle Flamme mit violetten Spitzen aus. Blut benetzte den Boden.

»Ich bin ein Monster.«

»Nein, nein, nein. Darauf falle ich nicht rein.« Nichts wollte ich davon hören. Er hatte meine neuen Freundinnen umgebracht, und jetzt wollte er mich wieder um den Finger wickeln.

Ohne darüber nachzudenken, nahm ich die Prismaperle ab und warf sie Archie vor die Füße. »Wer weiß, ob du mich damit nicht auch belogen hast.«

Ich tat, was ich am besten konnte. Ich lief weg.

***

Verloren. Das beschrieb meinen Gefühlshaushalt perfekt.

Meine Beine hatten mich weit getragen, ehe ich bei einer Unterführung an der Uferstraße der Seine zusammengebrochen war. Betonsäulen, die vollgeschmiert mit bunten Graffitis waren und stinkende grüne sowie graue Mülltonnen mit gelben Decken. Irgendwo dazwischen lag ich auf einem feuchten Karton, starrte an die Betondecke mit den orangefarbenen Rohren und hoffte, alles würde auf mich einbrechen. Aber konnte ich das Élian und Ella antun? War Jacques' Festnahme vielleicht nur ein Schauspiel gewesen? Der arme Élian, der ebenfalls auf den Irrwegen der Liebe tapste.

Diese unbändige Wut, Trauer und Sorge in meinem Magen, gepaart mit dem Wunsch, all meine Entscheidungen bis ins kleinste Detail zu überdenken, brachte meine mentale Gesundheit an ihre Grenzen. Mein Körper schenkte mir Warnsignale in Form eines Kreislaufzusammenbruchs, Heulattacken und unaufhaltsamem Zittern. Doch wie sollte ich darauf hören? Ich konnte nicht, wie es einem in Social Media vorgegaukelt wurde, mir Zeit für mich nehmen. Mit einem Teechen auf dem Balkon entspannen, Yoga machen und die Sonnenstrahlen auf meiner Nase tanzen lassen. Meine Liebsten steckten in einem Kerker fest, ich hatte keine Hilfe gegen meine Feinde, und der Typ, in den ich mich verliebt hatte, hatte eiskalt zwei neu gewonnene Freundinnen von mir getötet.

Keine vorzeigbare Bilanz für mich. Und ich sollte Regina Curantis sein? Wäre ich im Moment nicht verstört, würde ich lachen.

»Ich bin lächerlich.«

»Da hast du recht. Fehlt noch die Clownsnase.« Eine Männerstimme, die ich nicht kannte.

Für den Bruchteil einer Sekunde überlegte ich, liegen zu bleiben. Nein, ich war es Élian und Ella schuldig, weiterzukämpfen. Mein Körper streikte beim Hochhieven, und Blitze durchzuckten mein Sichtfeld. Ja, die Kraft verließ mich, und der Spielraum meiner Möglichkeiten schrumpfte. Dennoch: Ich hatte mir geschworen, mehr an mich zu glauben.

»Wie hast du mich gefunden?« Meine Frage war an den Kerl mit den langen, platinblonden Haaren gerichtet, die glatt um seinen weißen Blazer wehten.

Wie er selbstgefällig ein Grinsen unterdrückte, zauberte mir wie durch ein Wunder wieder mehr Energie in meine Adern.

»Schau dich doch an.« Seiner Stimme wohnte eine Arroganz inne, die ihn noch widerlicher machte.

Verdammt. Meine Konturen glühten vor Wut. Diese Situation hatte ich mir wieder selbst eingebrockt.

Von den Seiten strahlten Lichter der Straßenlaternen zu uns, die außerhalb der Unterführung standen, und kaputte Neonröhren hinter mir flackerten um die Wette. Der Geruch von fauligem Essen aus den Mülltonnen verhalf mir nicht zu mehr Kraft, dafür zu einer Idee.

»Ich werde es dir nicht einfach machen, Arschloch.« Ich lief zwischen die Mülltonnen und brachte sie mit einer Energiewelle dazu, kreuz und quer zu rollen.

»Normalerweise nennt man mich Pierre.« Darauf entgegnete ich ihm nichts mehr, sondern blieb ihm Schutz der restlichen Mülltonnen.

Pierre machte sich nicht die Mühe, sich unauffällig zu verhalten. Seine Sohlen klackerten wie bei einem Stepptänzer. So laut suchte er mich. Ich hasste ihn dafür, genau richtig einzuschätzen, wie viel Gefahr von mir ausging. Nämlich gar keine.

Mit einer Hand wollte ich die Prismaperle umfassen und die Macht aufbringen, diesen Typen zu vernichten. Niemand, der sich Pierre nannte, würde sich zwischen Élian, Ella und mich stellen. Doch ich griff ins Leere. Stimmt, ich hatte sie Archie vor die Füße geworfen.

Ich floh, bis ich keine Mülltonne mehr hatte, zu der ich hüpfen konnte, also kam, was kommen musste, und Pierre stieß die letzte Tonne vor mir zur Seite. Vor ihm kniend, hoffte ich auf ein Wunder.

»Bleib ruhig am Boden, bevor ich dich töte. Zwar muffelst du tierisch, aber für die Belohnung, die auf dich ausgesetzt ist, überwinde ich mich gerne.« Pierre rümpfte die Nase und hielt sie sich daraufhin zu. Er fummelte tatsächlich an seiner Hose herum.

Mein Geduldsfaden hatte damit sein Ende erreicht. Mit einem großen Sprung wich ich nach hinten und entfesselte das grelle Heillicht aus meinen Augen. Pierre taumelte geblendet zurück, was ich nutzte, um nach vorne zu hechten und ihn niederzuringen. Wir landeten auf dem Boden, Pierres Kopf schlug auf dem Asphalt auf.

»Wäre besser gewesen, du wärst nicht allein gekommen, um die Belohnung auf meinen Kopf einzusacken«, flüsterte ich Pierre ins Ohr. Meine Hand lag auf seinem Brustbein. Ich pumpte Energie in meine Fingerkuppen. Seine Augen weiteten sich, und ich entlud eine Magiewelle in Pierres Körper.

Pierres gequälter Aufschrei wurde nach wenigen Sekunden von einem hustenden Lachen abgelöst. Irritiert sah ich ihm in die glühenden Augen, in denen sich etwas spiegelte.

»Wer sagt denn, dass ich allein gekommen bin?«

Merde. Verdammte Scheiße.

Eine Hand umfasste meinen Hals. Sofort verlor ich unter dem Griff sämtliche meiner Kräfte. Eine dunkle Magie, die mich mit Kälte durchflutete, hob mich hoch, und ich stand neben Pierre.

»Danke, aber etwas spät, Léa.« Pierre klopfte sich seine Klamotten ab. Mein Handabdruck auf seiner Brust blieb, was er selbst mit geschürzten Lippen bemerkte. »Kleine Schlampe.«

»Hab ihre Angriffe nicht kommen sehen.« Léa drehte mich zu sich, und am liebsten hätte ich ihr den hohen Zopf aus dem Hinterkopf gerissen, denn ihre Stimme hatte ich sofort erkannt.

Léa war die Besitzerin des Cafés *Le Minuit,* das Élian, Ella und ich oft besuchten. Zugegeben, ich war zunächst geschockt, bis ich lachte. Ja, ich lachte. Keine Ahnung, ob ich nun völlig Banane war, aber ich lachte, auch wenn ich kaum noch Kraft in mir hatte. »Natürlich ist sogar die Besitzerin meines Lieblingscafés gegen mich. Warum, Léa?«

»Was weiß ich. Weil du eine Heilerin bist, weil du zu wenig Trinkgeld gibst. Hat die Menschheit jemals einen Grund gebraucht, um sich zu hintergehen?« Léa schien gelangweilt. Skrupellos würde sie mich also einfach an meine Mutter ausliefern?

»Aber wie kannst du als Furta Noctra inmitten von Paris ein Café betreiben? Hast du keine Angst gehabt, irgendwann aufzufliegen?« Dass Furta Noctra mal in der Innenstadt feierten, einkauften oder so, okay, aber einen Laden eröffneten?

»Mädchen, du checkst gar nichts. Wir sind längst unter euch, ihr habt euch für ach so außergewöhnlich gehalten. Ihr bekommt nicht mit, was vor eurer Nase passiert, selbst wenn wir aus gestohlenen Seelen Hula-Hoop-Reifen formen und vor euch tanzen würden.« Pierre trat mir von hinten gegen den Rücken und mir somit die Luft aus dem Körper. Nun lag ich auf dem Boden und fragte mich, was ich machen sollte.

Léa warf mir einen Kuss zu. »Viele Grüße von Mathieu und Bernadette«, sagte sie und scheuerte mir eine mit ihrer von Schatten umgebenen Hand.

Ich stützte mich am kalten, dreckigen Boden ab. Steinchen und Glassplitter drückten in meine Hand. Mein Bewusstsein hing am seidenen Faden. Bald würde ich bei Élian und Ella sein. Léas Berührung nahm mir noch mehr Kraft, und ich spürte meinen Körper kaum noch. Mit viel Mühe kämpfte ich gegen die drohende Ohnmacht an.

»Lasst Jane in Ruhe.« Ich hasste mich dafür, mich über Archies Stimme zu freuen. War er es auch oder spielten mir meine Sinne einen Streich?

Alles an mir hing schlaff hinunter, und als wäre das nicht genug, war ich auf die Hilfe von Archie angewiesen. Er hatte mir mit der Ermordung zweier Freundinnen und dem Bild einer Geliebten ja auch schon richtig den Tag versüßt. Tatsächlich handelte es sich bei seiner Stimme nicht um einen Witz. Er stand vor mir.

Ängstlich schielte ich zu ihm hoch und erkannte die Wut in seinen Augen. Doch es spiegelte sich nicht der Zorn des Monsters von vorhin wider. Er wirkte nicht wie eine Bestie, sondern wie ein Mensch, wie Archie. Mein Archie.

»Was machst du hier? Hat man dir befohlen, zu kommen?« Léa stützte eine Hand an ihrer Hüfte ab und musterte Archie abfällig.

»Befohlen?« Archie wiederholte, was ich dachte.

»Was tust du sonst hier?« Pierre stand hinter mir. Er machte einen Schritt über meinen am Boden liegenden Körper, um sich Archie zu nähern.

Eisige Furcht umschlang mich wie ein Mantel. Es war wie ein Vorbote von dem, was passieren könnte. Da lange zu fackeln noch nie Archies Ding gewesen war, streckte er seine Hand aus. Fünf schwarze Wirbel aus dunklem Rauch, der aus seinen Fingerkuppen quoll, fügten sich in seiner Hand zu einer Kugel zusammen. Lila Blitze züngelten gierig über die Schattenkugel.

»Ruhig bleiben, Junge. Wir dürfen die Heilerschlampe nicht umbringen.« Pierre hob beschwichtigend die Arme und deutete mit dem Kinn zu mir. »Würd sie auch gern grillen, aber dann bringt Mathieu uns um, auch wenn du sein Sohn bist.«

»Heilerschlampe?« Archie klang wütend und knackte mit seinen Fingern.

»Zumindest noch ein kleiner Tritt für das wenige Trinkgeld? Oder was sagen deine Befehle?« Léa näherte sich mir.

»Befehle?« Dass Archie ständig nur ihre Worte wiederholte, machte mich stutzig. Was ging hier vor?

Bei Léas Worten schnürte sich meine Kehle zu. Eigentlich hatte ich mich an die Beschimpfungen der Furta Noctra gewöhnt. Dieser geballte Hass schmerzte jedoch. Die Frage, die mich noch mehr als ihre Beleidigungen beschäftigte, war, warum Pierre und Léa ihn wie einen Freund empfingen. Mittlerweile hatte doch die Runde gemacht, dass Archie und ich befreundet waren. Oder hatte er mich doch nur hintergangen?

»Vielleicht können wir sie im Kerker bearbeiten, wenn du ...« Archies Kugel traf Pierre. Sein Schrei klang beinah heiser. Gleich danach zerfiel er zu Staub.

»Niemand spricht so über Jane, verstanden?« An Léa gewandt, hob Archie erneut die Hand.

»Was stimmt mit dir nicht? Spinnst du?« Léa schien erst jetzt die ihr drohende Gefahr zu erkennen. Ihre Stimmfarbe schlug ins Süßliche, Manipulierende um. »Ich meine, klar, Pierre war ein Arsch. Geschieht ihm irgendwie recht.«

Léa ging auf Archie zu, und ich erkannte, was sie vorhatte. Sie wollte ihn berühren. Dabei wollte sie ihm wie mir die Kräfte rauben. Das würde ihr auch gelingen, da er ja seine Resistenz dagegen in meine Prismaperle gegeben hatte, und ich glaubte nicht, dass die Prismaperle ihm helfen würde. Mein Mund öffnete sich. Die Warnung wollte nicht aus mir herauskommen. Ein Krächzen, das beide überhörten. Vorsichtig hob ich den Kopf an, um mich bemerkbar zu machen. Nach wenigen Millimetern knallte er wieder auf den Boden.

Bald hatte ich keine Kraft mehr, meine Augen offen zu halten.

»Ich habe so mit ihr gesprochen, weil Pierre dabei war. Hey, ich kenne Jane, sie ist bei mir im Café Stammkundin.« Léa blickte zu mir und lächelte freundlich. »Nicht wahr, Jane?«

Witzig, immerhin konnte ich kaum sprechen oder mich bewegen. Aber es reichte, um Archie abzulenken und seine Unterarme zu umfassen. Léa lachte, ihre erhellte Miene schlug zur dunklen Seite um. Archie bemerkte ihre Finte zu spät.

Es schien Léa einiges an Kraft zu kosten, Archies Power aus ihm zu saugen. Wenig später rumste es, und Archie schlug neben mir auf. Sein Gesicht meinem zugewandt.

»Hab's verbockt.« Ein knappes Lächeln schenkte Archie mir. Es versiegte, und seine Lider flatterten. Offensichtlich tat er sich ebenso schwer, wach zu bleiben.

»Dreckskerl.« Léa richtete sich hinter Archie auf und trat ihm in den Rücken. »Das hat ja toll geklappt mit Rochelles Experimenten. Ich dachte, du hältst zu uns.«

Die Erleichterung, uns doch noch überwältigt zu haben, stand Léa ins Gesicht geschrieben, bis sie in Flammen aufging und der Schock in ihrem Gesicht wiederrum mich erfreute. Da ihre Schreie wie ein Wiegenlied für meine Ohren waren, gab ich dem Drang, ohnmächtig zu werden, langsam nach.

Schemenhaft erkannte ich zwischen zwei langen, schweren Augenaufschlägen zwei Gestalten, die unter dem flackernden Licht und den stampfenden Schritten wie Riesen wirkten.

Wer war das? Und warum halfen sie uns? In meinem Kopf herrschte gähnende Schwärze.

Kapitel 23

»Danke.« Meine Hände gaben beinah nach, als sie mir eine Schüssel überreichten. Obwohl ich ewig geschlafen hatte, blieb die Schwäche.

»Du hast für ganz schön Wirbel in der magischen Welt von Paris gesorgt.« Louna schenkte Archie nach. Trotz des Zusammenlebens der Sanitatem und Furta Noctra wirkte es merkwürdig, wie nett Louna zu Archie war.

Ich hatte ihr alles erzählt. Alles, bis auf die Tatsache, dass Archie zwei Sanitatem getötet hatte und mich betrog. Etwas in mir hinderte mich. Was hatte Léa mit Rochelles Versuchen gemeint? Und warum hatte Archie mich gerettet? Nun ja, teilweise, bis Louna und Etienne uns den Arsch gerettet hatten. Sie hatten die lebensbedrohlich schwindenden Kräfte einer Sanitatem gespürt. Glücklicherweise hatten sie ihre Date Night in meiner Nähe verbracht. Sie nannten es: »außerhalb der Baracken vögeln, wo es nicht jede Sau mitbekommt«, aber ich speicherte es in meinem Kopf als Date Night ein.

»Ich weiß, dass ich für Aufsehen gesorgt habe.« Wie gut die Suppe meinem Magen tat. »Tut mir leid für die Umstände.«

»Tut mir leid für die Umstände«, äffte Etienne mich nach, der die Suppe vom Feuer nahm. »Will ich auch hoffen. Jetzt kann ich wieder einen Monat warten, bis ich zum nächsten Fi...«

»Etienne.« Louna peitschte ihn mit dem Geschirrtuch aus und legte es sich wieder über die Schulter. »Kein Problem, Liebes. Und bei dir alles okay, Archie?«

Archies aufgeblähte Wangen, die voll mit Suppe waren, als könnte er sie hamstermäßig in seinen Backen aufbewahren, leerten sich beim Schlucken. »Ja, danke.«

Natürlich bemerkte ich auch den scheuen Blick, den Archie mir zuwarf. Das unterband ich sofort, in dem ich mich zur Seite drehte.

»Etienne und ich haben beschlossen, euch zu helfen. Bestimmt finden wir ein paar von den anderen, die ...«

»Nein.« Damit unterbrach ich den Vorschlag.

»Wie *nein?*« Konnte Etienne aufhören, mich nachzuäffen?

»Ich will nicht, dass ihr wegen mir in Gefahr geratet.«

»Wegen uns.« Archie winkte mit dem Löffel, um sich bemerkbar zu machen.

»Es dürfen nicht noch mehr Leute hineingezogen werden.« Ich stellte den Behälter mit der Suppe etwas zu laut ab. Denn das Glas des kleinen Tisches klirrte verdächtig laut. Zum Glück hatte es keinen Sprung bekommen. »Es reicht, dass Ella und Élian gefangen genommen wurden.«

»Liebes, was denkst du, worum es geht?« Louna baute sich wie eine strenge Gouvernante vor mir auf und runzelte die faltige Stirn.

»Um Macht, zwei Familienfehden, darum, Archie und mich aufzuhalten? Was weiß ich.« Ich rührte in der Schüssel herum, um Louna nicht ansehen zu müssen.

»Eben nicht. Der Zusammenschluss von Bernadette und Mathieu deckt nur auf, was seit Jahrzehnten über Generationen hinweg schiefläuft. Vertuschungen, Manipulationen, Vetternwirtschaft und das Verbreiten von Lügen sowie verschobenen historischen Fakten. Wir hausen hier wie Tiere, weil wir die Wahrheit der Geschichte kennen, wie sie dir auch Faris erzählt hat. Ich wollte dich damit bei deinem ersten Besuch hier nicht überfordern und dachte auch, du kennst eventuell schon die Geschichte von Ankou.« Wie ich erfahren hatte, war Faris so etwas wie Lounas und Etiennes Ziehsohn gewesen. Sein Tod nahm sie noch immer mit, und ich ahnte nur, wie schwer es ihnen fiel, sich zusammenzureißen. »Bernadette, Mathieu und, ja, auch Albertine haben bewusst einen Keil zwischen Sanitatem und Furta Noctra getrieben. Warum? Um sich ein Gefolge aufzubauen. Aber selbst in den eigenen Reihen haben sie differenziert. Vivifica sind mehr wert als Vulnus, die lediglich wenig heilen können. Remedien sind angesehener als Kibun.«

Etienne rieb seiner Frau den Rücken und schüttete ein Pulver in ein Glas mit Wasser. »Trink das und rege dich nicht auf. Du weißt, dass die Psyche dem Körper den meisten Schaden zufügt.«

Louna nickte und trank. Sie ließ ihren Blick wie wild durch den Raum sausen, und ich ahnte, in ihr brodelte noch mehr. Wegen Sachen, über die ich mir nie den Kopf zerbrochen hatte.

»Dabei sind diese Unterteilungen Blödsinn. Manche sind stärker, manche schwächer. Manche geben sich auf, weil sie *nur*«, Etienne setzte mit den Fingern Gänsefüßchen an das Nur, »Vulnus sind und versuchen gar nicht, weitere Fähigkeiten zu entwickeln. Und überhaupt: Da wir die Magie kaum noch brauchen, benutzt sie fast niemand mehr. Jeder will normal sein. Ein normaler Mensch. Nicht auffallen, nicht ausgeschlossen werden. Unsere Magie verkommt, was Bernadette und Co stärker macht.«

Als ich Louna beobachtete, hektisch an dem Brausewasser saugend, und Etienne, der den Vortrag seiner Frau beendet hatte, wurde mir erst bewusst, dass alle hier seit Jahrzehnten in dieser Fehde steckten. Sie beschwerten sich vermutlich in

Nachtmittagskaffeerunden über diese Kämpfe, die ihre Lebensrealität darstellten.

Klasse, ich kam mir so dumm vor, dass ich an meinem Shirt herumdrückte und tat, als suchte ich das wichtigste Dokumente meines Lebens am Boden. »Das ist alles echt viel. Ich habe manchmal das Gefühl, durchzudrehen.«

»Du bist neunzehn. Selbstverständlich drehst du bei all diesen Dramen durch. Wir tun es selbst noch immer, wenn wir mitbekommen, wie bösartig und gierig manche Draoi sind.« Etienne zuvorkommend zu erleben, wunderte mich.

»Ihr habt ja recht und ...«

Archie stolperte gegen einen Kleiderständer, der zum Chilitrocknen genutzt wurde, und machte sich damit auch wieder bemerkbar. »Ähm.«

»Was?« Meine Abneigung gegenüber Archie konnte ich schlecht verbergen.

»Nichts. Ich ...« Archie zeigte neben sich. »Die Chilis sind schön.« Es schien ihm unangenehm, durch sein Stolpern aufgefallen zu sein. Er biss von einer Schote ab, als hätte er das so geplant, und wurde schlagartig ruhig. Das hatte er doch nicht ernsthaft vorgehabt. Wieso kam er jetzt mit dieser Übersprunghandlung an?

Louna, Etienne und ich verschränkten gleichzeitig die Arme vor der Brust. Ich stellte mich neben die beiden, beobachtete und genoss.

Archie kaute und lächelte dabei. Kaute und lächelte. Kaute, und seine Wangen färbten sich rosa. Was hatte der für eine dünne Haut, und wie stark war bitte seine Durchblutung? Ein Tränenschleier kündigte sich in seinen Augen an, und sein Nasehochziehen nahm schon beinah einen eingehenden Rhythmus an.

»Verflucht, ist das scharf.« Archies Mund klappte auf, und er fächerte sich Luft hinein.

Seine Zunge hing heraus, und Schweißperlen rollten über seine Stirn. »Puh. Pardon, Jane. Wollte dich nicht unterbrechen.«

»Mir doch egal.« Ich wandte mich von ihm ab.

»Ich glaube, ihr habt einiges zu besprechen. Gib ihm das hier«, Louna reichte mir ein Glas Orangensaft, in das sie einen Heilstein legte, der dunkelorange glänzte und mit schwarzen Punkten übersät war. »Wir kümmern uns um Verbündete.«

Ich flüsterte ein »Danke« an die beiden und beobachtete sie beim Hinausgehen. Die Wellblechtür schlug zu. Erst dann schritt ich zu Archie und übergab ihm das Glas. »Verschluck dich nicht am Stein.«

Archie leerte das Glas und stellte es mit Stein ab. Er wischte sich hektisch den Mund ab und suchte sich dann ein Geschirrtuch aus dem Haufen von Dreckwäsche, um sich den Schweiß abzutupfen. »Danke.«

»Bitte.«

»Warum hast du mich nicht verpfiffen?«

»Weil ich wissen will, was vor sich geht. Alles, was du machst, ist ein Widerspruch in sich.« Ich schloss die geflickten Vorhänge über der rostigen Spüle und lehnte mich dann gegen die Küchenzeile, deren Einzelteile alle wirr aneinandergereiht waren.

»Weißt du was, Jane? Ich habe es satt, mich immer beweisen zu müssen. Tut mir leid, diesen Streit wieder aufzutauen. Es ist einfach scheißunfair, dass ich immer der böse Mitternachtsdieb sein soll. Warum reicht es nicht, wenn ich dir sage, ich weiß nicht, was dort vorgefallen ist? Vielleicht hast du dich ja einstweilen mit deiner Mutter zusammengetan und bringst mich zu ihr?«

»Denkst du, ich kooperiere mit meiner Mutter, nach dem, was sie mir angetan hat? Spinnst du?«, fuhr ich Archie an.

»Und ich laufe meinem Dad in die Arme? Nach dem, was er mir alles ... Egal.« Archie schlug die restlichen getrockneten Chilis runter, die ihm im Weg hingen. »Du bist lächerlich, wenn du dich ständig so emporhebst und wie ein kleines Mädchen handelst. Ich muss dir nicht nachlaufen, Jane.«

»Tut mir leid, niemandem zu glauben, der vor mir zwei Frauen umbringt.« Ich war lächerlich? Genervt schnaubte ich und ballte die Hände zu Fäusten. Seine Worte brachten meinen Verstand völlig durcheinander.

»Denkst du, mich macht das nicht fertig? Mit dir zu sprechen, lässt einen durchdrehen.« Archies Kiefermuskeln spannten sich an, und ich merkte, wie er verbissen die Zähne aufeinanderdrückte.

»Dann geh doch.« Eine Energiewelle ging von mir aus, die die Möbel um mich gegen die Wand quetschte. Lounas und Etiennes Hab und Gut schepperte darin.

Archie knabberte an seiner Unterlippe. Er ertappte sich dabei und drehte sich um. »Wenn du so von mir denkst, bringt das ohnehin nichts mit uns.«

***

Glücklicherweise hatte ich meinem inneren störrischen Esel einen Tritt verpasst und war Archie nachgelaufen. Louna und Etienne hatten uns gemustert und einen Blick verpasst, der mich wieder wie ein dummes Kind aussehen ließ. Dennoch hatten sie uns ihre Hütte noch mal geliehen, um das zu klären. Mein Zorn auf Archie war nicht verpufft. Im Gegenteil. Es gab noch immer etwas, das es zu klären galt.

»Yeliz und ihre Schwester wie zwei Hautfetzen am Boden liegen zu sehen, werde ich niemals vergessen.« Endlich hatte ich es geschafft, es auszusprechen.

»Jane, ich weiß nicht, was da passiert ist. Ich möchte mir am liebsten beide Arme abhacken. Ich hätte diese jungen

Frauen niemals umgebracht.« Archie tat mir leid, da er ehrlich verstört wirkte. Doch wollte ich mich auch nicht einlullen lassen.

Die Atmosphäre zwischen uns verdunkelte sich, und die Luft könnte ich in Scheiben schneiden, ginge das so weiter. Was sollte ich machen? Wie erkannte ich die Wahrheit?

»Ich will mich nicht wieder manipulieren lassen. Meiner Ansicht nach hast du es getan.« Ich knallte ihm das Foto von Aleyna vor die Nase. »Außerdem hast du anscheinend einen guten Draht zu der Frau, die uns nach der Flucht angegriffen hat. Vielleicht ist die Aufnahme länger her, aber du kennst sie. Was auch immer euch verbindet.«

Archie hob das Bild auf und schmunzelte.

»Was?«

»Du bist eifersüchtig?« Wollte Archie mich komplett verarschen?

»Das fällt dir dazu ein? Du hängst da mit einer irgendeiner Frau ab, bringst Leute um, und jetzt lächelst du und fragst mich, ob ich eifersüchtig bin. Ich sollte dich auf der …«

»Das ist meine Schwester.«

Ich verschluckte mich. »Bitte, was?«

»Rochelle ist meine Schwester.«

»Warum weiß ich das nicht? Warum weiß niemand von deiner Schwester?«

»Jacques weiß es.«

»Archie. Er ist auch dein Bruder.«

»Mein Dad. Der weiß …« Archie unterbrach sich nach meinem Todesblick selbst. »Okay, okay. Blöder Witz. Ein paar wissen von Rochelle, haben sich aber bereit erklärt, es nicht weiterzuverbreiten. Dad wollte Rochelle den Titel seiner rechten Hand verleihen. Als seine Tochter wäre sie verwundbar, weil alle sich auf sie stürzen würden, um ihm zu schaden. Sie ist auch sein Schwachpunkt.«

Ich setzte mich.

Ich stand wieder auf.

Als ich mich wieder setzen wollte, bemerkte ich, wie dumm das aussehen musste, und hielt.

»Hast du sie im Tunnel damals *Maman* genannt, weil sie deiner Mutter ähnlich sieht?«

Archie bestätigte meine Befürchtung. Zeit, das sacken zu lassen, hatte ich keine, da Archie sofort weitersprach. Das flaue Gefühl in meinem Magen nahm ich einfach hin.

»Wegen der Zeit im Kerker habe ich Rochelle jahrelang nicht gesehen. Daher habe ich sie mit meiner Mutter verwechselt. Das Wesen hat sie leider eher von meinem Dad.« Wieder nahm Archie einen Schluck von dem Orangensaft mit dem Heilstein, nachdem er sich nachgeschenkt hatte.

»Ja, okay, das tut mir auch leid, aber warum hast du Yeliz und Aleyna umgebracht?«

Laut seufzend strich Archie sich die Haare zurück und verweilte am Ende dieser Bewegung. Die Arme noch in der Luft ging er auf und ab, ohne etwas zu sagen. Legte er sich die passenden Worte zurecht? Endlich hielt er.

»Jane. Ich habe nicht, okay, ich habe sie getötet. Aber nicht wissentlich.« Archie stürmte auf mich zu und hielt abrupt. Er bemerkte, wie ich zurückwich. »Hab bitte keine Angst vor mir. Und wenn die ganze Welt mich für ein Monster hält, einen Freak, fein. Aber bitte nicht du.«

Seine dickere Unterlippe litt bestimmt unter dem Kauen darauf, und trotz der offensichtlichen Nervosität in Archies Mimik drehte er seine Handflächen nach oben und streckte sie mir hin. »Ich bin das nicht gewesen. Nicht wirklich.«

Unweigerlich sog ich die Luft ein und hielt sie an. Scheu hob ich eine Hand und legte sie an die Perle über meiner Brust, die mir Archie nach dem Aufwachen zurückgegeben hatte. Ich wollte Archie wieder in meinem Leben haben, ihm glauben. Der Geruch von seinem Lieblingsparfüm haftete an ihm. Die Erinnerung daran, wie Jacques es ihm übergeben hatte, nachdem er es Jahre nicht getragen hatte, erweichte mein Herz. Die verblassenden Bilder der Vergangenheit vermischten sich mit dem Hier und Jetzt. Ich roch die Birne, das Karamell, den leichten Touch von Rum sowie Holz. Am liebsten wäre ich darin versunken.

Ohne es zu merken, hatten sich meine Hände auf seine gelegt. Erst der übliche Stromstoß, der mir nicht wehtat, sondern mich mit Archie verband und mich wieder vollkommen fühlen ließ, hatte mich aus meinen Gedanken geweckt.

»Wie kannst du jemanden töten, ohne es zu wissen? Das klingt so absurd.« Mein Herz pumpte in einem Takt, der nicht mehr gesund wirkte.

»Ich weiß, was du meinst und was du durchmachst. Ich kann dich nur bitten, mir zu glauben, dass ich dich nicht anlüge. Ich wollte sie nicht töten.« Archies Stimme brach für einen Moment, was mich dazu brachte, ihm direkt in die Augen zu sehen. »Du hast mich gerettet, Jane. Weißt du, wie es die Jahre über in diesem Kerker gewesen ist? In dieser absoluten Einsamkeit? Die ersten Monate habe ich geheult und gefleht, jemand solle kommen und mich befreien. Ich bin gegen die Kerkermauer gerannt, mit dem Kopf voraus. In der Hoffnung, zu sterben. Es hat mindestens ein Jahr gedauert, bis ich nach all den Folterungen beschlossen habe, nicht aufzugeben. Weißt du, warum?«

Tränen, schon wieder Tränen, obwohl ich geglaubt hatte, nicht mehr weinen zu können. Ich verneinte.

»Weil ich dich gesehen habe, und verdammt, klingt das ultrapeinlich und kackkitschig ...« Archie und ich lachten gleichzeitig auf. »Ich habe von dir geträumt. Wollte das nie sagen, weil, na ja, peinlich eben. Irgendwann habe ich dein verschwommenes Gesicht aus meinen Träumen vergessen, aber …« Archie ließ meine Hände los und kratzte sich an der Nase.

»Puh. Du Weichei«, flüsterte Archie zu sich selbst und fächerte sich Luft zu. »Aber dank dir habe ich, auch wenn ich beinah verbittert aufgegeben hätte, daran geglaubt, rauszukommen.«

Dieses Mal war ich diejenige, die Archies Hände nahm.

»Deshalb würde ich dir niemals absichtlich wehtun. Immerhin habe ich dein Gesicht in meinen Träumen gesehen. Noch bevor ich dich gekannt habe. Keine Ahnung, wie das sein kann. Glaub mir bitte.«

Gegen alle Vernunft zog ich Archie an mich und küsste ihn. Unsere Lippen verschmolzen, und die salzig-feuchte Verbindung, die entstand, fühlte sich elektrisierend an. Die Einrichtung begann, zu wackeln, und je mehr unsere uralten animalischen Instinkte in uns die Oberhand gewannen, desto mehr Kraft gewann ich durch Archie.

Doch die Energiezufuhr unterbrach plötzlich. Etwas um meinen Hals schnürte mir die Luft ab. Krächzend öffnete ich die Augen und legte meine Hände um Archies Arm, der von schwarzen Adern durchzogen war.

»Archie?« Sein Name quälte sich aus meinem Mund.

Ein irrer Blick empfing mich. Dunkle Äderchen umspielten seine Nachtaugen mit den roten Iriden – schon wieder.

Der Griff verfestigte sich, und die Luft fand keinen Zugang mehr zu meinen Lungen. Panik breitete sich aus. Archie hob mich mit gebleckten Zähnen hoch. Wollte mich die ganze Welt verarschen?

Immer wieder schlug ich gegen seinen Arm, trat gegen seinen Körper. Archie kümmerte das nicht. Louna riss die Tür auf, und Erleichterung machte sich in mir breit.

»Warum wackelt meine Haus…« Lounas Gesicht verzog sich zu einer bösen Fratze. Wie selbstverständlich rammte sie sich ein Messer in den Oberschenkel und umfasste daraufhin Archies Gesicht von hinten mit den Händen.

Archie schrie auf und ließ mich los. Gelandet griff ich mir an den Hals, um sicherzugehen, dass er nicht gebrochen war, und hustete mir die Seele aus dem Leib. Louna sprang auf Archies Rücken. Ihre Hände leuchteten auf, und Archie torkelte gegen Stühle, Schränke und riss sie schließlich mit sich zu Boden.

»Was soll das?« Archie klang wieder normal.

Sofort sprang Louna von ihm und drehte ihn mit dem Fuß um. Dann beugte sie sich zu ihm und fasste ihm an die Stirn.

»Dein Freund ist besessen.« Das war etwas Schlechtes. Trotzdem freute sich ein Teil von mir, weil es bedeutete, Archie hatte sich nicht gegen mich gestellt.

Lounas Aussage reichte mir, um zu Archie zu stürzen, sein Gesicht zu umfassen und zu küssen. Archie leuchtete auf, und seine Schmerzen, die Louna von sich auf ihn übertragen hatte, schienen nachzulassen.

»Süß, wie sehr du dich um ihn sorgst, aber ich verblute hier.« O Gott. Lounas Oberschenkel.

Sofort zog ich das Messer heraus und umfasste die stark blutende Wunde, bis sie sich schloss.

»Du bist besser geworden«, sagte Archie mit einem gequälten Grinsen.

Stimmt. Ich hatte die beiden geheilt, ohne darüber nachzudenken.

»Aber wovon ist er besessen?«, fragte ich an Louna gewandt.

»Das Durcheinander räume ich auf.« Archie sah sich um und kratzte sich verlegen am Hinterkopf.

»Oh. Und wie du das wirst.« Louna klopfte ihren Oberschenkel ab. Ihre Wunde war vollständig geheilt, wow. »Keine Ahnung, aber ich konnte keinen vollständigen Zugang zu deinem Körper finden, als ich dich berührt habe. Irgendetwas hat sich an deine Psyche geknüpft.«

»Ah. Léa hat doch irgendetwas von Rochelles Versuchen gelabert.« Oder war es Pierre gewesen?

»Stimmt. Rochelle hat bei ihren Folterungen auch öfter ihre Schatten in mich geschickt, aber ich habe mir nichts dabei gedacht.«

»Wir holen ein paar von den Furtas her, die hier leben. Vielleicht weiß jemand Bescheid.« Louna verschwand nach draußen.

»Okay. Dankeschön. Ich hoffe nur, dass sie mir auch helfen wollen.«

Kapitel 24

»Das ist gar nicht gut.« Mario, der neben Aveline saß und Archie vor sich knien ließ, legte abermals seine Hand auf ihn.

Louna und Etienne sahen zu mir. Vermutlich erkannten sie meine Skepsis. Marios Monologe, die zumindest nicht mehr auf Italienisch waren, damit wir sie auch verstanden, brachten mir auch nicht mehr Infos, was mit Archie los war.

Die Hütte von Mario, der wenig jünger als Aveline wirkte, war deutlich kleiner, und überall hingen Bilder von ihm. Darauf trug er Hawaiihemden, die offen standen, wohl damit man seine gebräunte Haut wahrnahm. Und auch seine Haare waren auf jedem Poster perfekt über die kahlen Stellen zurückgegelt.

»Das ist gar nicht gut.«

»Mario, ich bitte dich.« Aveline hob einen Gehstock und schlug damit gegen Mario.

Endlich nahm er die Hand von Archie, der danach sofort aufstand und zu mir eilte.

»Rochelle muss einen Teil ihrer Seele abgespalten und in dir gebunden haben, damit sie dich unter Kontrolle hat. Das habe ich noch nie erlebt oder auch nur davon gehört.« An den Fingern knabbernd, erhob sich Mario und machte sich gedankenversunken auf den Weg zu seiner kleinen Bar, die aus bemalten Fässern bestand. Dort schenkte er sich eine bräunliche Flüssigkeit ein, die bis zu mir nach Benzin gemischt mit Chili, Alkohol, Chlor und Pfeffer roch.

»Das ist mir auch neu«, bestätigte Aveline.

»Warum befehligt sie mich dann nicht auch jetzt?«

Eine lange Zeit antwortete niemand auf Archies Frage. Also standen wir da und warteten auf einen Einfall von Aveline oder Mario, während da draußen in Paris die Gassen voll mit Sanitatem und Furta Noctra waren – auf der Suche nach Archie und mir.

»Meiner Vermutung nach besitzt Rochelle selbst kaum Erfahrungswerte darüber, was sie in deinem Körper angerichtet hat. Deshalb wirkt ihre Magie nicht allumfänglich. Mehr Sorge bereitet mir ...« Avelines Hustenanfall bremste sie aus. Sie hielt sich ein besticktes Stofftaschentuch in Blassrosa vor die dünnen, faltigen Lippen.

»Ob Rochelle dich auch lokalisieren kann, wenn sie dich in ihrer Gewalt hat«, beendete Mario für Aveline, woraufhin er sein Glas mit dem Selbstgebrannten exte und es auf den Tresen knallte. »*Dio mio,* ist der stark.«

Direkt nach seinem Ausruf platzten die Plexiglasfenster auf, die provisorisch die Hütte schützten, und Schattententakel umschlangen ihn.

»Mario.« Louna wollte vorschnellen. Etienne hielt sie zurück.

Mario riss es mit einem lauten Aufschrei nach draußen. Aveline hob ihren Gehstock und schoss noch einen Lichtstrahl hinterher. Zu spät.

»Anscheinend kann Rochelle mich lokalisieren.« Archie wandte sich zu Louna und Etienne. »Es tut mir leid.«

Explosionen, Kreischen und das Flirren von Magie in der Luft drangen zu uns.

»Keine Zeit für Entschuldigungen, Junge. Mach es lieber wieder gut, indem du für uns kämpfst.« Etienne wirkte gefasst, oder auch nicht, vielleicht sprach der Schock aus ihm, da unsere Feinde gerade Mario erwischt hatten. Jedenfalls boxte er Archie aufmunternd gegen die Schulter, ehe er mit Louna hinauseilte.

»Helft mir hoch.« Avelines Gehstock wackelte bei ihrem Versuch, auf die Beine zu kommen.

»Aveline, du kannst nicht kämpfen.«

»Also das verbitte ich mir, junges Fräulein.« Aveline stampfte mit dem Fuß auf. »Mach doch mit, du blödes Ding«, beschimpfte sie ihr Bein.

Widerwillig half ich ihr hoch und stürmte dann mit Archie nach draußen.

Was mich dort erwartete, versetzte mir einen Stich. Die Schraubzwinge um mein Herz zog sich zusammen. Hütten standen in Flammen, Körper lagen am Boden und mittendrin: Kämpfende, die um ihr Leben Magie wirkten.

Das größte Problem erkannte ich sofort. Da die Barackensiedlung zwischen zwei Tunneln in einer Mulde auf den alten Gleisen lag, konnten die Furta Noctra und Sanitatem über uns auf den Mauern stehen und zu uns in den stillgelegten Gleisabschnitt sehen, der im Freien lag. Sie hatten uns eingekesselt. Hektisch linste ich nach hinten, doch der Eingang zu den geschlossenen Tunneln, aus denen Élian und ich damals gekommen waren, wurde besetzt. Kein Fluchtweg mehr in Sicht.

»Sie dürfen nicht für ihre Hilfe büßen müssen, Jane.«

»Ich weiß.«

»Falls mir etwas passiert ...«

»Wird es nicht, Archie. Vergiss nicht: *Once Upon a Time.*«

***

Heilfroh darüber, meine Kampffähigkeiten nicht verlernt zu haben, trat und schlug ich mich durch die Massen. Magie benötigte ich, um Angriffe über mir abzuwehren. Glücklicherweise verließen sich die meisten Magiewirkenden auf ihre Kräfte. Somit waren sie im Nahkampf Nieten.

Ein Sanitatem holte aus und erschuf einen milchigen Ball in seiner Hand. Das war eine dieser Mentalenergiekugeln. So etwas hatte ich noch nie gesehen. Sie richteten per se keinen Schaden an, lösten jedoch all die Wahnvorstellungen aus, die man als Heiler oder Heilerin jemandem genommen hatte.

Ich wich einer Frau aus, die mich aus dem Hinterhalt angreifen wollte, indem ich nach hinten austrat und einen schwarzen Energieball zu ihr leitete, der mich hätte treffen sollen. Im selben Moment warf der Sanitatem mit dem pinken Irokesen seine Mentalkugel auf mich.

Anstatt ihr auszuweichen, lief ich ihr entgegen und warf mich direkt vor sie hin, damit sie über mich hinwegsauste. Ich nutzte die Verwirrung des Typen, reckte meinen Arm hoch und umhüllte ihn mit einer Lichtkuppel, die ihn einsperrte.

»Tut mir leid.« Das half Pinkie zwar nicht, aber ich hatte ein furchtbar schlechtes Gewissen, dass ich gegen andere Leute kämpfte und sogar welche verletzte.

Wie bei einem Parcours wich ich umgefallenen Paletten, Fässern und Toten aus, nur um dann die pelzige, elektrisierende Schattenzunge eines Mitternachtsdiebes am Unterarm zu spüren. Die Schmerzen setzten nicht sofort ein. Einige Schritte lief ich noch vorwärts. Langsam holte mich das Brennen ein und breitete sich über meinen Körper aus. Zweimal schaffte ich es noch, große, stampfende Schritte zu machen, bis mein Sichtfeld sich einengte und das Mitternachtsfeuer mich niederrang.

Gerade noch so quälte ich mich zwischen zwei Hütten und lehnte mich mit dem Rücken gegen die kühle Metallplatte, die eine Hüttenseite ausmachte.

Zwar heilte ich meinen Unterarm, massierte das Licht in mich ein, jedoch half das nichts. Leicht panisch riss ich an meinem Kragen und erwartete, Dampf aus mir aufsteigen zu sehen. Nichts. Bildete ich mir die Hitze ein? Meine Kehle fühlte sich geschwollen an. Wuchs ein Abszess darin an, der es mir unmöglich machte, zu atmen?

»Reiß dich zusammen, Jane.« Mehrfach schlug ich mit der Faust auf den Boden.

Doch das war leichter gesagt als getan, wenn ich das Gefühl von fließender Lava in meinen Adern hatte. Eine Idee schlug in mir Wurzeln. Keine Ahnung, ob die Schmerzen mir den Verstand vernebelten, aber ich gab dem Einfall nach, griff nach unten und öffnete die Halterung für Jacques' Dolch an meinem Bein, die Yeliz mir geschenkt hatte. Ohne lange nachzudenken, schnitt ich mir damit oberhalb meines Unterarms das Fleisch auf.

Blut quoll aus mir, und ein leichter Schwindel überkam mich, aber dass die Dunkelheit, die wie Rauch aus mir stieg, von Jacques' Dolch eingesaugt wurde, verschaffte mir Erleichterung. Zwar hatte ich nicht über die Kräfte des Dolches Bescheid gewusst, aber geahnt, dass Jacques ihn mir aus einem bestimmten Grund gab. Und als ich Archie danach fragte, hatte er mir von ein paar Eigenschaften des Dolches erzählt.

»Danke, Jacques.«

Nachdem ich meine Wunde geheilt und den Dolch verstaut hatte, rannte ich wieder los. Dieses Mal behielt ich die Furta Noctra, die uns wie ein Rudel Löwen eingekreist hatten, besser im Blick. So der Plan. Dem zu folgen, schien in der Theorie nicht schwierig. Jedoch brachte es mich beinah um den Verstand, mich auf die Angriffe zu konzentrieren. Ich war gezwungen, Leichen zu übersehen, das dumpfe Aufschlagen von Körpern auf den Boden und das Krachen, wenn jemand in eine Hütte geschleudert wurde, zu ignorieren. Die Panikschreie von Verletzten zu überhören, während ich auf Schritte meiner Feinde lauschte.

Es mussten bereits einige Feuerfässer, die für gewöhnlich an den Wegen standen, umgekippt worden sein, da ich die sengende Hitze von Flammen wahrnahm, ebenso Rauch, der über uns hing, und den stinkenden Geruch von Verbranntem. Ob Einsatzkräfte vorkämen, um nach dem Rechten zu sehen, oder überließen sie die Barackensiedlung sich selbst? Doch zumindest die Feuer müssten sie löschen, damit sie sich nicht ausbreiteten. Oder?

Ich schüttelte den Kopf und stürzte in eine noch intakte Hütte, um eine Verschnaufpause einzulegen. Mein Kreislauf meinte nämlich, mir Streiche spielen zu müssen, weswegen ich meine Sicht klären, meinen Puls beruhigen und meine Atmung ins Gleichgewicht bringen musste. Andernfalls würde ich wieder Fehler begehen, und diese konnte ich mir bald nicht mehr leisten.

Archie, wie ging es Archie? Ein Lufteinsaugen sowie ein Klatschen riss mich aus meinen Gedanken, und einen Augenaufschlag später befand ich mich im Kampfmodus.

»Wer ist da?«

Eine Tischdecke rutschte von zusammengeschobenen Kommoden und Stühlen. Drei Kinder kamen zum Vorschein, aneinandergeschmiegt, zitternd und ihre großen Augen auf mich gerichtet.

»Papa wird bald wieder hier sein und dich umbringen, wenn du uns wehtust.« Eines der Mädchen schob sich bibbernd vor seine Geschwister. Ihr Anblick schmerzte in meinem Herzen. Wie konnte ich ihnen helfen? Ich wusste, ich war nicht gut in solchen Dingen. Trotzdem strich ich mir mit beiden Händen meine Haare hinter die Ohren und begab mich auf ihre Augenhöhe. Ein verkrampftes Lächeln rang ich mir auch noch ab.

»Ich werde euch nichts tun, versprochen. Wollt ihr mit mir mitkommen ...« Okay, das »Euer Vater ist vermutlich tot« verkniff ich mir lieber. »Dann kann sich euer Papa besser konzentrieren, ja?«

»Nein. Geh.« Das zweite Mädchen mit unvollständig geflochtenen Zöpfen streckte mir ihre flache Hand entgegen. »Wir sollen hier bleiben«, fügte sie hinzu und hielt ihren winzigen Bruder im Arm.

Ich schluckte gegen den Kloß in meinem Hals an. »Dann passe ich auf euch auf, bis euer Papa kommt, okay?« Nein, das war ganz und gar nicht mein Plan gewesen. Ich konnte doch nicht bei den Kindern hocken, anstatt zu kämpfen. Doch alles in mir sträubte sich dagegen, sie ihrem Schicksal zu überlassen. Die Blicke der Mädchen sprachen Bände. Jemand befand sich an der Türschwelle. Ich rollte zur Seite und flutete mit meinem Lichtblick die Hütte.

»Papa«, brüllte eines der Mädchen, was mich dazu brachte, die Helligkeit komplett in mich zurückzunehmen.

»Ich bin keine Feindin, ich wollte auf deine Kinder aufpassen.« Die Worte sprudelten aus mir, damit er seinen beginnenden Angriff unterbrach. »Hab sie zufällig gefunden.«

Ihr Vater, der einige Zentimeter kleiner sein musste als ich, ja, beinah schon zierlich aussah und mit staubigem, verschwitztem Gesicht auf mich herabblickte, wirkte in diesem Moment für mich wie der stärkste Mann der Welt.

»Fein.« Außer Puste sah er zwischen seinen Kindern und mir hin und her. »Hau ab.« Er deutete mit seinem Kinn nach draußen.

»Passt auf euch auf.« Ich machte mich auf den Weg, hielt jedoch noch mal. »Wenn ich das nächste Mal herkomme, will ich euch wiedersehen.«

Nachdem ich die Hütte verlassen hatte, verstand ich erst das verbitterte Auflachen, das ich statt einer Verabschiedung bekommen hatte. Die Siedlung brannte lichterloh. Das Feuer schwoll an und raste wie ein Flammenmeer auf uns zu. Das hier würde es nach heute nicht mehr geben.

»Jane.« Louna packte mich, und ich erkannte Archie hinter ihr. »Ihr beide. Geht.«

»Was? Nein. Wir helfen euch«, rief ich.

»Keine Zeit, zu diskutieren. Verstehst du nicht? Es sind viele Furta Noctra und übergelaufene Sanitatem hier. Wenn ihr jetzt geht, habt ihr bei Weitem nicht so viele Gegner vor euch.« Weil sie damit beschäftigt sind, euch zu töten, ging es mir durch den Kopf.

»Wir können nicht sofort zu meiner Mutter laufen, wir brauchen einen Plan«, warf ich ein und zuckte bei einer Explosion hinter mir zusammen.

»Dann auf, auf, und tüftelt an einem Plan. Das könnt ihr aber nicht, wenn ihr bleibt und sterbt. Wir werden euch so lange wie möglich den Rücken freihalten.«

»Das ... das geht nicht.« Mein Protest blieb, da konnte Louna sagen, was sie wollte.

»Das habe ich ihr auch gesagt.« Wie froh ich war, Archies Gesicht zu sehen.

»Ich befehle es euch. Wir kämpfen auch für uns. Es dreht sich nicht alles um euch. Wenn ihr uns helfen wollt, wirklich helfen wollt, dann geht und beendet das.« Lounas gehetztes Auftreten machte mich noch unruhiger, aber ich merkte, es war ihr ernst.

»Ich sterbe nicht, Jane.« Louna streichelte meine Wange.

»Das sagen sie in Filmen immer, um die Leute zum Gehen zu bewegen, und dann sterben sie.« Ich legte mein Gesicht in ihre Hand und entdeckte meine Träne auf ihrer schmutzigen

Haut. Louna hatte sich in dieser kurzen Zeit zu einer Art Muttterersatz gemausert.

»Ich bin aber Louna. Ich werde einen Teufel tun und sterben.« Rasch zog Louna ihre Hand weg. »Und jetzt geht.«

Archie stellte sich neben mich und küsste meine Schläfe.

Wir liefen los, ohne uns zu verabschieden. Es sollte kein Lebewohl sein. Immer wieder drehte ich mich um und bemerkte, wie Louna winziger wurde. Als ich mich das letzte Mal umdrehte, erkannte ich nur noch, wie ein Schatten sie zur Seite riss.

***

Nachdem wir uns über Schaufensteranzeigen einer Maklerin ein leer stehendes Haus gesucht hatten und dort eingebrochen waren, steckte Archie nun seit zwei Stunden im Keller fest, und ich saß vor der Tür. Ich lehnte mit dem Rücken gegen das Holz, und Archie tat es mir auf der Seite dahinter gleich. Zumindest hörte es sich so an. Ich hoffte, dass Rochelle ihn nun auch wirklich nicht mehr kontrollierte und erst einmal Energie sammeln musste, um Archie erneut zu überfallen.

»Denkst du, es ist vorbei?«, fragte ich erneut und massierte meine Hände, die vom Kampf in der Siedlung Kratzer davongetragen hatten.

»Ich hoffe es«, antwortete er abermals.

Archie und ich hatten den Entschluss gefasst, zu überprüfen, wie lange es dauerte, bis Rochelle wieder die Macht über ihn besaß. Die Maklerin tat mir leid. Ich schloss die Kellertür auf und erspähte die zerkratzte und verbeulte Haustür. Den Schaden musste sie nun beim nächsten Besuch von Kaufinteressierten erklären.

Sobald ich die Tür geöffnet hatte, nahm mich Archies Umarmung wie eine Welle ein. »Es tut mir leid, falls ich etwas Schlimmes zu dir gesagt habe.«

»Kein Ding.«

»Jetzt wissen wir, es gibt überhaupt kein Schema dahinter, und wir müssen jeden Augenblick mit dem Einfall deiner Schwester rechnen. Ein wenig Zeit dafür braucht sie aber.« Archie packte den Rucksack mit ein paar Getränken und Snacks, die ich geholt hatte, während er eingesperrt gewesen war. »Aber jetzt müssen wir erst mal weg, bevor Rochelle ankommt. Da sie dich unter Kontrolle hatte, weiß sie, wo du bist.«

»Nicht die Schlussfolgerung, die wir uns erhofft haben. Aber wir können so besser auf der Hut sein.« Ich warf Archie eine enge schwarze Jeans, ein weißes Tanktop und einen grauen Hoodie zu, auf dem in Pink und Türkis »Tokyo« stand. »Ich hoffe, Élian geht es gut. Ella und Jacques natürlich auch.«

»Bestimmt. Als ob man Ella kleinkriegt. Würde mich nicht wundern, wenn sie bereits alle allein besiegt hat.« Archie wusste, wie er mich zum Lachen brachte.

»Vielleicht. Also ich habe das andere Haus, das die Maklerin noch ausgehängt hat, gefunden und niemanden gesehen, der eine Sanitatem- oder Furta-Noctra-Aura ausgestrahlt hat.«

»Perfekt, aber, Jane?«

»Ja?«

Archie schnüffelte wie ein Hund an mir, packte mich, drehte meinen Körper zweimal im Kreis. »Warst du duschen?«

»Ähm.« Ich machte ein paar Schritte zurück. »Das ist, äh. Das musste sein.«

Mit verschränkten Armen musterte mich Archie belustigt. »Ach ja? Und hast du dir nicht auch die Haare geschnitten?«

»Ja …«

»Weil?«

»Die Haare so schnell wachsen. Mit den Stufen bin ich flinker, denn … ich habe dann weniger Widerstand beim Laufen und so. Und mit süßem Kokos-Aprikosen-Duft kann mich niemand aufspüren.«

»Okay. Mhm. Aha. Der Duft also. Du weißt, wir sind keine Werwölfe?«

»Ja, leider. Wo ist mein Tyler Posey? Ich muss wieder *Teen Wolf* rewatchen.« Seufzend machte ich mich auf den Weg zum Ausgang.

»Was? Warte. Tyler wer? Jane.« Archie eilte mir hinterher. »Bleib stehen.«

Diese Diskussion zog sich bis zu unserem nächsten Halt hin. Es tat gut, sich für ein paar Minuten frei von den Problemen zu machen und so was wie Normalität aufkommen zu lassen. Denn wie sollten wir sonst psychisch stabil genug bleiben, um das Ganze zu Ende zu bringen? Wir mussten schließlich immer im Hinterkopf behalten, jeder könnte unser Feind sein.

Archie öffnete sanft die Hintertür im verwilderten Garten, indem er sie mit dem Fuß eintrat.

»Ernsthaft, Archie?«

»Was? Das ist eine Stadtrandvilla. Die nächsten Nachbarn hören das bestimmt nicht.« Schulterzuckend trat Archie ein und begutachtete die französische Landhausküche, die mich an einen Urlaub mit meiner Mutter in Nizza erinnerte.

Erschreckend, wie verwirrend Gefühle sein konnten. Ich vermisste meine Mutter, freute mich aber gleichzeitig, sie nicht mehr in meinem Leben zu haben. Kein Wunder, dass weltweit viele Menschen unter Problemen litten, wenn wir in der Lage waren, so schmerzhafte Emotionen zu spüren.

»Wow, fettes Haus. So was brauchen wir auch mal.« Archie drehte sich auf dem dunklen Parkett.

»Wir?« Schmunzelnd folgte ich ihm und strich über den Kühlschrank mit der Eiswürfelmaschine.

»Also, nicht wir, eher so ...« Archie atmete zischend ein und pustete dann mit aufgeblähten Wangen langsam die Luft aus. »Du weißt schon.«

»Nope, keine Ahnung.« Ich schlang meine Hände um Archies Taille. »Klär mich auf.«

Archie rang nach Worten, bis sich seine Miene verfinsterte. Mein Kopf sprach eine Warnung an meine Nerven und Muskeln aus. Ich hüpfte zurück. »Hat Rochelle dich wieder eingenommen?«

»Was? Nein.« Archie raste vor und nahm meine Hände zwischen seine. »Jane, wir hatten noch nicht viel Zeit, um uns kennenzulernen. Trotzdem fühle ich unsere Verbundenheit. O Gott, wie das klingt. Diese Umstände haben uns auf eine Weise zusammengeschweißt, die ich so nie für möglich gehalten hätte. Dank dir bin ich endlich wieder frei.«

»Woah, Archie. Das wird hier aber kein Heiratsantrag oder so, ja? Du weißt, was ich vom Heiraten halte.«

Sofort nachdem ich meinen Moment zerstörenden Gedanken geäußert hatte, lachte Archie und fügte hinzu: »Nein. Was ich dir sagen will, Jeanne Sana Amicus, genannt Jane: Ich habe mich in dich verliebt. Ich werde einen Teufel tun und meinen Wunsch abstreiten, eines Tages mit dir hier wohnen zu wollen.«

Mein Herz machte einen Satz, ehe es aussetzte.

»Nein, weißt du was? Manchmal muss man Risiken eingehen: Jane, verdammte Scheiße, ich liebe dich.« Archies Miene wechselte ständig zwischen Stolz und Besorgnis.

Wow. Ich spürte eine völlige Leere in mir. Warum schlug denn mein verdammtes Herz nicht mehr? Warum konnte ich nicht mehr schlucken? Starb ich? Verschwitzt rutschte ich aus Archies Händen.

»Ich wollte dich nicht überrumpeln. *Merde.* Ich bin so ein Dummkopf.«

»Ich liebe dich auch.« Hatte ich das gesagt?

Ganz gleich, was da zwischen uns abging, die Art, wie mein Herz Luftsprünge machte, meine Batterien sich aufluden und ich mich geborgen fühlte, zeigte, es war eine wunderbare Entscheidung gewesen, Archie zu vertrauen.

»Wir sind beide ziemlich verkorkst. Das weißt du, oder? Wir müssen erst mal gefühlt sechstausend Traumata aufarbeiten, wenn das vorbei ist.« Da schaltete sich wieder mein Überdenker-Gehirn ein.

Sanfte, volle Lippen, bei denen ich sofort merkte, wie sehr ich sie vermisst hatte, schmiegten sich um meine. Meine Zweifel verpufften, mein Verstand klärte sich, und ich konnte loslassen. Was hatte ich zu verlieren? Wir waren jung, und wenn ich im Augenblick fühlte, Archie zu lieben, dann sprach ich das auch aus.

»Wir schaffen das alles. Gemeinsam.« Dass Archie mir Halt schenkte, brauchte ich im Moment für mein Seelenheil. Exakt dieser Halt würde es hoffentlich sein, der mir die Kraft gab, mein Leben nach dieser Hölle fortzusetzen.

»Sehr gut, dann brauchen wir nur noch einen Plan, wie wir deinen Vater und meine Mutter ausschalten können.« Mein Satz fasste perfekt zusammen, warum ich verkorkst war. Im Stehen legte ich meinen halben Oberkörper und meinen Kopf auf die kühle Arbeitsfläche der Kücheninsel und sah aus dem Fenster. Ein Kirschblütenbaum schwang im Wind, und ich stellte mir vor, wie schön er im Frühjahr zu seiner Blütezeit aussah.

Archie hopste auf die Kochinsel und versperrte mir mit seinem Hintern die Sicht. Gleich danach begann er, mich mit seiner Hand am Kopf zu massieren, streichelte runter zu meiner Wange, ehe er mit seinen Fingernägeln meinen Nacken kitzelte. »Schließ die Augen, und entspann dich für einen Augenblick.«

»Entspannen? Archie, wir haben keine Zeit.« Ich richtete mich auf und schlug mit meinen Händen leicht auf seine Oberschenkel. »Bald werden sie uns finden. Wir brauchen einen Plan und müssen ihnen zuvorkommen.«

»Denkst du, du kannst in deinem Zustand einen Plan entwickeln?« Archie rutschte von der Platte und glitt zwischen die Kücheninsel und mich. »Was würde dir helfen, um runterzukommen?«

Das schelmische, gebrochene Grinsen, das Archie mir schenkte, fügte sich perfekt mit seinem typischen Archieduft zusammen und betörte meine Sinne – gut, er roch auch ein wenig nach Rauch und Feuer. Einmal, nur einmal im Leben gönnte ich es mir, den Kopf abzuschalten, und auch wenn in mir etwas schrie: »Nein. Nein. Du machst dich lächerlich. Was, wenn er dich abweist?«, war es Zeit, meinen Gefühlen zu folgen, wie unpassend es im Augenblick auch war. Natürlich sollten wir Strategien entwickeln, Pläne austüfteln und die übrig geblieben Zeit besser nutzen. Was aber, wenn das tatsächlich unsere letzten Augenblicke auf dieser Welt waren?

Ich umfasste Archies Nacken mit einer Hand, stellte mich ein wenig auf die Zehenspitzen und küsste seinen Hals. »Vielleicht muss ich mich nur ein wenig auspowern.« An seinem Hals erkannte ich die Vögel, die er sich tätowieren lassen hatte. Einen unter seinem Schlüsselbein, den nächsten kurz über der Schulter, den dritten am Hals und den letzten unter seinem Ohr. Er hatte mir mal kurz vorm Einschlafen in *Goussainville* erzählt, dass sie für Freiheit standen.

Ein säuselndes Seufzen drang aus Archie. Nach einem Räuspern empfing mich eine stereotypisch männliche Whiskeystimme. »Auspowern klingt gut.« Ein beherzter Griff um meine Taille folgte.

Archie zog mir mein Oberteil aus. Zeitgleich öffnete ich meinen BH. Archie riss sich sein Shirt so schnell hoch, dass er sich darin verhedderte. Etwas verwirrt wackelte er von links nach rechts und kämpfte mit seinen Ellbogen gegen den Stoff. Schmunzelnd half ich ihm beim Ausziehen. Beim letzten Mal war ich zumindest noch ein wenig bedeckt gewesen, jetzt aber lag sein Blick auf meinem Körper, und das raubte mir den Atem.

»Nicht schlecht. Damit kann ich leben.«

»Ach, so ist das?« Ich lachte und boxte Archie gegen den Oberkörper. Der erste Schlag auf seine definierte Brust klappte noch, doch den zweiten fing er mit seiner Hand ab und zog mich zu sich.

Wir drückten uns aneinander, und ich liebte es, seine erhitzte Haut auf meiner zu spüren. Mit seinen Fingern fuhr er meine Wirbelsäule entlang.

Als Nächstes verschwanden unsere Hosen von unseren Körpern.

»Du bist wunderschön, Jane.« Ein Kuss auf die Stirn folgte, der mich von diesem Punkt ausgehend vollständig in Flammen setzte und mich nach seinen erlösenden Küssen gieren ließ.

Beim nächsten Aufeinandertreffen unserer Lippen fanden auch unsere Zungen zueinander, doch die lieblichen, scheuen Küsse verloren sich in unersättlicher Lust und dem Verlangen, Archie näher zu kommen. Archies Hände wanderten an meinem Hintern vorbei zu meinen Oberschenkeln. Er drückte mich hoch, wollte mich hochheben, bis meine Knie gegen die Kücheninsel stießen und wir beim Küssen losprusteten.

»Sorry, Gehirn hat sich abgeschaltet«, witzelte Archie.

»Weißt du, mich sollte man auch nicht unterschätzen, ich habe nicht nur trainiert, ich habe auch Magie in mir.«

Archie legte fragend den Kopf schief. Statt zu sagen, was ich meinte, zog ich nun Archie zu mir, indem ich seinen Hintern umfasste – ja, ich genoss das vielleicht etwas zu sehr. Danach übernahm ich Archies Plan und hob ihn hoch. Zunächst schwankte ich etwas, aber sobald ich die Heilmagie in mir einschaltete, erhielten meine Muskeln ihre übermenschlichen Kräfte.

»Woah.« Von Archies Überraschung lenkte ich mit einem Kuss ab. Den wir im Speisezimmer fortführten. Seinen Rücken drückte ich gegen die freie Wand.

»So habe ich mir das zwar in meinem Kerker nie vorgestellt, aber das macht mich echt an«, hauchte Archie mir zwischen zwei Küssen entgegen.

»Ich weiß.«

Archie blickte eine Sekunde verlegen an sich hinab, bevor wir wieder miteinander wie zwei Wellen verschmolzen und in der Liebe des anderen ertranken.

Alles um mich verblasste. Die Müdigkeit, die Verrate, die Probleme und alles, was noch vor uns lag. In dieser Stunde gab es nur Archie, mich und unsere verzweifelte Liebe füreinander. Für den Fall, dass wir das hier zum letzten Mal machten.

Die Zeit schmolz zu einem flüssigen Sirup, und ich konnte nicht festmachen, wie viele Minuten verstrichen. Definitiv kostete ich jede Sekunde davon aus.

Als ich Archie absetzte, verloren wir den restlichen Stoff, den wir noch am Leib trugen, und ich genoss es, Archie anzusehen. Dieses Mal hinderte jedoch auch Archie nichts daran, mich hochzuheben und auf der lang gezogenen Speisetafel abzulegen.

Nachdem ich Archie überall an mir spürte und ihn unter, über, zwischen und neben mir wiedergefunden hatte, vereinten wir uns endlich geschützt.

***

Ob dieser Nachthimmel der letzte war, den ich betrachtete? Die Sterne, die wie Glitzerpulver auf dem Dunkelblau der Welt klebten und den Menschen in der Finsternis Licht schenkten, beruhigten mich. Archie und ich lagen auf dem Flachdach des angebauten Wintergartens des Hauses und sprachen kein Wort. Weit, weit in der Ferne erahnte ich den Eifelturm mit all seinen Lichtern. Wir genossen diese Sekunden, bevor wir unseren stundenlang ausgetüftelten Plan in die Tat umsetzten.

Lange konnten wir nicht mehr hierbleiben, und als Archie sich erhob, folgte ich ihm. Er saß nun am Rand des Flachdaches und ich neben ihm.

»Bist du bereit?« Ich blickte zu Archie.

»Nein, du?«

»Nein.«

»Alles klar, dann machen wir uns auf den Weg.« Archie atmete noch einmal tief durch, half mir danach hoch, und gemeinsam sprangen wir hinunter in den Garten.

Beim Loslaufen umfasste ich meine Prismaperle.

Ich war die neue Regina Curantis und würde die alte Königin der Heilenden, meine Mutter, von ihrem Thron stürzen und sie für alles büßen lassen, was sie meinen Liebsten angetan hatte. Und wenn es das Letzte war, das ich mir vornahm.

Wie Diebe stahlen wir uns durch die Straßen von Paris. Die dunklen Gassen, die uns erwarteten, entpuppten sich als

Zuflucht, um unerkannt zu bleiben. Die Kühle der Dunkelheit schaffte es, mein erhitztes Gemüt im Zaum zu halten. Trotz meiner Entschlossenheit hatte ich mit Zweifeln zu kämpfen. Zwar versuchte ich, sie zu unterdrücken, aber bei jeder Gestalt, die ich aus dem Augenwinkel wahrnahm, dachte ich, es seien unsere Feinde.

Wir hatten alles geplant und einen Weg zur Lagerhalle gewählt, der an keinen Kameras vorbeiführte. Deshalb waren auch die Bahnen tabu. Um ehrlich zu sein, kam mir jede Verzögerung gelegen.

Wir bogen in die Straße der Seine ein. Die Übelkeit nahm zu. Das Rauschen des Wassers begleitete uns wie der einleitende Song unseres finalen Kampfes.

Endlich angekommen, erwartete mich ein Anblick, den ich nicht erwartet hatte. Die Lagerhalle, auf der ich damals Archie an Rochelle verloren hatte, war in völlige Dunkelheit gehüllt. Niemand bewachte das Gebäude. Niemand stand rundherum. Totenstille an einem Ort, an dem ich meine Mutter vermutet hatte.

»Eine Falle?« Archies Worte klangen rau, seine Stimme war vom Laufen belegt.

»Ich weiß nicht. Ich spüre nichts. Keine Präsenz, nichts. Vielleicht haben sie ihre magischen Auren erlöschen lassen.« Außer Puste benötigte ich für diese vier Sätze länger als gedacht.

»Ich fühle auch nichts. Außerdem müssten wenigstens ein, zwei Personen draußen … Moment. Siehst du das?« Archie deutete auf den Haupteingang.

Stimmt, dort klebte etwas. Direkt an dem Tor. Ein Bild? Ich konnte es von hier aus nicht genau erkennen.

Archie schlüpfte aus seiner Deckung hinter dem Sicherungskasten. »Ach, so ein Quatsch. Ich geh da jetzt hin.«

»Wir können doch nicht unser Leben riskieren und auf einen Trick reinfallen.« Mein Stresslevel schoss ins Unermessliche, doch ich wusste auch, meine Geduld hielt nicht mehr lange an. Dieses Drama musste endlich ein Ende finden.

»Willst du Däumchen drehen? Entweder wir bleiben, und es passiert nichts. Wir gehen hin, und es passiert nichts. Oder wir werden geschnappt.« Schwer atmend ging Archie im Kreis. »Ich glaube, ich …« Archie lallte und schwankte.

»Archie.« Ich eilte aus meinem Versteck. Archies Beine knickten weg, und ich schaffte es, ihn aufzufangen. Er verwandelte sich wieder in das Monster mit den roten Augen, den schwarzen Adern und den gebleckten Zähnen, die mich am liebsten zerfleischen würden.

»Archie, kämpf dagegen an.« Ich kam mir so nutzlos vor. Wie sollte ich ihm helfen?

»Hol das Foto.« Archies Knurren zufolge sprach er die Worte widerwillig aus. Sie schienen nicht von ihm zu kommen.

Das Rot in seinen Augen verblasste zu einem Rosa, und er riss sich selbst an den Haaren und ging in die Hocke. »Verschwinde aus mir, Rochelle.« Archies Brüllen hallte durch die Nacht. »Hol das verdammte Foto.« Archie schrie mich an und benetzte mein Gesicht mit Spucke. »Sonst bringe ich ihn um.«

Hin- und hergerissen, entschied ich mich, den Befehl auszuführen, und eilte los. Im Sprint hüpfte ich gegen den Zaun, der die Lagerhalle absperrte, kletterte darüber, holte das Foto und kehrte zurück. Hinter mir erkannte ich eine Gestalt, die bereits in der Ferne verschwand. Vermutlich die einzige Person, die hier gewartet und Rochelle Bescheid gegeben hatte.

»Kommt dort hin, allein. Keine Mätzchen, sonst werden es eure Freunde büßen.« Archie keuchte schwer, bis er wie eine

Marionette, deren Fäden man durchschnitten hatte, in sich zusammenfiel.

»Archie.« Leider schaffte ich es nicht, ihn aufzufangen, ehe er im Gras landete, dafür drehte ich ihn um und bettete seinen Kopf auf meine Oberschenkel. »Alles gut?«

»Danke, es geht so«, hauchte Archie, woraufhin ich seine schwitzige Stirn mit meinem Shirt abwischte. »Was ist auf dem Foto?«

Stimmt, das Bild. Mir drehte sich der Magen um, sobald ich erkannte, was darauf zu sehen war.

»Was? Jane? Sag.«

»Das ist das Sanatorium in Aincourt. Eine Stunde von hier, außerhalb von Paris.« Meine Mutter hatte dort früher Versuche an Menschen durchgeführt, soweit hatte ich das damals mitgehört. Sie belebte Menschen von der Straße wieder, die in den Gassen von Paris verstorben waren. Damals klang es heldinnenhaft. Vermutlich hatte sie diese armen Menschen eher wie Versuchskaninchen gehalten.

»Ich kenne das. Das ist doch seit Jahren geschlossen und verfällt.« Archie erholte und setzte sich auf.

»Au.« Sein Kopf schmerzte offenbar noch.

»Alles okay?«

»Ja, wird wieder. Warum sind sie dort?«

»Meiner Mutter ist es heilig, die Magie vor den Menschen zu bewahren. Sie wird sich da durchgesetzt haben.« Der Gedanke an sie verursachte ein schmerzhaftes Ziehen in meinem Herzen. Noch immer suchte ich nach einer Erklärung für ihr Verhalten.

»Und wie kommen wir da hin? Mit dem Auto sind es vielleicht vierzig Minuten. Zu Fuß sind wir da einen halben Tag unterwegs.« Archie sprach die Wahrheit.

»Wir müssen zu Fuß gehen. Was anderes bleibt uns nicht übrig.« Wobei mir bei dem Gedanken daran die Beine stachen.

»Oder ich mach meinem Namen als Mitternachtsdieb alle Ehre.« Archie zwinkerte mir zu, dann stand er auf und machte sich auf den Weg.

»Archie. Warte. Was hast du vor?«

Kapitel 25

Natürlich hatte Archie ein Auto gestohlen. Nicht nur die Leute, denen er es geklaut hatte, taten mir leid. Mir tat auch ihr Auto leid, da wir beide keinen Führerschein besaßen. In der letzten Stunde wären wir beinah dreimal gestorben. Ganz zu schweigen von dem Gequietsche, sobald wir eine neue Schramme reinfuhren. Zu allem Übel hatten uns davor noch Sanitatem erwischt, die in den Gassen von Paris patrouilliert hatten. Ich hasste es, sie außer Gefecht gesetzt zu haben. Allerdings überraschte es mich nicht, dass wir ertappt worden waren. Eine Menge Magiebegabte hatten sich auf die Seite unserer Elternteile geschlagen. Insofern war es nur eine Frage der Zeit, bis wir noch mehr davon begegneten.

»Willst du noch mal tauschen?« Was verriet mich? Mein Angstschweiß, den man trotz der offenen Fenster noch deutlich wahrnahm, oder die Tatsache, dass ich bei jeder Kurve »Wir werden sterben« geschrien hatte?

»Nein, wir sind ja gleich da.« Ich linste auf die App des Handys, das Archie sich »geborgt« hatte und meine Schuldgefühle bei jedem Blick darauf ins Unermessliche steigerte. »Und der Junge hat dir das Handy wirklich freiwillig gegeben?«

»Mehr oder weniger.« Archie streckte den Arm aus dem Fenster und kämpfte mit seiner Hand gegen den Wind an. »Wie lange ich das schon nicht mehr gemacht habe.«

»Hast du dir früher auch zwei, drei Regentropfen an der Autoscheibe ausgesucht und mit dir selbst gewettet, welche früher unten ankommen wird?« Ein wenig lockerte ich den Griff um das Lenkrad, das sonst bald durchbräche.

»Ja. Das ist aber ewig her.« Archie schnaubte belustigt. »Genauso wie der Tag, an dem ich Jacques fast den Nippel abgebissen hätte.«

»Waaas?« Diese Geschichte musste ich erfahren. Allein der Gedanke daran half mir bereits, mich am Steuer zu entspannen.

»Wir haben früher täglich gestritten. Im Sommer haben er und ich Verstecken gespielt. Er hat ständig geschummelt. Wir haben uns hochgeschaukelt, bis ich ... na ja, den Nippel zwischen den Zähnen hatte.«

Bei der Hälfte hatte ich bereits losgelacht, jetzt prustete ich richtig los, musste mich aber auch auf die Straße konzentrieren. »Ich bin mal mit meiner Mutter und Chloé, einer guten Familienfreundin, nach Italien gefahren. Da muss ich circa fünfzehn gewesen sein. Wir sind in eine Pizzeria vor dem Platzregen geflüchtet und haben dort gegessen. Ähm, was soll ich sagen? Da war ein echt gut aussehender Kellner, und ich habe auf dem Hinflug ein bisschen in einem italienischen Wörterbuch geblättert, und äh.« Die Story trieb mir die Hitze in die Wangen, so sehr schämte ich mich für mein Vergangenheits-Ich.

»Jane? Was hast du getan?« Archie kicherte bereits wie ein kleiner Junge, und ich spürte seinen Blick auf mir.

»Eventuell habe ich ihm, nachdem wir bestellt haben, *ciao bello* nachgerufen.« Mit einem Lacher unterbrach Archie mich. »Es kommt noch schlimmer. Ich habe nicht nur den billigsten italienischen Akzent verwendet, den ich draufhabe. Derselbe Typ ist natürlich auch mit unserem Essen zurückgekommen.«

»Hör auf.« Archie knuffte mir gegen den Oberarm.

»Du hättest das Grinsen sehen müssen, das er versucht hat, sich zu verkneifen. Oder die anderen Kellner, die dort waren. Sie haben sich wie Luftballons angehört, die langsam Luft verlieren, weil es ihnen nicht geglückt ist, ihr Lachen zurückzuhalten.«

»Das ist genial, Jane.« Hie und da pressten sich noch lang gezogene Lacher aus Archies Mund, bis er es verdaut hatte. »Ich hoffe nur, der hat nicht besser als ich ausgesehen.«

»Vielleicht?« Schmunzelnd schenkte ich Archie einen verdächtigen Blick samt wackelnden Augenbrauen.

»Pfff. Mir egal.« Archie sank tiefer in den Sitz, und ein knautschendes Geräusch erfüllte den Wagen. »Seid ihr oft verreist?«

»Geht so. Manchmal bin ich allein mit Chloé verreist. Dublin, Prag, Berlin oder Thessaloniki. Letzteres ist mein Favorit. Du?« Wie sehr ich das griechische Meer vermisste mit seinem türkisen, reinen Wasser und den Sand zwischen meinen Zehen.

Finsternis hatte Frankreich eingenommen, stieg empor und malte auch den Himmel schwarz. Nur durch den Lichtkegel vor uns erkannte ich die Bäume, die seitlich wuchsen und deren Baumkronen sich über uns verbanden. Wie gefährliche Krallen schwebten sie über uns. Dass Archie gefühlt ewig für seine Antwort brauchte, machte die unheimliche Atmosphäre nicht besser.

»Nein. Noch nie. Ich kenne kaum etwas außerhalb von Paris.« Archies Zögern zeigte, wie schade er das fand.

»Das holen wir nach.« Wieder ein Versprechen, das ich einhalten wollte.

Nachdem wir uns weit weg von Dörfern befanden und es nur noch geradeaus ging, fasste ich den Mut, eine Hand vom Lenkrad zu nehmen. Mit den freien Fingern umfasste ich Archies und drückte sie. Wieder erlebte ich den obligatorischen elektrisierenden Hieb, sobald ich Archies Haut berührte.

»Das machen wir.« Archie hob meine Hand hoch und küsste sie.

Für einen Moment wandte ich meinen Blick von der Straße ab, um ihm zuzulächeln, da verfinsterte sich auch schon Archies Mimik.

Voller Panik erwartete ich ein Tier auf der Fahrbahn, das uns einen Unfall bescherte. Doch es handelte sich um ein Gebäude vor uns und ein grünes Tor, das mich dazu brachte, abrupt abzubremsen.

»Fahr zurück, das Gebäude dort sieht nicht so alt aus. Vielleicht ist dort Security.« Ha. Da hatte Archie leicht reden. Zurückfahren?

Ich legte den Rückwärtsgang ein, aber wie auch die letzten Male, wenn ich irgendwo hatte stehen bleiben müssen, starb mir der Motor ab, und das Auto machte einen Hüpfer, der mir das Herz in die Hose rutschen ließ. Beim zweiten Anlauf ruckelten wir wenigstens zurück. Sachte fuhr ich seitlich in den Wald hinein und hielt an. Erst als sich meine Muskeln erweichten, bemerkte ich, wie angespannt ich während dem Fahren gewesen war.

Mit einem Nicken bedeutete Archie mir, ihm zu folgen. Langsam stiegen wir aus und huschten zum Tor vor. Der Bereich zum Sanatorium Aincourt war eingezäunt. An dem Tor hingen Schilder mit *Attention, Danger* und *24 Hour Video Surveillance.* Großartig. Achtung, Gefahr und rund um die Uhr Videoüberwachung waren die Worte, die ich am wenigsten lesen wollte. Leider hatte ich daran gar nicht gedacht, sondern gehofft, wir führen mitten in die Einöde zu einem verlassenen Gebäude.

»Was machen wir jetzt?« Meinen Kopf schwenkte ich Richtung Archie. »Archie«, zischte ich.

Dieser Typ machte mich noch fertig. Jetzt kletterte er bereits über den Zaun und kam auf der anderen Seite auf. »Komm, und denk nicht so viel nach.«

»Bist du ...«

»Denkst du, deine Mom und mein Dad sind hierhergekommen und haben sich nicht darum gekümmert, Filmaufnahmen zu verhindern?«

Ich räusperte mich. »Das habe ich selbstverständlich ebenfalls geschlussfolgert.«

Auch auf der anderen Seite angekommen, legten wir einen Zahn zu und erreichten endlich das Sanatorium. Wir versteckten uns hinter Bäumen, obwohl wir ohnehin erwartet wurden.

Überall in meinem Körper spürte ich das rasante Schlagen meines Herzens. Es pochte in meinem Hals, hinter meiner Schläfe, in meinem Magen, und ich schaffte es mit keiner Atemtechnik, mich zu beruhigen. Nicht nur Ella, Jacques und Élian warteten auf uns. Nein, ich würde auch wieder meiner Mutter gegenüberstehen. Zwar versperrte ich meine Gefühle vor ihr, aber ich ahnte, wie sich der Stich in meine Seele anfühlte, sobald ich vor meiner Mutter stand.

Archie und ich nahmen uns an den Händen. Erstmalig nahm ich den Stromstoß dabei nicht elektrisierend, sondern vitalisierend wahr.

»Wie gehen wir vor?« Archie erinnerte mich daran, wie wichtig die nächsten Stunden werden würden. Wir brauchten einen neuen, besseren Plan. Zwar hatten wir erwartet, dass das Sanatorium bewacht würde, jedoch wirkte das Areal in der Realität furchteinflößender. Es war ruhiger, größer, komplexer und, dank des Mondlichts, heller als geahnt.

Ich blickte vor mich. Das Sanatorium besaß vorne ein kleineres Hauptgebäude. Dahinter fand sich ein lang gezogenes Dreieck, das aussah wie die rechte Hälfte einer Schachtel Toblerone, die man der Länge nach zerteilt hatte. An der Seite, die schräg nach unten verlief, wuchsen bereits Bäume auf den Terrassen. Wenn ich nach links sah, erkannte ich einige Leute, die aus den glaslosen Fenstern des halb runden Turms schielten, der an das Gebäude angebaut war. Das Mondlicht erwischte sie. Vor ihm konnte man nichts verheimlichen.

Sie waren also mit Verstärkung gekommen. Alles andere wäre auch zu einfach gewesen. Die Frage, wie wir unbemerkt reinkamen, konnte ich nicht beantworten. Das gesamte Gebäude wies Schäden auf, war heruntergekommen und übersät mit bunten Graffitis, die es sich auf der verschmutzten braun-grauen Fassade gemütlich machten. Jedoch fand ich nirgends einen gelungenen Einstieg.

»Keine Ahnung. Wir wissen ja nicht mal, wo dein *Papa* und meine Mutter sind. Oben? Unten? Hinten? Vorne?« Einen klaren Gedanken zu fassen, schien im Augenblick unmöglich. Meine Antwort half Archie wohl auch nicht weiter.

»Das wird ganz schön hart, was?« Archie drückte mich runter. »Wir müssen uns besser verstecken. Da sind auch Furta Noctra, die haben eine Nachtsicht.«

Wenn es nur das wäre. Sie besaßen nachts auch stärkere Kräfte, genauso wie ich tagsüber. Selbst ein bedeckter Himmel schwächte Sanitatem schon. Nicht so sehr, dass wir völlig wehrlos waren, aber genug. Heute hätte ich jeden Funken meiner Magie gebraucht.

»Jane?«

»Ja?«

»Ich habe Angst.«

»Ich auch.«

»Das Schlimmste ist, am meisten fürchte ich mich vor dem Blick meines Dads. Seit Jahren habe ich ihn nicht mehr gesehen. Er wird mich verurteilend mustern.« Archie verlor sich in Gedanken. Er starrte ins Leere. Ich musste ihn da rausholen. Sonst wäre er ständig abgelenkt.

»Weißt du, auch wenn ich es nicht gerne zugebe, die Dinge, die andere zu uns sagen und uns treffen, sind jene, für die wir uns tief in uns selbst verurteilen. Dinge, mit denen wir selbst nicht im Reinen sind. Élian zum Beispiel. Es kümmert ihn nicht mehr wie früher, wenn ihn jemand wegen seiner Sexualität beschimpft. Weißt du, seit wann?«

Archie schüttelte den Kopf.

»Seitdem er sich getraut hat, es seiner Familie zu erzählen. Er hat eingesehen, dass nicht er falsch ist, sondern die Menschen verbohrt sind. Klar, völlig kalt lässt es ihn nicht, aber weißt du, worauf ich hinauswill?«

Nickend küsste Archie meine Hand. »Deshalb liebe ich dich.«

»Ich liebe dich auch. Und jetzt machen wir ihnen Feuer unter dem Hintern.«

»Hast du doch einen Plan?« Hoffnungsvoll sah Archie zu mir.

»Wir machen es, wie wir es bei der Lagerhalle vorhatten. Wir kommen durch die Decke.«

Die Nacht spielte uns in die Hände. Ohne erwischt zu werden, schafften wir es zwischen die Bäume hindurch in die Nähe des Gebäudes. Das Sanatorium tat sich vor uns auf wie eine Mahnung, mich zukünftig mehr um mich und meine mentale Gesundheit zu kümmern. Der Geruch von Kalk, Dreck, Erde und Staub mischte sich mit dem kühlen Nachtwind und wehte mir um die Haare. Sie tanzten wie schwarze Würmchen vor meinen Augen.

»Warte kurz.« Ich erwischte Archie, wie er sich an einen Baum lehnte.

Flink schlich ich zu ihm, zertrat dummerweise ein paar vertrocknete Blätter und legte dann endlich meinen Arm um ihn. Hoffentlich hörte uns niemand.

»Was?«, flüsterte ich.

»Ich glaube, ich sterbe.« Archie starrte panisch auf einen Punkt, atmete nicht mehr und erfror auf dem Fleck.

»Rochelle? Hat sie dich wieder unter Kontrolle?« Angst machte sich in mir breit, die es mir erschwerte, zu wispern, um nicht gehört zu werden.

Archie schüttelte den Kopf. Danach drückte er sich die freie Hand gegen die Augen und massierte sie. »Das ist so ein ekliges Gefühl. Ist das ein Herzinfarkt? Alles kribbelt.«

Oh. Ich erkannte, was in Archie vorging. Élian hatte damals oft dieselben Symptome gehabt, als sich der Gesundheitszustand seiner Mutter verschlechtert hatte. Sofort schlängelte ich mich vor Archie, nahm sein Gesicht zwischen meine Hände und zwang ihn, mich anzusehen.

»Archie, du stirbst nicht. Es wird alles gut. Sieh mich an. Du hast eine Panikattacke. Gleich es geht dir wieder besser. Ich weiß, es ist leicht gesagt. Du hast keinen Herzinfarkt. Kannst du atmen?« Mit meinen Daumen massierte ich Archies Wangenknochen.

»Ich bin …« Archie gab sein Bestes, ruhig einzuatmen. »So ein Weichei.« Lange Zeit hielt Archie nur die Luft an, obwohl ich seine Atemversuche wahrnahm. Irgendwann gelang es ihm auch wieder, auszuatmen. »Der Gedanke daran, gleich Dad und Rochelle gegenüberzustehen, weckt all die Erinnerungen an die Gefangenschaft. Ich kann das nicht noch einmal.«

»Du bist alles andere als ein Weichei.« Ich drückte Archie an mich. Leise, so leise, wie ich konnte, summte ich seine Melodie, mit der er sich im Kerker Mut gemacht hatte, in sein Ohr. »Du hast dich in dem Kerker nicht unterkriegen lassen, und ich lasse nicht zu, dass so etwas noch mal geschieht, ja?«

An meiner Schulter spürte ich Archies Zustimmung in Form eines Nickens.

»Ja.«

»Als mich die Furta Noctra vorm *M'Acqulaudelle* einfingen, habe ich auch einen Moment überlegt, zu verschwinden und Élian zurückzulassen. Angst ist normal.«

»Vorm *M'Acqulaudelle?* Dort aufgeflogen zu sein, ist als Sanitatem keine Kunst. Das ist ein Furta-Club. Nicht nur irgendeiner, sondern der meines Dads. *M'Acqulaudelle* – das *M* steht für Mathieu. Das *Acqu* kommt von Jacques. Das *Laud* von Andre-Claude. *Elle* von Rochelle.« Nach Archies Erklärung klang es offensichtlich.

Die Zeit drängte, aber ich blieb mitten im Gebiet unserer Feinde mit Archie im Schutz der Bäume stehen und schenkte ihm die nötigen Augenblicke, um sich zu fangen. Anders ging es ohnehin nicht. Für unsere Psyche gab es keinen An- und Ausschalter.

»Ich bin bereit.« Archie machte ein paar Schritte vorwärts. »Wenn du das jemandem erzählst, hacke ich deinen Fanfiction-Account und lösche alle Geschichten.«

»Verstanden, Mister.« Im Vorbeigehen rempelte ich ihn an und schlüpfte unter dem abgebrochenen Ast hindurch, der aus einem Fenster des Sanatoriums ragte.

An ihm hievte ich mich hoch, kletterte am Baumstamm weiter nach oben. Durch die Rinde und abgebrochenen Ästchen bekamen meine Arme Kratzer. Ich erreichte den nächsten dickeren Ast. Archie folgte mir. Wie vorsichtig wir auch waren, der Baum wackelte, und die Blätter raschelten. Keine Ahnung, ob es mir nur so vorkam, aber der Lärm, den wir veranstalteten, dröhnte wie ein Presslufthammer in meinen Ohren. Glücklicherweise verschaffte uns der Wind eine Art

Alibi. Er brauste um uns und brachte auch die umliegenden Büsche und Baumkronen zum Wackeln und Knacken. Es glich einer mysteriösen Melodie, wie der Wind das Sanatorium umspielte, und ich hoffte, er war auf unserer Seite.

Noch hatte uns niemand erwischt. Manchmal, wenn ich auf einem Ast hielt, hörte ich Schritte im Aincourt, die sich mit Geflüster und Hüsteln abwechselten.

Die nächste Etappe würde schwieriger werden. Eine breite Terrasse, die die ganze Länge des Gebäudes entlanglief, trennte uns von dem Eingang. Auf der Terrasse selbst gab es kaum Möglichkeiten, sich zu verstecken. Wie sollten wir, ohne aufzufliegen, auf das Dach kommen?

Archie schob sich hinter mich und ging auf dem Ast in die Hocke. Durch das Blätterkleid lugten wir hindurch und nahmen alles vor uns unter die Lupe. Um meine Konzentration beizubehalten, verdrängte ich den Gedanken daran, was sie mit uns machten, indem ich die Terrasse fokussierte.

Etwas stupste mich an, und ich erschrak. Gerade noch schaffte ich es, mir meine Hand auf den Mund zu pressen. Sofort warf ich einen Blick über meine rechte Schulter und erkannte ein »Pardon«, das Archie auf den Lippen lag. Ohne sich weiter beirren zu lassen, deutete er mit dem Kinn, das mittlerweile ein Dreitagebart zierte, nach links. Ich folgte seiner Anweisung und bemerkte einige Schatten im Gebäude. Es dauerte ewig, bis ich checkte, was Archie mir sagen wollte. Es gab ein winziges Zeitfenster, in dem niemand unserer Feinde die Terrasse im Blick hatte. Passten wir dieses ab, könnten wir es zur Schiebetür schaffen.

Nachdem ich Archies Idee bestätigt hatte, verpassten wir den perfekten Moment fünfmal. Wir hatten zu viel Schiss, loszulaufen. Es war wie eine Blockade, die uns an Ort und Stelle festklebte.

Obwohl es kalt war, wischte ich mir Schweiß von der Stirn und zwickte mich danach so fest, wie ich konnte, in den Unterarm, um das Zittern zu unterdrücken. Es würde alles klappen, oh, bitte, liebes Universum, es musste klappen.

Archie tippte mir auf die Schulter, und ich glitt auf die Terrasse. Es gab kein Zurück mehr. Auf Zehenspitzen huschte ich gebückt der Schiebetür entgegen. Gleich hatte ich es geschafft. Ich streckte bereits einen Arm aus, um den Griff in die Finger zu bekommen. Ein helles Licht erstrahlte. Um meine Augen zu schützen, warf ich die Arme hoch.

***

Wir hatten gekämpft, wir waren weggelaufen, und wir hatten um uns getreten, doch letztendlich hatten sie uns umzingelt und eingefangen. Ich kam mir vor wie eine Närrin, dass wir noch im Wald herumgeschlichen und an den Bäumen herumgeturnt waren. Indessen hatten sich unsere Feinde ins Fäustchen gelacht.

Ständig rekapitulierte ich die vergangenen Stunden und fuhr die unzähligen Graffitis meines provisorischen Gefängnisses nach. Kein Kerker wie damals, aber der Kellerraum, der zwar keine Tür besaß, dafür ein Gitter aus Mitternachtsmagie, machte es mir unmöglich, auszubrechen. Wenigstens hatte ich beim Herunterkommen gesehen, das Ella, Jacques und Élian noch lebten. Die drei sahen schlimm aus. Ich hatte alle Hände voll damit zu tun, mir nicht auszumalen, was sie ihnen angetan hatten. Keinen Mucks gaben meine Liebsten von sich. Wie hatten sie die drei innerhalb kurzer Zeit so gebrochen?

Vor meinem Gefängnis stand ausgerechnet Chloé. Chloé, die mich wie eine zweite Mutter aufgezogen hatte. Niemals hätte ich sie eines Tages als meine Zellenwache vermutet. Nicht nur das, sie war es auch gewesen, die mir die Lichtkugel in die Kniekehle geschossen und mich damit zu Fall gebracht hatte.

Ich brauchte eine Pause von meinen Gedanken und lehnte mich gegen die beschmierte Wand. Wimmernd rutschte ich sie entlang, bis ich flach am Boden lag. Dreck drückte sich in meinen Hinterkopf, und der Geruch von Erde sowie Staub lag pelzig auf meiner Zunge. Noch mehr störte mich die vorherrschende Stille, die es mir unmöglich machte, einen Fluchtplan zu entwickeln. Wie sollte ich so Hinweise aufschnappen? Wie sollte ich wieder rauskommen? Und wo hatten sie Archie hingebracht? Denn wenn ich etwas mitbekommen hatte, dann, dass sie ihn nicht in den Keller geschafft hatten.

Die Kälte hier unten schüttelte meinen Körper durch. Nein, ich durfte nicht aufgeben. Ich setzte mich auf und zog die Beine an. Was konnte ich machen? Ich fuhr meine Waden entlang und spürte etwas unter meiner Hose. Jacques' Dolch. Sie hatten meine Prismaperle, aber nicht den Dolch gefunden.

Ich sprang auf die Füße und eilte zur magischen Barriere.

»Chloé?«, flüsterte ich.

Keine Antwort.

»Du bist mir wenigstens ein Gespräch schuldig.«

Wieder keine Regung von Chloé. Sie stand wie eine abgerichtete Soldatin da, und ich musste mich zusammenreißen, sie nicht zu beschimpfen.

»Du bist wie eine Mutter für mich gewesen. Wie kannst du das ohne schlechtes Gewissen machen?« Meine Finger näherten sich der Barriere, deren Blitzzungen mir entgegenlechzten.

»Du kannst mich nicht manipulieren. Die Magie der Vivifica zu schützen, steht an oberster Stelle.« Tja, blöd, Chloé, denn allein deine Antwort bedeutete, dich am Haken zu haben.

»Weißt du, was dumm ist? Ihr könnt Befehle ausführen, aber leider nicht selbst nachdenken. Denn dann hättet ihr nicht den Seelendolch vergessen, den ich unter meinem Hosenbein versteckt habe«, wisperte ich so nahe wie möglich an Chloés Ohr. So nahe, dass die Mitternachtsmagie an meinen Lippen wie Brausepulver knisterte.

Schneller, als ich »Vivificas stinken« hätte sagen können, drehte sich Chloé zu mir um. Ich zog meine Hose hoch. Die Dolchtasche blitzte hervor.

»Du miese Verräterin. Du benutzt auch noch ihre Waffen?« Chloé spuckte aus und bückte sich, um die verfluchten Knochen zur Seite zu schieben, die die Barriere aufrechterhielten.

»Du hättest einfach weiterhin den Trank nehmen sollen. Du darfst den Dolch nicht behalten, sonst könntest du die Barriere durchbrechen.« Warte. Was? Damit hätte ich die Barriere durchbrechen können? *Merde alors.*

Zwar hatte ich es vermutet. Es von Chloé zu hören, kam jedoch einem Magenhieb gleich. Sie war über die Sache mit dem Trank im Bilde gewesen. Wahrscheinlich die ganze Zeit über.

Chloé trat den letzten Knochen zur Seite und betrat meine Zelle. Ich blinzelte den Schock weg und zwang mich, meine Gefühle runterzuschlucken.

»Gib den Dolch her.« Chloés Art, zu sprechen, sich zu bewegen sowie ihre gesamte Mimik hatten sich verändert. Nichts war mehr von ihrer lieblichen Art geblieben. Was Manipulation mit einem machen konnte.

Flink griff ich nach unten und holte den Dolch hervor. Chloés Haare, die sonst freundlich mit ihrem Lachen mitwippten, hatte sie mit hellblauen Spangen zurückgeklemmt.

Nichts lenkte mehr von ihren tiefen Augenringen ab. Vermutlich gab meine Mutter ihr kaum Zeit, zu schlafen. Doch so sehr ich mir auch einredete, die starke Jane zu sein, es handelte sich um das Gesicht der Frau, die sich mit mir rausgeschlichen hatte, um ins Kino zu gehen, wenn meine Mutter mich nicht ließ, und mit mir allein Geburtstagspartys feierte, weil ich niemanden hatte einladen dürfen. Fabelhaft, meine Nase begann, zu kitzeln. Ich atmete gegen die Tränen an.

»Chloé, muss es so enden?«

»Das sagst du? Du hättest dein Leben im goldenen Käfig genießen können.« Chloé machte einen Schritt auf mich zu und erschuf eine Lichtpeitsche. Sie verpasste der Wand einen Hieb. Ein Brandstreifen blieb zurück.

»Merkst du selbst, oder? Goldene Gitterstäbe machen den Kerker zu keinem Vergnügungspark, sie verschleiern nur die verlorene Freiheit. Du musst selbst da raus, Chloé.«

»Wage es nicht, uns beide in einen Topf zu werfen.« Die Wut, die Chloé rausbrüllte, schien gar nicht mit dem zusammenzuhängen, was ich getan hatte.

»Chloé, erkennst du nicht, was meine Mutter mit dir macht? Du hasst mich, weil ich keinen giftigen Trank schlucken will, der mich in ein Korsett zwängt?« Fassungslos baumelten meine Arme neben mir, und ich bemerkte, dass Chloé mich in die Ecke des Raumes gedrängt hatte.

»Du weißt es nicht, oder?«

»Was?«

»Louis. Ich habe versucht, deiner Mutter auszureden, dich zu verfolgen. Sie wollte das nicht hören. Ohne Vorwarnung hat sie meinen Louis umgebracht, mich am Hals gepackt und gefragt, ob ich ihre Entscheidung noch mal infrage stellen will.« Tränen verschmierten ihre unsauberen Smokey Eyes, die Chloé noch nie gestanden hatten, da sie winzige Augen besaß. Eingerahmt von hängenden Lidern und Falten. Dennoch schminkte sie sich so, seit ich denken konnte.

Wie in einem Wahn wiederholte Chloé wieder und wieder: »Das ist alles deine Schuld.«

Es brächte nichts, Chloé auf die Nase zu binden, welche Rolle meine Mutter in diesem Drama spielte. Sie stellte für Chloé eine Art Heilige dar. Somit blieb ich der Sündenbock.

»Hörst du? Es ist alles deine Schuld.« Chloé holte aus und traf meine Schulter mit der Lichtpeitsche.

Eine Hitze, die mich sofort zu Boden gehen ließ, durchzuckte meinen Körper. Ich schrie laut auf. Es klingelte mir selbst in den Ohren. Die Peitsche sauste auf mich herab, bis ich durch Schwindel und Übelkeit nicht mehr klar denken konnte. Meine Schmerzensschreie vermischten sich mit meinem Flehen. Wenn ich es mal schaffte, die Augen zu öffnen, drehte sich die Welt, und ich erkannte einen Strudel aus Licht, bunten Graffitis und dem bohrenden Blick von Chloé.

Sie würde sich nicht belehren lassen. Ich gab nach. All die Dämme, die meine Magie durch den Trank noch zurückgehalten hatten, brachen, und das Licht strömte wie Wasser aus einem Geysir aus mir.

***

Die Flucht war geglückt. Nur zu welchem Preis?

Im Laufen wischte ich mir die Tränen weg. Ich löschte das Bild von Chloé aus meinem Kopf. Ihr Tod brach mir das Herz. Doch ihr Opfer würde nicht umsonst gewesen sein. Wenigstens hatte meine Verzweiflung mein Heillicht freigesetzt. Es hatte nicht nur meine Wunden versorgt, sondern auch die anderen Feinde um uns ausgeschaltet. Danach hatte ich Ella, Jacques und Élian befreit.

Ich spähte hinter mich und erkannte die Sanitatem und Furta Noctra, die uns verfolgten. Wir hatten bereits das Sanatorium durchquert und eilten die Rundtreppe innerhalb des Turms mit Fensterfront hoch.

Von oben kamen uns noch mehr Feinde entgegen. Wir saßen fest. Mitten auf der Treppe hielten wir. Élian drängten wir hinter uns, damit er mit dem Rücken zu den Fenstern stand.

»Zurück.« Ella hob ihre Hände neben mir.

Gelächter brach aus. Von beiden Seiten zeigten sie auf Ella und verhöhnten sie für ihren Versuch, stark zu bleiben.

»Das war ein Fehler.« Ella renkte ihren Nacken und ihre Finger ein.

Der Grauhaarige vor uns wich dem Schlag von Ella aus. Sie nutzte das und ließ sich rückwärts zu Boden fallen. Auf den Stufen stützte sie sich mit den Händen ab und trat mit beiden Beinen nach vorne. Dadurch schleuderte sie Grauhaartyp zurück, der einige Frauen und Männer mitnahm und gemeinsam mit ihnen die Treppen hinunterfiel. Es rumpelte, und das dumpfe Aufknallen von Körpern wechselte sich mit schmerzvollen Rufen ab. Unsere restlichen Gegner verfolgten die Runterpurzelnden. Ella nutzte das, hatte längst ein Stück einer übrig gebliebenen Scherbe aus dem Fenster gerissen. Mit ihr schnitt sie der älteren Frau mit den gelben, spitzen Zähnen die Wange auf.

»Wow.« Jacques beobachtete das Spektakel und musste den Kopf schief legen, um Ella zu verfolgen. Die streckte sich beweglicher denn je nach hinten, entging der Schattenzunge des Mitternachtsdiebes. Dieser erwischte nun eine Sanitatem, die überrumpelt aufschrie. Sofort danach kickte Ella beide aus dem Fenster. Laut schepperten sie durch die Öffnung. Die Magiebegabten vor Ella wichen zurück.

Derweil bemerkte ich, wie Élian hinter uns Hiebe ins Nichts machte, und Ella anfeuerte. »Los.«

Die Leute über uns sahen über das Betongeländer. Jacques nutzte das, um sie mit seiner Furta-Noctra-Aura einzufangen, die sie alle verzweifelnd gegen ihre eigenen Köpfe schlugen ließ.

Es machte mich fertig, mitanzusehen, was wir uns antaten. Alles andere brächte nur leider nichts. Mit diesem Gedanken im Hinterkopf gesellte ich mich zu Ella. Jemand hatte sie am Kragen erwischt. Ihre Glückssträhne ebbte ab.

»Du hast dich gut geschlagen, Ella. So lange hätte es kein anderer Mensch auf der Welt ausgehalten. Ab jetzt übernehme ich.« Ich rammte dem Glatzentyp mit den schwarz umrandeten Augen den Seelendolch in den Unterarm, und Ella befreite sich. Glatzentyp stürzte mit meinem Dolch im Arm hinab.

»Pass auf Élian auf«, sagte ich.

Ella fasste sich an den Hals und ging hustend zu Élian hoch.

Zuerst dachte ich, ich könnte es schaffen und uns rausholen. Irgendwann erlosch dieses Hochgefühl jedoch. Meine Kräfte schwanden.

Dummerweise riss der Schwall von Gefolgsleuten meiner Mutter und Mathieu nicht ab. Wir mussten einsehen, unterlegen zu sein. Eingekesselt drängten sie uns aneinander.

Die Zeit war gekommen. Sie würden mich zu meiner Mutter bringen.

Kapitel 26

»Du bist gar nicht imstande, zu verstehen, was an dir falsch ist. In deinem schmutzigen Blut soll sich der Kern der neuen Regina Curantis verstecken?« Zu hundert Prozent hatte ich daran geglaubt, die Gräueltaten meiner Mutter hätten mich abgehärtet und auf alles vorbereitet. Tja, falsch gedacht. Die Worte meiner Mutter verletzten das tief in mir vergrabene Kind.

Meine Sicht verschwamm. Ich spannte die Kiefer an, biss die Zähne zusammen, presste meine Fingernägel in meine Haut und drückte meine Zunge gegen den Gaumen.

Mathieu und meine Mutter hatten sich tief unter dem Sanatorium eingerichtet. Noch tiefer, als sich die provisorischen Gefängnisse befunden hatten. Auf einem Betonpodest, das mit blauen Gitterstäben eingezäunt und mit Graffitis beschmiert war, erwarteten sie uns. Sie thronten wahrlich wie die Herrschenden der Magie über mir auf zwei bronzefarbenen, protzigen Stühlen mit schwarzem Stoffbezug. Ich kniete mich vor sie. Rochelle zwang mich dazu. Seitlich neben den Feuerschalen standen Jacques, Archie, Élian und Ella, die von Sanitatem in jeweils einem Lichtkegel festgehalten wurden.

»Du hast recht. Das werde ich niemals verstehen. Warum hast du mich nicht abgetrieben?« Dass ich das jemals ausspräche, hätte ich nie gedacht.

»Hättest du dich nur nicht gegen meine Anweisungen gesträubt. Woher hätte ich wissen sollen, wie ungehorsam mein Kind wird? Außerdem habe ich viel zu spät von meiner Schwangerschaft erfahren, somit blieb mir keine Wahl.« Meine Mutter überschlug ihre Beine. Das orange Kleid mit den roten und gelben Blüten darauf schwang in der Luft mit. »Vermutlich spielten auch dämliche Muttergefühle mit, die durch die Hormone aufkamen.«

»Deine Emotionen scheinen dich öfter in die Scheiße zu reiten.« Mathieu klopfte sich den blauen Anzug ab, der seine gebräunte Haut unter der weißen, stoppeligen Glatze und dem grauen Bart noch mehr hervorhob.

»Unterstehe dich, so mit mir zu reden. Vergiss nicht. Diese Allianz ist bald vorüber.« Der herrschaftliche Ton in der Stimme meiner Mutter passte zu den hochgesteckten Haaren, die wie eine Krone auf ihr saßen.

»Oh, glaub mir, ich denke ständig daran.« Mathieu starrte mit seinen eisblauen Augen auf mich herab. »Ständig«, wiederholte er.

»Mein Leben ist also nur eine Show gewesen? All die Ausflüge, das gemeinsame Backen, das Tanzen im Wohnzimmer, das Singen auf deinem Bett und das Schauen dieser alten französischen Schwarz-Weiß-Filme, während wir diese puderzuckrigen Bonbons in verschiedenen Geschmacksrichtungen verschlungen haben.« Dieses Mal konnte ich die Tränen nicht mehr bei mir behalten. Die Erinnerungen schmerzten in meinem Herzen. Leider blieb es nicht bei Tränen, die meine Wangen runterrollten. Dazu gesellte sich noch ein peinliches Schluchzen, das ich mit aller Kraft zu unterdrücken versuchte. Mein Brustkorb hob sich wie bei einem Schluckauf.

Die Falten im Gesicht meiner Mutter verzogen sich mit ihrem schiefen Grinsen. Der dunkelrote Lippenstift auf ihren dünnen Lippen wirkte wie immer ein wenig unsauber aufgetragen. Mathieu reckte auch noch einen Arm zu meiner Mutter, um ihr lachend auf den Unterarm zu schlagen. Sie kicherten los, und ich fühlte mich endgültig gedemütigt. Meine Mutter saß mit ihrem Erzfeind auf einem Podest, und sie lachten mich aus wie zwei Schläger auf dem Schulhof.

Glas zersplitterte, und ich zuckte zusammen. Mathieu und meine Mutter ebenfalls. Die wandten sich zum Geräusch, und ich wollte es ihnen gleichtun. Doch Rochelle drückte mich wieder nach unten. Deshalb drehte ich nur den Kopf in die Richtung.

Es hatte sich nicht um Glas gehandelt, sondern um den Lichtkegel, in dem Archie eingesperrt gewesen war. Daneben erkannte ich Ella, Jacques und Élian, die kräftig gegen ihre Gefängnisse klopften. Ihre Münder bewegten sich, doch kein Ton drang zu mir. Die Sanitatemmagie sperrte sie nämlich nicht nur ein. Ihre Stimmen waren nicht wahrnehmbar, als befänden sie sich in einem schalldichten Raum.

»Jane, hör nicht auf die beiden. Sie wollen dich brechen.« Tatsächlich half Archies Stimme, um runterzukommen.

Der Sanitatem mit der grauen Kapuze, der auf Archie aufpasste, wollte ihn gerade wieder wegsperren, da stoppte Mathieu ihn mit einer Schattenzunge. Der Sanitatem erstarrte in der Bewegung.

»Wir brauchen dich nicht mehr. Du bist unfähig.« Mathieu zerquetschte die Luft in seiner Hand. Gleichzeitig keuchte Archies Aufpasser auf, griff sich an sein Herz, bis er gurgelnd Blut spuckte, seinen Hals umfasste und dann umkippte. »Na dann komm schon her, du Nichtsnutz.«

Archie stieg aus dem Lichtkegel, der noch in seiner Form geblieben war, als wäre es tatsächlich Glas. Er stolperte vor und hockte sich neben mich.

»Hallo, *frérot.*« Rochelles Stimme jagte mir einen Schauer über den Rücken.

»Schieb dir dein *Bruderherz* in den Arsch.« Archie linste hinter sich zu ihr. Mir reichte ihre Stimme.

»Sieh dir das an. Die Gerüchte scheinen wahr zu sein, unsere Sprösslinge sind ein groteskes Liebespaar.« Mathieus abfällige Art, zu sprechen, machte alles nur schlimmer.

Meine Mutter verzog angeekelt den Mund. »Sie glauben zumindest, es sei Liebe.«

Woher wollte meine Mutter wissen, ob wir uns liebten?

»Ach. Die Visage deiner kleinen Freundin sagt mir, sie weiß es nicht. Andre-Claude? Du bist aber kein Gentleman. Berichte ihr doch.« Mathieu blickte auf uns herab.

»Nenn mich nicht so«, sagte Archie mit zusammengebissenen Zähnen.

»Was berichten?«, fragte ich Archie.

»Dass du einen Teil meiner Seele weggesperrt hast und ausschließlich eine Wiederbeleberin mir diesen Teil zurückgeben kann, weiß sie. Da ihre Mutter das nicht machen wird, kann das nur sie.«

»Es scheint, dein Spross ist es, der dümmlich ist, hm?« Meine Mutter warf einen kurzen Blick auf mich, den ich nicht deuten konnte. Ihre Miene verfinsterte sich wieder.

»Andre-Claude, du scheinst über die Jahre in Gefangenschaft vergessen zu haben, was ich dir gesagt habe. Ich werde deiner Erinnerung auf die Sprünge helfen.« Genervt stöhnte Mathieu auf und erhob sich.

Der Gehstock in seiner Hand besaß einen Totenkopf – ziemlich klischeehaft für einen Bösewicht, aber war ja seine Sache –, und mit ihm stieg er die drei Stufen herab. »Ich habe gesagt, um dich zu bändigen, habe ich einen Teil deiner Seele abgespalten. Er ist hier.« Mit einem Ruck zog Mathieu ein mit Harfen besticktes Stofftaschentuch aus seiner Sakkobrusttasche.

»Du wagst es, *Mamans* Taschentuch zu tragen?« Archie schlug auf den Boden. Eine Mulde blieb zurück.

»Du wagst es, sie *Maman* zu nennen?« Mathieu schnellte vor und schlug Archie mit seinem Gehstock mitten ins Gesicht. Er fiel seitlich um.

Ein roter Strich zog sich über Archies Wange. Mitten in der Bewegung spürte ich Rochelles Berührung. Somit konnte ich es vergessen, Archie zu helfen.

»Du, der sie umgebracht hat, seine eigene Mutter, du wertloses Monster.« Um sich zu zügeln, strich Mathieu seinen Bart glatt. Meine Mutter überblickte indessen gelassen das Geschehen. Wusste sie Bescheid?

»Was meint er? Ich dachte, deine Mutter sei einfach so verstorben.« Den Tod von Archies Mutter hatte ich zwischen den Zeilen mitbekommen. Da er selbst nichts dazu sagte, hatte ich nicht taktlos sein wollen. Dahinter hätte ich nie eine solche Information vermutet.

Archie blieb auf der Seite liegen und griff an seine Wange. »Meine Mutter ist bei meiner Geburt gestorben. Meine Magie war damals bereits enorm. Sie hatte eine furchtbare Schwangerschaft. Am Tag meiner Geburt habe ich aufgrund des Stresses meine Kräfte freigesetzt und ...« Archies Stimme brach.

Wie gerne wäre ich zu ihm gekrochen und hätte ihn in den Arm genommen. Doch seine Schwester hielt mich noch immer zurück. Dabei bemerkte ich, wie ihre Hand auf meiner Schulter zitterte und sie laut ausatmete.

»Tu nicht auf Unschuldslamm. Du hast bei deiner Geburt ihre Seele zerrissen, und ich habe auch noch mitansehen müssen, wie die Seele ihren Körper verlassen hat.« Nun wandte ich mich doch zu Archies Schwester. Rochelles Augen erröteten. Ihre Lippen zuckten leicht. Aber sie blieb in ihrer Rolle.

»Weißt du, wie es war, als die Liebe meines Lebens einen Atemzug machte, und dann kam keiner mehr? Wie es war, auf das nächste Luftholen meines Sonnenscheins zu warten? Ich vergesse nie, wie sie mich ansah und nach Luft rang, ehe die Augen leer wurden. Es ist alles deine Schuld.« Mathieu versuchte, die Fassung zu bewahren, und ich merkte, er wollte weiter auf Archie einreden.

Sofort unterbrach ich ihn. »Er ist ein Baby gewesen. Wir beide sind Babys gewesen. Wie hätten wir verhindern sollen, was in uns steckt?«

»Ihr seid nichts Besonderes. Ihr seid Dreck. Unsere größten Fehler.« Meine Mutter sprang hoch und stürmte mit laut klackernden Schuhen die Stufen herab. »Du mit deinem schmutzigen Blut, das irgendwie die Magie ausgetrickst und dazu gebracht haben muss, sich in dir zu vervielfachen. Vermutlich um den Menschenanteil zu überdecken.« Sie wandte sich zu Archie. »Und du mit den Fähigkeiten direkt aus der Hölle.«

Mutter fuhr fort: »Meine *Mère* hat sich über mich lustig gemacht. Gesagt, ich wäre zu schwach. Ich könnte nie jemanden wiederbeleben. Nie könnte ich ihren Platz einnehmen. Ich wäre eine Schande, die nur Fehler machen würde.« Meine Mutter sprach nie über die Familie. Niemals. Deshalb verwunderte mich ihr Gefühlsausbruch so sehr, dass ich gespannt an ihren Lippen hing. Dass sie ihre Mutter *Mère* nannte, zeigte, wie distanziert ihre Mutter-Tochter-Beziehung gewesen sein musste. »Ich habe mich zum Affen gemacht für sie, immer härter an mir gearbeitet. Trotzdem bin ich in ihren Augen nie gut genug gewesen. Bis ich es ihr bewiesen habe.«

Die Spucke blieb mir im Hals stecken. Ich setzte mich hin und fragte nach. »Wie hast du es ihr bewiesen?«

»Ich habe sie umgebracht und wiederbelebt. Immer und immer und immer wieder. Jedes Mal, wenn sie erneut aufgewacht ist, ist etwas in ihren Augen gestorben. Am Ende dieses Tages war ich die stärkste Vivifica in Paris.« Genau wie Ankou es damals mit ihrer Affäre getan hatte. »Und dann sind dein Vater und du in mein Leben gekommen. Ihr seid meine Fehler gewesen, die mir täglich vor Augen geführt haben, meine *Mère* würde auf ewig rechtbehalten. Irgendwann habe ich deine mich übertrumpfende Magie bemerkt. Stärker, als es jemals aufgezeichnet worden ist. Da habe ich gehandelt.«

Was hatten Archies Vater und meine Mutter uns für eine Last aufgebürdet? Um sich nicht mit ihren eigenen Problemen auseinanderzusetzen oder ihr Erlebtes zu verarbeiten, gaben sie einfach uns die Schuld an ihrem Leid.

»Wie hast du diesen Trank hergestellt? Ich habe noch nie von einem Trank gehört, der Kräfte unterdrückt.« Da hatte Archie recht, darüber hatte ich noch nie nachgedacht. Bisher glaubte ich, es wären ein paar Heilkräuter und Lichtmagie gewesen, aber diese Macht besaß heilender Zauber nicht.

»Und da schließt sich der Kreis.« Archies Vater fand sich neben meiner Mutter ein.

Die beiden standen da wie ein altes, reiches Ehepaar, das sich über seine Dienerschaft lustig machte. Wie sie uns süffisant lächelnd ansahen, widerte mich an.

»Bernadette und ich sind schon einmal in den Genuss gekommen, zusammenzuarbeiten.« Als Mathieu das verkündete, zog es mir völlig den Boden unter den Füßen weg.

***

Rochelle hielt uns beide mit ihrer Ursomagie gefangen, mit der sie einem auch Wahnvorstellungen verpassen konnte. In diesem Fall vermittelte sie unserem Geist, er dürfe sich nicht bewegen.

»Was habt ihr getan?« Archies Gefühle gingen mit ihm durch. Er schrie. Seine Stimme hallte nach.

»Gerüchte haben die Runde gemacht. Bernadette hat in zwielichtigen Gegenden etwas gesucht, um die Magie in ihrer Tochter zu bannen. Ich habe sie ausspionieren lassen. Das war meine Chance. Schließlich haben wir einen Pakt geschlossen.« Mein Verstand wollte sich das nicht vorstellen.

Migräne, die meine Schläfen zum Pochen brachte, machte es mir schwer, meine nun lichtempfindlichen Augen offen zu halten. Wie sollte ein Lebewesen all das ertragen?

»Wie lautete der Pakt?« Woher nahm ich die Energiereserven, das auszusprechen?

»Mathieu hat zugestimmt, einen Teil seiner Magie in einen Heilstein zu packen, den ich in den Trank einlegte, wenn ich ihn gebraut habe. Dadurch verbanden sich Heilung und Dunkelheit und unterdrückten deine Magie. Und ich ...« Meine Mutter stockte und wandte ihre Augen von mir ab.

»Formulieren wir es anders«, löste Mathieu meine Mutter ab. »Fühlt ihr euch kraftvoller, wenn ihr beieinander seid? Spürt ihr kleine Stromstöße, wenn eure dummen Fingerchen sich berühren? Habt ihr das ekelhaft pathetische Gefühl, euch seit Ewigkeiten zu kennen?«

Wie konnte Mathieu davon wissen? Ein Schauer leckte wie die Zunge eines Geists über meinen Rücken, und mein Herz rutschte mir in den Magen. Die Kopfschmerzen wechselten sich mit Übelkeit ab und nahmen immer weiter zu.

»Ich habe Andre-Claudes Seele schon einmal gespalten und gehofft, es würde reichen, um ihn zu kontrollieren, denn das erste Jahr mit ihm war die Hölle. Seine Kräfte wuchsen mehr und mehr an. Ich wusste, hassen würde ich ihn ohnehin mein Leben lang. Da wollte ich ihn zu meiner persönlichen Waffe heranziehen. Töten wäre zu einfach gewesen. Leiden sollte er schließlich. Ich brauchte also ein Gefäß für einen Großteil seiner Furta-Noctra-Seele, das niemals jemand finden könnte. Das auch stark genug wäre, ihn zu bändigen.«

»Sag es nicht.« Wusste Archie, was sein Vater meinte? Moment. Wusste ich es nicht selbst längst, aber verbarg die Antwort vor mir selbst?

»Deine Mutter hat zugestimmt, ihr neugeborenes Töchterchen als Gefäß zu Verfügung zu stellen. Deshalb mögt ihr beiden euch. Nicht, weil ihr euch liebt.« Mathieu schnaubte belustigt und stieß mit dem Ellbogen meine Mutter. »Ihr fühlt euch verbunden, weil ein Teil deiner Seele in Jane wohnt, und weißt du auch, wie du sie zurückbekommst? Du musst sie töten. Du brauchst nicht irgendeine Wiederbeleberin, du brauchst sie.« Mathieu zeigte auf mich. Die Bedeutung seiner Worte drang durch einen dicken, honigähnlichen Schleier zu mir durch.

»Dann will ich meine Seele gar nicht vollständig zurück.«

»Sei mir recht, mein Sohn. Doch ohne die beiden restlichen Teile deiner Seele wirst du kein langes Leben führen. Du wirst vielleicht noch zwei, drei Jahre haben, bevor das Loch in dir dich verschlingen wird, denn für den menschlichen Anteil in dir sind deine Mächte noch immer zu unbeherrschbar. Und da Bernadette und ich keine Narren sind, haben wir uns selbstredend doppelt abgesichert, nicht wahr?« Der Totenkopf auf Mathieus Gehstock zeigte zu meiner Mutter.

»Deine Magie macht dich stärker, aber du hast dich doch sonst schwach und abgeschlagen gefühlt, oder?« Die Frage meiner Mutter ging an mir vorbei. Ich beobachtete die Situation nur noch aus der Ferne.

»Wenn du die Seele deines Freundes nicht loswirst, deine Kräfte aber erwacht sind und nicht mehr unterdrückt werden, wird sie dich irgendwann verschlingen.«

Archie konnte die Prismaperle also nicht nur berühren, weil sie mit einem Teil seiner Kräfte ausgestattet war, sondern dank unserer Verbindung. Ein Teil von ihm steckte in mir und war noch immer mit Archie verbunden. Deshalb hatte er im Kerker von mir geträumt, ohne mich zu kennen. Deshalb fühlte ich mich nur bei ihm vollkommen. Was Mathieu und meine Mutter also damit sagen wollten, war: Nur einer von uns beiden konnte überleben. Entweder ich starb und Archie erhielt seine Seele vollständig zurück oder er beendete sein Leben, womit auch das Teilsegment seiner Seele in mir verpuffen würde. Ansonsten würde seine Seele all das Licht meiner erweckten Kräfte und somit mich auslöschen.

Kapitel 27

Es kostete mich einiges an Kraft, aus den Augenwinkeln Ella, Jacques und Élian zu beobachten, die schockiert auf meine Mutter starrten.

Diese Abscheu, die in den Augen meiner Mutter glänzte, drang in meine Seele ein, pflückte sich ein paar Teile davon und zerriss sie mit Freude wie ein Stück Papier. Fassungslos fokussierte ich mich wieder auf Mathieu und sie. Beide standen selbstgefällig da und überlegten wohl, wie sie uns das Leben noch mehr zur Hölle machen konnten. Dazu dieses Seelenkorsett, das Rochelle uns auferlegt hatte.

»Was ist das?« Mathieu stellte sich in seinen dunkelbraunen Lederschuhen auf die Zehenspitzen und linste hinter uns.

»Ich habe euch gesagt, kümmert euch um sie«, zischte meine Mutter zu den Sanitatem, die bei Élian und Co standen.

Ein schwarzer Schatten huschte über unsere Köpfe hinweg, und endlich erkannte ich, weswegen Archie neben mir ein erleichtertes »Ja« ausgestoßen hatte.

Auf dem verzerrten Schatten saß Céline, das bedeutete wohl, es handelte sich um Archies Schattenerdmännchen. Die beiden hatten sich befreien können. Eine Flamme loderte in mir hoch und fachte die letzten Funken Hoffnung an, die sich in meinem Körper befanden. Noir und Céline vermischten sich zu einem Strudel aus Licht und Schatten, der wie ein

Wirbelsturm auf Rochelle zusteuerte. Sie wich dem Angriff aus. Archie und ich erhielten unsere Bewegungsfreiheit zurück.

»Haltet die beiden auf.« Mathieu schickte zwei Schatten aus jeweils einer Handfläche.

»Denkt nicht, ihr könnt entkommen.« Meine Mutter stampfte auf den Boden, und die Decke begann, zu beben. Ein Lichtblitz verteilte sich über uns wie das Wurzelgeflecht einer Pflanze und brachte einen Teil zum Einstürzen, sodass die Flucht beinah unmöglich wurde.

Archie hatte sich auf den Weg zu Jacques gemacht. Indessen kickte ich die beiden verunsicherten Sanitatem vor Ella und Élian weg. Der rechte hob seinen Arm mit den schwarzen Kreisen, die er darauf tätowiert hatte, und bildete eine Lichtkugel. Der linke, der einen weißen Jogger trug, sauste dazwischen und warf sich auf ihn.

»Es tut mir leid, deine Mutter hat meine Frau bedroht«, sagte der Typ in Weiß und hielt den anderen fest.

»Danke.« Ich befreite Élian und Ella. Beide fielen mir in die Arme.

»Glaube nicht, was deine Mutter sagt. Du bist kein Fehler.« Élian wirkte dünn in meinen Armen. Ellas Bein knickte vor Schwäche zur Seite.

»Schon gut, das klären wir später«, flüsterte ich beruhigend und schob sie hinter mich. »Archie?«

Jacques streckte sich neben seinem Bruder. »Wir sind bereit.«

»Kannst du die Trümmer, die den Weg blockieren, entfernen?« Archie bejahte meine Frage, doch in seinem umherirrenden Blick erkannte ich auch seine Unsicherheit.

Wiedervereint wehrten Jacques und ich die Attacken von unseren jeweiligen Elternteilen ab und eilten vorbei an Rochelle, die mit den Seelentierchen beschäftigt war. Über uns rumpelte und krachte es. Die einstürzende Decke setzte dem maroden Gebäude bestimmt noch mehr zu. Dreck rieselte zu Boden, und der Geruch von Stein stieg auf. Ich hoffte, Archie konnte die Trümmer für unsere Flucht entfernen.

»Wie konntest du mir einreden, Archie sei gestorben? Dabei saß er jahrelang unter unserem Hauptquartier im Kerker, du Schwein.« Jacques' dunkle Energiekugeln, die um uns flogen wie Sternschauer, machten sogar mir Angst.

»Du bist ein Fähnchen im Wind. Leicht zu manipulieren, ein einziges Wort, und du änderst deine Meinung. Komm zur Vernunft, und schließe dich deiner Familie an.« Es verblüffte mich, wie Mathieu mit wenigen Bewegungen die Angriffe seines Sohnes abwehrte. Die Kugeln krachten in die Mauern, wodurch mehr und mehr Staub und Dreck aufgewirbelt wurde, was uns die Sicht erschwerte.

Mir selbst gelang es nicht so geschickt, meiner Mutter Paroli zu bieten. Ihre Worte klingelten mir noch in den Ohren, und selbst in diesem Augenblick ließ sie es nicht aus, mich mit Kritik zu erdrücken.

»Du willst die neue Regina Curantis sein?« Mutter reckte ihre Arme hoch, und die herabhängende Haut wackelte dabei. Eine Lichtkugel erschien, die sie wie einen Basketball in beiden Händen hielt. »Du bist eine Platzverschwendung auf dieser Erde, mehr nicht.«

Die Kugel strahlte hell und näherte sich mir. Als wäre sie eine Sonne, die drohte, alles auf ihrem Weg auszulöschen, flirrte die Luft. Ich konzentrierte mich auf meine Hand, die ich zur Faust ballte. Meine Füße kribbelten. All meine Kraft kroch wie Ameisen unter meiner Haut zu meiner Faust, die aufleuchtete. Ich wartete, bis die Kugel meiner Mutter nahe genug war. Ein bisschen noch. Einen winzigen Augenblick musste ich noch warten. Jetzt. Sofort verpasste ich dem Lichtball einen Hieb. Leider schleuderte ich die Kugel dadurch nicht sofort weg. Blitze schossen aus der Berührungsfläche hervor, und ich biss die Zähne zusammen, stemmte mich dagegen, tat alles, um meiner Mutter zu trotzen. Mit dem gesamten Gewicht meines Körpers lehnte ich mich gegen die Magie.

Céline schwirrte um mich. Sie lenkte mich ab. Mein Arm knickte ein. Endlich erkannte ich, was sie von mir wollte. Zwischen ihren Tentakeln hing eine Schnur mit der Prismaperle. Sie warf sie mir über den Kopf und flog davon.

»Komm schon, Jane. Komm schon, komm schon, komm schon.« Ein letzter Schrei kam aus mir, mit dem ich all meine Kraft mobilisierte, und damit schleuderte ich meiner Mutter die Kugel wieder entgegen.

»Wie ...« Eine laute Explosion verschluckte ihre Worte, und unter mir brach der Boden ein.

***

Vielleicht konnte ich nicht über das Meer laufen, die Nacht früher beenden, die Sonne einfrieren oder meine Mutter stolz machen. Dafür hatte ich ihr aber die Stirn geboten. Das hatte dazu geführt, dass wir uns nun in den Katakomben unterhalb des Sanatoriums Aincourt die Seelen aus dem Leib husteten. Noch nie hatte ich davon gehört, dass die Verzweigung im Pariser Untergrund bis hierher reichte. Herumwedelnd, vertrieb ich den Staub und stand auf.

Totenköpfe reihten sich um uns an den Wänden auf, und ich entdeckte ein Steingrab, auf dem meine Mutter lag. Sie klopfte sich ihr Kleid ab. Ihre hochgesteckten Haare thronten nicht mehr wie eine Krone auf ihr, sondern hingen zerzaust herab.

»Alles gut?« Jacques tastete Élian ab, der ihm zum hundertsten Mal versicherte: »Ich bin in Ordnung.« Sie küssten sich, das Gesicht voller Schmutz. Zum Glück waren wir alle unversehrt. Okay, ein, zwei Schrammen, aber das konnten wir verschmerzen.

»Jetzt haben wir uns unser eigenes Grab geschaufelt.« Ellas Schmerzen mussten auch erträglich sein, wenn sie es schaffte, zu witzeln.

»Noir?« Archie schob einige Graffitibrocken beiseite und suchte nach seiner Gefährtin.

Céline und mich verband noch keine jahrelange Freundschaft, trotzdem machte ich mir auch um sie Sorgen.

»O nein. Mein schöner Anzug.« Na toll. Selbst Mathieu hatte bis auf einen verstaubten Anzug keine Schäden davongetragen.

»Wenn *Maman* sähe, was aus dir geworden ist, würde sie sich schämen.« Jacques deutete Ella und Élian, sich hinter die größeren Felsen zu verstecken.

»Und du denkst, sie sich nicht für dich?« Rochelle schob einen Teil der Decke vor sich weg und trat hervor. »Lässt deine Familie im Stich für ein paar Männergeschichten und Partys.«

Jacques' Mund klappte auf, und sein Blick wanderte zu Mathieu.

»Männergeschichten? Sind denn alle eine einzige Enttäuschung? Ich fass es nicht.« Mathieu spuckte aus und strich sich über die Glatze. »Rochelle, du weißt, was du zu tun hast.«

»Ja.« Rochelle folgte den Anweisungen ihres Vaters scheinbar bis in den Tod. Einige feine Härchen um ihren Kopf leuchteten lila auf und schwebten in der Luft. Ihre Iriden verfärbten sich. Sonst geschah nichts. Ich sah mich um. Nichts.

»Jane.« Besorgt wandte ich mich zu Élian. Ein Schlag rang mich nieder, und wir verloren den Blickkontakt.

Noch schwärzten sich die Ränder meines Sichtfeldes. Nach und nach gelang es mir, mich zu fokussieren.

»Nicht schon wieder«, jammerte ich, als ich mich umsah, und hievte mich hoch.

Rochelle hatte Archie wieder in ihrer Gewalt.

»Lass dich nicht kontrollieren.« Jacques packte Archie am Kragen und schüttelte ihn durch. »Hallo?«

»So nicht, Freundchen.« Mit einem Schattententakel zog Jacques' Vater ihn zu sich.

Hinter mir hörte ich, wie die beiden sich gegenseitig Vorwürfe um die Ohren schleuderten und miteinander kämpften.

»Archie, ich rette dich.« Das schwor ich mir selbst.

»Blöd, wenn man mit einem Furta Noctra ins Bett steigt. Einen Menschen zwischen seine Laken einzuladen, ist grausam. Aber einen Auraräuber?« Meine Mutter amüsierte sich ja köstlich darüber.

»Nein, bleib.« Ella schlich sich gerade an. Ich musste das unterbinden. Es war mein Kampf, nicht ihrer.

»Archie, bitte. Widersetze dich deiner Schwester.« Ich drang nicht zu ihm durch.

Das einzig Positive an der Sache war Rochelles Bewegungsunfähigkeit. Archie zu beeinflussen, schränkte ihren Handlungsspielraum ein.

Ein Schattenarm brach aus Archies Brust hervor, der mich am Hals packte und mich hochhob. Mit roten Augen und der Aura der Finsternis starrte er mich grinsend an.

»Archie«, presste ich hervor. »Bitte.«

Ich konnte Archie nicht angreifen. Er wusste nicht, was er tat. Allerdings blieb mir nichts anderes übrig. Ich stieß Wärmeenergie in den Schattenarm.

Mein Hals fühlte sich wieder frei an. Archie ließ von mir ab. Er keuchte auf, ging auf die Knie und schlug sich gegen die Schläfe.

»Los, Jane. Bring mich um.« Archie blickte mich aus den Augen des Mannes an, den ich liebte. »Tu es. Ich kann nicht mehr ... argh ... lange. Bitte. Ich will dir nicht wehtun wie meiner Mutter.«

»Wer stirbt denn bitte freiwillig?« Die Stimme meiner Mutter ertrug ich in diesem Moment schwer. Ihr Augenrollen konnte ich mir vorstellen. »Na, Jane? Was machst du?«

Ja, was machte ich jetzt?

Selbstverständlich trugen mich meine Beine zu Archie. Ich nahm ihn in den Arm. »Du bist kein Monster, Archie. Du. Bist. Kein. Monster.«

»Herzallerliebst.« Meine Mutter klatschte in die Hände. Hatte sie so auch Blanche beim Sterben zugesehen? Oder meinem Vater? Oder Louis?

»Halt die Klappe, du altes Luder«, zischte Élian ihr entgegen. »Boah, ich habe dich schon immer gehasst.«

»Ja, oder? Hab mich nie getraut, etwas zu sagen. Richtig böse Vibes«, stimmte Ella zu.

»Reizt sie nicht«, fuhr ich die beiden an.

»Als ob Menschen mich reizen könnten. Seht, was ich erreicht habe. Ich rekle mich auf dem Grab meiner Mutter und sehe meiner Tochter beim Untergang zu. Niemand kann mich aufhalten. Wie schön es wäre, wenn die alte Natter das noch mitbekommen und sich ärgern könnte. Zu gern hätte ich nach ihrem Tod damals ihr Gesicht gesehen. Wie sie es wohl gefunden hätte, dass sie nicht direkt unter Paris eine wunderschöne letzte Ruhestätte bekommen hat, zu der Sanitatem pilgern und sie verehren können. Stattdessen habe ich sie in diese übergroße Grabstätte weit außerhalb von Paris gesteckt, damit sie in Vergessenheit gerät. Umgeben von den

Schädeln magieloser Menschen, die meine anfänglichen Wiederbelebungsversuche nicht, na ja, überlebt haben.« Was? Das war das Grab ihrer Mutter, meiner Großmutter? Ihren Hass für sie spürte ich in jedem ihrer Worte, und es machte mich sprachlos, wie ich all die Verbitterung in ihr nicht merken konnte.

»Janes Vater konnte dich schon reizen.« Warum konnte Élian nie seinen Mund halten? Wenn er eine Superkraft hatte, dann die, den Schwachpunkt eines Lebewesens sofort zu erkennen.

»Das hättest du besser nicht gesagt, mein Freund.« Der tiefe, böse Unterton in der Stimme meiner Mutter gefiel mir gar nicht.

Kapitel 28

Meine Konzentration schwand. Kaum eine Sekunde verging, in der ich mit meinem Blick nicht zwischen Archie, der wieder Rochelle verfallen war, Jacques, der seinen Vater bekämpfte, und meiner Mutter, die Élian und Ella bedrohte, switchte. Alle benötigten meine Hilfe. Mein Geist verabschiedete sich aus meinem Körper. Zu viel. Das war alles zu viel für mich. Die Geräusche wurden dumpfer, wie in Watte gepackt. Paralysiert überblickte ich das Kampfgeschehen.

»Lady, ich warne Sie. Verschwinden Sie, sonst habe ich Ihren Lippenstift bald auf meiner Hand.« Ella konnte sich noch so taff benehmen, ihre zitternden Hände vor ihrem Körper sprachen Bände.

»Es tut mir leid, Ella.« Schön, Élian hatte die Tragweite seiner dummen Worte auch verstanden. Ja, er hatte mich verteidigen wollen. Als Hilfe bezeichnete ich das jedoch nicht unbedingt.

Wie in einem dissoziativen Zustand verabschiedete ich mich immer mehr von mir. Das konnte doch kein Mensch ertragen. Das konnte doch nicht mir passieren. Wer war ich überhaupt noch? Schmerz, den ich nicht lokalisieren konnte, brachte meine Welt zum Wackeln, sie schwärzte sich.

Finsternis, Licht, Finsternis und dann wieder Licht.

Meine Lider flatterten. Ich fasste an mir hinab. Archie stand unweit von mir entfernt, und ich blickte zu ihm hoch.

Er hatte mich geschlagen. Mit einer Hand massierte ich meine Wange. »Au.«

Zumindest hatte ich wieder zu mir gefunden. Ich konnte mir nicht leisten, meine Traumata im denkbar ungünstigsten Zeitpunkt über mich gewinnen zu lassen. Langsam und mit einem Ziehen überall in meinem Körper stützte ich mich auf. »Archie, bitte, komm zu dir.« Keine Reaktion auf meine Stimme.

Ohne Bedenken näherte Archie sich mir schrittweise, und ich wich zurück. Dabei feuerte ich Lichtkugeln zu meiner Mutter, um sie von Élian und Ella abzulenken.

Die gierige Lust in Archies Gesicht, beängstigte mich. Er schien mich zerreißen zu wollen. Wie sollte ich dagegen vorgehen?

»Jane, Archie wird sich das niemals verzeihen, wenn er aufwacht und dich getötet hat. Kämpfe gegen ihn.« Jacques' Worte wären fast in einem Knall untergegangen. Noch immer prallten zwischen ihm und seinem Vater Magiegeschosse zusammen.

Nach einiger Zeit konnte ich nicht mehr zurückweichen. Archie hatte mich in die Ecke neben dem Grab meiner Großmutter getrieben. Bald würde ich auch meine Mutter nicht mehr von Élian und Ella ablenken können, wobei Ella sie erstaunlicherweise gut in Schach halten konnte. Was aber eher an der fehlenden Ernsthaftigkeit lag, mit der meine Mutter Ella gegenübertrat. Daran und an dem kleinen Parfümfläschchen, das Ella immer mit sich trug. Damit hatte sie meiner Mutter nämlich gerade in die Augen gesprüht.

»*Merde alors*«, fauchte Mutter.

Ehe ich völlig handlungsunfähig war, webte ich aus meinen Fingern ein Netz aus Lichtfäden. Damit umschlang ich meine Mutter und hörte ihr überraschtes Aufkeuchen. Mit einem Ruck schleuderte ich sie gegen die Mauer.

»Ella, Élian, versucht, über die Trümmer hochzuklettern und zu entko…« Ein erneuter Faustschlag ließ mein letztes Wort in einem erstickenden Keuchen verpuffen.

Die Wucht brachte mich aus dem Gleichgewicht, und ich stürzte gegen die Totenkopfwand neben mir. Eine lange Verschnaufpause bekam ich nicht. Archie packte mich sofort wieder am Shirt und warf mich zu Boden. Das reichte natürlich nicht, nein, er setzte sich auf mich.

Knurrende, schnaubende Geräusche, immer dicker werdende, schwarze Adern, die Archies Gesicht, Arme sowie seinen Hals einnahmen, und blutrote Augen zeigten mir, Rochelle besaß vollkommene Kontrolle über ihn. Schwarzer Rauch umgab seine Hände, lila Blitze umschlangen die Finger wie kleine Tiere.

»Ich verzeihe dir.« Diesen Satz brachte ich kräfteringend hervor. Eine mitternachtsmagische Ohrfeige traf mich.

Es waren nicht nur die Energie, die in der Hand lag, oder die Schattenblitze, die schmerzten. Nein, hinzukam noch die Schwere des Wissens, wer mich da schlug.

Archie würde irgendwann aufwachen, erkennen, was geschehen war, und daran zerbrechen, weil er seiner Familie glaubte, ein Monster zu sein. Ein Monster, das er nicht war. Ich steckte Ohrfeige um Ohrfeige ein. Selbst meine Sanitatemmagie, die mich um ein Vielfaches schmerzunempfindlicher und widerstandsfähiger machte, kapitulierte. Im Rausch der Qualen verlor ich einen Teil meines Bewusstseins und nahm die Schläge nur noch dumpf wahr. Ebenso die Rufe meines Namens. Ich konnte nicht einmal sagen, ob ich sie mir einbildete, oder sie wirklich da waren.

In einem Strudel aus Braun, Grau, Schwarz, Lila und Rot gefangen, vermischte sich meine Seele mit der Dunkelheit, die mich rief und flüsterte, es sei okay, loszulassen. Gerade an dem Punkt, als ich zu schwach wurde, dem Ruf zu widerstehen, hörte der Schmerz urplötzlich auf. Es fühlte sich wie der Fall in ein schwarzes Loch an, bis etwas Klebriges mich netzartig auffing und ein helles, warmes Licht mich einhüllte.

Endlich wachte ich wieder auf. Was passierte mit mir? Warum konnte ich nicht mehr richtig sehen? Panisch wollte ich in mein pochendes Gesicht greifen. Meine Lichtqualle kam mir jedoch zuvor. Sie landete auf meiner Wange.

»Céline?« Meine Qualle heilte mich. Das fühlte ich sofort. Die Schwellungen in meinem Gesicht ebneten sich.

Archie. Wieder auf den Beinen erkannte ich, was geschehen war. Élian hatte sich auf Archie gestürzt, während Ella vor meiner Mutter weglief.

»Élian, geh weg von ihm.« Ich griff nach seinem Arm und verfehlte ihn. »Kannst du bitte Ella helfen, wie Noir Jacques?«, fragte ich Céline, die sofort losflog.

»Nur, wenn du gegen ihn kämpfst.« Élian lag auf Archies Rücken, der sich gegen sein Gewicht wehrte.

»Ich ...«

»Wenn du glaubst, ich beobachte dich beim Sterben ...« Archie sprang hoch und schüttelte Élian durch, was dem Ganzen einen grotesken Rodeo-Charakter verlieh. »Hast du dich getäuscht.«

Wie hatte ich Élian und Ella in das alles hineinziehen können? Die Liebe zu den beiden war so rein und bedingungslos, dass ich für sie sterben würde. Umso mehr hasste ich mich dafür, ihnen all das anzutun. Wie hatte ich so selbstsüchtig sein und sie in diese Lage bringen können? Besser wäre es gewesen, ich hätte sie weiterhin angelogen. Deshalb tat ich nun das einzig Richtige und nahm die Sache wieder selbst in die Hand.

»Es tut mir leid, Élian. Ich muss da allein durch, auch wenn du dann sauer bist, weil du mir helfen willst.« Mit demselben Lichtnetz, das ich für meine Mutter genutzt hatte, fing ich nun Élian und warf ihn zurück auf einen Erdhaufen.

»Jane.« Élians Rufen ignorierend, stellte ich mich wieder vor Archie, der mir seinen warmen Atem ins Gesicht hauchte.

»Ich werde dich nicht bekämpfen, Archie.«

»Wie kann man sich selbst nur so aufgeben?« Meine Mutter ließ Ella zu Élian laufen und stützte sich auf das Grab ihrer eigenen Mutter. Célines Lichtblitze schienen sie kaum zu berühren. »So habe ich dich nicht erzogen. Du bist nicht geworden, wie ich es mir vorgestellt habe.«

Ich lächelte. »Zum Glück.«

Dann packte Archie meinen Hals. Die dunklen Schattententakel, die aus seinem Rücken sprießten, beachtete ich kaum. Stattdessen blickte ich in Archies Augen, denn da drinnen musste er noch stecken. »Du bist kein Monster, Archie.« Erstickt versuchte ich, seine Melodie anzustimmen und hoffte, sie erreichte ihn.

Die dunklen Tentakel, die von Rauch umgeben waren, schossen in meinen Oberkörper. Sofort verstummte mein Summen. Reine Finsternis rauschte durch mich hindurch. Es waren die schlimmsten Schmerzen, die ich jemals erlebt hatte. Sie vertrieben meinen Verstand, sodass ich unwillkürlich herumstrampelte, an Archies Arm kratzte und nicht wusste, wie ich das aushalten sollte.

»Ist es all das wert?« Élians Frage erreichte mich durch einen dicken Mantel aus Watte.

Sie galt nicht mir, sondern meiner Mutter.

Die Tentakel zogen sich zurück, die Verschnaufpause verdankte ich Archies schwindenden Kräften. Er lud sich wieder auf. Schwer keuchend, hing ich kraftlos in Archies Griff und sah zu meiner Mutter. »Ist es das? Bist du durch all das besser als deine eigene Mutter?«

Bestürzt schlug sie eine Hand vor ihren Mund. Ihre Augen weiteten sich.

»Werde nicht weich.« Mathieu wollte meine Mutter natürlich weiterhin auf seiner Seite wissen.

»Kümmere dich lieber um mich, Vater.« Jacques schien seinen Vater wieder abzulenken, da ich Kampfgeräusche wahrnahm.

Mit flinken Bewegungen zeichnete meine Mutter alte Heilrunen aus Licht in die Luft und schickte sie weg. Die Sprache der Heilrunen hatte ich noch nie verstanden. Sie flogen über mich hinweg. Es kostete mich einiges an Kraft, den Kopf zu drehen. Tatsächlich, die Runen galten nicht mir, sondern Rochelle, die sie einkreisten und aus ihrer Trance rissen. Rochelle stürzte zu Boden. Die Runen brannten sich auf ihre Haut ein. Unter qualvollen Schmerzen trat und schlug sie um sich.

Archies Griff um meinen Hals löste sich. »Es tut mir so leid.«

»Bist du wieder du?«

Archie sah mich nicht an. Die Scham stand ihm ins Gesicht geschrieben. »Ja, aber macht mich das weniger gefährlich?«

Die Angst vor ihm verpuffte. Ich nahm ihn in den Arm. »Keine Zeit für Gejammer, okay? Ich bin dir nicht böse, und du bist kein Monster. Wenn, dann Rochelle.«

»Rochelle.« Archie drückte sich von mir weg und eilte zu seiner Schwester. »Warum hörst du nicht auf, dich von Dad manipulieren zu lassen?«

Archies Schwester, die sich noch unter den Runen wand, warf ihm einen bösen Blick zu und spuckte ihm entgegen. Das reichte Archie wohl, um mit einem reinen Gewissen eine Energiekugel zu erschaffen.

Ich wandte mich davon ab, hin zu meiner Mutter, die vor dem Grab ihrer Mutter saß. »Danke.«

»Wie konnte ich nicht erkennen, dass ich alles geworden bin, was ich an meiner *Maman* gehasst habe? Nicht nur das. Ich bin sogar noch schlimmer geworden.« Es fiel mir schwer, ihre Worte zu glauben. »Meine Blume, es ...«

»Nein, Mutter. Ich will es nicht hören. Dafür ist zu viel vorgefallen. Manche Dinge sind unentschuldbar.« Ich wollte ansetzen, aufzuzählen, was sie mir angetan hatte, da sprang sie auf und schubste mich zur Seite.

»Mom«, stieß ich reflexartig hervor. Ein Wall der Dunkelheit riss meine Mutter mit sich.

Meine Beine knickten bei jedem Schritt ein, da ich kaum noch Energie hatte, mich auf den Beinen zu halten. Noch bevor ich sie erreicht hatte, materialisierte sich aus dem Wall jemand vor ihr. Der dunkle Mitternachtsnebel löste sich auf. Ein Furta-Noctra-Mädchen mit einem grünen und einem pinken Zopf stand nun grinsend vor ihr.

»Jane.« Ich blickte zu Ella.

Auch bei ihr, Élian, Jacques und Archie erschienen Furta Noctra, um die eine dunkle Aura waberte. Sie nahmen sie alle gefangen.

»Na endlich seid ihr da.« Mathieu empfing seine Verstärkung mit ausgebreiteten Armen. Unsere Chancen, heil rauszukommen, lagen nun bei null.

Kapitel 29

Der Kampf zwischen Archies Vater und mir dauerte bereits eine Weile an. Leider sah es für mich nicht gut aus.

Mathieu zog sich sein Sakko aus und hob die ohnehin zerrissene Krawatte über seinen Kopf. Beides warf er zu Boden. Das Hemd hing aus seiner Anzughose mit den Brandlöchern.

Die Furta Noctra, die dazugestoßen waren, hatten Archie, Ella, Jacques und Élian gegen die Totenkopfwände gedrückt und bewachten sie. Selbst meine Mutter, die noch leblos am Boden lag, ließen sie nicht aus den Augen. Mathieu und ich standen uns vor dem Grab meiner Großmutter gegenüber.

»Du hast die Sanitatem über uns im Sanatorium, die zu meiner Mom gehörten, getötet, oder?« Meine Frage war eigentlich überflüssig.

»Ich nicht, meine Gehilfen«, antwortete Mathieu mit unschuldiger Stimme.

»Wenigstens haben sie sich gut geschlagen, wenn von deinen Leuten nur diese hier übrig geblieben sind.« Ich nutzte diese Konversation und blickte um mich.

Rochelle lag ebenfalls da, gezeichnet von den Heilrunen. Céline und Noir schwebten gefangen in einer dunklen Blase vor dem Furta Noctra, der Élian bei sich hatte. Keine Hilfe, weder für Mathieu noch für mich. Chancengleichheit bestand trotzdem nicht. Mathieus Kräfte übertrafen meine bei Weitem.

Ich griff wieder in meine alte Trickkiste, stürmte auf ihn zu und konfrontierte ihn mit meinen Kampfkünsten. Tatsächlich schien Mathieu das zunächst zu überraschen. Ungelenk und von seinen Klamotten eingeschränkt, parierte er meine Tritte mittelmäßig. Die Treffer, die ich landete, enthielten meine geballte Wut.

Ich starrte ihm mit meinem Lichtblick direkt in die Augen, was Mathieu zurückweichen ließ. Daraufhin kickte ich ihm in den Bauch. Sofort begann ich, eine Lichtkugel mit meinen Händen zu formen. Keuchend schritt Mathieu noch weiter zurück und lachte auf. Was zum …?

»Denkst du, ich hätte mich als Anführer der Furta Noctra keinem Training unterzogen, um mich gegen eure Spielchen unempfindlicher zu machen? Schmerzen übertragen, Lichtblicke oder extreme Wärme. Ich habe mir sämtliche Schwäche hart und unter Qualen ausgetrieben.« Nein, das konnte Mathieu doch nicht ernst meinen.

Bevor ich mich von dem Schock erholt hatte, überraschte mich an jedem Arm sowie Bein eine seiner Schattenzungen.

»Alle deine Freunde sind gefangen. Gib auf.«

»Niemals.«

»Denk doch nach. Selbst wenn ihr gewinnt, können Andre-Claude und du nicht zusammen sein.«

»Hör nicht auf ihn«, unterbrach Archie die Ansprache seines Vaters.

Mathieu fuhr unbeirrt fort. »Ihr würdet beide sterben. Aber ich biete dir einen Deal an. Ich lasse deine Freunde frei, wenn du dich opferst. Mein Sohn würde überleben dank deiner heldinnenhaften Tat.« Der Deal stank bis zum Himmel, und ich vertraute Mathieu kein Stück, dennoch sprach er die Wahrheit. Archie und ich. Für uns gab es keine gemeinsame Zukunft. Archie aber könnte leben, wenn ich starb.

»Fall nicht darauf rein. Zu leben, aber wieder im Kerker eingesperrt zu sein, ist nicht besser. Lieber sterbe ich.« Archie rüttelte an seinen magischen Fesseln. Der Furta Noctra, der mit seiner riesigen Brille, den schlaksigen Gliedmaßen und der straßenköterblonden Frisur mit dem Mittelscheitel gar nicht so furchteinflößend aussah, hielt ihn fest.

Mathieu reckte das Kinn vor und rieb sich die Glatze. Er verlor die Geduld. Mit einem Lächeln schob er seine runtergezogenen Mundwinkel beiseite. »Das mache ich selbstredend nicht.«

»Genauso selbstredend, wie du uns nach Janes Tod auch nicht umbringen würdest, du krankes Schwein?« Élian konnte wieder seinen Mund nicht halten.

Dafür erhielt er auch sofort die Retourkutsche. Die streng wirkende, ältere Frau mit dem Dutt wollte Élian gerade eine verpassen, da riss er die Fesseln hoch und wehrte sie ab. Sie zitterte vor Wut. Vermutlich war sie Mathieu seit Ewigkeiten so treu ergeben, dass es ihr vorkam, als hätte er ihren Gott beleidigt. Anders konnte ich mir nicht erklären, warum sie Élian nun extra die Fesseln abnahm, um an ihn heranzukommen. Sie packte und ohrfeigte ihn nun ohne Hindernis. Vermutlich sah sie Élian nicht als Gefahr an. »So sprichst du nicht mit dem Kopf der Furta Noctra, du Versagen der Natur auf zwei Beinen. Als ob wir Fesseln für euch Menschen bräuchten. Eine Magieverschwendung.«

Mir klappte der Mund auf. Das hatte sie gerade nicht gesagt …

»Schluss damit. Fessel ihn wieder«, drängte Mathieu sie.

»Wenn ich freikomme, dann schlitze ich dir die Gurgel auf, du Miststück.« Jacques zog die magischen Fesseln vor Zorn weit auseinander. Schaffte er es? Nein, sie zogen sich wie Gummi wieder zusammen.

»Sei still.« Duttoma schielte eine Sekunde zu lange zu Jacques.

Élian trat ihr in den Magen. Sie krümmte sich vor, und Élian riss sich los. Das hatte sie nun von ihrer Hochnäsigkeit.

»Haltet ihn, verdammt.« Mathieu, der sich konzentrierte, mich gefangen zu halten, konnte nicht eingreifen.

Élian rannte los und wich den Schattenzungen aus, die die anderen Furta Noctra auf ihn feuerten. Da sie ihre Kraft benötigten, um die Fesseln aufrechtzuerhalten, wirkten die Schatten eher wie betrunkene Schlangen, sodass Élian keine Mühe hatte, über sie zu springen.

Im Laufen griff Élian hinter sich und zog den Seelendolch hervor, den ich vorhin dem Glatzentypen in den Arm gerammt hatte, um Ella zu retten.

»Élian, was hast du vor?« Jacques' Miene spiegelte auch meine Sorgen wider, die ich mir um meinen besten Freund machte.

»Auch wenn ich ein Versagen der Natur bin, ohne Magie, ein Junge, der nicht in diese Gesellschaft passt, weil er sich in das falsche Geschlecht verliebt und selbst von seinen leiblichen Eltern nicht gewollt wurde, so habe ich noch Jane und Ella, und für diese beiden Frauen würde ich alles tun.« Élian hob den Dolch über seinen Kopf, hüpfte hoch und schnitt damit die beiden rechten Schattenzungen durch, die mich festhielten. Dadurch brachte ich genug Kraft auf, mich auch von den anderen beiden loszureißen.

Mathieu stolperte zurück. »Das darf nicht wahr sein. Du hast die mächtige Waffe, in der die Furta-Noctra-Magie deiner Mutter steckt, verschenkt?« Mathieu blickte zu Jacques.

Sein Sohn schenkte ihm nur ein schiefes Grinsen.

»Élian. *Gardien* – mein Beschützer.« Ich fiel Élian in die Arme und drückte ihn an mich. »Danke.«

»Nein!« Ellas schmerzverzerrter Ausruf alarmierte mich.

Zunächst verstand ich nicht, was los war, bis ich Jacques' Tränen sah.

Ich inspizierte Élian genauer und entdeckte all das Blut auf meiner Haut. Ein spitzer Schattententakel steckte in Élian.

»Gern geschehen.« Élian hob den Kopf und sah mich an.

»Élian. Élian. Nein.« Ich riss den Tentakel, der zur Frau reichte, die Élian hatte festhalten sollen, aus ihm und legte ihn zu Boden. »Nein, nein, nein.«

Abermals hing mein »Nein« in der Luft, das die Katakomben bis Paris ausfüllen musste. Wie beim ersten Mal, als ich Élian verloren hatte.

***

Eigentlich sollten die magischen Fesseln Furta-Noctra- sowie Sanitatemmagie unterdrücken. Jacques brachte dem zum Trotz so viel Energie auf, dass seine dunkle Schockwelle Archies, Ellas und seine Ketten sprengte. Die Furta Noctra um sie schleuderte er gegen die Totenköpfe. Die meisten von ihnen blieben liegen. Nicht die Duttoma und das bunte Zopfmädchen. Sie stützten sich bereits wieder mit ihren Händen auf. Selbst seinen Vater hatte Jacques mit der Wucht seiner Energie von den Füßen gerissen. Doch auch er erhob sich leider wieder.

Jacques' Hechtsprung zu Élian konnte sich sehen lassen. Er nahm ihn mir aus den Armen und vergoss eine Träne auf die Wange seines Freundes. Er drückte Élians Körper an sich und zog die Nase hoch. »Das werde ich dir niemals verzeihen, Mathieu.« Das war vermutlich der Moment, in dem Jacques beschloss, ihn nie wieder Vater zu nennen.

Ella schleppte sich sichtlich erschöpft zu uns und fiel vor Élian auf die Knie. »Das kannst du mir nicht antun, hörst du? Élian? Ich bin stinkreich, wach gefälligst auf, und mach mich dafür fertig, hörst du?« Ella weinte nicht, sie schien noch zu geschockt zu sein.

»Nimm.« Jacques übergab den Körper seines Freundes an Ella, erhob sich und richtete seine Handfläche in die Richtung von Mathieu.

Jacques' Arm verpuffte zu Rauch, der sich wie eine lebendige Wolke auf und ab bewegte. Blitze zuckten hervor, und ein Surren lag in der Luft. Jacques peitschte den Arm vor und umhüllte Mathieu. Die Blitze und der Rauch drangen in ihn ein und mussten seiner Seele unvorstellbares Leid zufügen.

»Zusammen schaffen wir es.« Archie stellte sich zu seinem Bruder und wollte es ihm gleichtun.

»Schließen die Jungs ihre Schwester wieder aus?« Verdammt, Rochelle.

Ich drehte mich zu ihr. Sie lebte noch? Sie hob die Hand, mit der sie auf Archie zeigte, und ich erkannte ihren Plan. Ihre Haare standen ab, das Kleid war zerfetzt, und ihr Gesicht zeigte ihre Bereitschaft, über Leichen zu gehen.

Gleichzeitig mit Rochelle startete ich einen Angriff. Sie übernahm Archie, der seine Attacke nicht mehr auf seinen Vater, sondern auf Jacques lenkte. Ich erschuf eine strahlend weiße Kugel aus Licht, die ich auf Archies Schwester schleuderte.

Mein Einsatz kam zu spät. Archie verpasste Jacques mit seinem Schattenarm einen Hieb, durch den er umhüllt von Dunkelheit am Boden aufschlug. Somit genoss Mathieu wieder seine Freiheit, und ich konnte nur noch zusehen, wie meine Lichtenergie Rochelle zu spät traf.

»Jacques.« Archies half seinem Bruder auf. »Tut mir leid, Mann.«

»Schon gut, du kannst nichts dafür. Kontrolliert Rochelle dich nicht mehr?«

Archie starrte auf seine Hände und bewegte seine Finger. »Keine Ahnung, ich …«

»Rochelle.« Mathieu lief an uns vorbei, und die Kraft, die von ihm ausging, wirkte wie ein Windstoß, der uns zur Seite drückte. »Nein.« Mathieu ging auf die Knie, hob Rochelle hoch.

»Papa. Es tut mir leid.« Ich hatte Rochelle erwischt und ihre Verbindung zu Archie tatsächlich getrennt.

»Shht.«

»Dein Leben hat sich doch ohnehin nur um deine Wut auf Archie und den Verlust von *Maman* gedreht. Du hast mich verheimlicht. Eine Last weniger, oder?« Rochelles Atem ging stoßweise, und die Worte kamen schwerfällig aus ihr.

Ich sah mich um. Entdeckte Ella, die ihren Kopf auf Élian bettete, Jacques und Archie, die vermutlich mit gemischten Gefühlen auf das Bild ihrer schrumpfenden Familie blickten. Meine Mutter in der Ecke, keine Ahnung, ob sie noch lebte, und ich stand mittendrin.

»Nein, mein Liebes. Ich wollte dich beschützen. Du wärst zu angreifbar gewesen. Du bist alles, was ich noch habe. Die Einzige, die ich noch habe.« Mit zittrigen Fingern strich er seiner Tochter die Haare aus dem Gesicht.

Tatsächlich wunderte es mich, Mathieus emotionale Seite zu sehen.

»Rochelle? Rochelle.« Mathieu schüttelte seine Tochter.

Wir alle verloren diejenigen, die uns am meisten bedeuteten, in diesem Krieg, und ich konnte nicht verstehen, warum wir uns kein Beispiel an Lounas und Etiennes Lebensweise nehmen konnten. In Frieden eine Gemeinschaft von Magiebegabten feiern. Doch diese Hoffnung wurde zerstört. Mathieu legte seine Tochter ab, stand auf und feuerte einen schwarzen Strahl auf uns ab.

***

Es herrschte Totenstille in der Grabkammer meiner Großmutter, die an die Katakomben von Paris angrenzte. Archie und ich saßen nebeneinander am Boden. Vor uns unsere magischen Gefährten, die sich vor den Strahl geworfen hatten. Neben uns Jacques, der Ella gepackt hatte und mit ihr regungslos in der Ecke lag. Sämtliche Furta Noctra bei uns hatte Mathieu ausgelöscht. Meine Mutter befand sich in derselben Position wie vorhin. Wer lebte noch?

Mathieu stand einfach nur so da. Er starrte ins Nichts. Die Arme noch von sich gestreckt. Irgendwann klatschten sie gegen seine Seiten. »Bringen wir das endlich zu Ende, damit ich meine Tochter neben meiner Frau beerdigen kann.«

Noch einmal warf Mathieu, der sichtlich geschwächt wirkte, seine Arme hoch, mobilisierte dunkle Magie in seinen Händen, die wie schwarze Löcher Steinbrocken und Erde einsogen. Lila und pinke Blitze züngelten hervor.

»Komm, Jane.« Archie half mir hoch. »Nur noch ein letztes Mal.«

Ich konnte nicht mehr. Nein, ich wollte nicht mehr.

»Dann mache ich es allein. Du hast mich auch beschützt.« Archie tat es seinem Vater nach.

Beide feuerten den exakt gleichen Angriff ab. Zwei Fontänen aus Finsternis, die mit ordentlich Druck aufeinander zuschossen. Die Mitternachtsmagie traf zusammen. Ein Knall klingelte in meinen Ohren. Eine Welle der Macht breitete sich aus wie Kreise auf der Wasseroberfläche, durchbrach man sie mit einem Stein. Sie riss mich hoch und ließ mich gegen das Grab meiner Oma torkeln. Ich musste meine Arme heben, um mich zu schützen.

Archie wurde zurückgedrängt. Sein Vater gewann die Oberhand. Sofort kämpfte ich mich gegen die Druckwelle zu Archie und half ihm mit dem Rest Heilmagie, die ich noch aufbringen konnte. Ein zu schwacher Lichtstrahl, der beinah in der Finsternis unterging, brachte kaum Erleichterung.

»Dad hat gesagt, wir wären verbunden, weil ein Teil von mir in dir ist, und deshalb fühlen wir uns zueinander hingezogen. Aber Jane? Ich liebe dich. Das ist kein Fluch oder irgendetwas.« Archie begann, sich zu verabschieden.

»Ich weiß, Archie. Ich liebe dich auch.« Mehr konnte ich nicht sagen. Meine Kraft verließ mich.

Beton und Totenkopfstücke flogen umher. Sie kratzten mir die Wangen auf. Erde rieselte in meine Augen und erschwerte mir die Sicht. Lange würde ich Mathieu nicht mehr standhalten können. Meine Arme knickten ein.

»Du hättest mich in diesem Kerker verrotten lassen sollen.«

»Und mit deiner Seele in mir und der erweckten Magie sterben? So durfte ich mich noch einmal vollständig fühlen.« Da schoss mir ein Gedanke durch den Sinn. Etwas Banales, das Mathieu gesagt hatte.

»Archie, wir brechen unsere Angriffe ab.«

»Was?«

»Lass los.« Ich tat es zuerst und merkte, wie Archie in den Erdboden geschoben wurde und ein Stück hinter mich rutschte.

»Jane.«

»Archie, lass los, und gib mir deine Hand. Vertrau mir.« Ich sah Archie direkt in die Augen.

Archie nickte und senkte die Arme. Sofort packte ich seine Finger. Die Dunkelheit fraß Archie und mich auf.

Die Schmerzen blieben nicht lange, denn dann passierte, was ich gehofft hatte. Meine Sanitatemmagie verband sich über unsere Hände mit seiner Furta-Noctra-Macht. Wir verknüpften mein Licht mit seiner Dunkelheit. Der Rest seiner Seele in mir umschlang seine. Nun waren wir wirklich eins.

An der Stelle, an der sich unsere Hände berührten, blähte sich ein Schild auf, der Licht sowie Dunkelheit enthielt und Mathieus Angriff mit Leichtigkeit zurückdrängte. Wir konnten die Kraft kaum noch kontrollieren, sodass sie sich immer weiter ausdehnte und alles um uns verschlang.

***

Die magische Kuppel, die Archie und ich erschaffen hatten, schwirrte noch um uns und reichte wohl bis weit über diese Grabstätte hinaus, womöglich sogar über das gesamte Areal des Sanatoriums? Zumindest fühlte sie die Magie gigantisch an. Unsere vereinte Magie hatte zwar alle Lebewesen verschont, bis auf Mathieu, aber den Angriff hatte er dennoch überlebt. Archie lag neben mir, und seine Brust hob und senkte sich langsam.

»Somit sind es wieder nur wir beide.« Mathieus gebrochenes Grinsen wirkte fehl am Platz, genauso wie seine, inzwischen kurze, Anzughose samt dem zerrissenen Hemd, das um ihn flatterte.

Sein angeschwollenes Lid verdeckte ein eisblaues Auge fast vollständig. Nun hätte ich eine Chance gegen ihn. Ich hatte einen Ausweg aus dieser Lage gefunden. Eine Lösung, um Mathieu in die Schranken zu weisen. Doch er bedeutete mein Tod.

»Ich hoffe, Archie kann sich von einem Vater wie dir erholen.«

»Das will ich doch nicht hoffen. Schließlich werde ich euch töten.« Mathieu wollte offensichtlich Zeit schinden, um sich zu erholen. Diese schenkte ich ihm nicht mehr. Stattdessen mobilisierte ich meine letzten menschlichen Energiereserven, rannte auf ihn zu, bückte mich dabei, um etwas aufzuheben, und eilte weiter vorwärts.

»Was willst du mit diesem dämlichen Dolch?«

Im Laufen schloss ich die Augen und manifestierte sie alle vor meinem geistigen Auge. Archie, Ella, Jacques, Élian, Louna, Etienne, Mario und Aveline. Sie alle vertrauten darauf, dass ihre Opfer nicht umsonst gewesen waren. Dafür sorgte ich.

Ich rief mir Archies mitternachtsschwarze Augen ins Gedächtnis. Die Güte, mit der er auf mich geblickt und wie sie mich mit Liebe durchflutet hatte. Es war ein kurzer Schmerz. Wie bei einem Stück Papier, wenn es die Stelle zwischen den Fingern einschnitt. Da steckte der Dolch schon in meinem Herzen. Ich stolperte vorwärts und nahm Mathieu in die Arme.

Kapitel 30

Ungläubig schlug ich die Lider auf und blickte in die Augen meiner Mutter. Die Schwäche, die mich einnahm, ließ mir kaum genügend Kraft, um atmen zu können. Erst nach und nach füllte sich alles in mir wieder mit Energie.

»Mom? Habe ich geträumt?«

»Ich habe dir tausendmal gesagt, nenn mich nicht Mom, mein Blümchen.« Sie lächelte.

»Pardon. *Maman.*« Langsam setzte ich mich auf, und meine Mutter half mir dabei.

Ich befand mich auf dem Grab meiner Großmutter, und neben mir erspähte ich Ella und Jacques. Ella stürmte zu mir und drückte mich. »Unterstehe dich, und stirb noch mal.«

»Noch mal?« Ich streichelte Ellas Rücken, sah aber verwirrt zu meiner Mutter.

»Sie hat dich wiederbelebt.« Jacques klärte die Situation auf.

»Aber eine Sanitatem wiederzubeleben benötigt zu viel Kraft. Wie hast du das gemacht?« Ich musste dabei an Faris denken, bei dem es mir nicht gelungen war, ihn zu retten.

»Ich habe meine Magie aufgegeben.«

Das Einzige, das meiner Mutter etwas bedeutete, sollte sie weggegeben haben? Für mich?

»Du hast was?« Meine Sicht war nach dem Aufwachen noch etwas verschwommen. Ich blinzelte, bis ich besser sah, und musterte meine Mutter genauer. Ihre starke Ausstrahlung hatte sich verabschiedet, und vor mir erkannte ich eine kleiner, schmaler und kraftloser wirkende ältere Dame.

»Ich habe meine gesamte Magie dazu genutzt, den Motor deines Lebens wieder neu zu starten. Ich bin nur noch ein Mensch.« Mutter strich über das staubige Grab meiner Großmutter. »Es tut mir leid, was ich dir angetan habe.«

Lange wusste ich nicht, was ich sagen sollte, entschied mich dann aber für: »Okay.«

Ich verdankte ihr mein Leben, und sie hatte noch die Kurve gekriegt und einen anderen Weg eingeschlagen. Doch das machte nicht gut, was sie mir angetan hatte. Ich konnte keinen Schalter umlegen und sie wieder in die Arme schließen.

Etwas enttäuscht nickte meine Mutter. Ihre Ohrringe klackerten dabei – die überlebten auch alles. »Okay.«

»Jane. Archie, er ist ...« Ellas Worte lenkten mich von meiner Mutter ab.

»Was ist mit Archie?« Noch bevor Ella mir antwortete, sprang ich vom Grab und eilte zu seinem Körper. Sofort kniete ich mich neben ihn.

»Warum ist er ... Ist er?« Ja. Archie atmete nicht mehr. »Wie kann das sein?«

»Archies Seele war an deine gebunden, ja, aber der Seelendolch hat sie absorbiert und ausgelöscht. Das Stofftaschentuch ist bei eurem Angriff auch zerstört worden.« Meine Mutter legte eine Hand auf meine Schulter und hockte sich zu mir. »Es tut mir leid, mein Schatz.«

»Ich habe Archie getötet?«

»Nein.« Jacques' rote Haare umgaben ihn wie Vorhänge, doch sie verdeckten nicht seine Tränen. Er stürmte auf mich zu. »Das ist Mathieus Schuld. Nicht deine.« Gleich danach begab sich Jacques zu seinem Bruder. Ganz so, als wollte er ihn nicht aus den Augen lassen. Nicht schon wieder.

Mit meiner ursprünglichen Idee, mir mit dem Seelendolch Schmerzen zuzufügen und sie mithilfe meiner Sanitatemfähigkeiten auf den ohnehin schon schwachen Mathieu zu übertragen, hatte ich ihn ausschalten wollen und nicht Archie. Wie hatte ich nicht bedenken können, was der Seelendolch mit Archies Seele machte?

»Und Mathieu? Ist er tot?« Warum blieb meine Frage unbeantwortet? Ich hasste die Blicke, die Jacques und meine Mutter sich zuwarfen. Das bedeutete nichts Gutes.

»Was?«, hakte ich nach.

Jacques erhob sich und machte ein paar Schritte zur Seite. Das reichte, um Mathieus Lebensenergie wahrzunahmen. Meine Sanitatemmagie ließ mich sein schwach schlagendes Herz fühlen.

»Warum habt ihr ihn nicht umgebracht?« Ich stand auf. Dann übernahm ich das eben.

»Warte, Jane.« Jacques umfasste meinen Unterarm, und ich fühlte seine schwieligen Hände. »Denkst du, Archie würde das wollen? Wäre das die passende Rache?«

»Macht es dich besser als ihn oder mich?« Das letzte Wort sprach meine Mutter flüsternd aus.

»Was meint ihr?« Ich knetete unsicher meine Hände durch.

»Wir könnten ihn einkerkern. Das wäre ein Mahnmal und würde zukünftige Magiebegabte vielleicht davon abhalten, die Gemeinschaft zu entzweien. Weltweit. Es könnte viel bewirken. Töten wir Mathieu, können Verschwörungen hochkochen. Dass er nicht tot sei, sondern untergetaucht. Dass die Furta Noctra sich nun gegen die Sanitatem rüsten müssten. Lebend könnte sein Gesicht mehr ausrichten.« Jacques' Worte klangen wohl überlegt.

»Ich kann das nicht.« Ich lief zu Mathieus Körper und trat ihm in die Seite. »Ich kann ihn nicht am Leben lassen, obwohl Archie und Élian nicht mehr unter uns sind.«

»Denkst du, mir fällt es leicht?« Die roten Haare von Jacques schwangen hin und her, während er im Kreis ging. »Ich würde ihn am liebsten aufspießen.«

»Ich werde sie wiederbeleben.« Mein Entschluss war gefasst. Wenn Mathieu lebte, dann auch Archie und Élian.

»Jane, dafür hast du nicht die Kräfte. Einer von dreien. « Ich wich meiner Mutter aus und kniete mich zwischen Archie und Élian.

»Ich bin nicht du. Außerdem war es bei Yassin, Faris und Élian schon einer von dreien. Jetzt beginnt eine neue Zählung. Wenn ich die neue Regina Curantis bin, werden es bei mir zwei von dreien.«

»Nein, Jane. Du bist geschwächt. Du warst gerade noch tot. Wenn, dann könntest du höchstens einen von ihnen zurückholen. Und selbst dabei wäre dein eigener Tod höchstwahrscheinlich.« Einen von beiden? Wie sollte ich das jemals entscheiden können?

»Du hast vielleicht zu wenig Energie allein, aber was, wenn wir helfen?« Ella, die sich bisher rausgehalten hatte, brachte sich wieder ins Gespräch ein. »Ich habe keine Ahnung von eurer Magie und welchen Regeln sie unterliegt. Was ich weiß, ist, dass ich Élian und Archie nicht einfach aufgebe. Du hast gesagt, Wiederbelebung klappt nur kurz nach dem Tod. Wir können streiten, oder wir holen die beiden verdammt noch mal zurück.«

»Das ist ja süß, aber du bist ein Mensch.« Meine Mutter erntete einen Schubser von Ella.

»Ich bin vielleicht nur ein Mensch, aber du auch.« Ella wandte sich an mich. »Jane, nimm meine Energie, und hol sie zurück.«

***

Ella, Jacques und ich hatten uns die schwitzigen, erdigen Hände gereicht. Zwischen uns lagen Archie und Élian. Jacques hatte sich zunächst geweigert. Er wollte mit seiner Mitternachtsmagie nichts zerstören. Doch nachdem ich ihm die Geschichte von Ankou in Kurzfassung erzählt hatte und dass wir alle von derselben Magie abstammten, hatte er beschlossen, mitzuhelfen. Meine geschwächte Mutter blieb außen vor. Sie würde dem Energieverlust bei diesem Vorhaben nicht standhalten können und sterben. Während der Geschichte waren einige Schatten über ihr Gesicht gehuscht. Sie kannte wohl ihre Fehler.

Minutenlang strömten Ellas, Jacques und meine Energie schon wie ein Kreis um uns herum. Ellas menschliche Lebensenergie zapfte ich mit an und half somit Ella, ein Gefühl für sie zu bekommen. Doch so sehr ich mich auch auf Archie und Élian konzentrierte, es klappte nicht, sie zurückzuholen.

»Du musst das restliche Stück Seele in den beiden finden und an die Energie koppeln, bevor sie erlöschen«, hörte ich meine Mutter sagen.

Ich erforschte das Innere von Élian, bis ich wahrhaftig ein winziges Licht entdeckte und mich mit ihm verband. Es fühlte sich wie eine Umarmung von Élian an. Er war es. Neuer Mut erfasste mich, und von ihm aus sprang ich zu Archie. In ihm noch etwas Seele zu finden, war schwerer als gedacht. Stille Schwärze herrschte in seinem Körper.

Ich durfte nicht scheitern. Ich musste sie zurückholen. Beide. Immer tiefer drang ich in Archies Körper ein. Wie ein Glashaus zerbrach seine abgestorbene Seele in mehr und mehr Teile und verpuffte. Unser Energiekreis schwächte sich ab. Es war Ellas Seele, die an Licht verlor und drohte, selbst zu erlöschen. Ich hielt. Was sollte ich machen?

»Such weiter«, wisperte Ella.

Okay, ich nahm sie beim Wort und drang vor. Wie Sirup klebte die Finsternis in Archies Körper, und es bereitete mir Probleme, durchzukommen. Bis ich es bemerkte. Licht. Jemand beschützte eine kleine Flamme vor dem Sturm der Finsternis, der drohte, sie auszupusten.

Ich erreichte das Licht und erkannte die Umrisse eines Jungen. Wie bei einem Filter einer Handyapp, der die Konturen in leuchtendem Weiß auf schwarzem Hintergrund nachzeichnete.

»Archie?«

Das Kind beäugte mich kritisch. »Wer bist du? Hau ab.« Es stampfte auf.

»Andre-Claude?«, fragte ich nun.

»Woher kennst du meinen Namen?« Das war echt Archie? Es musste sich um Archies inneres Kind handeln, das all das, was ihm angetan und vorgeworfen worden war, niemals verkraftet hatte.

»Was bist du für ein komisches Licht? Bist du ein Geist?«

So nahm Archie uns wahr? Als eine Lichtgestalt?

»Archie, äh, Andre-Claude. Gib mir deine Hand und lass mich zu dem Licht. Ich helfe dir damit hier heraus«, flüsterte ich.

»Das Licht ist alles, was ich noch habe.« Archie zeigte mir die Zunge.

»Das stimmt nicht, du hast mich.« Ich reckte ihm meine Lichtfinger entgegen. Die Zeit lief uns davon.

»Ich kenne dich nicht mal. Außerdem mag mich niemand. Warum sollte ich dir glauben?« Archie stellte sich vor das Licht und verschränkte die Arme, das Kinn trotzig vorgeschoben.

»Weil ich hergekommen bin, um dich zu retten. All das, was du dir vorwirfst, ist nicht deine Schuld. Du wirst geliebt, und um dir das zu beweisen, musst du mir deine Hand reichen.«

Archies Kindheits-Ich nahm Farbe an. Eine blasse Gestalt stand nun vor mir.

»Ich vertraue dir nicht. Niemand interessiert sich für ein Monster.« Archie blockierte den Weg.

»Du bist kein Monster.« Meine vier Worte schienen Archie aus dem Gleichgewicht zu bringen.

»Nicht?«

»Nein.«

Archie streckte endlich seine Hand aus, und mit ihr erreichte ich auch das zarte Flämmchen, das letzte Stück lebendiger Seele, das noch in Archie wohnte. Gemeinsam sausten wir zurück nach oben, direkt hinein ins Licht.

Epilog

»Und? Und?«, sagte ich, noch bevor der Bildschirm sich schwarz färbte.

Das Bett wackelte, Chipskrümel fielen aus der Schüssel und breiteten sich über die Decke aus. Zusammen mit der geschmolzenen Schokolade und den Rotweinflecken beinah ein Kunstwerk, für das bestimmt jemand ein Vermögen ausgeben würde.

»Was für ein Finale. Das ist genial gewesen.« Archies Mund stand weit offen.

»Habe ich dir doch gesagt. Mann, das war echt hart, dich nicht zu spoilern.« Ich zog ihm die Kapuze des grauen Hoodies runter.

»Hey.« Archie griff nach mir und zog mich auf seine Bettseite.

»Ah. Pass auf, die Chips.« Meine Warnung kam zu spät.

Sie verteilten sich überall auf dem Bett. Das reichte natürlich nicht. Nein, dazu gesellten sich noch die restlichen veganen Gummibärchen. »Toll.«

Ermahnend hob Archie einen Finger. »Tu nicht so, als wäre das meine Schuld. Du hast mir die Kapuze runtergezogen.«

»Okay, okay.« Ich lag auf Archie und der verschmutzten Decke. Hinter uns begann das Intro einer neuen Serie.

Mit einem Kuss beendete Archie den Streit. »Ich hätte niemals gedacht, dass du dein Wort hältst und wir *Once Upon a Time* zu Ende schauen.«

»Ich habe es dir doch gesagt. Du solltest öfter auf mich hören.« Außerdem lenkte das Schauen von Serien Arche ab, wenn er mal wieder mit einer Panikattacke aufwachte, weil er von seinem Kerker träumte. Das passierte trotz Therapie bei einer Sanitatem noch häufiger. Da mein Magen zu voll von den Snacks war, setzte ich mich auf. Mein Bein schwang von unserem Bett.

»Würde ich das machen, hätten wir uns nicht dieses Haus hier gekauft, oder?« Da hatte Archie auch wieder recht. Er spielte mit einer meiner Haarsträhnen. »Sie sind wieder gewachsen.«

»Ja, ich weiß.« Ich strich die Strähne hinter Ohr. »Zumindest müssen wir uns keine Gedanken mehr darüber machen, ob es eine versteckte Kamera gibt. So wie damals nach der Sache am Esstisch.« Wenn ich daran dachte, wurde mir wieder ganz heiß.

»Das stimmt.«

»Außerdem.« Ich griff auf das Nachtkästchen, vorbei an den Heilsteinen, die wir aus Céline und Noir gemacht hatten, um sie in Erinnerung zu behalten. »Wer hat dir dazu geraten, dich früher um deine Klamotten für die Hochzeit zu kümmern?« Mit der Einladung zu Élians und Jacques' Hochzeit wedelte ich vor seiner Nase herum. »Na? Wer?«

»Jaja, schon gut, du warst es.« Obwohl Archie nur noch ein Mensch war, schaffte er es mit seinen flinken Fingern, mir die Karte zu entreißen. Immer wieder staunte ich, wie gut er damit umging, keine Kräfte mehr zu besitzen. Denn der letzte Seelenrest, den ich in Archie erwischt hatte, um ihn wiederzubeleben, war nur noch ein kleiner menschlicher Fetzen gewesen. Für seine Magie waren wir zu spät gekommen, die war bereits völlig erloschen gewesen. »Willst du nicht lieber die Postkarte lesen?«

Die Grußkarte, die sich unter der Einladung befunden hatte, versetze mir einen kurzen Stich. Wieder eine Karte, die meine Mutter mir aus dem Exil, einem Bergkloster im Nirgendwo, geschickt hatte. Lieber würde ich die Tinte darauf auslöschen. Das konnte ich nämlich mit meinem Heillicht. Ich war sozusagen eine wandelnde Tintenkillerin.

»Ich bin noch nicht bereit.«

»Verstehe ich. Irgendwann solltest du aber zumindest versuchen, sie zu lesen.« Archie rückte zurück, um aufrechter zu sitzen und nicht im Liegen mit mir zu sprechen.

Ich rutschte von ihm runter. »Warst du bei deinem Vater?«

»Touché. Nein. Ich kann mich ihm weder nähern noch ihm in die Augen sehen. Aber irgendwann werde ich mich vor diese Kerkertür stellen und ihm alles ins Gesicht sagen, was mir seit Ewigkeiten auf der Zunge liegt.«

Ich nahm Archies Hand. »Und ich werde dabei sein.«

Mein Handy klingelte mit dem typischen Song *Saving the Train* von Alexz Johnson, den ich extra für Ella eingespeichert hatte. »Ich hoffe, wenigstens sie hat ihr Outfit schon.«

»Das hoffe ich auch für sie, schließlich seid ihr beide Élians Trauzeuginnen.« Archie reichte mir mein Handy, wobei mir einfiel, dass ich Etienne und Louna noch fragen musste, ob sie uns abholten.

Ich hob ab. »Ja?«

»Jane, ein Spiel: Sag mir, dass du vergessen hast, mich vom Flughafen abzuholen, ohne mir zu sagen, dass du vergessen hast, mich vom Flughafen abzuholen.« Ellas wütende Stimme brachte mein Herz zum Rasen.

»*Merde.*«

Danksagung

Vielen Dank an dich. Du hast dieses Buch gelesen. Wow. Solltest du das hier allerdings zuerst lesen, dann: Schäm dich, nein, Spaß – viel Fun mit Jane und Co.

Hast du gerade das Buch beendet: Danke.

Ein kleines Geständnis von mir: Ich habe *Once Upon a Time* selbst noch nicht beendet. Habe nur die ersten vier oder fünf Staffeln gesehen und mir vorgenommen, dass ich die Serie beende, nachdem ich das Buch geschrieben habe. Ich bin mal gespannt, ob ich wie Archie reagieren werde.

Diese Danksagung zu schreiben, fühlt sich total unrealistisch an. Ich freue mich so sehr darüber, dass es dieses Buch gibt. Deshalb möchte ich auch an erster Stelle dem Team von Piper danken – allen voran dir, liebe Eliane. Du hast so sehr an meine Geschichte und an mich geglaubt. Ohne dich wäre das alles niemals möglich gewesen. Tausend Dank. Es gibt im Leben vieler Kunstschaffenden Menschen, die sie niemals vergessen, weil sie an einen geglaubt und einem viel ermöglicht haben. So eine Person bist du auch für mich.

Selbstverständlich auch Danke an den Rest vom Piper-Team. Elke und Co. Alle Namen zu nennen, würde das Buch verdoppeln, haha.

Danke an Diana Steigerwald. Du bist auf jeden Fall auch ein Mensch in dieser verrückten Literaturbranche, den ich niemals vergessen werde. Danke für alles. Danke, dass du dieses Buch besser gemacht hast. Ich bin dir so dankbar für deine wundervolle Arbeit.

Eigentlich bin ich ein Mensch, der eher introvertiert ist. (Kann man Selbstwertgefühl essen oder was ist das?) Dennoch möchte ich im Zeitalter von Social Media und Achtsamkeit auch mir dafür danken, dass ich bis heute nicht aufgegeben habe, an meinem Traum vom Schreiben festzuhalten.

Danke an meine Familie, die meistens versteht, wenn ich an meinen Büchern arbeite. Danke an Stavo, Lisa, Debbie und Gordon, dass ihr für mich da seid. Danke an alle Lesenden und Bloggenden da draußen, die mir auf meinen Social-Media-Kanälen folgen und jeden Schritt von mir als Autor verfolgen, mich bekräftigen und unterstützen. Das bedeutet mir sehr viel, denn was bringt es, ein Buch zu veröffentlichen, das niemand sieht, weil es in der Masse untergeht? Danke.

Danke an alle BuchhändlerInnen, die meinem Buch eine Chance gegeben haben, ich sehe euch und was ihr für uns AutorInnen macht. Danke an Ney, Marc und Jenny fürs Testlesen der Leseprobe.

Danke an meine Cousine Lisa und meine Tante Elisabeth (und deiner Arbeitskollegin Chantal), Anna __tintentraeumerin__, worldcollision_65 und allen anderen für die Hilfe bei der französischen Sprache.

Wie ich zu dieser Idee gekommen bin? Das fragt sich bestimmt niemand, weshalb ich es euch erzähle: Paris habe ich mit sechzehn besucht, und da habe ich es sofort gespürt: Hier muss eine Geschichte von mir spielen (Damals habe ich nur Fanfictions geschrieben, die es nicht mehr gibt, haha). Danach habe ich jahrelang nur das Bild von einem Pärchen im Kopf gehabt, das sich an den Händen hält und dadurch eine große Macht entfesselt. Das ist der Grundstein von Jane und Archie gewesen. Ich hoffe sehr, ihr liebt die beiden so sehr wie ich. Sie sind einerseits noch kindisch wie ich und verhalten sich dennoch oft erwachsen (er als ich – und ich bin dreißig, wenn ihr dieses Buch lest).

Jane und Archie haben in diesem Buch viel durchgemacht, sind oft verraten worden und haben einige dumme Sprüche für ihre Liebe zu hören bekommen. Ich weiß, wie das ist. Aber: Gebt niemals auf.

Falls euch das Buch gefallen hat, würde ich mich über eine Rezension auf Amazon, Thalia, Hugendubel und Co freuen, da es für AutorInnen wirklich wichtig ist. Ich weiß, manche denken, ich kann das nicht so gut. Es muss keine Rezension sein, die Deutschprofessoren und -professorinnen stolz machen würde. Eure Meinung oder ein schlichtes »Das Buch hat mir gefallen« reicht schon, als AutorIn sichtbarer zu werden.

Falls ihr euch dafür interessiert, welche Bücher ich gerade schreibe oder wie mein Leben als Autor ist, freue ich mich, wenn ihr mich auf Instagram oder auf TikTok besucht.

Euer Andi aka brividolibro, August 2021

Triggerwarnung (Achtung, Spoiler)

In dem Buch kommen Themen vor, die LeserInnen beunruhigend finden könnten:

Traumata aufgrund von Gefangenschaft und Folterung, LGBTQIA+-Feindlichkeit und ihre Auswirkungen, Alkohol- und Zigarettenkonsum, körperliche und seelische Gewalt, Tod, Selbstverletzung, Suizid, Erbrechen.